激流 三部曲

人民文学出版社

图书在版编目（CIP）数据

激流三部曲：家　春　秋：全三册/巴金著. —北京：人民文学出版社，2022（2025.7重印）
ISBN 978-7-02-016984-9

I.①激… Ⅱ.①巴… Ⅲ.①长篇小说—小说集—中国—现代 Ⅳ.①I246.5

中国版本图书馆CIP数据核字(2021)第024223号

责任编辑　陈建宾　王　倩
装帧设计　陶　雷
责任印制　王重艺

出版发行　人民文学出版社
社　　址　北京市朝内大街166号
邮政编码　100705

印　　刷　北京中科印刷有限公司
经　　销　全国新华书店等

字　　数　1051千字
开　　本　890毫米×1290毫米　1/32
印　　张　47.625　插页9
印　　数　12001—15000
版　　次　2022年5月北京第1版
印　　次　2025年7月第5次印刷

书　　号　978-7-02-016984-9
定　　价　210.00元(全三册)

如有印装质量问题,请与本社图书销售中心调换。电话:010-65233595

目 录

001＿＿《激流》总序

001＿＿家

401＿＿附　录
403＿＿呈献给一个人(初版代序)
407＿＿初版后记
408＿＿五版题记
409＿＿关于《家》(十版代序)
424＿＿新版后记
426＿＿重印后记

《激流》总序

几年前我流着眼泪读完托尔斯泰的小说《复活》[1]，曾经在扉页上写了一句话："生活本身就是一个悲剧"。

事实并不是这样。生活并不是悲剧。它是一场"搏斗"。我们生活来做什么？或者说我们为什么要有这生命？罗曼·罗兰的回答是"为的是来征服它"[2]。我认为他说得不错。

我有了生命以来，在这个世界上虽然仅仅经历了二十几个寒暑，但是这短短的时期也并不是白白度过的。这其间我也曾看见了不少的东西，知道了不少的事情。我的周围是无边的黑暗，但是我并不孤独，并不绝望。我无论在什么地方总看见那一股生活的激流在动荡，在创造它自己的道路，通过乱山碎石中间。

这激流永远动荡着，并不曾有一个时候停止过，而且它也不能够停止；没有什么东西可以阻止它。在它的途中，它也曾发射出种种的水花，这里面有爱，有恨，有欢乐，也有痛苦。这一切造成了一股奔腾的激流，具有排山之势，向着唯一的海流

---

[1] 指 Louise Maude 的英译本。
[2] 见罗曼·罗兰（1866—1944）的关于法国大革命的剧本《爱与死的搏斗》。

去。这唯一的海是什么,而且什么时候它才可以流到这海里,就没有人能够确定地知道了。

我跟所有其余的人一样,生活在这世界上,是为着来征服生活。我也曾参加在这个"搏斗"里面。我有我的爱,有我的恨,有我的欢乐,也有我的痛苦。但是我并没有失去我的信仰:对于生活的信仰。我的生活还不会结束,我也不知道在前面还有什么东西等着我。然而我对于将来却也有一点概念。因为过去并不是一个沉默的哑子,它会告诉我们一些事情。

在这里我所要展开给读者看的乃是过去十多年生活的一幅图画。自然这里只有生活的一小部分,但我们已经可以看见那一股由爱与恨、欢乐与受苦所构成的生活的激流是如何地在动荡了。我不是一个说教者,我不能够明确地指出一条路来,但是读者自己可以在里面去找它。

有人说过,路本没有,因为走的人多了,便成了一条路。又有人说路是有的,正因为有了路才有许多人走。谁是谁非,我不想判断。我还年轻,我还要活下去,我还要征服生活。我知道生活的激流是不会停止的,且看它把我载到什么地方去!

巴 金
1931年4月。

一

风刮得很紧,雪片像扯破了的棉絮一样在空中飞舞,没有目的地四处飘落。左右两边墙脚各有一条白色的路,好像给中间满是水泥的石板路镶了两道宽边。

街上有行人和两人抬的轿子。他们斗不过风雪,显出了畏缩的样子。雪片愈落愈多,白茫茫地布满在天空中,向四处落下,落在伞上,落在轿顶上,落在轿夫的笠上,落在行人的脸上。

风玩弄着伞,把它吹得向四面偏倒,有一两次甚至吹得它离开了行人的手。风在空中怒吼,声音凄厉,跟雪地上的脚步声混合在一起,成了一种古怪的音乐,这音乐刺痛行人的耳朵,好像在警告他们:风雪会长久地管治着世界,明媚的春天不会回来了。

已经到了傍晚,路旁的灯火还没有燃起来。街上的一切逐渐消失在灰暗的暮色里。路上尽是水和泥。空气寒冷。一个希望鼓舞着在僻静的街上走得很吃力的行人——那就是温暖、明亮的家。

"三弟,走快点,"说话的是一个十八岁的青年,一手拿伞,一手提着棉袍的下幅,还掉过头看后面,圆圆的脸冻得通红,鼻子上架着一副金丝眼镜。

在后面走的弟弟是一个有同样身材、穿同样服装的青年。他的年纪稍微轻一点,脸也瘦些,但是一双眼睛非常明亮。

"不要紧,就快到了。……二哥,今天练习的成绩算你最好,英文说得自然、流利。你扮李医生,很不错,"他用热烈的语调说,马上加快了脚步,水泥又溅到他的裤脚上面。

"这没有什么,不过我的胆子大一点,"哥哥高觉民带笑地说,便停了脚步,让弟弟高觉慧走到他旁边。"你的胆子太小了,你扮'黑狗'简直不像。你昨天不是把那几句话背得很熟吗?怎么上台去就背不出来了。要不是朱先生提醒你,恐怕你还背不完嘞!"哥哥温和地说着,没有一点责备的口气。

觉慧脸红了。他着急地说:"不晓得什么缘故,我一上讲台心就慌了。好像有好多人的眼光在看我,我恨不得把所有的话一字不遗漏地说出来……"一阵风把他手里的伞吹得旋转起来,他连忙闭上嘴,用力捏紧伞柄。这一阵风马上就过去了。路中间已经堆积了落下来未融化的雪,望过去,白皑皑的,上面留着重重叠叠的新旧脚迹,常常是一步踏在一步上面,新的掩盖了旧的。

"我恨不得把全篇的话一字不遗漏地背了出来,"觉慧把刚才中断了的话接着说下去;"可是一开口,什么话都忘掉了,连平日记得最熟的几句,这时候也记不起来。一定要等朱先生提一两个字,我才可以说下去。不晓得将来正式上演的时候是不是还是这样。要是那时候也是跟现在一样地说不出,那才丢脸嘞!"孩子似的天真的脸上现出了严肃的表情。脚步踏在雪地上,软软的,发出轻松的叫声。

"三弟,你不要怕,"觉民安慰道,"再练习两三次,你就会记得很熟的。你只管放胆地去做。……老实说,朱先生把《宝岛》[1]改编成剧本,就编得不好,演出来恐怕不会有什么好成绩。"

觉慧不作声了。他感激哥哥的友爱。他在想要怎样才能够把那一幕戏演得好,博得来宾和同学们的称赞,讨得哥哥的欢喜。他这样想着,过了好些时候,他觉得自己渐渐地进入了一个奇异的境界。忽然他眼前的一切全改变了。在前面就是那个称为"彭保大将"的旅馆,他的老朋友毕尔就住在那里。他,有着江湖气质的"黑狗",在失去了两根手指、经历了许多变故以后,终于找到了毕尔的踪迹,他心里交织着复仇的欢喜和莫名的恐怖。他盘算着,怎样去见毕尔,对他说些什么话,又如何责备他弃信背盟隐匿宝藏,失了江湖上的信义。这样想着,平时记熟了的剧本中的英语便自然地涌到脑子里来了。他醒悟似地欢叫起来:"二哥,我懂得了!"

觉民惊讶地看他一眼,问道:"什么事情?你这样高兴!"

"二哥,我现在才晓得演戏的奥妙了,"觉慧带着幼稚的得意的笑容说。"我想着,仿佛我自己就是'黑狗'一样,于是话自然地流露了出来,并不要我费力思索。"

"对的,演戏正是要这样,"觉民微笑地说。"你既然明白了这一层,你一定会成功的。……现在雪很小了,把伞收起来罢。刮着这样的风,打伞很吃力。"他便抖落了伞上的雪,收了伞。觉慧也把伞收起了。两个人并排走着,伞架在肩上,身子靠得很近。

雪已经住了,风也渐渐地

---

[1]《宝岛》是英国小说家斯蒂文生(1850—1894)的一本惊险小说。李医生和绰号"黑狗"的人都是小说中的人物。

减轻了它的威势。墙头和屋顶上都积了很厚的雪,在灰暗的暮色里闪闪地发亮。几家灯烛辉煌的店铺夹杂在黑漆大门的公馆中间,点缀了这条寂寞的街道,在这寒冷的冬日的傍晚,多少散布了一点温暖与光明。

"三弟,你觉得冷吗?"觉民忽然关心地问。

"不,我很暖和,在路上谈着话,一点也不觉得冷。"

"那么,你为什么发抖?"

"因为我很激动。我激动的时候都是这样,我总是发抖,我的心跳得厉害。我想到演戏的事情,我就紧张。老实说,我很希望成功。二哥,你不笑我幼稚吗?"觉慧说着,掉过头去望了觉民一眼。

"三弟,"觉民同情地对觉慧说。"不,一点也不。我也是这样。我也很希望成功。我们都是一样。所以在课堂上先生的称赞,即使是一句简单的话,不论哪一个听到也会高兴。"

"对,你说得不错,"弟弟的身子更挨近了哥哥的,两个人一块儿向前走着,忘却了寒冷,忘却了风雪,忘却了夜。

"二哥,你真好,"觉慧望着觉民的脸,露出天真的微笑。觉民也掉过头看觉慧的发光的眼睛,微笑一下,然后慢慢地说:"你也好。"过后,他又向四周一望,知道就要到家了,便说:"三弟,快走,转弯就到家了。"

觉慧点了点头,于是两个人加速了脚步,一转眼就走入了一条更清静的街道。

街灯已经燃起来了,方形的玻璃罩子里,清油灯的光在寒风中显得更孤寂,灯柱的影子淡淡地躺在雪地上。街中寥寥的几个行人匆忙地走着,留了一些脚印在雪上,就默默地消失了。深深的脚迹疲倦地睡在那里,也不想动一动,直到新的脚来压在它们的身上,它们才发出一阵低微的叹声,被压碎成了奇怪的形状,于是在这一白无际的长街上,不再有清清楚楚的脚印了,在那里只有大的和小的黑洞。

有着黑漆大门的公馆静寂地并排立在寒风里。两个永远沉默的石狮子蹲在门口。门开着,好像一只怪兽的大口。里面是一个黑洞,这里面有什么东西,谁也望不见。每个公馆都经过了相当长的年代,或是更换了几个姓。每一个公馆都有它自己的秘密。大门上的黑漆脱落了,又涂上新的,虽然经过了这些改变,可是它们的秘密依旧不让外面的人知道。

走到了这条街的中段,在一所更大的公馆的门前,弟兄两个站住了。他们把皮鞋在石阶上擦了几下,抖了抖身上的雪水,便提着伞大步走了进去。他们的脚步声很快地消失在黑洞里面。门前又恢复了先前的静寂。这所公馆和别的公馆一样,门口也有一对石狮子,屋檐下也挂着一对大的红纸灯笼,只是门前台阶下多一对长方形大石缸,门墙上挂着一副木对联,红漆底子上现出八个隶书黑字:"国恩家庆,人寿年丰。"两扇大门开在里面,门上各站了一位手执大刀的顶天立地的彩色门神。

二

风止了,空气还是跟先前一样地冷。夜来了,它却没有带来黑暗。上面是灰色的天空,下面是堆着雪的石板地。一个大天井里铺满了雪。中间是一段垫高的方形石板的过道,过道两旁各放了几盆梅花,枝上积了雪。

觉民在前面走,刚刚走上左边厢房的一级石阶,正要跨过门槛进去,一个少女的声音在左上房窗下叫起来:"二少爷,三少爷,你们回来得正好。刚刚在吃饭。请你们快点去,里头还有客人。"说话的婢女鸣凤,是一个十六岁的少女,脑后垂着一根发辫,一件蓝布棉袄裹着她的苗条的身子。瓜子形的脸庞也还丰润,在她带笑说话的时候,脸颊上现出两个酒窝。她闪动着两只明亮的眼睛天真地看他们。觉慧在后面对她笑了一笑。

"好,我们放了伞就来,"觉民高声答道,并不看她一眼就大步跨进门槛去了。

"鸣凤,什么客?"觉慧也踏上了石阶站在门槛上问。

"姑太太和琴小姐。快点去罢,"她说了便转身向上房走去。

觉慧望着她的背影笑了一笑。他看见她的背影在上房门里消失了,才走进自己的房间。觉民正从房里走出来,便说:"你在跟鸣凤说些什么？快点去吃饭，再晏点恐怕饭都吃完了。"觉民说毕就往外面走。

"好，我就这样跟你去罢，好在我的衣服还没有打湿，不必换它了，"觉慧回答道，他就把伞丢在地板上，马上走了出来。

"你总是这样不爱收拾，屡次说你，你总不听。真是江山易改，本性难移！"觉民抱怨道，但是他的脸上还带着笑容。他又回转身走进房去拾起了伞，把它张开，小心地放在地板上。

"这又有什么办法呢？"觉慧在门口看着他做这一切，带笑地说，"我的性情永远是这样。可笑你催我快，结果反而是你耽搁时间。"

"你总是嘴硬，我说不过你！"觉民笑了笑，就往前走了。

觉慧依旧带笑地跟着他的哥哥走。他的脑海里现出来一个少女的影子，但是马上又消失了，因为他走进了上房，在他的眼前又换了新的景象。

围着一张方桌坐了六个人，上面坐着他的继母周氏和姑母张太太，左边坐着张家的琴表姐和嫂嫂李瑞珏，下面坐着大哥觉新和妹妹淑华，右边的两个位子空着。他和觉民向姑母行了礼，又招呼了琴，便在那两个空位子上坐了。女佣张嫂连忙盛了两碗饭来。

"你们今天怎么回来得这样晏？要不是姑妈来玩，我们早吃过饭了，"周氏端着碗温和地说。

"今天下午朱先生教我们练习演戏，所以到这个时候才回来，"觉民答道。

"刚才还下大雪，外面想必很冷，你们坐轿子回来的吗？"张太太半关心、半客气地问道。

"不，我们走路回来的，我们从来不坐轿子！"觉慧听见说坐轿子，就着急地说。

"三弟素来害怕人说他坐轿子，他是一个人道主义者，"觉新笑着解释道；众人都笑了。

"外面并不太冷。风已经住了。我们一路上谈着话，倒也很舒服，"觉民客气地回答姑母的问话。

"二表哥，你们刚才说演戏，就是预备开游艺会的时候演的吗？你们学堂里的游艺会什么时候开？"琴向觉民问道。琴和觉民同年，只是比他小几个月，所以叫他做表哥。琴是小名。她的姓名是张蕴华。在高家人们都喜欢叫她做"琴"。她是高家的亲戚里面最美丽、最活泼的姑娘，现在是省立一女师三年级的走读生。

"大概在明年春天，下学期开始的时候。这学期就只有一个多礼拜的课了。琴妹，你们学堂什么时候放假？"觉民问道。

"我们学堂上个礼拜就放假了。说是经费缺少，所以早点放学，"琴回答道，她已经放下了饭碗。

"现在教育经费都被挪去充作军费用掉了。每个学堂都是一样地穷。不过我们学堂不同一点，因为我们校长跟外国教员订了约，不管上课不上课，总是照约付薪水，多上几天课倒便宜些。……据说校长跟督军有点关系，所以拿钱要方便一点，"觉民解释说。他也放下了碗筷，鸣凤便绞了一张脸帕给他送过来。

"这倒好，只要有书读，别的且不管，"觉新在旁边插嘴道。

"我忘了，他们进的是什么学堂？"张太太忽然这样地问琴。

"妈的记性真不好，"琴带笑答道，"他们进的是外国语专门学校。我早就告诉过妈了。"

"你说得不错。我现在老了,记性坏了,今天打牌有一次连和也忘记了,"张太太带笑地说。

这时大家都已放下了碗,脸也揩过了。周氏便对张太太说:"大妹,还是到我屋里去坐罢,"于是推开椅子站起来。众人也一齐站起,向旁边那间屋子走去。

琴走在后面,觉民走到她的旁边低声对她说:"琴妹,我们学堂明年暑假要招收女生。"

她惊喜地回过头,脸上充满光辉,一双水汪汪的大眼睛发光地盯着他的脸,好像得到了一个大喜讯似的。

"真的?"她问道,还带了一点不相信的样子。她疑心他在跟她开玩笑。

"当然是真的。你看我什么时候说过谎话?"觉民正经地说,又回头看一眼站在旁边的觉慧,加了一句:"你不相信,可以问三弟。"

"我并没有说不相信你,不过这个好消息来得太突然了,"琴兴奋地含笑说。

"事情倒是有的,不过能不能实行还是问题,"觉慧在旁边接口说。"我们四川社会里卫道的人太多了。他们的势力还很大。他们一定会反对。男女同校,他们一辈子连做梦都不曾梦到!"他说着,现出愤慨的样子。

"这也没有多大的关系!只要我们校长下了决心就行了,"觉民说,"我们校长说过,假使没有女学生报名投考,他就叫他的太太第一个报名。"

"不,我第一个去报名!"琴好像被一个伟大的理想鼓舞着,她热烈地说。

"琴儿,你为什么不进来?你们站在门口说些什么?"张太太在里面唤道。

"你去对姑妈说,你到我们屋里去耍,我把这件事情详细告诉你,"觉民小声怂恿琴道。

琴默默地点一下头,就向着她的母亲那边走去,在母亲的耳边说了两三句话,张太太笑了一笑说道:"好,可是不要耽搁久了。"琴点点头,向着觉民弟兄走来,又和他们一路走出了上房。她刚走出门,便听见麻将牌在桌子上磨擦的声音。她知道她的母亲至少还要打四圈麻将。

三

"我们这学期读完了《宝岛》,下学期就要读托尔斯泰的《复活》,"觉民对琴说,他的脸上现出得意的微笑,他们已经走出上房,刚下了石阶,向着他们的房间走去。"下学期我们国文教员要改聘吴又陵,就是那个在《新青年》上面发表《吃人的礼教》的文章的。"

"吴又陵,我知道,就是那个'只手打孔家店'的人。你们真幸福!"琴兴奋地、羡慕地说。"我们国文教员总是前清的举人秀才,读的书总是《古文观止》一类。说到英文,读了这几年还是在读一本《谦伯氏英文读本》。总是那些老古董!⋯⋯我巴不得你们的学堂马上开放女禁。"

"《谦伯氏英文读本》也是好的,中国不是已经有译本吗?听说叫做什么《诗人解颐语》,还出于林琴南的手笔,"觉慧在后面嘲笑道。

琴回过头看他一眼,抱怨道:"三表弟,你总爱开玩笑,人家在说正经话!"

"好,我不再开口了,"觉慧笑答道,"让你们两个去说罢,"他故意放慢脚步,让觉民和琴走进了房间,他自己却站在门槛上。

堂屋里灯光昏暗。左右两面的上房以及对面的厢房里电灯燃得通亮，牌声从左面上房里送出来。四处都有人声。天井被雪装饰得那么美丽，那么纯洁。觉慧昂着头东西张望，心里异常轻快。他想大叫，又想大笑几声。他挥动手臂，表示他周围有广阔的空间，他的身子是自由的，并没有什么东西束缚他，阻碍他。

他又想起他所扮演的《宝岛》里的"黑狗"出场时，曾经拍着桌子高呼旅店的侍者拿酒来。这种豪气又陡然涌上了心头，他不觉高声叫道："鸣凤，倒茶来！倒三杯茶！"

左面上房里有人应了一声。几分钟以后，那个少女端了两杯茶，从左面上房里走出来。

"怎么只有两杯？我明明叫你倒三杯！"他依旧高声问。鸣凤快要走到了他的面前，听见他的大声问话，似乎吃了一惊，手微微颤抖，把杯里的茶泼了一点出来，然后抬起头看他，对他笑了一笑说："我只有两只手。"

"你怎么不端个茶盘来？"他说着也笑了。"好，把这两杯茶端给琴小姐和二少爷。"他把身子向左边一侧，靠在门框上，让她走了进去。

很快地鸣凤就走出来了。他听见脚步声，故意把两只脚放开，站在门中央堵住她的路。

她默默地站在他背后，歇了一会儿才说："三少爷，让我过去。"她的声音并不高。

不知是他没有听见，抑或是他听见了故意装着未听见的样子，总之，他并不动一下。

她又照样说了一次，并且加了一句话：太太还要她去做事。但是他依旧不理睬她。他像石头一样地站在门槛上。

"鸣凤,……鸣凤!"上房里有人在叫,这是他的继母的声音。

"放我去,太太在喊我了,"鸣凤在他后面着急地低声说,"去晏了,太太要骂的。"

"挨骂有什么要紧,"他笑了,淡淡地说,"你告诉太太说,在我这里有事做。"

"太太不相信的。倘若惹得她发脾气,等一会儿客走了,说不定要挨一顿骂。"这个少女的声音依旧很低,屋里的人不会听见。

这时候另一个少女的声音响了,他的妹妹淑华大声说:"鸣凤,鸣凤,太太喊你去装烟!"

他便把身子一侧,让出了一条路,鸣凤马上跑出去了。

淑华从上房走出来,遇见了鸣凤,便责备地问道:"你到哪儿去了?为什么喊你,你总不肯答应!"

"我给三少爷端茶来。"她垂着头回答。

"端茶也要不了这么久的时间!你又不是哑巴,为什么喊你,你总不答应?"淑华今年不过十四岁,却也装出大人的样子来责骂婢女,而且态度很自然。"快去,太太要是知道了,你又会挨骂的。"说毕她便转身向上房走回去,鸣凤一声不响地跟着她走了。

这些话一字一字地送进了觉慧的耳里,非常清晰。它们像鞭子一样地打着他的头。他的脸突然发起热来。他感到羞愧。他知道那个少女所受的责骂,都是他带给她的。他的妹妹的态度引起了他的反感。他很想出来说几句话替鸣凤辩护,然而有什么东西在后面拉住他。他不作声地站在黑暗里,观察这些事情,好像跟他完全不相干似的。

她们去了,把他一个人留在这里,一张少女的面庞又在他的眼前现出来。这张美丽的脸上总是带着那样的表情:顺受的,毫不抱怨,毫不诉苦的。像大海一样,它接受了一切,吞下了一切,可是它连一点吼声也没有。

房里的女性的声音也不时送进他的耳里,又使他看见了另一张少女的面庞。这也是一张美丽的面庞。可是它的表情就不同了:反抗的、热烈的、而且是刚毅的、对一切都不能忍受似的。这两张脸代表着两种生活,指示了两种命运。他把它们比较了一番,不知道为什么他总觉得他更同情前一张脸,更喜欢前一张脸。虽然他在后一张脸上看见了更多的幸福和光明。

这时候前一张面庞在他的眼里显得更大了,顺受的、哀求的表情显得更动人。他想安慰她,给她一点东西。可是他想不出他有什么东西可以给她。他无意间想到了她的命运。他明白她的命运在她出世的时候就已经安排好了。许多跟她同类的少女都有了这同样的命运,她一个人当然不能是例外。想到这里,他对于命运的安排感到了不平。他想反抗它,改变它。忽然他的脑子里浮现了一个奇怪的思想。但是过了一些时候他又哑然失笑了。

"不会有的,这样的事情做不到,"他自语道。

"假使真有了这样的事情呢?"他又这样地问自己。于是他想象着会有的那种种的后果,他的勇气马上消失了。他又笑着说:"真是梦想!真是梦想!"

但这梦想也是值得人留恋的,他好像不愿意立刻就把它完全抛弃。他又怀着希望地发出一个疑问:"假使她处在琴姐那样的环境呢?"

"那当然不成问题!"他自己决断地回答道。这时候他真正觉得她是处在琴的环境里面了,于是在他与她之间一切都成了很自然,很合理的了。

过了一些时候,他又笑起来,他在笑他自己,他说:"怎么会有这样的痴想!……这简直说不上爱,不过是好玩罢了。"

于是那个带着顺受表情的少女的面庞便渐渐地消失,另一个反抗的、热烈的少女的脸又在他的眼前现出来。但是这面庞不久也消失了。

"匈奴未灭,何以家为?"这一句陈腐的话,虽然平时他并不喜欢,但这时候他却觉得它是解决这一切问题的妙法了!所以他用慷慨激昂的调子把它高声叫出来。这所谓"匈奴"并不是指外国人。他的意思更不是拿起真刀真枪到战场上去杀外国人。他不过觉得做一个"男儿"应该抛弃家庭到外面去,一个人去创造出一番不寻常的事业。至于这事业究竟是什么,他自己也只有一点不太清楚的概念。这样嚷着他就走进了房里。

"你看,三弟又在发疯了!"房里,觉民正站在写字台旁边,跟坐在写字台前面藤椅上的琴谈话,听见觉慧的声音,便抬头望了他一眼,然后笑着对琴说。

琴也抬起头望觉慧,嘲笑地回答觉民道:"你难道不晓得他是一位英雄?"

"说不定就是'黑狗','黑狗'也是英雄!"觉民带笑地说。琴也笑了。

觉慧被他们笑得有点发恼了,动气地答了一句:"无论如何,'黑狗'总比李医生好,李医生不过是一位绅士。"

"这是什么意思?"觉民半惊讶半玩笑地问,"你将来不也是绅士吗？"

"是的！是的！"觉慧愤恨地答道。"我们的祖父是绅士，我们的父亲是绅士，所以我们也应该是绅士吗？"他闭了口，似乎等着哥哥的回答。

觉民起初不过是跟弟弟开玩笑，这时看见觉慧真正动了气，想找话安慰他，但是一时找不出一句适当的话来。琴在旁边也不说什么，只是默默地看着他们。

"够了，这种生活我过得够了，"觉慧又接下去说。他愈往下说，愈激动，脸都挣红了："大哥为什么要常常长吁短叹？不是因为过不了这种绅士的生活，受不了这种绅士家庭中间的闲气吗？这是你们都晓得的……我们这个大家庭，还不曾到五世同堂，不过四代人，就弄成了这个样子。明明是一家人，然而没有一天不在明争暗斗。其实不过是争点家产！……"他说到这里气得更厉害，好像有什么东西堵塞了他的咽喉，他觉得有许多话要说，一时却说不出来。事实上使他动气的，并不是他的哥哥。还有一个另外的原因。这就是那张带着顺受表情的少女的面庞。他觉得他同她本来是可以接近的。可是不幸在他们中间立了一堵无形的高墙，就是这个绅士的家庭，它使他不能够得到他所要的东西，所以他更恨它。

觉民望着弟弟的发红的脸和两只光芒四射的眼睛。他走过去握着弟弟的手，又拍拍弟弟的肩膀，感动地说："我不该跟你开玩笑。你是对的。你的痛苦也就是我的痛苦。……我们弟兄两个永远在一起。……"他还不知道觉慧的脑子里另有一张少女的面庞。

觉慧听见哥哥的这些话，他的怒气马上消失了，他只是默默地点着头。

琴也站起来,激动地说:"三表弟,我也不该笑你,我也要同你们永远在一起。我更应该奋斗,我的处境比你们的更困难。"

他们两个都掉头去看她,她那双美丽的大眼里射出来一股忧郁的光。好像有什么东西在她的眼里荡漾。她平日的活泼的姿态看不见了,沉思的、阴郁的脸部表情表示出她的内心的激斗。他们第一次看见她的这种表情,马上就明白了是什么东西在苦恼她,她说得不错,她的处境比他们的更困难。她的忧愁时的面容因为不常见,所以比平日欢乐时的姿态更动人。这时他们有了一种愿望,愿意牺牲自己的一切,只为着使这个少女的希望早日实现。但这愿望是空泛的,他们并没有什么具体的办法,他们只觉得这是他们的义务。

他们把自己的苦恼完全忘掉了,他们所想的只是琴的事。

后来觉民开口了:"琴妹,不要紧。我们会替你设法。你只管放心。我平日相信'有志者,事竟成'的话。你该记得我们从前要进学堂,爷爷起初不是极端反对吗?后来到底是我们胜利了。"

琴向后退了两三步,一只手撑在写字台上面,一只手摸着额角,身子就靠着写字台。她好像从梦中醒过来似的呆呆地望着他们。

"琴姐,二哥的话不错,你只管放心好了,"觉慧也恳切地对琴说;"你只管好好地预备功课。多多补习英文。只要考进了'外专',别的问题,总有法解决。"

琴轻轻地挑了挑发鬓,微微一笑,但是还带了点焦虑地说:"我希望能够如此。妈是不成问题的。她一定会答应我。只怕婆会反对。还有亲戚们也会说闲话。就是你们家里,除了你们两个,别的人也会反对的。"

"这跟他们有什么关系?你读书是你自己的事,况且你又不是我们家里的人!"觉慧半惊讶半愤怒地说。

"你们不知道为了我进一女师,妈受到了不少的闲气。亲戚们都说,这样大的姑娘天天在街上走,给人家看见像什么样子,简直失了大家的闺范。五舅母去年就当面笑过我一次。我一点也不觉得什么。然而妈却苦了。妈的思想完全是旧式的,虽然比另外一般人高明一点,但也高明不了多少。妈爱我,所以肯把责任担在自己的肩上,不顾一般亲戚的闲言闲语。这并不是因为她相信进学堂是对的。……进学堂已经够了,还要进男学堂,同男学生一起上课!你们想,我们的亲戚中间有哪个敢说这件事是对的?"琴愈说下去愈激动,伸直身子,两眼发出光芒,射在觉民的脸上,似乎要从他那里找到一个回答。

"大哥是不会反对的,"觉民无心地说出了这句话。

"加上他一个人又有什么用处?大舅母就会反对。而且四舅母、五舅母又有说闲话的资料了,"琴接着说。

"管她们说什么!"觉慧接口道,"她们一天吃饱饭,闲得没有事做,当然只有说东家长西家短。即使你没有做什么事,她们也会给你捏造一点出来。总之,我们没法堵住她们的嘴,横竖该给她们取笑,让她们去说好了,只当不听见一样。"

"三弟的话很有道理,琴妹,就这样决定罢,"觉民鼓励地说。

"我现在决定了,"琴的眼睛忽然亮起来,她又恢复了活泼、刚毅的样子,然后又坚决地说:"我知道任何改革的成功,都需要不少的牺牲作代价。现在就让我作一样牺牲品罢。"

"你有这样的决心,事情一定会成功,"觉民安慰她道。

琴微微地笑了一下,依旧用坚决的调子说:"成功不成功,没有什么大关系。总之,我要试一下。"觉民弟兄两人都带着赞叹的眼光望着她。

隔壁房里的钟声传过来,是九下。

琴理了理发鬓,说:"我该走了,四圈牌也该打完了。"她便向外面走去,又回头带笑地招呼他们:"有空到我们家里来玩,我一天在家空得很。"

"好,"弟兄两个人齐声应道。他们把她送出门,看着她的背影进了上房,然后回转来。

"琴真是一个勇敢的女子,"觉民想起了琴,不觉冲口吐出这样的赞语。他还沉溺在幻想中。过后他又忽然说:"像琴那样活泼的女子,也有她的痛苦,真想不到。"

"每个人都有自己的痛苦,我也有的,"觉慧说到后半句忽然住了口,好像说了什么不愿意说的话。

"你也有痛苦?你有什么痛苦?"觉民惊讶地问。

觉慧红着脸,连忙分辩道:"没有什么,我说着玩的!"

觉民不再说什么,只是疑惑地望着他的脸。

"姑太太的轿子!"外面有人在叫,这是鸣凤的清脆的声音。

"提姑太太的轿子!"中年仆人袁成的声音接着响了起来。过了几分钟,中门打开了,两个轿夫抬了一乘空轿子进来,在堂屋门前台阶上放下了。

街中响着锣声,沉重而悲怆,二更锣敲了。

四

夜死了。黑暗统治着这所大公馆。电灯光死去时发出的凄惨的叫声还在空中荡漾，虽然声音很低，却是无所不在，连屋角里也似乎有极其低微的哭泣。欢乐的时期已经过去，现在是悲泣的时候了。

人们躺下来，取下他们白天里戴的面具，结算这一天的总账。他们打开了自己的内心，打开了自己的"灵魂的一隅"，那个隐秘的角落。他们悔恨、悲泣，为了这一天的浪费，为了这一天的损失，为了这一天的痛苦生活。自然，人们中间也有少数得意的人，可是他们已经满意地睡熟了。剩下那些不幸的人，失望的人在不温暖的被窝里悲泣自己的命运。无论是在白天或黑夜，世界都有两个不同的面目，为着两种不同的人而存在。

在仆婢室里，一盏瓦油灯惨淡地发出微弱的亮光，灯芯上结着一朵大灯花，垂下来，烧得发出叫声，使这间屋子更显得黑的。右边的两张木板床上睡着三十岁光景的带孙少爷的何嫂同伺候大太太的张嫂，断续地发出粗促的鼾声。在左边也有一张同样的木板床，上面睡着头发花白的老黄妈；还有一张较小的床，十六岁的婢女鸣凤坐在床沿上，痴痴地望着灯花。

照理,她辛苦了一个整天,等太太小姐都睡好了,暂时地恢复了自己身体的自由,应该早点休息才是。然而在这些日子里,鸣凤似乎特别重视这些自由的时间。她要享受它们,不肯轻易把它们放过,所以她不愿意早睡。她在思索,她在回想。她在享受这种难得的"清闲",没有人来打扰她,那些终日在耳边响着的命令和责骂的声音都消失了。

她跟别的人一样,白天里也戴着假面具忙碌、欢笑,这时候,在她近来所宝贵的自由时间里,她也取下了面具,打开了自己的内心,看自己的"灵魂的一隅"。

"我在这儿过了七年了,"第一个念头就是这个,它近来常常折磨她。七年也是一个长时期呢!她常常奇怪这七年的生活竟然这样平淡地过去了。虽然这其间流了不少的眼泪,吃了不少的打骂,但毕竟是很平常的。流眼泪和吃打骂已经成了她的平凡生活里的点缀。她认为这是无可避免的事,虽然自己不见得就愿意它来,但是来了也只好忍受。她觉得,世间的一切都是由一个万能的无所不知的神明安排好了的,自己到这个地步,也是命中注定的罢。这便是她的简单的信仰,而且别人告诉她的也正是如此。

可是在她的心里另外有一种东西在作怪。她自己也不知道有这种东西存在,但是它开始活动起来了。它给她煽起了一种渴望。

"我在这儿过了七年了,看看就要翻过八个年头!"她突然感觉到这种生存的单调,心里有点难过,像那些与她同类的少女一样,开始悲叹起自己的命运来。"大小姐在的时候,常常跟我谈起归宿,不晓得我将来的归宿在哪儿?"她的眼前现出了一片茫茫的荒野,看不见一个光明的去处。一张熟面孔在她的眼前晃动着。"要是大小姐还在的话,那么还有个关心我的人。她教我明白许多事情,又教我读书认字。她现在死了。真可怜。好人活不长!"她自言自语,说到这里,泪水湿了她的眼睛。

"这样的日子我不晓得还要过多久?"她悲苦地问着自己。过去的情景带着恐怖回来了。她的回忆是这样开始的:七年以前,也是在下雪的时候,一个面貌凶恶的中年妇人从死了妻子的她父亲那里领走了她,送她到这个公馆里来。于是听命令,做苦事,流眼泪,吃打骂便接连地来了。这一切成了她的生活里的重要事情。平凡的,永远是如此平凡的。这其间她也曾像别的同样年纪的少女那样,做过一些美丽的梦,可是这些梦只一刹那间就过去了。冷酷、无情的现实永远站在她的面前。她也曾梦想过精美的玩具,华丽的衣服,美味的饮食和温暖的被窝,像她所服侍的小姐们所享受的那样。然而日子不停地带着她的痛苦过去了,并不曾给她带回来一点新的东西,甚至新的希望也没有。

"命啊,一切都是命里注定的。"她拿这样的话安慰自己,甚至在想到吃打骂的时候。她又想着:"假使我的命跟小姐们的一样多好!"于是她就沉溺在幻想里,想象着自己穿上漂亮的衣服,享受父母的宠爱,受到少爷们的崇拜。后来一个俊美的少爷来,把她接了去,她在他的家里过着幸福的生活。

"没有的事,真是痴想,"她微笑道,似乎在责备自己。"我的归宿绝不是那样!"她想到这里,便又收敛了笑容。她清清楚楚地知道自己的归宿绝不会是那样。事实会是:她到了相当的年纪,太太对她说:"你的事情做够了。"一乘小轿子把她抬了出去,让她嫁给太太所选定的、她自己并不认识的一个男人,也许还是一个三四十岁的男人。于是她在那个人的家里贫苦地生活下去,给他做事,给他生小孩,或者甚至在十几二十天以后又回到原来的公馆里伺候旧主人,所不同的是那个时候她可以得到一点工钱而且不至于常常挨骂。"五太太房里的喜儿不就是这样的吗?"她想道。

"真是可怕得很,这样的归宿不是跟没有归宿一样吗?"她想到她的前途,不觉打了一个冷噤。她记得自从喜儿嫁后回来辫子改成了发髻以后,她常看见喜儿一个人躲在花园里面垂泪。喜儿有时候还向人诉说她的丈夫待她如何不好。这一切不过是给鸣凤预报她自己的归宿罢了。

"还不如像大小姐那样死了好!"她悲苦地叹道。周围的黑暗向她包围过来。灯光因了灯花增大而变得更微弱了。对面床上张嫂同何嫂的鼾声直往她的耳边送。她懒洋洋地站起来,拨了灯芯,又把灯花去掉,眼前亮了许多。她觉得心情也略为宽松一点,便向对面床上望了一下。肥胖的张嫂侧身睡着,铺盖沉重地压在身上,只露出一头乱发和一小半边脸。她那跟怪叫差不多的鼾声一股一股地从被里冒出来。鸣凤骂了一句:"睡得这样死!"她苦笑了。

这一笑也并不能减轻她的心上的重压。黑暗依旧从四面八方袭来。黑暗中隐约现出许多狞笑的脸。这些脸向她逼近。有的还变成了怒容,张口向她骂着。她畏怯地用手遮住眼睛,又坐了下去。

风开始在外面怒吼,猛烈地摇撼着窗户,把窗格上糊的纸吹打得凄惨地叫。寒气透过了糊窗纸。屋里骤然冷起来。灯光也在颤抖了。一股寒气从衣袖里侵到她的身上。她又打了一个冷噤,便放下手,又向周围望了一下。

"哼,你不要拿四太太的招牌吓人!"何嫂忽然在对面床上说了一句话。鸣凤吃了一惊,伸起头望了一眼。何嫂翻了一个身,把脸掉向里面,又不响了。

"唉,还是睡吧,"鸣凤叹了一口气,没精打采地说,一面解棉袄的纽扣。她把外面衣服都解开了,只剩了里面的一件汗衫。胸前两堆柔软的肉在汗衫里凸起来。

"年纪也不小了。日后不晓得到底有什么样的归宿?"她想到这里又悲叹起来。忽然一个年轻男人的面颜在她眼前出现了。他似乎在望着她笑。她明白他是谁。她的心灵马上开展了。一线希望温暖了她的心。她盼望着他向她伸出手。她想也许他会把她从这种生活里拯救出来。但是这张脸却渐渐地向空中升上去,愈升愈高,一下子就不见了。她带着梦幻的眼睛望着那个满是灰尘的屋顶。

一股寒气打击她的敞开的胸膛,把她从梦幻的境地中带了回来。她揉着眼睛,悲叹地说:"不过是一场梦罢了。"她恋恋不舍地又望了望四周,然后脱去棉裤,又把衣服脱了压在被上,很快地钻进被窝里去了。

这时候什么都没有了,两个大字不住地在她的脑子里打转,这就是大小姐生前常常向她说起的"薄命"。

这两个字不住地鞭打她的心,她在被窝里哭起来。声音很低。她害怕惊醒别人。灯光又渐渐地黯淡下去。风在外面高声叹息。

五

沉重的锣声在静夜的积雪的街中悲怆地响着。两乘轿子跟在锣声后面,轿夫的脚步下得很慢,好像害怕追过锣声就会失掉这个庄严的伴侣一样。但是走过了两条街以后,锣声终于转弯去了,只剩下逐渐消失的令人惋惜的余音,在轿夫的耳里,在轿中人的耳里。

四十多岁的仆人张升提着灯笼在前面给这两乘轿子引路。他缩头耸肩地走着,像是受不住这样的寒冷似的。他偶尔发出一两声短促的咳嗽,打破这多少有点叫人害怕的静寂。

轿夫们并不说话,默默地抬起肩上的重担,不十分在意地大步走着。虽然寒气包围过来,冰冷的雪刺痛他们的穿草鞋的赤脚,但是他们已经习惯了这样的环境。他们走着,平静地、有规律地下着脚步,有时候换一换肩,或者放下一只手在嘴边呵一口热气。热血渐渐地循环遍他们的身体,他们的背上甚至出了汗,开始打湿了身上穿的旧的薄棉短袄。

琴的母亲张太太坐在前面的一乘轿子里,她不过四十三岁,可是身体已经出现了衰老的痕迹。她搓了十二圈麻将,便感到十分疲倦。她坐在轿子里,昏沉沉的,什么也不想;风有时吹动轿帘,她也不觉得。

琴跟她的母亲相反,她异常兴奋。她想着不久就要发生的、她有生以来的第一件大事。那件大事正像一个可爱的东西似的放在她面前,光彩夺目。她决定要拿它,但是她又知道她的手伸出去就会被人拦阻,她还不能确定她是否就可以把这件东西拿到手。她决定要拿它,虽然决定了,但是她仍旧有一点对于失败的顾虑。所以她还有些胆怯,她还害怕伸出手去。于是复杂的思想来到了她的脑子里,使她时而高兴,时而忧郁。她并不注意到周围的一切。她沉溺在自己的思想里,一直到轿子进了大门放在大厅上的时候。

和往常一样,她跟着母亲进了里面,先到母亲的房间,看女佣李嫂伺候母亲换了衣服,自己给母亲把换下来的出门的新衣折好,放进衣柜里去。

"不晓得怎么样,今天会这样累,"张太太换上一件旧湖绉皮袄,倒在床前一张藤椅上,感叹地说。

"妈,你今天牌打多了,"琴在桌子旁边一把椅子上坐下来,带笑地望着坐在斜对面的母亲说。"本来打牌太费精神,亏得你还打了十二圈。"

"你总是怪我打牌。你不晓得,像我这样大的年纪,不打牌又有什么事可做?"张太太带笑说。"不然就像你婆婆那样整天诵经念佛。可是我又做不到。"

"我并不是叫妈不要打牌,我不过说牌打多了费精神,"琴分辩道。

"这一层我也晓得,"张太太和蔼地说。她忽然注意到李嫂还垂着头无精打采地立在衣柜前面,便对她说:"李嫂,你去睡罢,没有事了。"李嫂应了一声,正要转身走出去,张太太又问了一句:"茶煨了吗?"

"是,煨在'五更鸡'[1]上面,"李嫂应道,便往外面走了。

张太太又继续说下去:"你说什么?——啊,你说牌打多了费精神。这一层我也晓得。然而我的精神不费也等于费的。我一天无事可做,这样活久了也没有趣味,活得太久了,反而惹人讨厌。"她说了这些话,便闭上眼睛,两手交叉地放在胸前,好像就要睡去似的。

屋里异常清静,只有钟摆滴答地响着。

琴本来有重要的话要对母亲说,可是她看见母亲闭上眼睛,知道今晚没有说话的机会,便站起来,想唤醒母亲上床去睡,免得受凉。她刚刚站起,张太太就睁开了眼睛,望着她说:

"你给我倒杯茶来。"

琴应了一声,便走到茶几前,拿了一个茶杯,把煨在"五更鸡"上面的茶壶拿下来,满满地斟了一杯酽茶,送到母亲面前,放在旁边的一个矮凳上,说:"妈,茶来了。"但是她并不走开,还立在母亲旁边,兴奋地望着母亲。她觉得机会来了,可是她还有点胆怯,话到了口边,又被她收回去了。

"琴儿,你今天也累了,你也去睡罢,"母亲温和地说,从矮凳上端起茶杯接连喝了两口。

"妈,"琴并不走开,却亲热地唤一声。

"什么事?"张太太仰起头看琴。

"妈,"琴又唤一声,一面低着头玩弄她的衣角,慢慢地说下去:"二表哥说他们学堂明年

[1]五更鸡:竹子编的煮茶用的灯罩,里面放着油壶。

下学期要招女生,我想去投考。"

"你说什么,男学堂收女学生!你还要去投考?"张太太吃了一惊,疑心她自己听错了话,便惊讶地问道。

"是的,"琴低声回答,接着又解释道:"这并不希奇。著名的北京大学已经收了三个女学生,南京、上海也有实行男女同学的学堂。"

"世界不晓得要变成什么样子!有了女学堂还不够,又在闹男女同学!"张太太感叹地说。"我们从前做姑娘的时候,万万想不到会有这些名堂!"

这些话好像一瓢冷水似的向琴的身上泼来,她觉得一身都冷了。她不作声。但是她还不曾完全绝望,她的勇气渐渐地恢复了,她又说出下面的话:

"妈,如今时代不同了,跟那时候已经隔了二十几年!世界是一天一天地变新的。男女都是一样的人,为什么我不可以和男学生同一个学堂读书?……"

她还要说下去,可是母亲止住了她。张太太笑了,又说:"我不跟你讲道理。我讲不过你,你进学堂读了这几年的书,自然会讲话。你会从你的新书本里面找出大道理来驳我,我晓得你会骂我是个老腐败。"

琴也笑了,但是她又央求道:"妈,答应我罢。你平日总是很相信我的。你从来没有不答应我什么事情!"

张太太有点心软,她答道:"就是因为这个缘故,我才受了不少的闲气。然而我并不怕人说闲话。我很相信你。……不过这件事情太大,你婆婆第一个就会反对,还有亲戚们也会讲闲话。"

"妈,你不是说过一切闲话你都不害怕吗?"琴热烈地说。"婆婆住在尼姑庵里头,一个月里难得回家住两三天。这几个月连一次也没有回来。哪个管她说什么话!既然她平日不管家里的事,只要你拿定了主意,像以前许我进一女师那样,亲戚们也没有理由反对。他们说闲话,我们只当没有听见。"

张太太沉默了一些时候,然后颓唐地说:"以前我很有胆量,可是如今我老了,我不愿意再听亲戚们的闲话。我很想安静地活几年,不愿意再找什么麻烦。你看,我也并不是丝毫不体贴儿女的母亲。你爹死得太早,就剩下你一个女儿,把责任都放在我的肩头。我不曾要你缠过脚,小时候就让你到你外公家跟表兄弟们一起读书。后来你要进学堂,我又把你送进了学堂。你看你五舅母的四表妹脚缠得很小,连字也不认识几个。便是你大舅母的三表妹,她很早也就不读书了!我总算对得起你。"她还想说下去,可是身体的疲乏使她住了口。她默默地望着琴,看见琴的绝望到差不多要悲泣的表情,又觉得不忍,于是温和地说:"琴儿,你去睡罢。好在时间还早,那是明年秋天的事,我们将来再商量。我总会替你想办法。"

琴悲声答应了一个"是"字,失望地走出来,穿过小小的堂屋回到自己的房里。她失望,但是她并不抱怨母亲,她反而感激母亲曾经十分体贴过她。

屋子里显得很凄凉,似乎希望完全飞走了,甚至墙壁上挂的父亲的遗容也对她哭起来。她觉得自己的眼睛湿了。她解下裙子放在床上,然后走到书桌前面,拨好了桌上锡灯盏里的灯芯,便坐在书桌前面的方凳上。灯光突然大亮了,书桌上《新青年》三个大字映入她的眼里。她随手把这本杂志翻了几页,无意间看见了下面的几句话:"……我想最要紧的,我是一个人,同你一样的人……或者至少我要努力做一个人。……我不能相信大多数人所说的。……一切的事情都应该由我自己去想,由我自己努力去解决。……"原来她正翻到易卜生的剧本《娜拉》。

这几句话对她简直成了一个启示,眼前顿时明亮了。她明白她的事情并没有绝望,能不能成功还是要靠她自己努力。总之希望还是有的,希望在自己,并不在别人。她想到这里,觉得那一切的绝望和悲哀一下子全消失了,她高兴地提起笔写了下面的一封短信:

倩如姐:

今天我底表哥告诉我说"外专"已经决定明年秋季招收女生了。我决定将来去投考。你底意思怎样?你果然和我同去吗?希望你不要顾虑。无论如何我们必须坚决地奋斗,给后来的姊妹们开辟一条新路,给她们创造幸福。

有暇请到我家里来玩,我还有话和你详谈。家母也欢迎你来。

蕴 华 ××日。

她写好了信,自己读过一遍,然后填上日期,又加上新式标点。白话信虽然据她的母亲说是"比文言拖长了许多,而且俗不可耐",但是她近来却喜欢写白话信,并且写得很工整,甚至于把"的""底""地"三个字的用法也分别清楚。她为了学写白话信,曾经把《新青年》杂志的通信栏仔细研究过一番。

六

高觉新是觉民弟兄所称为"大哥"的人。他和觉民、觉慧虽然是同一个母亲所生,而且生活在同一个家庭里,可是他们的处境并不相同。觉新在这一房里是长子,在这个大家庭里又是长房的长孙。就因为这个缘故,在他出世的时候,他的命运便决定了。

他的相貌清秀,自小就很聪慧,在家里得着双亲的钟爱,在私塾得到先生的赞美。看见他的人都说他日后会有很大的成就,便是他的父母也在暗中庆幸有了这样的一个"宁馨儿"。

他在爱的环境中渐渐地长成,到了进中学的年纪。在中学里他是一个成绩优良的学生,四年课程修满毕业的时候又名列第一。他对于化学很感兴趣,打算毕业以后再到上海或北京的有名的大学里去继续研究,他还想到德国去留学。他的脑子里充满了美丽的幻想。在那个时期中他是一般同学所最羡慕的人。

然而恶运来了。在中学肄业的四年中间他失掉了母亲,后来父亲又娶了一个年轻的继母。这个继母还是他的死去的母亲的堂妹。环境似乎改变了一点,至少他失去了一样东西。固然他知道，而且深切地感到母爱是没有什么东西能代替的，不过这还不曾在他的心上留下十分显著的伤痕。因为他还有更重要的东西，这就是他的前程和他的美妙的幻梦。同时他还有一个能够了解他、安慰他的人，那是他的一个表妹。

但是有一天他的幻梦终于被打破了，很残酷地打破了。事实是这样：他在师友的赞誉中得到毕业文凭归来后的那天晚上，父亲把他叫到房里去对他说：

"你现在中学毕业了。我已经给你看定了一门亲事。你爷爷希望有一个重孙，我也希望早日抱孙。你现在已经到了成家的年纪，我想早日给你接亲，也算了结我一桩心事。……我在外面做官好几年，积蓄虽不多，可是个人衣食是不用愁的。我现在身体不大好，想在家休养，要你来帮我料理家事，所以你更少不掉一个内助。李家的亲事我已经准备好了。下个月十三是个好日子，就在那一天下定。……今年年内就结婚。"

这些话来得太突然了。他把它们都听懂了，却又好像不懂似的。他不作声，只是点着头。他不敢看父亲的眼睛，虽然父亲的眼光依旧是很温和的。

他不说一句反抗的话，而且也没有反抗的思想。他只是点头，表示愿意顺从父亲的话。可是后来他回到自己的房里，关上门倒在床上用铺盖蒙着头哭，为了他的破灭了的幻梦而哭。

关于李家的亲事，他事前也曾隐约地听见人说过，但是人家不让他知道，他也不好意思打听。而且他不相信这种传言会成为事实。原来他的相貌清秀和聪慧好学曾经使某几个有女儿待嫁的绅士动了心。给他做媒的人常常往来高公馆。后来经他的父亲同继母商量、选择的结果，只有两家姑娘的芳名不曾被淘汰，因为在这两个姑娘之间，父亲不能决定究竟哪一个更适宜做他儿子的配偶，而且两家请来做媒的人的情面又是同样地大。于是父亲只得求助于拈阄的办法，把两个姑娘的姓氏写在两方小红纸片上，把它们揉成两团，拿在手里，走到祖宗的神主面前诚心祷告了一番，然后随意拈起一个来。李家的亲事就这样地决定了。拈阄的结果他一直到这天晚上才知道。

是的，他也曾做过才子佳人的好梦，他心目中也曾有过一个中意的姑娘，就是那个能够了解他、安慰他的钱家表妹。有一个时期他甚至梦想他将来的配偶就是她，而且祈祷着一定是她，因为姨表兄妹结婚，在这种绅士家庭中是很寻常的事。他和她的感情又是那么好。然而现在父亲却给他挑选了另一个他不认识的姑娘，并且还决定就在年内结婚，他的升学的希望成了泡影，而他所要娶的又不是他所中意的那个"她"。对于他，这实在是一个大的打击。他的前程断送了。他的美妙的幻梦破灭了。

他绝望地痛哭，他关上门，他用铺盖蒙住头痛哭。他不反抗，也想不到反抗。他忍受了。他顺从了父亲的意志，没有怨言。可是在心里他却为着自己痛哭，为着他所爱的少女痛哭。

到了订婚的日子他被人玩弄着，像一个傀儡；又被人珍爱着，像一个宝贝。他做人家要他做的事，他没有快乐，也没有悲哀。他做这些事，好像这是他应尽的义务。到了晚上这个把戏做完贺客散去以后，他疲倦地、忘掉一切地熟睡了。

从此他丢开了化学，丢开了在学校里所学的一切。他把平日翻看的书籍整齐地放在书橱里，不再去动它们。他整天没有目的地游玩。他打牌、看戏、喝酒，或者听父亲的吩咐去作结婚时候的种种准备。他不大用思想，也不敢多用思想。

不到半年,新的配偶果然来了。祖父和父亲为了他的婚礼特别在家里搭了戏台演戏庆祝。结婚仪式并不如他所想象的那样简单。他自己也在演戏,他一连演了三天的戏,才得到了他的配偶。这几天他又像傀儡似地被人玩弄着;像宝贝似地被人珍爱着。他没有快乐,也没有悲哀。他只有疲倦,但是多少还有点兴奋。可是这一次把戏做完贺客散去以后,他却不能够忘掉一切地熟睡了,因为在他的旁边还睡着一个不相识的姑娘。在这个时候他还要做戏。

他结婚,祖父有了孙媳,父亲有了媳妇,别的许多人也有了短时间的笑乐,但他自己也并不是一无所得。他得到一个能够体贴他的温柔的姑娘,她的相貌也并不比他那个表妹的差。他满意了,在短时期内他享受了他以前不曾料想到的种种乐趣,在短时期内他忘记了过去的美妙的幻梦,忘记了另一个女郎,忘记了他的前程。他满足了。他陶醉了,陶醉在一个少女的爱情里。他的脸上常常带着笑容,而且整天躲在房里陪伴他的新婚的妻子。周围的人都羡慕他的幸福,他也以为自己是幸福的了。

这样地过了一个月,有一天也是在晚上,父亲又把他叫到房里去对他说:

"你现在成了家,应该靠自己挣钱过活了,也免得别人说闲话。我把你养到这样大,又给你娶了媳妇,总算尽了我做父亲的责任。以后的事就要完全靠你自己。……家里虽然有钱可以送你到下面去继续求学,但是一则你已经有了妻子,二则,现在没有分家,我自己又在管账,不好把你送到下面去。……而且你到下面去读书,爷爷也一定不赞成。闲在家里,于你也不好。……我已经给你找好了一个位置,就在西蜀实业公司,薪水虽然不多,总够你们两个人零用。你只要好好做事,将来一定有出头的日子。明天你就到公司事务所去办事,我领你去。这个公司的股子我们家里也有好些,我还是一个董事。事务所里面几个同事都是我的朋友,他们会照料你。……"

父亲一句一句平板地说下去,好像这些话都是极其平常的。他听着,他应着。他并不说他愿意或是不愿意。一个念头在他的脑子里打转:"一切都完了。"他的心里藏着不少的话,可是他一句话也不说。

第二天下午,父亲对他谈了一些关于在社会上做事待人应取的态度的话,他一一地记住了。两乘轿子把他们父子送到西蜀实业公司经营的商业场的后门。他跟着父亲走到事务所去,见了那个四十多岁有八字须的驼背的黄经理,那个面貌跟老太婆相似的陈会计,那个瘦长的王收账员,以及其他两三个相貌平常的职员。经理问了他几句话,他都简单地像背书似地回答了。这些人虽然对他很客气,但是他总觉得在谈话上,在举动上,他们跟他不是一类的人;而且他也奇怪为什么以前就很少看见这种人。

父亲先走了,留下他在那里,惶恐而孤独,好像被抛弃在荒岛上面。他并没有办事,一个人痴呆地坐在经理室里,看经理跟别人谈话。他这样地坐了整整两个多钟头。经理忽然发见了他,对他客气地说:"今天没有事,世兄请回去罢。"他像囚犯遇赦似的,高兴地雇了轿子回家,一路上催着轿夫快走,他觉得世界上再没有比家更可爱的了。

他回到家里,先去见祖父,听了一番训话;然后去见父亲,又是一番训话。最后他回到自己的房里,妻又向他问长问短,到底是从妻那里得到一些安慰。第二天上午十点在家吃过早饭后,他便到公司去,一直到下午四点钟才回家。这一天他有了自己的办公室,而且在经理和同事们的指导下开始做了工作。

这样在十九岁的年纪他便大步走进社会了。他逐渐地熟习了这个环境,学到了新的生活方法,而且逐渐地把他在中学四年中所得到的学识忘掉。这种生活于他不再是陌生的了。他第一次领到三十元现金的薪水的时候,他心里充满着欢喜和悲哀,一方面因为这是自己第一次挣来的钱,另一方面却因为这是卖掉自己前程所得的代价。可是以后一个月一个月平淡地生活下去,他按月领到那三十元的薪水,便再没有什么特殊的感觉了,没有欢喜,也没有悲哀。

这种生活也还是可以过下去的,没有欢喜,也没有悲哀。虽然每天照例要看见那几张脸,听那些无味的谈话,做那些呆板的事,可是他周围的一切还是平静而安稳。家里的人也不来打扰他,让他和妻安静地过他们的家庭生活。

然而不过半年他一生中的另一个大变故又发生了:时疫夺去了父亲,他和弟妹们的哭声并不能够把父亲留住。父亲去了,把这一房的责任放在他的肩上。上面有一个继母,下面有两个在家的妹妹和两个在学校里读书的弟弟。这时候他还只有二十岁。

他的心里充满了悲哀,他为死去的父亲而哭,他却不曾想到他自己的处境变得更可悲了。他的悲哀不久便逐渐消去。在父亲的棺木入土以后,他似乎把父亲完全忘记了。他不仅忘记了父亲,同时他还忘记了过去的一切,他甚至忘记了自己的青春。他平静地把这个大家庭的担子放在他的年轻的肩上。在最初的几个月,这个担子还不算沉重,他挑着它并不觉得吃力。可是短短的时期一过,许多有形和无形的箭便开始向他射来,他躲开了一些,但也有一些射到了他的身上。他有了一个新的发现,他看见了这个绅士家庭的另一个面目。在和平的、爱的表面下,他看见了仇恨和斗争,而且他自己也就成了人们攻击的目标。虽然他的环境使他忘记了自己的青春,但是他的心里究竟还燃烧着青春的火。他愤怒,他奋斗,他以为他的行为是正当的。然而奋斗的结果只给他招来了更多的烦恼和更多的敌人。这个大家庭是由四房组织成的。他的祖父本来有五个儿子,但是他的二叔很早就死了。在现有的四房中,除了他自己这一房外,三叔比较跟他接近,四叔和五叔对他不大好,尤其是四婶因为他的继母无意中得罪了她,在暗中跟他这一房闹得厉害,五婶受到四婶的挑拨,也常常跟他的继母作对。由于她们的努力,许多关于他或者他这一房的闲话就流传出去了。

　　他的奋斗毫无结果。而且他也疲倦了。他想,这样不断地跟长辈冲突有什么好处呢?四婶和五婶,再加上一个陈姨太,她们永远是那样的女人。他不能够说服她们,他又何必自寻烦恼,浪费精力呢?于是他又发明了新的处世方法,或者更可以说是处家的方法。他极力避免跟她们冲突,他在可能的范围内极力敷衍她们,他对她们非常恭敬,他陪她们打牌,他替她们买东西。……总之,他牺牲了一部分的时间去讨她们的欢心,只是为了想过几天安静的生活。

　　不久他的大妹淑蓉因肺病死了。这虽然给他带来悲哀,但是他也觉得心里轻松一点,似乎肩上的担子减轻了一些。

　　又过了一些时候,他的第一个婴儿出世了,这是一个男孩。

他为了这件事情很感激他的妻,因为儿子的出世给他带来了莫大的欢喜。他觉得自己已经是没有希望的人了,以前的美妙的幻梦永远没有实现的机会了。他活着只是为了挑起肩上的担子;他活着只是为了维持父亲遗留下的这个家庭。然而现在他有了一个儿子,这是他的亲骨血,他所最亲爱的人,他可以好好地教养他,把他的抱负拿来在儿子的身上实现。儿子的幸福就是他自己的幸福。这样想着他得到了一点安慰。他觉得他的牺牲并不是完全白费的。

　　过了两年五四运动发生了。报纸上的如火如荼的记载唤醒了他的被忘却了的青春。他和他的两个兄弟一样贪婪地读着本地报纸上转载的北京消息,以及后来上海、南京两地六月初大罢市的新闻。本地报纸上又转载了《新青年》和《每周评论》里的文章。于是他在本城唯一出售新书报的"华洋书报流通处"里买了一本最近出版的《新青年》,又买了两三份《每周评论》。这些刊物里面一个一个的字像火星一样地点燃了他们弟兄的热情。那些新奇的议论和热烈的文句带着一种不可抗拒的力量压倒了他们三个人,使他们并不经过长期的思索就信服了。于是《新青年》、《新潮》、《每周评论》、《星期评论》、《少年中国》等等都接连地到了他们的手里。以前出版的和新出版的《新青年》、《新潮》两种杂志,只要能够买到的,他们都买了,甚至《新青年》的前身《青年杂志》也被那个老店员从旧书堆里检了出来送到他们的手里。

　　每天晚上,他和两个兄弟轮流地读这些书报,连通讯栏也不肯轻易放过。他们有时候还讨论这些书报中所论到的各种问题。他两个兄弟的思想比他的思想进步些。他们常常称他做刘半农的"作揖主义"[1]的拥护者。他自己也常说他喜欢托尔斯泰的"无抵抗主义"。其实他并没有读过托尔斯泰自己关于这方面的文章,只是后来看到一篇《呆子伊凡的故事》[2]。

"作揖主义"和"无抵抗主义"对他的确有很大的用处,就是这样的"主义"把《新青年》的理论和他们这个大家庭的现实毫不冲突地结合起来。它给了他以安慰,使他一方面信服新的理论,一方面又顺应着旧的环境生活下去,自己并不觉得矛盾。于是他变成了一个有两重人格的人:在旧社会里,在旧家庭里他是一个暮气十足的少爷;他跟他的两个兄弟在一起的时候他又是一个新青年。这种生活方式当然是他的两个兄弟所不能了解的,因此常常引起他们的责难。但是他也坦然忍受了。他依旧继续阅读新思想的书报,继续过旧式的生活。

他看见儿子慢慢地长大起来,从学爬到走路,说简短的话。这个孩子很可爱,很聪明,他差不多把全量的爱倾注在这个孩子的身上,他想:"我所想做而不能做到的,应当由他来替我完成。"他因为爱孩子,不愿意雇奶妈来喂奶,要他的妻自己抚养孩子,好在妻的奶汁也很够。这样的事在这个绅士家庭里似乎也是一个创举,因此又引起外人的种种闲话。但是他都忍受了,他相信自己是为了孩子的幸福才这样做的,而且妻也体会到他这种心思,也满意他这个办法。

每天晚上,总是妻带着孩子先睡,他睡得较迟。他临睡时总要去望那个躺在妻的身边、或者睡在妻的手腕里的孩子的天真的睡脸。这面容使他

---

[1]刘半农的短文《作揖主义》,见《新青年》第五卷第五号(1918年10月)。
[2]《呆子伊凡的故事》是托尔斯泰(1828—1910)的短篇小说(孙伏园译),见《新潮》第二卷第五号(1920年6月)。

忘记了自己的一切,他只感到无限的爱,他忍不住俯下头去吻那张美丽的小脸,口里喃喃地说了几句含糊的话。这些话并没有什么意义,它们是自然地从他的口中吐出来的,那么自然,就像喷泉从水管里喷出来一样。它们只是感激、希望与爱的表示。

他并不知道从前他还是一个孩子的时候,他也曾经从父母那里受到这样的爱,他也曾经从父母那里听到这样的充满了感激、希望与爱的语言。

七

星期日下午，觉新照常到西蜀实业公司事务所去，那里没有星期日例假。

他刚刚坐下喝了几口茶，觉民和觉慧也来了。他们差不多每个星期日下午都要到哥哥的办公室。跟往常一样，他们也买了几本新书。

觉新服务的西蜀实业公司所经营的事业，除了商场铺面外，还有一个附设的小型发电厂，专门供给商场铺面的租户和附近一两条街的店铺用电。商场很大，里面有各种各类的商店，公司事务所就是商场铺面经租事务所，设在商场里面，管理经租、收费等等业务。销售新书报的"华洋书报流通处"也开设在这个商场后门的左角上。因此书店与觉新弟兄的关系就更加密切了。

"《新青年》这一期到得很少，我们去的时候只剩了一本，再要晏几分钟，就给别人拿走了，"觉慧在窗前一把藤椅上躺下去，翻开那本十六开本的杂志，像捧着宝物似地带笑说。

"我已经对陈老板嘱咐过了，要他每次新书寄到，无论如何先给我留一本，"觉新正在翻阅账目，听见觉慧的话不在意地答应了一句。

"嘱咐也没有用,要的人太多,而且大半是以前订阅的。这次只到了三包,不到两天就完了,"觉慧兴奋地解释道,他翻到里面的一篇论文,津津有味地读起来。

"其余的不久也会到,陈老板不是说过邮包已经在路上吗?这三包是加快的,"觉民刚坐下去,就插嘴说。他又从座位上站起来,在写字台上取了一本《少年中国》,拿回到自己的座位上翻看。他坐在右面靠墙的椅子上,这一排一共是三把椅子,中间间隔地放了两个茶几。他坐的那把椅子离窗户最近,中间只隔着觉新常坐的活动的圆椅。

三个人都不开口了。房里只有算盘珠子的接连的、清脆的响声。冬日的温暖的阳光透过窗户斜射进来,被淡青色洋布的窗帷遮住了。外面有脚步声,其中一双皮鞋踏在三合土路上的声音比其余的更响亮,更清晰,而且愈来愈近。房里的人可以听见皮鞋走上了石阶,走进了事务所的大门,于是这个房间的蓝布门帘动了一下,一个瘦长的青年掀起门帘走进来。屋里的三个人都抬头望了他一眼。觉新带笑地唤了一声:"剑云。"

进来的正是陈剑云,他招呼了觉新弟兄以后,便从桌上拿了一张当天的《国民公报》,在觉民旁边一把椅子上坐了。他翻看了本省新闻,把报纸放在茶几上,掉过头去向觉民问道:"你们学堂放了寒假吗?"

"课已经完了,下个星期就考试,"觉民抬起头,看了他一眼,淡淡地答应一句,又埋下头去看《少年中国》。

"听说今天学生联合会在万春茶园演戏筹款办平民学校,是吗?"剑云还殷勤地问。

觉民略略抬起头,依旧冷淡地回答说:"有是有的,我没有留心,不一定是学生联合会,大概是两三个学堂主办。"他说的是真话,因为他平日对这些事情不大留心。他每天到学校就上课,下课后就回家。明年春季游艺会里演剧,他担任《宝岛》里的李医生这个脚色,还是英国教员指定他扮演的。

"那么你们不去看吗?听说演的是《终身大事》[1]和《傀儡家庭》[2]。我想一定不错。"

"路太远了,我们这几天担心考试,也无心看戏,"觉民答道,这一次他连头也不抬起来。

"我倒想去看看。这两本戏都好,"觉新忽然插嘴说,他一面在拨算盘珠子,"可惜我没有空。"

"就是你有空,现在也来不及了,"觉慧读完了杂志上的文章,便把杂志阖起来放在膝上,抬起头带笑说。

剑云又埋下头去,默默地拿起茶几上的报纸,没精打采地翻看着。

"剑云,你近来还在王家教书吗?怎么好多天不看见你来?身体还好罢?"觉新算好了账,忽然注意到剑云有一点局促不安的样子,便关心地问道。

"我着了凉生了几天病,所以好多天没有来看你们。我还在王家教书,常常碰见琴小姐。"剑云不论当面称呼或是背后提起,总是叫琴做"琴小姐"。他是高家的远房亲戚,还是觉新的平辈,不过年纪比觉新小,因此他习惯地跟着觉民弟兄唤觉新做"大哥"。他的父母早死了。他寄养在伯父的家里。中学毕业以后,他无力升学,只得找了一个小事糊口:教王家两个孩子的

---

[1]《终身大事》:胡适写的独幕剧,见《新青年》第六卷第三号(1919年3月)。
[2]《傀儡家庭》:挪威剧作家易卜生(1828—1906)的《娜拉》的另一个译本。

英文和算学。王家是张太太的亲戚,和张太太同住在一所公馆里,他常常在王家遇见琴。

"你脸上没有血色,人也瘦多了。你身体素来弱,应该好好保养才是,"觉新同情地安慰剑云道。

"大哥,你说得不错,"剑云露出感激的样子说,"我自己也晓得。"

"那么为什么你的脸色总是这样阴沉呢?"觉新关心地问道。

剑云微笑了,不过谁也看得出他的笑是很勉强的。他说:"别人都是这样说,不过我自己并不觉得。我想也许是身体弱的缘故罢,不然就是很早死去父母的缘故。"他的嘴唇微微地颤动,他似乎要哭了,但是他并没有流出眼泪来。

"身体弱就应该多运动,单是忧愁也没有用处,"觉民抬起头不以为然地说。他的话还没有说完,外面忽然响起了脚步声,一个女性的声音唤着:

"大表哥。"

"琴小姐来了,"一道微光掠过剑云的脸,他低声说。

"啊,请进来罢,"觉新连忙站起来高声应道。

这时门帘一动,进来的果然是琴,她的母亲和仆人张升在后面跟着,但是张升马上又走出去了。

琴穿了一件淡青湖绉棉袄,下面系着一条青裙。发鬓垂在两只耳边,把她的鹅蛋形的面庞,显得恰到好处。整齐的前刘海下面,在两道修眉和一根略略高的鼻子的中间,不高不低地嵌着一对大眼。这对眼睛非常明亮,不仅给她的笑脸添了光彩,而且她一走进来,连这个房间也显得明亮多了。众人的视线都集中在她的身上。她跟着她的母亲带笑地招呼了屋里的几个人。

觉新们也向她们母女打了招呼,觉民和剑云连忙站起来让座位给她们,他们自己便坐到正对着窗户的两把椅子上去。觉新又按铃叫人泡来了两碗茶。

"明轩,听说新发祥新到了好些衣料,我想去买一两件。不晓得有没有合式的?"张太太跟他们谈了几句话以后,便对觉新说。

"是的,种类很多,是毛葛一类的,"觉新毫不迟疑地答道。

"那么请你陪我去看看,好不好?"

"姑妈要去看,我陪姑妈去就是了。现在就去吗?"觉新说着,就站起来,两只眼睛愉快地望着张太太,等候她的回答。

张太太高兴地说:"你现在没有事吗?那么现在就去。"她也站起来,还掉过头看了看琴。

琴带笑地说:"妈,我不去了。我在这儿等你。"她也站起来,走到写字台前面。

"也好,"张太太说。她看见觉新掀起门帘让她先出去,便先跨出了门槛。觉新跟着她往外面走去。

"三表弟,你在看什么书?"琴站在写字台前,望着觉慧手里的杂志问道。

"《新青年》,新到的,"觉慧抬起头看她一眼,得意地答道。他紧紧地捏着杂志,好像害怕琴会把它抢去似的。

琴看见他这个样子不觉微微笑道:"你不要害怕,我又不会抢它去。"

觉民笑了,说:"琴妹,我这儿有新的《少年中国》,你看罢。"

觉慧坐起来,也把杂志递给琴,接连地说:"你看,你看,免得一会儿你又说我把新杂志当作宝贝。"

琴并不伸手去接,她只说:"你们先看好了。等你们看完,我再借回家去慢慢看。"她这话是对他们弟兄两个说的。

觉慧把手缩回来,又躺下去看书。但是过一会儿他忽然带笑地问她:"琴姐,你今天这样高兴,是不是你的事情姑妈已经答应了?"

琴摇摇头,说:"我也不晓得我为什么高兴。我的事情妈答应不答应,也没有关系。我的事情应该由我自己决定,因为我跟你们一样,我也是人。"她说着话便走到觉新的座位前坐下去,随意翻看桌上的账簿。

"说得不错,"觉民在旁边称赞道,"你真是一个新女性!"

"不要挖苦我罢,"琴带笑地说。忽然她的面容变得严肃了,她用另一种语调说:"我告诉你们一个不寻常的消息:你们的钱家大姨妈回省城来了。"

这果然是一个不寻常的消息。"那么梅表姐呢?"觉慧坐起来,关心地问。

"她也回来了。她出嫁不到一年就守了寡,因为婆家待她不好,她又回到你大姨妈家里,这一次便跟你大姨妈上省来了。"

"你怎么晓得这样清楚?你这个消息是从哪儿得来的?"觉民惊奇地问,金丝眼镜下面的一对眼睛睁得圆圆的。

"她昨天到我们家里来过,"琴低声回答。

"梅表姐到你们家里去过?她还是跟从前一样罢?"觉民关心地问。

"她有点憔悴,不过人并不十分瘦,而且比从前更好看些。只是那双眼睛,水汪汪的,里面似乎含了不少的东西。我不敢多向她问话,我害怕使她记起了往事。她跟我谈了一些话,谈的只是宜宾的风土人情和她自己的近况。她并不曾提起大表哥。"琴的声音变得忧郁了,说到最后一句,她忽然换过语调问觉民道:"大表哥现在对她怎样?"

"大哥好像早把梅表姐忘记了,他从来不曾提过梅表姐的名字,而且他对嫂嫂也很满意,"觉民直率地答道。

琴把头微微一摇,略带感伤地说:"可是梅表姐不见得就容易忘记他。单看她那双眼睛,我就知道她至今还记得大表哥。……妈叫我不要把这个消息告诉大表哥。"

"其实告诉他也不要紧。梅表姐和大姨妈又不会到我们家里来,他们没有见面的机会。大哥已经完全忘记了那件事情。本来几年一过,一切都改变了。况且他跟嫂嫂感情很好。还怕什么呢?"觉慧插嘴说。

"我想还是不告诉他好。既然忘记了,就不应该让他再记起来。哪个能够保定大哥真的忘记了梅表姐呢?"觉民慎重地表示他的意见。

"我看,还是不让他晓得好些,"琴点头答道。

剑云坐在屋角那把椅子上,脸色不大好看。他似乎想说话,但只是把嘴唇动了几下,并没有说出话来。他时时望着琴的脸,注意地听她谈话。但是琴并没有注意他。他又用羡慕的眼光看觉民和觉慧。这个时候,琴提到的往事深深地感动了他(同时还有另外一个原因),他忍不住感叹地说:

"要是大哥果然同梅表姐结了婚,那真是人间美满的事情。"

琴温和地看了他一眼,但是马上又把眼光掉开了。在他却好像受到了一次祝福,他细细地回味着琴的话:"哪个又不是这样想呢?"

"我不晓得当时是什么人在里面作梗,使得妈跟大姨妈起了冲突,破坏了大哥同梅表姐的幸福!"觉慧气愤地说。

"你不晓得。我晓得的,妈都告诉我了。连大表哥本人也不晓得,"琴依旧用忧郁的调子说,"本来大舅已经托人去做过媒了。你大姨妈先有了允意,据说她后来把大表哥同梅表姐两人的八字拿去找人排了一下,说是两造的命相克,不能配合,否则女的会早死。因此她拒绝了这门亲事。其实另外有原因。原来有一天她在牌桌子上跟现在的大舅母有了意见,自以为受了委屈,才拿拒婚的事来报复。大舅母本来也喜欢梅表姐,其实在你们家里哪个不喜欢梅表姐呢?大舅母对拒婚的事情很不满意。后来大表哥同李家小姐订婚的消息传出去,你大姨妈也很不高兴。她们两个人就闹翻了,甚至于断绝了来往。"

"原来有这样的事,我们以前还不晓得,"觉民恍然大悟地说,"我们不晓得他们的亲事已经提过了。我们只怪爹和现在的妈不懂得大哥的心事,不关心大哥的幸福。原来是错怪了他们。"

"是啊,当初哪个不希望大哥同梅表姐结婚?我们当初听见大哥订婚的消息,心里总觉得不舒服,我们很替梅表姐抱不平,还怪大哥不起来反抗,糊里糊涂就答应了。后来梅表姐不到我们家里来了,不久她便离开了省城。后来大哥接了嫂嫂,我们都同情梅表姐,暗中抱怨大哥。说起来真好笑,我们似乎比大哥本人更起劲。……在当时我们都以为大哥同梅表姐结婚,是天经地义的事,"觉慧说到最后,不觉笑了起来。

"那时候恐怕也说不上爱,他们两个不过年纪相当,性情投合罢了。所以分别以后大哥并不怎么难过,"觉民这样解释说。

"你真是！……难道在当时'年纪相当，性情投合'八个字还不够吗？"觉慧反问道。

"唉！唉！……"剑云一个人在屋角叹气。

"剑云，你有什么事？你一个人在叹气！"觉民惊讶地问。剑云并不回答，好像没有听见似的。

"他常常是这样的，"觉慧笑着说。

三个人的眼光都集中在剑云的脸上。剑云埋下了头，但是他马上又把头抬起来，他的一双阴暗的眼睛畏怯地看琴的脸。琴一点也不躲避，倒是他的眼光立刻又掉开了。他只是摇着头说："你们不懂得大哥。你们不懂得。大哥决不会忘记梅表姐。我早就看出来了：大哥时常在思念梅表姐。"

"那么为什么我们就看不见他一点表示呢？他连梅表姐的名字也很少提到。照你说来，岂不是心里越是爱，表面上便越是冷淡吗？"觉民提出了这个他自己以为是很有力的反驳。

"这不是应不应该的问题。我以为这是事实，有时候连他本人也不明白，"剑云解释道。

"我就不信！"觉慧坚决地说。

"我也是这样想，"琴恳切地说；"我以为那样的事是不会有的。这是光明正大的事，无须乎隐讳。心里既然热烈，怎么又能够在表面上做得非常冷淡呢？"

剑云好像受了大的打击似的，脸色忽然变青了。他的嘴唇微微颤动，眼睛垂下来，他低着头，一句话也不说。

琴注意到了剑云的神情，站起来惊讶地问：

"陈先生，你怎样了？"

剑云抬起头来看琴的脸，他的脸上现出疑惑的表情。接着他微微一笑。眼睛发亮了,但依旧是忧郁的眼光。于是笑容又不见了。他的面色很快地阴沉下来。

觉民弟兄的眼光随着琴的眼光落在他的脸上。他们三个人看到他的脸部表情的变化,却不明白这个变化的原因。

"陈先生,你脸色不好看,你不舒服吗?"琴同情地问。"你是不是有为难的事情?"

剑云现出了窘相,他望着琴的发光的脸,找不出一句适当的话。他的舌头也变迟钝了,他费力地说出了下面的话:"没有什么,没有什么。我没有心事。"他摇了摇头,又说:"我的脑筋太差,我总表达不出自己的意思。"他凄然地微微笑了。

"陈先生,你为什么总是这样谦虚?我们常常见面,又比不得外人,"琴温和地说。

"这不是谦虚,我实在不行。跟你们比起来,我总觉得自己差得太远。我不配跟你们在一起。"剑云的脸色变红了,这不是因为羞愧,这是由于他的诚挚、兴奋的谈话。他唯恐别人不相信这些话,所以特别用力地说了出来。

"不要说这样的话,我们不要听。还是谈别的事罢,"琴猝然转过话题,用一种似乎是命令的语调,但又是同情的声音对剑云说。

觉民在旁边不说什么,他的眼光时而落在琴的脸上,时而望着剑云的面孔。他很细心地听他们谈话,有时又露出得意的笑容。觉慧又翻开《新青年》读着,并不注意他们的谈话。

剑云的脸部表情时时在变化,人很难猜透他心里究竟在想什么。琴的"我们"两个字似乎使他难过。

"琴小姐,改天再谈罢,我要走了,我还有别的事,"剑云说着突然站起来,要往外面走。

琴惊讶地望着他,并不说什么。倒是觉民说了:"多坐一会儿不好吗?大家一块儿谈谈也是好的。大哥马上就要回来了。"

"谢谢你,我就要走了,"他迟疑一下才毅然答道。他向他们点了点头,就走出去了。

"他有什么心事?"琴向觉民问道,她的脸上现出疑惑不解的神情。

"他的事情哪个晓得!"觉民简短地回答。

"他一定有什么心事,不然为什么变得这样古怪!以前他似乎还好一点,"琴沉吟地说。

"不错,他近来越变越古怪了。大概因为他的环境不好,刺激受多了,人就变得古怪了,"觉民说。

"我很想对他好一点。可是我每次见到他,想跟他多说几句话,他却把他的心关起来,"琴诚恳地说,似乎在向谁辩解似的。她看见觉民弟兄不答话,便继续说下去:"他自己把心关着,唯恐别人看见他的秘密,你想这样一来别人怎好跟他接近?他有时候看见我,我跟他认真谈起话来,他却极力躲避,好像害怕什么似的。"

"大概所谓伤心人别有怀抱罢,可惜他生错了时代了,"觉民嘲笑地说。"不过他有时候还看看新书,"他又加上这样的一句。

"管他做什么?"觉慧突然把杂志阖上,拍着自己的膝头叫起来。"像这样的人现在到处都是,你管得全吗?"

他们三个人沉默了一会儿。一张陌生的脸伸进门帘里来,向四周看了一下,自语道:"高师爷出去了。"这面庞也就不见了。

琴忽然想起了一件事,便正色地对觉民说:"我的事情已经决定了。我现在只有努力预备功课。我想跟你补习英文,你肯不肯?"

"哪儿有不肯的道理!"觉民欣喜地说。"不过时间……"

"随便你罢,自然在晚上,白天我们都要上课。……我想不必等到明年开学的时候,能够马上开头最好。"

"好罢,我等一会儿到你们家去仔细商量。……姑妈他们回来了。"觉民添上后面一句话,因为他听见了觉新和张太太在外面谈话的声音。

果然觉新在外面揭起了门帘,让张太太先走进来,随后他也进来了。张升走在最后,手里捧着一包东西。

"琴儿,我们回去罢,时候不早了,"张太太刚刚坐下喝了一口茶,便对琴说。她看见张升还在房里,又吩咐道:"你把东西先拿出去。"

张升答应一声就出去了。过了一会儿琴和她的母亲也走出去了。觉新把她们送到事务所门口,觉民和觉慧却一直送到商业场后门,看见她们母女坐上了轿子,才回到事务所去。

八

觉慧和觉民走出了商业场的前门。觉民到琴的家里去,觉慧走另一条路去看一个朋友。

觉慧一个人走过了几条街,在十字路口碰见了同学张惠如。他气咻咻地埋着头在跑,没有看见觉慧,却被觉慧一把抓住了。

"惠如,你有什么事?你跑得这样急!"觉慧惊讶地问。

那个三角脸的青年抬起头,看了觉慧一眼,额上留着几颗汗珠,口里喘着气,急得说不出话来。过了一会儿他才吐出几个字:"不得了!……出了事了!"

"你快说!什么事?"觉慧惊惶地问。

张惠如的呼吸稍为平顺了一点,但是他依旧激动地说话,声音因为愤怒和着急在发颤:"我们给丘八打了!……就在万春茶园里头。"

"什么?你说,你快说!"觉慧用颤抖的手握着张惠如的左臂,不住地摇撼。"什么!兵打了学生?快说,把详细情形告诉我!"

"我要回学堂去告诉同学。我们一路去罢,我慢慢告诉你……"

张惠如的眼里发出憎恨的光。

觉慧不由自主地掉转身,回头跟着张惠如走。他浑身发热,咬着嘴唇皮,等候张惠如讲话。

"听我说,听我说,"张惠如一边走一边用激动的声音叙述道,"今天在万春茶园演戏,我既不是演员,又不担任什么职务,我只是一个看客。事情据说是这样的:开演的时候,有两三个兵不买票一定要进去看白戏。收票的人告诉他们说这跟普通戏园不同,不买票就不能看戏。他们简直不可理喻,一定要进去,终于被我们的人赶了出来。谁知过了一会儿他们又约了十多个同伴来,一定闹着要进去。我们的人恐怕他们捣乱,为了息事宁人起见,便放他们进去了。他们到了里面坐下来,乱叫好,乱闹,比在普通戏园里还要放肆。后来我们的人实在忍不住了,劝他们安静一点,不要妨碍别人看戏。他们仍然胡闹。我们的人要维持秩序,只得出来干涉。这样就得罪了他们。他们就动手打起来,有的丘八还跑上戏台胡闹。乱子闹大了,后来还是城防司令部派了一连兵来才弹压住了。然而戏园已经打得不成样子,同学中轻伤的也有几个。肇事的兵都逃光了,没有捉住一个。一连武装的兵居然连几个徒手的丘八也捉不到,哪个舅子才相信!这明明是预先安排好了的。……"

"不错,一定是预先安排好的!"觉慧抢着说,他用手按住胸膛,他觉得怒火直往上冒,他的胸膛好像快要炸裂似的。"本来这几天外头就谣传当局有不利于学生的举动。据说这两年来学生太爱闹事了,今天检查仇货,明天游行示威,气焰太盛,非严加管束不可。所以他们极力煽起军人对学生的恶感,用丘八来对付学生。这是第一步。看着罢,后面还有呢!"

"我们在场的人临时在少城公园里头开了个紧急会议,决定马上召集各校在校同学到督军署请愿去。应该提出的条件已经决定了。你去不去?"张惠如说着便加快了脚步。

"当然去!"觉慧答应道,这时他们快到学校了,便大步向学校走去。他们怀着万分激动的心情走进了学校。

操场里有不少住校的同学,他们聚成几堆,在谈论什么。人声嘈杂,好像整个学校都活动起来了。张惠如知道一定是消息比他先到了。果然他看见高一班的同学黄存仁在那里说话,他演过《终身大事》里的父亲。不过闹乱子的时候,《终身大事》已经演完了。

既然消息已经早到了这里,张惠如就不必报告什么了。他和觉慧随便加入到一堆人里面去,听他们谈些什么。他也发言,他终于把所知道的全说了出来。他们谈论着,热烈地谈论着,一直到全体出发的时候。

少城公园是学生们临时集合的地点。他们这一队到达那里的时候,已经有几个学校的学生先到了。这是星期日,学生不容易召集,有些学校已经放了寒假,所以到的不是全体,人数比实数差了许多,而且只有几个重要的学校,跟检查仇货游行示威的时候参加的人数比起来更差得远。然而也有两百多人。

天空已经变成了青灰色。附近的灯光开始亮起来。大队向督军署出发了。

觉慧怀着紧张的心情向四面张望。路旁站着不少旁观的人:有的做出好奇的样子,有的在低声谈论,也有人胆怯地避开了。

"多半又要检查仇货了,不晓得该哪一家铺子倒霉?"一个陌生的口音送进觉慧的耳里,他掉过头注意地看,一对奸猾的小眼睛摆在一张瘦脸上。他马上把眉毛竖起来。可是他还不能十分确定后一句话是否听错了。他依旧跟着大队向前走。

他们走到督军署,天已经晚了。黑暗压下来,使每个人的心情变得更紧张。他们有一种奇怪的感觉,似乎这不仅是天色的黑暗,这还是社会的黑暗与政治的黑暗。他们带着年轻的心跟这一切奋斗,在这一群好像漠不关心的市民中间。

大队到了督军署门前的广场。一排兵士端着枪在前面等候他们,那些锋利的枪刺正对着他们的胸膛。兵士们都带着严肃的表情沉默地望着这一大群学生。学生们兴奋地嚷着要进去,兵士们不肯放下枪。两方面争持不下,过了一些时候,学生们经过一次商议,后来决定推举八个代表进去见督军。然而这八个代表依旧不能够进督军署,兵士拦住了他们。后来一个小军官出来不客气地对他们说:

"督座回府去了。请各位回去罢。"

代表们温和地据理解释了一番,说即使督军不在,请秘书长出来代见也好。然而小军官只是冷淡地摇着头说:"办不到,"而且还现出得意的样子,好像表示现在大权捏在他的手里,他一个人就可以对付这许多学生似的。

代表们把交涉的结果向同学报告了。全个广场马上骚动起来。

"不行,非要督军出来见我们不可!"

"一定要进去,一定要进去!"

"督军不在,就叫秘书长出来代见!"

"冲进去,不管三七二十一,冲进去再说!"

种种的话在空气里回响。广场上有无数的头在动。有些人真的往前冲,但又让别人挡住了。

"同学们,安静点,秩序,我们要保持秩序!"一个代表大声地叫。

"秩序!""秩序!"一部分人响应地叫着。

"管他什么秩序!先冲进去再说!"有人这样叫。

"不行,他们有枪!"又有人这样回答。

"秩序,秩序!听代表说话!"大部分的人都这样叫。

闹声渐渐地平静下来,秩序终于恢复了。黑暗的天空中开始落下细的雨点。

"同学们,他们不让我们进去,督军署不肯派人出来见我们。现在怎么办?回去吗,还是在这儿等着?"为了使全场的人都能够听见他的话,那个说话的代表便拼命地叫,甚至把声音都叫哑了。

"我们不回去!"这是全体学生一致的回答。

"我们一定要见到里头的人!我们这回请愿一定要得个结果!我们不要上当!"有许多人这样大叫。

这时候那个小军官走到代表们跟前说:"各位同学,下雨了,我劝你们还是回去罢,我负责把你们的意思向督座转达就是了。你们在这儿空等一晚上也没有好处。"他的态度比先前缓和多了。一个代表把他的话向同学们高声传达了。

"不行,不行!"又是一阵闹声,全个广场都震动了,过后又慢慢地平静下来。

"好,大家都守在这儿不走。我们再去据理力争,非达到目的不走!"另一个代表把两手围着嘴唇大声说。

少数的人开始拍掌。接着大家都拍起掌来。在掌声中代表们又出发了。这一次八个代表居然都走进督军署去了。

觉慧也在人丛中拼命地拍掌。雨点不停地落在他的未戴帽子的头上，把他的头发打湿了。他不时用手护着眼睛，或者用手腕遮住前额，但是他的眼睛仍然看不清楚旁边同学们的脸部表情。他看得见兵士们的刺刀，看得见督军署门前的两个大灯笼。他看见广场上无数黑压压的人头在动。他没法压下他的愤怒。他只想大声叫一阵，他觉得自己快要憋得透不过气来了。兵打学生的事来得太突然了，虽然以前就有当局要对付学生的风传，但是谁也想不到会出之于这种方式的。这太卑鄙了！"为什么要这样对付我们？难道爱国真是一种罪名？纯洁、真诚的青年真是国家的祸害？"他不能相信。

锣声从远处传来，越来越近，打二更了！

"为什么还没有消息？代表们为什么还不回来？"众人烦躁地嚷着。雨点渐渐地大起来，人丛中起了一阵骚动。觉慧开始觉得寒气透过衣服浸到身上来了。他打了一个冷噤。但是他马上想道："难道这一点苦我都受不了？"他抄着手挺起胸膛来。他看见旁边几个同学耸起肩膀站在那里，头发被雨打湿了垂下来，贴在额上。可是他们并没有现出畏缩的样子。有一个在跟同伴讲话，他说："倘若没有结果，我们决不回去。我们也可以像北京学生那样勇敢的。他们出去讲演，宣传，带着行李，准备捉去坐牢。难道我们请愿，在这儿站一晚上也不可以吗？"

这些话一句一句非常清晰地送进觉慧的耳里，他感动得几乎要流下泪来。他仔细地看这个人，但是他泪眼模糊，还是看不清楚。虽然那个人说的只是几句平常的话，而且他自己也可以说,但是这时候他忘记了一切:明亮的家,温暖的被窝,他都忘掉了。他觉得如果那个人要他做什么事,便是赴汤蹈火,他也会做的。

三更又敲了,代表们还不曾回来,也没有一点消息。天气更冷了。众人开始感到了寒冷和饥饿,尤其令人难堪的是这种不死不活的状态。"等待,要等到什么时候呢?"已经有人在问了。

前面站着不少的兵士,刺刀在黑暗中发亮,似乎在向学生们作警告。

"还是回去,明天再商量别的办法罢。在这儿空等,恐怕等到天亮也没有用。"里面有几个身体较弱的学生开始说,可是没有人理他们。看这情形,大家要等到天亮了。

又过了一些难堪的等待的时候,觉慧听见前面有人在说:"代表回来了。"于是全个广场马上变得非常肃静了。

"同学们,现在赵科长来给我们讲话,"一个代表的声音响起来。

"各位同学,督座早已回府去了,所以由兄弟出来代见,劳各位等了许久,兄弟非常抱歉。"一个陌生的、响亮的声音开始说:"方才已经跟诸位代表谈过,各位同学提出的条件兄弟接受了,明天一定向督座转达。督座自有解决的办法,一定会使各位同学满意。请各位同学放心。明天督军署一定派人去慰问受伤的同学。现在时候已经不早,还是请回去罢,免得冻坏了身体。各位要晓得督座素来是爱护各位同学的。各位还是趁早回去罢。在这里站久了也难免没有意外的事……"说到这里声音便停住了,人丛中马上起了各种议论。

"他在说些什么?这是什么意思?"一个同学向觉慧问道。

"他说'督座自有办法',劝我们回去。他说话一点也不负责,真是个滑头!"觉慧愤怒地骂道。

"我看还是回去罢,在这儿站下去,没有用。不如回去商量对付的办法。这个人的最后一句话很可以玩味,"另一个同学说。

这时候一个代表又在前面说话了:"同学们,你们听见赵科长的话吗?他接受了我们的条件,他说督军一定有使我们满意的解决办法。现在总算有了一点结果,我看可以回去了。"

"结果,结果在哪儿?"有几个人暗中气愤地骂起来。可是大部分的人都齐声叫着:"我们回去想办法,回去!"这不是因为大家相信那个科长的话,只是因为大家明白纵然在这里站一夜也不会有一点好处。况且天气是这样冷,又在下雨,谁都不愿意站在这里空等,白白地耗费精力。大家都在想:"回去,明天再想对付的办法。"

"好,回去罢。别的事情明天再说!"许多人这样地响应着。

于是两百多个学生开始离开了广场。

大的雨点猛烈地落下来,无情地打在学生们的头上和身上,似乎要给他们留下一个永远不会忘记的印象。

九

请愿并没有结果,连赵科长的"慰问受伤同学"的诺言也不曾履行,因此各校学生在两天后就实行罢课。但是这所谓各校也只是一部分的学校,大多数的学校事实上已经放假了。

罢课的第二天,在"外专"与"高师"两个学校主持下的学生联合会正式发出了罢课宣言,对督军也说了几句不敬的话。接着又过了几天恐怖的日子,差不多每天都发生兵士跟学生的小冲突,闹得全城居民惊惶不安,好像又要发生兵祸一样。学生不敢一个人在街上走,要上街总要约好五六个同学作伴,不然就免不掉要吃亏。有一天傍晚,一个"高师"学生在南门被三个兵士包围痛打,警察看见也不敢说一句话。

全城陷入了无秩序的状态,当局对这件事一点也不管,装着不曾看见的样子。赵科长对请愿学生所说的"督座自有解决的办法",似乎只是一句空话。这几天督军正忙着给他的母亲做寿,他也许把这样的小事忘掉了。因此兵士的气焰越长越高,伤兵的威风更大,他们在街上任意横行,没有人出来干涉。

然而学生也不是容易被人制服的。他们很勇敢地进行这个所谓"保持学生尊严的自卫运动"。他们罢了课以后,便拿发传单、讲演等等活动代替功课。学生联合会显得非常活跃,一面通电全国各界请求主持公道,一面又派代表到外州县去宣传,最重要的还是联络各县学生起来响应,把这次学生运动尽量扩大,果然风潮一天一天地扩大了,而督军的解决办法却始终未见实行。

觉慧对这个运动比觉民热心得多。觉民似乎忙着给琴补习英文,对其他任何事情都不大关心。

一天下午觉慧在学生联合会开过会回家,在大厅上碰见陈姨太的女佣钱嫂。钱嫂说:"三少爷,老太爷喊你。你快去。"他就跟着钱嫂到了祖父的房里。

早过了六十岁的祖父躺在床前一把藤椅上,身子显得很长。长脸上带了一层暗黄色。嘴唇上有两撇花白的八字胡。头顶光秃,只有少许花白头发。两只眼睛闭着,鼻孔里微微发出一点声息。

觉慧定睛望着这个在假寐中的老人。他惶恐地站在祖父面前,不敢叫醒祖父,自己又不敢走。起初他觉得非常不安,似乎满屋子的空气都在压迫他,他静静地立在这里,希望祖父早些醒来,他也可以早些出去。后来他的惶恐渐渐地减少了,他便注意地观察祖父的暗黄色的脸和光秃的头顶。

自从他有记忆以来,他的脑子里就有一个相貌庄严的祖父的影子。祖父是全家所崇拜、敬畏的人,常常带着凛然不可侵犯的神气。他跟祖父见面时很少谈过五句以上的话。每天早晚他照例到祖父房里去请安两次。此外,他无论在什么地方,只要看见祖父走来,就设法躲开,因为有祖父在场,他感觉拘束。祖父似乎是一个完全不亲切的人。

现在祖父在他的眼前显得非常衰弱,身子软弱无力地躺在那里,从微微张开的嘴里断续地流出口水来,把颔下的衣服打湿了一团。"爷爷不见得生来就是古板不近人情的罢。"他心里这样想。于是一首旧诗浮上了他的心头:"不爱浓妆爱淡妆,天然丰韵压群芳,果然我见犹怜汝,争怪檀郎兴欲狂。"他念着亡故的祖母赠给某校书的诗句(这是他前些时候在祖母的诗集里读到的),眼前马上现出了青年时代的祖父的面影。他微微地笑了。"爷爷从前原也是荒唐的人,他到后来才变为道貌俨然的。"他又记起来:在祖父自己的诗集里也曾有不少赠校书的诗句,而且受他赠诗的,又并不止某某校书一个人。他又想:"这是三十岁以前的事。大概他上了年纪以后,才成了讲道德说仁义的顽固人物。"但是……近年来,祖父偶尔也跟唱小旦的戏子往来,还有过一次祖父和四叔把一个出名的小旦叫到家里来化装照相,他曾亲眼看见那个小旦在客厅里梳头擦粉。这样的事在省城里并不奇怪。便是不久以前,几位主持孔教会以"拼此残年极力卫道"的重责自任的遗老也曾在报纸上大吹大擂地发表了梨园榜,点了某某花旦做状元呢。据说这是风雅的事。祖父原也是名士,印过两卷《遁斋诗集》送朋友,又喜欢收藏书画,所以在这一点上也未能免俗。"但是风雅的事又怎么能够同卫道的精神并存不悖呢?"这就是他的年轻的心所不了解的了。

祖父还有一个姨太太。这个女人虽然常常浓妆艳抹,一身香气,可是并没有一点爱娇。她讲起话来,总是尖声尖气,扭扭捏捏。她是在祖母去世以后买来服侍祖父的。祖父好像很喜欢她,同她在一起过了将近十年。她还生过一个六叔,但是六叔只活到五岁就生病死了。他想起祖父具着赏玩书画的心情同这个姨太太在一起生活的事,不觉哑然失笑了。

"人就是这样矛盾的罢,"他想着,觉得更不了解祖父了。他越研究,越不了解,在他的眼里祖父简直成了一个谜,一个解不透的谜。……

祖父忽然睁开了眼睛,看了他一下,露出惊讶的眼光,好像不认识他似的,挥着手叫他出去。他很奇怪,为什么祖父把他唤来,让他站了许久,并不对他说一句话,便叫他出去。他正要开口问,忽然注意到祖父的脸上现出了不高兴的神气,他明白多嘴反会招骂,于是静悄悄地向外面走去。

他刚走到门口,又听见了祖父的声音:

"老三,你回来,我有话问你。"

他应了一声,便转身走到祖父的面前。

"你到哪儿去了?先前喊你好久都找不到你!"口气很严厉,祖父已经坐起来了。

这句问话把他窘住了。他知道他不能告诉祖父说他从学生联合会回来,但是他临时编造不出一句答话。祖父的严厉的眼光射在他的脸上。他红着脸,迟疑了一会儿,才说出一句:"我去看一个同学去了。"

祖父冷笑了一声,威严的眼光在他的脸上扫来扫去,然后说:"你不要扯谎,我都晓得了。他们都对我说了,这几天学生跟军人闹事,你也混在里头胡闹。……学堂里不上课,你天天不在家,到什么学生联合会去开会。……刚才陈姨太告诉我,说有人看见你在街上散什么传单。……本来学生就太嚣张了,太胡闹了,今天要检查日货,明天又捉商人游街,简直目无法纪。你为什么也跟着他们胡闹?……听说外面的风声很不好,当局对于学生将有大不利的举动。像你这样在外头胡闹,看把你这条小命闹掉!"祖父骂了几句,又停顿一下,或者咳几声嗽。觉慧答应着,他想分辩几句,但是他刚刚开口,又被祖父抢着接下去说了。祖父说到最后,终于发出了一阵咳嗽。陈姨太带着一股脂粉香,扭扭捏捏地从隔壁房里跑过来,站在旁边给祖父捶背。

祖父慢慢地止住了咳嗽,看见他还站在面前,便又动气地说:"你们学生整天不读书,只爱闹事。现在的学堂真坏极了,只制造出来一些捣乱人物。我原说不要你们进学堂的,现在的子弟一进学堂就学坏了。你看,你五爸没有进过洋学堂,他书也读得不错,字也比你们写得好。他一天就在家读书作文,吟诗作对,哪儿像你这样整天就在外头胡闹!你再像这样闹下去,我看你会把你这条小命闹掉的!"

"并不是我们爱闹事,我们本来在学堂里头好好地读书,我们这回的运动也不过是自卫的运动。我们无缘无故地挨了打,当然不肯随便了结……"觉慧忍住气和平地分辩道。

"你还要强辩!我说你,你居然不听!……从今天起我不准你再出去闹事。……陈姨太,你去把他大哥喊来,"祖父颤巍巍地说着,又大声咳嗽,一面喘着气,吐了几口痰在地上。

"三少爷,你看你把你爷爷气成这个样子。请你少说几句,好让他将息一会儿!"陈姨太板起粉脸对觉慧说。觉慧知道她的话里有刺,但是在祖父面前,他不好发作,便掉开脸不说话,暗暗地用力咬自己的嘴唇皮。

"陈姨太,你去把他大哥,还有克明,给我一起喊来!"祖父停止了咳嗽,又说。

陈姨太答应一声走出去了,剩下他面对面地站在祖父的面前。

祖父不再说什么,似乎气也平了一点,他的老年的模糊的眼光无目地向四处移动,后来他把眼睛闭上了。

觉慧把祖父的瘦长的身子注意地看了好几眼,忽然一个奇怪的思想来到他的脑子里:他觉得躺在他面前的并不是他的祖父,他只是整整一代人的一个代表。他知道他们祖孙两代永远不能够互相了解的,但是他奇怪在这个瘦长的身体里面究竟藏着什么东西,会使他们在一处谈话不像祖父和孙儿,而像两个敌人。他觉得心里很不舒服。似乎有许多东西沉重地压在他的年轻的肩上。他抖动着身子,想对一切表示反抗。

然而陈姨太进来了。那张颧骨高、嘴唇薄、眉毛漆黑的粉脸在他的眼前晃了一下。她带进来一股刺鼻的香风。接着他的大哥也进来了。他们弟兄交换了一瞥不愉快的眼光。觉新马上知道觉慧处在什么样的境地里面,便平静地走到祖父面前去。

祖父听见脚步声,睁开了眼睛,他看见觉新一个人站在他面前,便问陈姨太道:"三老爷呢?"他听见陈姨太回答:"三老爷到律师事务所去了。"他骂一句:"他一天就只晓得替别人打官司,不管家里的事情!"然后又吩咐觉新道:"我把你三弟交给你,你好好管他,不要放他出去。倘若他跑出去了,我就问你要人。"祖父的声音仍然严厉,但是比先前温和些了。

觉新唯唯应着,做出很恭顺的样子,一面偷偷地看觉慧,给他做眼色,叫他不要开口。觉慧也没有什么表示。

"好,你带他出去罢,我给他闹够了,"祖父歇了半晌才有气无力地说了一句,又把眼睛闭上了。

觉新依旧唯唯地应着,一面向觉慧做了一个手势,于是两个人悄悄地走了出来。

他们走出祖父的房门,穿过堂屋,走下了天井。觉慧深深地吐了一口气,半嘲笑地说:"我现在才觉得我是自己的主人了。"觉新看了他一眼。他忽然正经地问觉新道:"大哥,究竟怎样办?"

"我也没有别的好办法。只好听爷爷的话:你这几天不出去就是了,"觉新摊开两只手说。

"那怎么行?外面的运动正闹得轰轰烈烈,我怎么能够安静地躲在家里不出去?"他绝望地说,他开始明白事情的严重了。

"这有什么办法呢?既然他老人家要你这样,"觉新平静地说。这些日子来他对于任何大事小事差不多都是以平静的态度处之的。

"好,你的'无抵抗主义'又来了。我想你还不如规规矩矩地去做一个基督徒。人家打你左脸,就马上把右脸也送上去。……"觉慧愤愤地骂起来,好像要把他在祖父那里受到的气向觉新发泄。

"你的性子真急,"觉新并不动气,反而微微地笑起来。"你为什么向我发脾气?你骂我又有什么用处?"

"我一定要跑出去!我马上就跑出去!看他把我怎样!"觉慧激动地自语道,一面不住地顿脚。

"结果不过是我多挨几顿骂,"觉新回答了一句,他的声音开始变得忧郁了。

觉慧抬起头看了哥哥一眼便不作声了。

"现在我认真跟你说话,"觉新和平地、亲切地安慰觉慧道,"我劝你还是先在家里头住几天不要出去,免得又惹爷爷生气。……你年纪轻,性子急。其实爷爷跟你说什么话,你只要不声不响地听着,让他一个人去说,等他话说够了,气平了,你答应几个'是'字就走出去,把一切都忘在九霄云外,好像没有听见他说过什么一样。这不更简单吗?你跟他争论,一点好处也没有!"

觉慧不说话了,他抬起头看灰色的天空。他并不同意哥哥的话,但是他不想再跟哥哥辩论了。哥哥也有道理:本来没有好处的事是不必费力去做的。但是一个年轻人的心能够永远给拘束在利害的打算里面吗?在这一点哥哥似乎并不了解他。

他望着天空中飞驰的几片乌云,几种矛盾的思想在他的脑子里斗争。但是最后他决定了。他温和地对觉新说:"我决定这几天不出去。不过我并不是听爷爷的吩咐,这只是为了免得给你带来更大的麻烦。"

觉新的脸上现出了欣慰的颜色。他满意地微笑道:"多谢你。其实你要出去,我也无法管你,我每天要到公司办事,今天自己有事情回来得早,恰好就遇到你这件事情。……其实凭良心讲,爷爷不要你出去,还是为你好。"

"我也晓得,"觉慧不假思索地答道,其实他自己并不知道在说什么。他痴痴地立在天井里,看着觉新走开了。一个人没精打采地走到花盆旁边。红梅枝上正开着花,清香一阵一阵地送到他的鼻端。他伸手折了短短的一小枝,拿在手里用力折成了几段,把小枝上的花摘下来放在手掌心上,然后用力一捏,把花瓣捏成了润湿的一小团。

他并不知道自己在做什么。可是他满足了,因为他毁坏了什么东西。他想有一天如果这只手变大起来,能够把旧的制度像这样地毁掉,那是多么痛快的事。……

但是过了一些时候,他又忧郁起来,因为他明白自己现在不能够出去参加学生运动了。

"矛盾,矛盾……"他口里不住地念着,他知道不仅祖父是矛盾的,不仅大哥是矛盾的,现在连他自己也是矛盾的了。

十

　　人的身体可以被囚禁，人的心却不可以。觉慧这几天虽然没有走出公馆，可是他的心依旧跟他的同学们在一起活动。这是他的祖父所料想不到的。

　　他想象着学生运动发展到什么样的地步，他极其贪婪地读着报纸上关于这个运动的记载。可惜这方面的消息并不多。他还接到一期学生联合会编印的《学生潮》周刊，这一大张报纸上刊载了几篇令人兴奋的言论，还有不少的好消息。风潮渐渐地平息了。督军的态度也渐渐地软化了，他终于派了赵科长去慰问受伤的人，又出了两张告示敷衍学生，并且叫秘书长写信代他向学生联合会道歉，还保证学生以后的安全。接着报纸上又刊出了城防司令部严禁军人殴打学生的布告。据说捉到了两个兵士，供认是那天动手打学生的人，他们已经受到了严重的处罚。这个布告觉民在街上也看见过。

　　好的消息是一天比一天地多，而被关在所谓"家"的囚笼里的觉慧，也是一天比一天地更着急。他一个人常常在房里顿脚。他有时候连书也不想看，直伸伸地躺在床上，睁起眼睛望着帐顶出神。

"家，这就是所谓甜蜜的家！"觉慧常常气愤地嚷着。觉民有时候在旁边听见，只是微微一笑，也不说什么。

"有什么好笑！你天天出去，很高兴！看罢，你总有一天会像我这样的！"觉慧看见哥哥在笑他，更加恼怒了。

"我笑我的，跟你有什么相干？难道你禁止我笑？"觉民带笑地分辩道。

"不错，我禁止你笑！"觉慧顿脚地大声说。

觉民正在看书，便阖上书默默地走出去，并不跟觉慧争论。

"家，什么家！不过是一个'狭的笼'[1]！"觉慧依旧在屋子里踱着。"我要出去，我一定要出去，看他们把我怎样！"他说着，就往外面走。

觉慧走出房门刚刚下了石阶，看见陈姨太和他的五婶沈氏坐在祖父房间的窗下闲谈。他便止了步，迟疑一下，终于换了方向，向上房走去。快要走到上房他便向右转弯走进了过道。他走完过道，进了花园的外门，又走过觉新房间的窗下，一直往花园里去了。

他进了一道月洞门。一座大的假山立在他的面前，脚下是石子铺的路，路分左右两段。他向左边走去。路是往上斜的，并不宽，但很曲折，路的尽处是一个山洞。他走出洞来便看见路往下斜，同时一股清香扑到他的鼻端。他走了一段路，前面似乎没有路了。但是他慢慢地走过去。向左还有一条小路。他刚转了弯，前面豁然开朗，眼前一片浅红色。这是一片梅林，红白两种梅花开得正繁。他走进了梅林，踏着散落在地上的花瓣，用

---

[1] 借用。《狭的笼》是俄国盲诗人爱罗先珂（1889—1952）作的童话（鲁迅译）。这是一只关在动物园里的印度老虎的故事。

手披开垂下的树枝,在梅林里面慢步闲走。

他无意间抬起头,看见前面远远地有蓝色的东西晃动。他披开下垂的树枝向那个地方走去。他走了几步,便认出来那是一个人。那个人正在弯曲的石桥上走着,显然是向他这一面走过来。他看见了来人的全身,他还看见垂在背后的辫子。这是鸣凤。

他想叫她,但是他还没有叫出声来,就看见她走进了湖中央的亭子。他等着她。

过了一些时候还不见鸣凤出来,他很奇怪她在那里面做些什么。后来鸣凤终于出来了,另外还有一个穿紫色短袄的女子。他只看见这个长身材的少女脑后的大辫子,她在和鸣凤讲话,脸朝着另一面。但是逼近湖岸时,因为她们跟着桥转了几个弯,她的脸正对着他这一面,他认出这是四房的丫头倩儿。

他看见她们逼近了,便转身向里走去,把身子隐在梅树最多的地方。

"你先回去罢,不必等我,我还要给太太折几枝梅花,"这是鸣凤的清脆的声音。

"好,我先去了。我们四太太的话更多,一会儿看不见我,她就要叽里咕噜,骂起来就没有完,"倩儿应道。

于是倩儿慢慢地走出梅林,沿着觉慧来时的路走回去了。

觉慧看见倩儿的背影在梅林的另一端消失了,便迈起大步子,向着鸣凤走去。他看见鸣凤正在折一枝往下垂的梅花。

"鸣凤,你在这儿做什么?"他带笑地问。

鸣凤的注意力正集中在那枝梅花上面,不曾看见他走近。她忽然听见他的声音,不觉吃惊地松了手来看他。她看见来的是觉慧，便放心地笑了笑，说："我说是哪个？原来是三少爷。"她又伸手去把那根枝子折断了，拿在手里看了看。

"哪个喊你折的？为什么在这时候才来折，不在早晨折呢？"

"太太喊我折的，说是姑太太要，等一会儿二少爷带去，"鸣凤说着看见左边有一枝，花很多，形状也好，便伸手去折，但是她的身子短了一点够不着。她踮着脚再去折，还是抓不到那枝子。

"我给你折罢，你还矮一点，再过一两年就好了，"觉慧在旁边看着，不觉笑起来。

"好，就请你折罢，只是不要给太太知道，"鸣凤就侧开身子，站在一边，真的让觉慧去替她折。

"你为什么这样害怕太太？其实太太也并不怎么凶。她近来还常常骂你吗？"觉慧含笑道。他走过来，用脚尖踏地，伸长了身子，伸手去折那枝梅花。他把花枝折下来，交给鸣凤。

"太太这一年多来倒也不常骂我。不过我还是天天担心，时时刻刻都害怕会做错事情，"她低声答道。她看见他把花枝折了下来，便伸手去接。

"这就叫做：做奴隶的人永远没有办法。……"他不觉笑了起来，但是他并没有讥笑她的意思。

她听见这句话，也不回答，默默地低下头，把头埋在手中拿的花枝上面。

"你看，那儿有一枝很好的，"他高兴地说。

她抬起头，笑问道："在哪儿？"

"那儿不是？"他伸手向着旁边树上一指。她的眼光跟着他的手指望去。树上果然有一枝很好的花。这一枝离地颇高，花也不少，大部分都是含苞未放。枝子弯曲而有力，令人注目。

"可惜太高一点,这一枝倒很好,"鸣凤望着那枝梅花自语道。

"不要紧,很容易折。"他把树身打量一下,又说:"等我爬到树上去折。"他便动手解开棉袍的纽扣。

"使不得,使不得,"她阻止道,"看跌下来,不是好耍的。"

"不要紧,"他含笑道,便把棉袍脱下来,挂在旁边一株树上,身上露出深绿色的棉紧身。他往树上爬,口里还说:"你在下面给我撑住树干。"

他几步便爬上去了。一只脚站在分枝的地方,一只脚踏住一根粗壮的枝子,把近中央的那一根粗的树枝夹在两腿中间,伸出一只手去折,但是手还抓不到那枝花。他便缩回手去。树枝大大地动了一下,花朵纷纷地往下落。他听见鸣凤在下面叫:"三少爷,当心点,当心点!"

"不要怕,"他说着便放开腿,把右手紧紧挽住近中央的那根树枝,先把左腿提起,在另一树枝上重重地踏了两下,试试看树枝是否载得起他,然后把右脚也移了过去。他俯下身子折那枝花,折了三下才把那一枝折断,拿在手里。他又把右脚移回到先前的那根树枝上,埋头去看下面,正看见鸣凤的仰着的脸。

"鸣凤,接住!我把花给你丢下来了!"他说着便把花枝轻轻地往下面一送,又把旁边那些依旧留在树上的枝子披开,免得它们把它缠住。他看见花到了她的手里,才慢慢地爬下树来。

"够了,这三枝就够了,"鸣凤欢喜地说。

"好。多了,二少爷拿着也不方便,"他说着,便取了衣服披在身上,又问道:"你刚才看见二少爷没有?"

"他在钓台上面读书,"她一面回答,一面整理手中的花枝,忽然注意到他把衣服披在身上,并不穿好它,便关心地说:"你快把衣服穿好罢,等一会儿会着凉的。"

觉慧穿好了衣服,看见她忽然转身向他来的那条路走去,便叫了一声:"鸣凤。"

她回转身,站住了,带笑地问:"你喊我做什么?"她看见他不说话,只顾含笑地望着她,便又掉转身子向前走了。

他连忙向前走了两步,又接连叫了她几声。她又站住,掉转身子依旧问那一句话:"做什么?"

"你过来,"他央求道。

她便走了过来。

"你近来好像害怕我,连话也不肯跟我多说,究竟是为什么?"他半正经半开玩笑地说,一只手在玩弄旁边下垂的树枝。

"哪个害怕你?"鸣凤噗嗤笑道;"人家一天从早忙到晚,哪儿还有功夫说闲话!"她说了又要走。

觉慧连忙做手势止住她,一面说:"我晓得,我晓得你真的害怕我。你说没有功夫,怎么你又跟倩儿两个在那边玩呢?我还看见你在湖心亭里跟倩儿说话。"

"你是少爷,我是丫头,我怎么敢跟你多说话?"她做出冷淡的样子说。

"那么从前你为什么又常常同我在一处玩?那时候还不是跟现在一样!"他往下追问。

她的明亮的眼光在他的脸上扫了一下。她勉强地笑了笑,然后低下头用忧郁的调子解释道:"现在不同了,我们都长大了。"

"大了又有什么关系?难道我们的心就变坏了?"觉慧惊讶

地问。

"不是的。长大了,常常在一起,旁人就会说闲话。公馆里头说闲话的人又多。我倒不要紧,你总该当心点,不要忘了少爷的身份,"她依旧低下头说话,声音里带了一点苦味。

"你不要就走。我们到那边去,找个地方坐下来慢慢说。把梅花给我拿,"他说着并不管她答应不答应,就从她的手里拿过花枝来,端详了一下,又剔除了两三根小枝。

他沿着梅林外靠湖滨的一条小路走去,她默默地在后面跟着。他有时候掉过头来问她一两句话,她很简短地答复了,或者只是微微地一笑。

梅林走尽了,再经过一个长方形花台,前面有一道小门,走进门去十多步远,转一个弯,又是一个石洞。洞里很暗,但路是直的,并不长,人还可以听见流泉的声音。他们走出洞来,路就往上斜了。他们接连登了二十多个石级,转了几个弯,便到了上面。

上面铺的是砂土,地方不大,是长方形的。有一张小小的石桌,和四个圆形的石凳。一株松树长在一块大山石旁边,它的枝叶罩在石桌上面,正像一具伞盖。

这个地方没有别的声音,只有泉水淙淙地在响。原来泉水从山石另一面的缝隙里流出来,穿过碎石流向下面去了。在这里只听见水声,却看不见泉水。

"好幽静的地方,"觉慧先走上来,不觉赞了一句。他走到石桌前,把梅花放在桌上,摸出手帕拂拭了石凳上的灰尘,便坐下去。鸣凤走过来,坐在他对面的一个石凳上。桌上的花枝隔在他们中间。

觉慧笑了笑,便把花枝拿开,放在右边的石凳上,又指着左边的石凳说:"来,坐过来,你为什么不敢挨近我?"

鸣凤默默地走过来,坐下了。

他们面对面地望着。他们在用眼睛谈话,这些意思都是用语言表达不出来的。

"我要走了。我在花园里头耽搁久了,太太晓得会骂我的,"她觉醒似地说,便站起来。

"不要紧,太太不会骂的。刚刚来,还没有讲几句话,我不让你走!"他捉住她的左臂使她重新坐下去。

她依旧不作声,不过现出畏缩的样子,好像害怕他的手挨到她的身上似的。但是她并没有拒绝的表示。

"你怎么不说话?这儿又没有第三个人听见。是不是你现在不喜欢我了?"他故意做出失望的样子说。

她依旧不作声,好像不曾听见他的话似的。

"我晓得你的心不在我们公馆里头了。我去告诉太太说你已经长成人了,早点把你嫁出去罢,"他淡淡地说,好像他对她的命运一点也不关心,其实他却在暗中偷看她的眼睛。

她突然变了脸色,眼光由光亮而变为阴暗,半晌说不出一句话。她的嘴唇微微动了一下,但是并没有说出什么。她的眼睛开始发亮,罩上了一层晶莹的玻璃似的东西,睫毛接连地动了几下。"当真的?"她终于发出了这句短短的问话。眼泪沿着面颊流下来,她再也说不出第二句。

他看见她这样伤心,也觉得自己的话过火。他并没有伤害她的心思,他这样说,无非一则试探她的心,二则报复她的冷淡。他却料不到他的话会使她这么难过。试探的结果使他满意,但是他也有点后悔。

"我不过说着玩的。你就当作真话了! 你想我忍心赶你出去吗?"他感动地、爱怜地安慰道。

"哪个晓得是真是假? 你们做少爷、老爷的都是反复无常,不高兴的时候什么事情都做得出来,"她呜咽地说。"我早就晓得我总有一天免不掉走喜儿的路。不过为什么来得这样早?"

"你说什么来得这样早?"他温和地问,他不懂她最后的一句话。

"你的话……"她依旧在抽泣。

"我刚才已经说过是跟你开玩笑的。我无论如何不会让你出去,不会叫你走喜儿的路。"他的态度很诚恳,他又伸出手去,把她的左手拿过来放在自己的膝上,不住地抚摩。

"假如太太的意思是这样,那么……?"鸣凤接口问道,她已经止了哭,但是声音里还带了一点悲哀,脸上也还有泪痕。

他并不马上回答,只是望着她的眼睛。他迟疑了一会儿,忽然现出决断的样子说:"我有办法,我要太太照我的话做,我会告诉她说我要接你做三少奶……"他的话确实是出于真心,不过这时候他并不曾把他的处境仔细地思索一番。

"不,不,你快不要去说!"她惊惶地叫起来,连忙把那只未被他捏住的右手伸出去蒙他的嘴。"太太一定不答应。这样一来,什么都完了。请你不要去说。……我没有那样的命。"

"不要这样害怕,"他把她的手从自己的嘴上拿下来,一面说。"你看,你脸上尽是眼泪,让我给你揩干净。"他摸出了手帕在她的脸上细细揩着,她并不拒绝。他一面揩,一面微笑道:"你们女人的眼泪总是这样多。"

笑容又回到她的脸上,但这也是凄然的笑。她慢慢地说:"以后我不再哭了。我在你们公馆里头已经流够眼泪了。如今有你在,我也决不再哭了。"

"不要紧,现在我们的年纪都很轻。将来到了那个时候,我会向太太说。我一定有办法。我绝不是在骗你。"他温和地安慰她,依旧捏住她的左手。

"我也晓得你的心,"她感激地说;过后她又现出欣慰的样子半梦幻地说道:"我近来时常做梦,总是梦见你的时候居多。有一次我梦见我在深山里,一群豺狼在后面追赶我,看看就要赶上了,忽然山腰里跑出来一个人,打退了豺狼。我仔细一看,原来就是你。你不晓得我总是把你当作救星!"

"你怎么早不告诉我?我不晓得你这样相信我。"他的声音颤抖着,表示他内心的激动。"你在我们家受了多少苦,连我也没有好好地待过你,我真正对不起你。鸣凤,你不会怪我罢。"

"我哪儿还敢怪你?"她摇摇头,带笑说。"我一辈子就只有三个人:一个是我妈,一个是大小姐,她教我读书认字,又教我明白许多事情,她常常照应我。这两个人都死了。现在就只有你一个……"

"鸣凤,我想起你,总觉得很惭愧,我一天过得舒舒服服,你却在我家里受罪,"觉慧激动地说。

"不要紧,我已经在这儿忍了七年。现在日子好过多了,也不觉得苦。……我只要想到你,看见你,天大的苦也可以忍下去。我常常在心里暗暗地喊你的名字,在人前我却不敢喊出来。"

"鸣凤,真苦了你了。在你这样的年纪你应该进学堂读书。

像你这样聪明,一定比琴小姐读得好。……要是你生在有钱人家,或者就处在琴小姐的地位,那多好!"觉慧的声音里充满了遗憾。

"我也不想生在有钱人家做小姐,我没有这个福气。我只求你不要送我出去。我愿意一辈子在公馆里头服侍你,做你的丫头,时时刻刻在你的身边。……你不晓得我看见你我多高兴。只要你在旁边我就安心了。……你不晓得我多尊敬你!……有时候你真像天上的月亮……我晓得我的手是挨不到的。"

"不要这样说,我不过是一个平常的人,跟你一样的人。我将来一定要接你——"他的声音颤抖起来,他流下了几滴眼泪。

"三少爷,请你以后不要再这样讲,"鸣凤连忙打断了觉慧的话。"为什么你总是要说接不接的话?我一辈子做你的丫头不更好吗?这样太太也不会生气,你也不会得罪人。我只要一生一世都在你身边就满意了。我有点害怕,我害怕梦做得太好了是不会长的。三少爷,请你千万不要想得太多,不要想得太好!"

"鸣凤,你怎么会这样想?我如果让你永远做我的丫头,那就是欺负你。我绝不这样做!我一定要对得起你!"觉慧感动地、诚恳地说。

"不要响,"她突然抓住他的左臂低声说,"听,下面有人。"

两个人静静地倾听。声音从下面来,到了这里已经很低,又搀杂着泉水声,他们听不清楚。但是他们知道是觉民在下面唱歌。

"二少爷回去了,"觉慧说着便站起来,走到边上朝下面看。他看见下面梅林里浅红中露出了灰色,慢慢地看出来一个人影在移动。"果然是他,"他自语道,又转身回去对鸣凤说,"果然是二少爷。"

鸣凤连忙站起来,说:"我要回去了,我在这儿耽搁了这么久。……大概快开午饭了。"她伸手去拿梅花,觉慧早已把花枝拿到手里,便递给她,一面嘱咐她道:

"倘若太太问你为什么这样久,你……就说我喊你做事情。"

"好,我先走罢,免得碰见别人。"她回过头对他笑了笑,便走下去。

他跟着她走了几步,便又站住。他看见她慢慢地走下石级,忽然一转弯就被石壁遮住。他不再看见她的背影了。

他一个人在上面踱了一阵。她的面庞占据了他的全部思想。他忘了自己地低声说:"鸣凤,你真好,真纯洁。只有你……"他走到她刚才坐过的石凳前,坐下去,把两肘放在石桌上,捧着头似梦非梦地呆呆望着远处,口里喃喃地说:"你真纯洁,你真纯洁……"

过了一些时候,他突然站起来,好像从梦中醒过来似的,匆匆地向四周一看,便走下去了。

这一夜月色很好。觉慧不想睡觉,三更敲过了,他还在天井里闲走。

"三弟,你为什么还不睡?天井里很冷!"觉民从房里出来,看见觉慧还在天井里,便立在石阶上问道。

"月亮这样好,我舍不得睡,"觉慧不在意地答道。

觉民走下了石阶。他打了一个冷噤,口里说一声:"好冷!"一面仰起头看月亮。

天空没有一片云。一轮圆月在这一碧无际的大海里航行。

孤独的,清冷的,它把它的光辉撒下来。地上,瓦上都染了一层银白色。夜非常静。

"好月光!你看真是'月如霜'了。"觉民赞叹道,他陪着觉慧在天井里散步。

"琴真聪明!……真勇敢!……她真好!"觉民忍不住称赞道,脸上露出满意的笑容。

觉慧不作声,他的思想被另一个少女占据了。他只是跟着哥哥的脚步走。

"你喜欢她吗?你爱她吗?"觉民忽然抓住弟弟的右臂问道。

"当然,"觉慧冲口回答道,但是他马上更正说:"你说琴姐吗?……我自己也不晓得。我想你是爱她的。"

"不错,"觉民依旧抓住觉慧的膀子说,"我是爱她的。我想她也会爱我。我还不晓得应该怎么办?……你呢?你说你也爱她?"

觉慧并没有看哥哥的脸,但是他觉得哥哥那只抓住他的右臂的手在颤抖,连声音也跟寻常不同,他知道哥哥激动得厉害,便用左手把哥哥的手背轻轻拍了两下,微笑地说:"你应当勇敢点。我希望你成功。……我爱琴姐,好像她是我的亲姐姐一样。我更愿意她做我的嫂嫂。……"

觉民不作声了。他抬头把月亮望了半晌,才低下头对觉慧说:"你真是我的好弟弟!……你会笑我吗?"

"不,二哥,我不笑你,"觉慧诚恳地说。"我是真心同情你……"说到这里他忽然改变了语调说,"你听,什么声音?"

不知道从什么地方送来一丝一丝的哭泣,声音很低,似乎被什么东西压住了,却弥漫在空气里,到处都是,甚至渗透了整个月夜。这不是人的声音,也不是虫鸟的哀鸣,它们比较那些都更轻得多，清得多。有时候几声比较高亢一点，似乎是直接从心灵深处发出来的婉转的哀诉，接着又慢慢地低下去，差不多低到没有了，就好像一阵微风吹过一样，但是人确实觉得有什么东西在空中震荡，把空气也搅动了，使得空气里也充满了悲哀。

"什么声音？"觉慧惊疑地问。

"大哥在吹箫，他这几晚上都是这样晏地吹着，这几晚上我都听见的，"觉民解释说。

"他有什么心事？他以前并不是这样！箫声多凄惨！"觉慧的惊疑增加了。

"我也不清楚。不过我想他大概晓得梅表姐回到省城来了。我想应该是这样。他这几晚上都吹这种凄惨的调子。……你想除了'爱'还有什么？这几晚上我都睡不好，就是因为听见箫声。……大哥的箫声似乎给我带来警告，甚至给我带来恐怖。……现在我同琴的情形正跟从前大哥同梅表姐的情形差不多。我听见箫声就不由得我不担心：我将来是不是会走大哥的路。我不敢想。因为果真到了那个时候，我恐怕不能够活下去。我不会像大哥那样！"

觉慧静静地听着觉民说话，他突然发觉哥哥的声音由平静而颤动，而变成悲哀的了。他同情地安慰觉民道："二哥，你放心，你绝不会走到大哥的路上去，因为时代不同了。"

他又抬起头望天空。他望着那一轮散布无限光辉的明月。他觉得好像有一种不可抗拒的力量把一张少女的脸推到了他的面前。他喃喃地低声自语道："你真纯洁，只有你才像这轮皎洁的明月啊！"

十一

　　学生跟军人冲突的风潮渐渐地平息了。外州县的学生离开省城回家过旧历年去了。省城的学生中间,也有一些人忙着温习功课,准备明年补考。罢课延长下去等于放寒假,学校当局在办这个学期的结束,作过旧历年的准备。拿这次运动的结果来说,学生在表面上是得到胜利了。

　　觉民仍旧每晚到姑母家去教琴读英文。觉慧仍旧关在家里读报纸。报上载着许多许多觉慧不想知道的事情,可是关于学潮的记载却逐渐地少起来,以至于没有了。于是觉慧连报纸也不翻看了。

　　"这种生活,就跟关在监牢里当囚犯一样!"觉慧常常发出这样的咒骂。有时候他心里非常烦躁,他甚至不愿意看见家里的任何人。尤其使他不安的是,鸣凤好像故意在躲避他。他很少有机会跟她单独在一起谈话。

　　他照例早晚到祖父房里去请安,因此不得不看祖父的疲倦的暗黄脸,看陈姨太的擦得又红又白的粉脸。还有许多毫无表情、似笑非笑的脸,也是他在家里常常看见的。有时候他实在忍耐不下去了,便愤愤地说:"等着罢,总有一天……"以下的话他不曾说出来。究竟总有一天会发生什么事情呢？他自己也不大知道。不过他相信将来总有一天一切都会翻转过来，那时候他所憎恨的一切会完全消灭。他又找出旧的《新青年》《新潮》一类的杂志来读。他读到《对于旧家庭的感想》一篇文章，心里非常痛快，好像他已经报了仇了。

但是这痛快也只是暂时的，等到他抛开书走出房间的时候，他又看见他所不愿意看见的一切了。他立刻感到寂寞，便又无聊地走回房里。他的时间就是这样地浪费了的。

觉民虽然和觉慧同住在一个房间里面，但是这几天他一直忙着自己的事情。在家的时候他也很少留在房里，他整天带着书到花园里面去读。他对琴的功课也很关心。觉慧也不去打扰他。

"寂寞啊！"觉慧常常在房里叹息道，他不高兴再读新书报了，这只有使他更感到寂寞。于是他翻出那本搁置了许久的日记本，信笔在上面写了一些字。他的生活正如他在日记本上所描写的那样：

××日　早晨我去给祖父请安。他在书房里面和四叔讲话。他叫四叔写一堂寿屏准备给他底老友冯乐山送去，庆祝冯乐山底六十寿诞，寿序是三叔起草的，祖父已经看过了。四叔唯唯地应着。等四叔出去了，祖父底疲倦的暗黄脸上露出一点笑容，他递了一本线装书给我，一面说："你可以拿去仔细读几遍。"我答应一声"是"，正要走出来，五叔又来了，祖父又叫我站住。五叔把他最近写的诗文交给祖父，请祖父批改。祖父接过那个线装本子，翻了几页，称赞几句,又望望我,说:"你也要学学你五爸底榜样,在家里学学做诗,做文章。"我怕他多说,连忙答应了几个"是",就溜了出来。走过隔壁房门看见陈姨太在房里梳头,我掉过头走了。我回到自己底房间,觉得心里畅快许多。不知道什么缘故,在我看来祖父底房间就和衙门差不多。祖父叫我学五叔,我决不会学他。我总觉得五叔是一个伪君子。他专骗祖父一个人。

祖父方才给我的一本线装书,我看了封面上白纸签条的题名:《刘芷唐先生教孝戒淫浅训》,就觉得头痛,我连看也不要看就把书抛在桌上,一个人到花园里散步去。

在梅林里面看见嫂嫂带着不满四岁的海儿在折花。我看见她底亲切而丰满的面庞,和她底灵活而充满善意的大眼睛,不觉从心底浮起了好感,便说:"嫂嫂,你这样早!你要梅花,喊鸣凤来折好了,何必要亲自动手?"她把树上的一枝折了下来,望着我笑了笑,说:"你大哥喜欢梅花,你没有留心到他房里放着几瓶梅花?……我常常给他折的。我怕鸣凤选的不如意,所以总是我自家来折。"她说了又叫海儿给我请安。海儿很聪明,又肯听大人底话,我们都喜欢他。这时我想起了另外的一件事。我说:"原来大哥爱梅花。"嫂嫂却接着说:"前几天我还画了一幅梅花帐檐,你一定也看见了的。"我看见她底脸上起了一道薄薄的红云,接着又露出很温和的微笑,两颊上微微现出两个酒窝。她说起"他"字,声音里含着无限的温情。我知道她很爱大哥。但是我底心开始忧郁起来。我想要是她知道大哥为什么特别爱梅花,在大哥底心目中梅花含着什么意思,那么她不晓得会怎样地悲伤呢。

"三弟,你好像不快活。我晓得这几天很苦了你。他们把你关在家里,不要你出去。不过现在爷爷底气恐怕早已消了。再过两三天你就可以出去的。你要把心放宽一点。老是愁闷,恐怕会闷出病来。"她亲切地安慰我。我心里想:"这是为着你,你不知道你所爱的大哥还爱着另一个女人呢!"可是望着她底平静而带同情的面容,我却不敢说出这样的话来。

"我要回去了,我还要给你大哥煮蛋。"嫂嫂拿了梅花,一手牵着海儿走了。她还笑着回过头来对我说:"等一会儿到我房里来下棋,我晓得你一天在家里很闷。"我答应着,我痴痴地望着她底背影。我觉得我很喜欢她。我想这于大哥是没有什么损害的,因为我爱她犹如她是我底长姐。可是我却不好意思对谁说,甚至对二哥,对我从前很信赖的二哥。

二哥近来很倾心于琴姐,他已经向我说过。但是听他谈话,他好像还没有向琴姐表示。他近来渐渐地变得奇怪了。他底心完全不在家里。他每天很早就到姑母家去了,连晚饭也不回来吃。我倒有点替他担忧。他底举动总有一天会被那般爱说闲话的人注意到的。那时候会有……

他近来和我谈话,总是谈到琴姐底事,听他底口气好像琴姐是他一个人所有的。这也不必管。他对于这次学潮一点也不关心,似乎他底世界里面就只有一个琴姐。我看他太高兴了,将来会失败的。但是我并不希望他将来失败。

我在梅林里踱了许久,二哥来和我谈了一些话。他去了,我还留着,一直到鸣凤来叫我吃饭的时候。

鸣凤这几天似乎故意躲避我,我也不知道是什么缘故。譬如今天,她远远地看见我,唤了一声就转身走了。还是我追上去问她:"你为什么要躲避我?"她才站住不走了。一双眼睛畏怯地望着我,眼光是很温和的。她埋下头低声说:"我很怕……我怕太太她们晓得。"我很感动,我把她底头捧起来,微笑地摇头说:"不要怕,这又不是什么可羞耻的事。爱情是很纯洁的。"我放她去了,我现在才明白了。

饭后我回到房里把二哥新买来的英文本《复活》翻开读了几十页。我忽然害怕起来。我不能够再读下去了。我怕这本书将来会变成我底写照,虽然我和主人公赖克留道甫底环境差得那么远。我近来很多幻想,我常常想,像我们这样的一个家庭将来不知道会有什么样的结局。

寂寞啊!我们底家庭好像是一个沙漠,又像是一个"狭的笼"。我需要的是活动,我需要的是生命。在我们家里连一个可以谈话的人也找不到。我坐下来,祖父给我的那本《刘芷唐先生教孝戒淫浅训》还在桌子上。我把它拿在手里翻了几页。全篇的话不过教人怎样做一个奴隶罢了。说来说去总是"君要臣死,不死不忠,父要子亡,不亡不孝"以及"万恶淫为首,百善孝为先"这一类的旧话。我愈看愈气,后来忍不住就把这本薄薄的线装书撕破了,我想撕掉一本,也可以少害几个人。

可是我心里依旧闷得难受,似乎种种不如意的事情都到我底心头来了。房里永远是这样单调,窗外永远是这样阴暗。我恨不得生了翅膀飞出去,然而阴暗的房间把我关住了。我倒在床上,开始呻吟起来。

"三弟,过来下棋好吗?"嫂嫂底声音从隔壁的房里传过来。"好,我就来。"我这样回答她。其实我并不想去下棋,不过我知道嫂嫂底用意无非给我解闷,我不忍拂她底好意,迟疑一下,终于过去了。下棋的时候我很用心,我差不多忘掉了一切。嫂嫂底象棋虽然比大哥下得好,但是不及我,所以我连赢了她三局。她依旧带着温和的笑容,并没有一点不快活的样子。

这时何嫂把海儿带了进来。嫂嫂便逗着海儿玩,一面和我闲谈。我在房里闲步走着,我注意到那梅花帐檐。

"嫂嫂,这幅帐檐倒画得很不错,"我称赞道。我虽然不懂画理,但是我喜欢这幅画,我觉得比她底其余的画都好。

"我画得不好,不过这幅画却是我聚精会神画出来的,因为你大哥向我央求过好几回。"嫂嫂说着,脸上露出了满意的笑容,后来她又加上一句:"本来我也爱梅花。"

"是不是因为大哥爱梅花的缘故呢?"我笑着问,这是取笑她的话。

嫂嫂底脸上微微起了红晕,她带笑地说:"我现在不告诉你,你将来自然会明白。"

"我明白,明白什么呢?"我故意做出不懂的样子问。

"你现在嘴硬,你将来接了三弟妹就会明白的。"

我不回答她底话,我掉过头看别处,方桌上的大瓷瓶和书桌上的小花瓶里都插着梅花。浅红色的花朵似乎刺痛了我底眼睛,我底脑里渐渐地浮起了另一张带着凄哀表情的美丽的面庞。我想向嫂嫂说:"当心这梅花在分割大哥底爱情呢。"但是我没有勇气说出这句话来。

"我好久没有画什么了,这两三年来因为照料海儿,把从前所学的都荒疏了。就是人好像也变俗了,"嫂嫂找出话来说,她底眼里发出光辉,她似乎在回忆过去的生活。

我想她也许在回忆她底彩虹一般美丽的少女时代的生活罢。我记得嫂嫂初来我家时和现在比起来并没有大的改变,不过现在更大方一点,没有从前那种娇羞的姿态了。

"作画本来要看兴致,兴致好的时候作出画来也比较好些。况且这是大哥要你画的,所以画出来特别好,"我说着又把话题转到别的方面去,我问她:"嫂嫂,你是不是在回想从前在家的时候?"

嫂嫂点头说:"嗯,……那时候的事情,现在想起来真像是一场梦。我在家里做姑娘的时候,和现在情形不同。我除了一个哥哥外,还有一个姐姐,她大我三岁。我们天天在一处学画,学诗。家父那时是广元县的知县。我们就住在衙门里面。我们姊妹住在一间楼房上,推开窗便是一个大坝子,种了些桑树。一清早就有喜鹊在树上叫,把我们早早叫起来。晚上一开窗,月光就照进房里。夜里很清静。家母睡得很早。我们姊妹因为爱月总是睡得晏。我们常常开着窗,一面望月,一面闲谈,不然就学作诗。有时候夜深了,忽然远远送来尖锐的吹哨声,原来是跑文书的人来了。三弟,你晓得那时候紧要的信函公文都是专差送的,到一个驿站就要换一次马,还有别的准备,所以远远地就吹起哨子,叫人早些给他准备好。这种声音夜深听起来很凄凉,我们睡着了,也会被它惊醒,那么一晚上就不能够再闭眼了。后来母亲养蚕,我们给她帮忙,常常夜深我们还起来拿了灯,下楼到蚕房去看桑叶是否稀少。那时我底年纪还很轻,但已经和大人差不多了。那种日子过得真有味。不久辛亥革命一起,家父辞了官回到省城来。我们渐渐长大了。后来家父说我们姊妹底画'可以'了,便在外面扇庄里拿了些扇子回来叫我们画。我们接连画了许多,得到的酬金,就拿来买些诗集和颜料。后来姐姐出嫁了。我们姊妹感情很好,真正舍不得分手。她出嫁的前一夜,我陪她哭了一夜。她出嫁后不到一年,就因小产死了。据说她底婆婆待她不大好。她本来也有些脾气,在家里的时候,家母事事将就她,在家里娇养惯了,嫁到别人家,当然受不惯苦,忍不得气的。……这些事情现在想起来真和做梦一般。"嫂嫂说到这里,很感伤,眼圈也红了,她便暂时住了口。

我害怕嫂嫂会落泪,但是我底笨拙的嘴又找不到话来安慰她。我便问道:"嫂嫂,太亲母和李大哥最近有信来吗?他们都好罢。"她答道:"多谢你,我哥哥最近来过一封信,说他们都很好,他们一两年内还不能回省城来。"我们又谈了一阵,我就说要温习功课,走出了嫂嫂底房间,又回到自己底房里来。我还想着嫂嫂底话,可是我终于安静下来,把《宝岛》温习了二十几页。我又感到寂寞、烦躁。我丢开书,在房里大步踱着。我想到外面的一切。这种生活我不能过下去了。我觉得在家里到处都是压迫,我应该反抗到底。

在午饭桌上听见继母对大哥谈起四婶、五婶、陈姨太她们底战略,他们很正经地谈着,我不觉失笑了。饭后天还没有黑尽,我到大哥房里和他谈到孝的问题。他太软弱,他底顾虑太多。我很不满意他,因为他底思想一天一天地回到旧的路上去了。我们正谈得起劲,三婶房里的丫头婉儿来叫大哥去陪张太亲母(三婶底母亲)打牌,他毫不迟疑地答应了。我不大高兴地问:"大哥,你又要去打牌?"他简单地答道:"陪张太亲母啊。怎么好意思不去?"他就跟着婉儿去了。

　　我有两个哥哥:大哥天天打牌,为的是讨别人欢喜;二哥现在天天到姑母家去教琴姐读英文,晚上总不在家。我觉得我应该做一个和他们完全不同的人……

　　唉,这生活!这就是我底一天的生活。像这样活下去,我简直在浪费我底青春了。……

　　我不能这样屈服,我一定要反抗,反抗祖父底命令,我一定要出去。……

觉慧的日记本上只写了这一天的日记,他第二天果然出去了。

十二

　　旧历新年快来了。这是一年中的第一件大事。除了那些负债过多的人以外,大家都热烈地欢迎这个佳节的到来。但是这个佳节并不是突然跑来的;它一天一天地慢慢走近,每天都带来一些新的气象。整个的城市活动起来了。便是街上往来的行人,也比平日多些。市面上突然出现了许多灯笼、玩具和爆竹,到处可以听见喇叭的声音。

　　高公馆虽然坐落在一条很清静的街上,但是这个在表面上很平静的绅士家庭也活动起来了。大人们忙着准备过年时候礼节上和生活上需要的各种用品。仆人自然也跟着主子忙,一面还在等待新年的赏钱和娱乐。晚上厨子在厨房里做点心、做年糕;白天各房的女主人,大的和小的都聚在老太爷的房里,有时也在右上房的窗下,或者折金银锭,是预备供奉祖先用的;或者剪纸花(红的和绿的),是预备贴在纸窗上或放在油灯盘上面的。高老太爷还是跟往常一样,白天很少在家。他不是到戏院看戏,就是到老朋友家里打牌。两三年前他和几位老朋友组织了一个九老会,轮流地宴客作乐,或者鉴赏彼此收藏的书画和古玩。觉新和他的三叔克明两人在家里指挥仆人们布置一切,作过年的准备。堂屋里挂了灯彩，两边木板壁上也挂了红缎子绣花屏。高卧在箱子里的历代祖先的画像也拿出来，依次序挂在正中的壁上，享受这一年一度的供奉。

这一年除夕的前一天是高家规定吃年饭的日子。他们又把吃年饭叫做"团年"。这天下午觉慧和觉民一起到觉新的事务所去。他们在"华洋书报流通处"买了几本新杂志，还买了一本商务印书馆出版的翻译小说《前夜》[1]。

他们刚走到觉新的办公室门口，就听见里面算盘珠子的响声，他们掀起门帘进去。

"你出来了？"觉新看见觉慧进来，抬起头看了他一眼，不觉吃惊地问道。

"我这几天都在外面，你还不晓得？"觉慧笑着回答。

"那么，爷爷晓得了怎么办？"觉新现出了为难的样子，但是他仍旧埋下头去拨算盘珠子。

"我管不了这许多，他晓得，我也不怕，"觉慧冷淡地说。

觉新又抬头看了觉慧一眼，便不再说话了。他只把眉头皱了皱，继续拨算盘珠子。

"不要紧，爷爷哪儿记得这许多事情？我想他一定早忘记了，"觉民在旁边解释道，他就在窗前那把藤椅上坐下来。

觉慧也拿着《前夜》坐在墙边一把椅子上。他随意翻着书页，口里念着：

---

[1]《前夜》，屠格涅夫(1818—1883)著，沈颖译。这个译本是1921年8月在上海出版的，我在这里把它的出版期提早了十个月的光景。

爱情是个伟大的字，伟大的感觉……但是你所说的是什么样的爱情呢？

什么样的爱情吗？什么样的爱情都可以。我告诉你，照我的意思看来，所有的爱情，没有什么区别。若是你爱恋……
一心去爱恋。

觉新和觉民都抬起头带着惊疑的眼光看了他两眼，但是他并不觉得，依旧用同样的调子念下去：

爱情的热望，幸福的热望，除此而外，再没有什么了！
我们是青年，不是畸人，不是愚人，应当给自己把幸福争过来！

一股热气在他的身体内直往上冲，他激动得连手也颤抖起来，他不能够再念下去，便把书阖上，端起茶碗大大地喝了几口。

陈剑云从外面走了进来。

"觉慧，你刚才在说什么？你这样起劲，"剑云进来便用他的枯涩的声音问道。

"我在读书，"觉慧答道。他又翻开书，在先前看到的那几页上再念：

宇宙唤醒我们爱情的需要，可是又不尽力使爱情满足。

屋子里宁静了片刻，算盘珠子的声音也已经停止了。

宇宙里有生有死……
爱情里也有死有生。

"这是什么意思？"剑云低声说，没有人回答他。

一种莫名的恐怖在这小小的房间里飞翔，渐渐地压下来。一个共同的感觉苦恼着这四个处境不同的人。

"这样的社会，才有这样的人生！"觉慧觉得沉闷难受，愤愤不平地说。"这种生活简直是在浪费青春，浪费生命！"

这种思想近来不断地折磨他。他还是一个小孩的时候，他就有一种渴望：他想做一个跟他的长辈完全不同的人。他跟着做知县的父亲走过了不少高山大水，看见了好些不寻常的景物。他常常梦想着一个人跑到奇异的国土里，干一些不寻常的事业。在父亲的衙门里，他的生活还带了一点奇幻的色彩。可是他一旦回到省城里来，他的生活便更接近于平凡的现实了。在那个时候他对世界开始有了新的认识。在这个大的绅士家庭里单是仆人、轿夫之类的"下人"就有几十个。他们这般人来自四面八方，可是被相同的命运团结在一起。这许多不相识的人，为了微少的工资服侍一些共同的主人，便住下来在一处生活，像一个大家族一样，和平地，甚至亲切地过活着，因为他们都是一样的人，一旦触怒了主人就不知道第二天怎样生活下去。他们的命运引起了觉慧的同情。他曾在这个环境中度过他的一部分的童年，甚至得到仆人们的敬爱。他常常躺在马房里轿夫的床上，在烟灯旁边，看那个瘦弱的老轿夫一面抽大烟一面叙述青年时代的故事；他常常在马房里和"下人们"围着一堆火席地坐着，听他们叙说剑仙侠客的事迹。那时候他常常梦想：他将来长大成人，要做一个劫富济贫的剑侠，没有家庭，一个人一把剑，到处飘游。后来他进了中学，他的世界又改变了面目。书本和教员们的讲解逐渐地培养了他的爱国主义的热情和改良主义的信仰。他变成了梁任公的带煽动性的文章的爱读者。这时候他爱读的书是《中国魂》和《饮冰室丛著》，他甚至于赞成梁任公在《国民浅训》里所主张的征兵制，还有投笔从戎的心思。可是五四运动突然地给他带来了一个新的世界。在梁任公的主张被打得粉碎之后，他连忙带着极大的热诚去接受新的、而且更激进的学说。他又成了他的大哥所称呼他的，或者可以说嘲笑他的："人道主义者"。大哥的第一个理由就是他不肯坐轿子。那时候他因为读了《人生真义》和《人生问题发端》等等文章，才第一次想到人生的意义上面。但是最初他所理解的也不过是一些含糊的概念。生活的经验，尤其是最近这些日子里的幽禁的生活，内心的激斗和书籍的阅读，使他的眼界渐渐地宽广了。他开始明白了人生是怎么一回事，做一个人究竟应该怎样。他开始痛恨这种浪费青春、浪费生命的生活。然而他愈憎恨这种生活，便愈发见更多的无形的栅栏立在他的四周，使他不能够把这种生活完全摆脱。

"这种生活真该诅咒！"觉慧想到这里更加烦躁起来。他无意间遇见了觉新的茫然的眼光，连忙掉过头去，又看见剑云的忧郁的、忍受的表情。他转眼去看觉民，觉民埋着头在看书。屋子里是死一般的静寂。他觉得什么东西在咬他的心。他不能忍受地叫起来：

"为什么你们都不说话？……你们，你们都该诅咒！"

众人惊讶地望着他，不知道他为什么缘故大叫。

"为什么要诅咒我们？"觉民阖了书温和地问；"我们跟你一样，都在这个大家庭里面讨生活。"

"就是因为这个缘故！"觉慧依旧愤恨地说。"你们总是忍受，你们一点也不反抗。你们究竟要忍受多久？你们口里说反对旧家庭，实际上你们却拥护旧家庭。你们的思想是新的，你们的行为却是旧的。你们没有胆量！……你们是矛盾的，你们都是矛盾的！"这时候他忘记了他自己也是矛盾的。

"三弟，平静点，你这样吵又有什么好处？做事情总要慢慢地来，"觉民依旧温和地说，"你一个人又能够做什么？你应该晓得大家庭制度的存在有它的经济的和社会的背景。"后一句话是他刚才在杂志上看见的，他很自然地把它说了出来。他又加上一句："我们的痛苦不见得就比你的小。"

觉慧无意间掉过头，又遇见觉新的眼光，这眼光忧郁地望着他，好像在责备他似的。他埋下头去，翻开手里的书，过了一会儿，他的声音又响了：

弃了他们罢！父亲并没有和我白说："我们不是奢侈家，不是贵族，也不是命运和自然的爱子，并且还不是烈士。我们只是劳动者。穿起我们自己的皮制的围裙，在自己的黑暗的工厂里，做自己的工作。让日光照耀在别人身上去！在我们这黯淡的生活里，也有我们自己的骄傲，自己的幸福！"……

"这一段话简直是在替我写照。可是我自己的骄傲在哪儿？我自己的幸福又在哪儿？"剑云心里这样想。

"幸福？幸福究竟在什么地方？人间果然有所谓幸福吗？"觉新叹息道。

觉慧看了觉新一眼,又埋下头把书页往前面翻过去,翻到有折痕的一页,便高声念着下面的话,好像在答复觉新一般:

我们是青年,不是畸人,不是愚人,应当给自己把幸福争过来!

"三弟,请你不要念了,"觉新痛苦地哀求道。

"为什么?"觉慧追问。

"你不晓得我心里很难受。我不是青年,我没有青春。我没有幸福,而且也永远不会有幸福,"这几句话在别人说来也许是很愤激的,然而到觉新的口里却只有悲伤的调子。

"难道你没有幸福,就连别人说把幸福争过来的话也不敢听吗?"觉慧对他的大哥这样不客气地说,他很不满意大哥的那种日趋妥协的生活方式。

"唉,你不了解我,你的环境跟我的不同,"觉新推开算盘,叹口气,望着觉慧说;"你说得对,我的确怕听见人提起幸福,正因为我已经没有得到幸福的希望了。我一生就这样完结了。我不反抗,因为我不愿意反抗,我自己愿意做一个牺牲者。……我跟你们一样也做过美妙的梦,可是都被人打破了。我的希望没有一个实现过。我的幸福早就给人剥夺了。我并不怪别人。我是自愿地把担子从爹的肩膀上接过来的。我的痛苦你们不会了解。……我还记得爹病中告诉我的一段话。爹临死的前一天,五妹死了,妈去给她料理殓具。五妹虽然只有六岁,但是这个消息也使在病中的爹伤心。他流着泪握着我的手说:'新儿,你母亲临死的时候,把你们弟兄姐妹六个人交给我,现在少了一个,我怎样对得起你母亲?'爹说了又哭,并且还说:'我的病恐怕不会好了,我把继母同弟妹交给你,你好好地替我看顾她们。你的性情我是知道的,你不会使我失望。'我忍不住大声哭起来。爷爷刚刚走过窗子底下,以为爹死了,喘着气走进来。他看见这种情形,就责备我不该引起爹伤心,还安慰爹几句。过后爷爷又把我叫到他的房里,问我是怎么一回事。我据实说了。爷爷也流下泪来。他挥手叫我回去好好地服侍病人。这天晚上深夜爹把我叫到床前去笔记遗嘱,妈拿烛台,你们大姐端墨盒。爹说一句我写一句,一面写一面流泪。第二天爹就死了。爹肩膀上的担子就移到我的肩膀上来了。从此以后,我每想到爹病中的话,我就忍不住要流泪,同时我也觉得我除了牺牲外,再也没有别的路。我愿意做一个牺牲者。然而就是这样我也对不起爹,因为我又把你们大姐失掉了……"觉新愈说下去,心里愈难过,眼泪落下来,流进了他的嘴里。他结结巴巴地说到最后竟然俯在桌子上抬不起头来。

觉慧的眼泪快要流出来了,但是他极力忍住。他抬起头向四面看。他看见剑云拿着手帕在揩眼睛,觉民用杂志遮住了脸。

觉新把脸从桌上抬起来,揩了泪痕,又继续说:

"还有许多事你们都不晓得。我现在又要说老话了。有一年爹被派做大足县的典史[1],那时我才五岁多,你们都没有出世。爹妈带着我和你们大姐到了那里。当时那一带地方不太平,爹每夜都要出去守城,回来时总在一点钟以后。我们在家里等他回来才睡。那时候我已经被家人称为懂事的人。每夜我嗑着松子或者瓜子一搭一搭地

---

[1]典史:清朝的官名。这是知县的属官,专管本县监狱和捉贼捕盗的事情。

跟妈谈话。妈要我发狠读书,给她争一口气,她又含着眼泪把她嫁到我们家来做媳妇所受的气一一告诉我。我那时候或者陪着她流眼泪,或者把她逗笑了才罢。我说我要发狠读书,只要将来做了八府巡按,妈也就可以扬眉吐气了。我此后果然用功读书。妈才渐渐地把愁肠放开。又过了几个月,省上另委一个人来接爹的事。我们临行时妈又含着眼泪把爹的痛苦一一告诉我。这时妈肚子里头怀着二弟已经有七八个月了。爹很着急,怕她在路上辛苦,但是没有法子,不能不走。回省不到两个月就把二弟你生出来。第二年爹以过班知县[1]的身份进京引见[2]去了。妈在家里日夜焦急地等着,后来三弟你就出世。这时爹在北京因验看[3]被驳,陷居京城,消息传来,爷爷时常发气,家里的人也不时揶揄。妈心里非常难过,只有我和你们大姐在旁边安慰她。她每接到爹的信总要流一两天的眼泪。一直到后来接到爹的信说'已经引见中秋后回家',她才深深地叹一口气,算是放了心,可是气已经受够了。总之,妈嫁到我们家里,一直到死,并没有享过福。她那样爱我,期望我,我究竟拿什么来报答她呢?……为了妈我就是牺牲一切,就是把我的前程完全牺牲,我也甘愿。只要使弟妹们长大,好好地做人,替爹妈争口气,我一生的志愿也就实现了。……"

觉新说到这里便从衣袋里摸出手帕揩脸上的泪痕。

"大哥,你不要难过,我们

---

[1] 过班知县:清朝官吏经大员保举,或者出了一笔捐款(如修治黄河缺口等),因此升官,叫做"过班"。觉新的父亲高克文由典史升为知县,叫做"过班知县"。

[2] 引见:高克文以过班知县的身份到北京去,由吏部主事带领他去见皇帝,这就叫做"引见",每次引见,一班十个人。引见后便可以领照出京,听候补缺了。

[3] 验看:高克文到北京后,引见以前,先由点派的大臣察看他的相貌、状态和履历等等,这就叫做"验看"。验看不合格,就不能引见。

了解你,"把脸藏在杂志后面的觉民说。

觉慧让眼泪流了下来,但是他马上又止住了泪。他心里想:"过去的事就让它埋葬了罢!为什么还要挖开过去的坟墓?"但是他却不能不为他的亡故的父母悲伤。

"三弟,你刚才念的话很不错。我不是奢侈家,不是命运和自然的爱子。我只是一个劳动者。我穿着自己的围裙,在自己的黑暗的工厂里,做自己的工作。"觉新渐渐地安静下来,他望着觉慧凄凉地笑了笑,接着又说:"然而我却是一个没有自己的幸福的劳动者,我——"他刚说了一个"我"字,忽然听见窗外的咳嗽声,便现出惊惶的神情,改变了语调低声对觉慧说:"爷爷来了,怎么办?"

觉慧稍微现出吃惊的样子,但是马上又安静了。他淡淡地说:"有什么要紧?他又不会吃人。"

果然高老太爷揭起门帘走了进来,仆人苏福跟在他后面,在门口站住了。房里的四个人都站起来招呼他。觉民还把藤椅让给他坐。

"你们都在这儿!"高老太爷的暗黄色的脸上现出了笑容,大概因为心里高兴,相貌也显得亲切了。他温和地说:"你们可以回去了,今天'团年',大家早点回家罢。"他在窗前的藤椅上坐下去。但是过了一会儿他又站起来说:"新儿,我要买点东西,你跟我去看看。"他等觉新应了一声,便推开门帘,举起他那穿棉鞋的脚跨出了门槛。觉新和苏福也跟着出去了。

觉民看见祖父出去了,便对着觉慧伸出舌头,笑道:"他果然把你的事忘记了。"

"如果我像大哥那样服从,恐怕会永远关在家里,"觉慧接口说;"其实我已经上当了。爷爷发气,不过是一会儿的事,事情一过,他把什么都忘记了。他哪儿还记得我在家里过那种痛苦的幽禁生活?……我们回去罢,不必等大哥了,横竖他坐轿子回去。我们早些走,免得再碰见爷爷。"

"好罢,"觉民答应了一声,又回头问剑云道:"你走不走?"

"我也要回去,我跟你们一路走。"

三个人一道走了出来。

在路上觉慧很兴奋。他把过去的坟墓又深深地封闭了。他想着:

"我是青年,我不是畸人,我不是愚人,我要给自己把幸福争过来。"

他又为不是大哥的自己十分庆幸了。

十三

　　天黑了。在高家,堂屋里除了一盏刚刚换上一百支烛光灯泡的电灯外,还有一盏悬在中梁上的燃清油的长明灯,一盏煤油大挂灯,和四个绘上人物的玻璃宫灯。各样颜色的灯光,不仅把壁上的画屏和神龛上穿戴清代朝服的高家历代祖先的画像照得非常明亮,连方块砖铺砌的土地的接痕也看得很清楚。

　　正是吃年饭的时候。两张大圆桌摆在堂屋中间,桌上整齐地放着象牙筷子,和银制的杯匙、碟子。每个碟子下面压着一张红纸条,写上各人的称呼,如"老太爷""陈姨太"之类。每张桌子旁边各站三个仆人:两个斟酒,一个上菜。各房的女佣、丫头等等也都在旁边伺候。一道菜来,从厨房端到堂屋外面左上房的窗下,放在那张摆着一盏明角灯(又叫做琉璃灯)的方桌上,然后由年纪较大的女佣端进去,递给仆人苏福和赵升,端上桌去。

　　八碟冷菜和两碟瓜子、杏仁摆上桌子以后,主人们大大小小集在堂屋里面,由高老太爷领头,说声入座,各人找到了自己的座位,很快地就坐齐了。

　　上面一桌坐的全是长辈,按次序数下去,是老太爷、陈姨太、大太太周氏、三老爷克明和三太太张氏,四老爷克安和四太太王氏、五老爷克定和五太太沈氏,另外还有一个客人就是觉新们的姑母张太太,恰恰是十个人。下面的一桌坐的是觉新和他的弟妹们,加上觉新的妻子李瑞珏和琴小姐一共是十二个:男的是觉字辈,有长房的觉新,觉民,觉慧,三房的觉英,四房的觉群和觉世;女的是淑字辈,有长房的淑华,三房的淑英,四房的淑芬和五房的淑贞,年纪算淑英最大,十五岁,淑贞十二岁,淑芬最小,只有七岁。这都是照旧历算的。还有三房的觉人和四房的觉先、淑芳,都还太小,不能入座。觉新的孩子海臣是上了桌子的,老太爷希望在这里吃年饭的应当有四代人,所以叫觉新夫妇把海臣也带上桌子来,就让他坐在瑞珏的怀里随便吃一点菜,坐一些时候。

老太爷端起酒杯,向四座一看,看见堂屋里挤满了人,到处都是笑脸,知道自己有这样多的子孙,明白他的"四世同堂"的希望已经实现,于是脸上浮出了满足的微笑,喝了一大口酒。他又抬起眼去望下面的一桌,看见年轻的一代人正在欢乐地谈笑吃酒。这里在叫"拿酒来!"那里在叫"先给我斟!"都是新鲜的、清脆的声音。两个仆人袁成和文德拿着小酒壶四处跑。"你们少吃点酒,看吃醉了!还是多吃菜罢!"老太爷带笑地叫起来。他听见那张桌上的觉新的应声,不觉又端起酒杯,带着愉快、轻松的心情呷了一口酒。这时桌子上的酒杯都举了起来,但是又随着老太爷的杯子放回到桌上。在这张桌上除了老太爷外,大家端端正正地坐着。老太爷举筷,大家跟着举筷,他的筷子放下,大家的筷子也跟着放下。偶尔有一两个人谈话,都是短短的两三句。略带酒意的老太爷觉察到这种情形,便说:"你们不要这样拘束,大家有说有笑才好。你们看他们那一桌多热闹。我们这一桌清清静静的。都是自家人,不要拘束啊。"他举起酒杯,把杯里的余酒喝完,又说:"你们看,我今晚上这样高兴!"他又含笑对克定说:"你年轻,团年多吃两杯,也不要紧。"他吩咐李贵和高忠:"你们多给姑太太、老爷、太太们斟酒嘛!"老太爷的这种不寻常的高兴给这张桌子上带来一点生气,于是克安和克定、王氏和陈姨太先后搳起拳来,大口地喝着酒,筷子也动得勤了。

老太爷看见眼前许多兴奋的发红的脸,听见搳拳行令的欢笑声,心里更快活,又把刚才斟满的一杯酒端起,微微呷了一口。过去的事开始来到他的心头。他想:他从前怎样苦学出身,得到功名,做了多年的官,造就了这一份大家业,广置了田产,修建了房屋,又生了这些儿女和这许多孙儿、孙女和重孙。一家人读书知礼,事事如意,像这样兴盛、发达下去,再过一两代他们高家不知道会变成一个怎样繁盛的大家庭。……他这样想着,不觉得意地微笑了,又喝了一大口酒,便把酒杯放下说:"我不吃了,我吃了两杯酒就会醉的。你们多吃点不要紧。"他又咐咐:"多给姑太太、老爷、太太们斟酒。"

在下面一桌,在年轻一代人的席上,的确如祖父所说,是热闹多了。筷子的往来差不多没有停止过。一盆菜端上来,不多几时就只剩下了空盆。年纪较小的觉群和觉世因为挟菜不方便,便跪在椅子上,放下筷子,换了调羹来使用。

"像这样子抢菜是不行的,我们抢不过你们男子家。你们看爷爷他们那一桌多斯文,你们吃得这样快,哪儿还像在吃年饭!"觉新的妻子李瑞珏笑着说,她已经把海臣放下去叫何嫂带到外面去了。

四房的仆人赵升刚刚端上来一盆烩鲍鱼片,十三岁的觉英挟了一块放在嘴里,他听见瑞珏的话便笑起来,连忙放下筷子说:"大嫂说得真可怜!我们不要吃了,多少剩一点给她罢。"于是全桌的人都放下筷子笑了。坐在瑞珏的斜对面的觉慧便站起来把盆子往她面前一推,笑着说:"大嫂,这一盆就请你一个人吃。"

瑞珏看见一桌人的目光都集中在她的脸上,不觉微微红了脸,把盆子向觉慧面前一推说:"多谢你这番好意。不过我自来不喜欢海味,还是请你代吃罢。"

"不行!不能代。你不吃,要罚酒,"觉慧站起来说道。

"好,大嫂该罚酒,"大家附和着说。

瑞珏等到众人的声音静下去以后,才慢慢辩解地说:"我为什么该罚酒?你们高兴吃酒,不如另外想一个吃酒的办法。我们还是行酒令罢。"

"好,我赞成,"觉新首先附和道。

"行什么令?"坐在瑞珏下边的琴问道。

"我房里有签。喊鸣凤把签筒拿来罢,"瑞珏这样提议。

"我想不必去拿签筒,就行个简单的令好了,"觉民表示他的意见。

"那么就行飞花令,"琴抢着说。

"我不来,"八岁的觉群嚷道。

"我也不会,"淑芬像大人似地正经地说。

"哪个要你们来!好,五弟、六妹、六弟都不算。我们九个人来,"瑞珏接口道。

这时觉慧把一根筷子落在地上,袁成连忙拾起揩干净送来。他接了放在桌上,正要说话,看见众人都赞成琴的提议,也就不开口了。

"那么让我先说。三表弟,你先吃酒!"琴一面说,一面望着觉慧微笑。

"为什么该我吃酒?你连什么也没有说,"觉慧用手盖着酒杯。

"你不管,你只管吃酒好了。……我说的是'出门俱是看花人'。你看是不是该你吃酒!"

众人依次序数过去,中间除开淑芬、觉世、觉群三个不算,数到花字恰是觉慧,于是都叫起来:"该你吃酒。"

"你们作弄我。我不吃!"觉慧摇头说。

"不行,三弟,你非吃不可。酒令严如军令,是不能违抗的,"瑞珏催促道。

觉慧只得喝了一大口酒。他的脸上立刻现出了笑容,他得意地对琴说:"现在该你吃酒了。——春风桃李花开日。"

从觉慧数起,数到第五个果然是琴。于是琴默默地端起酒杯呷了一口,说了一句"桃花乱落如红雨",该坐在她下边的淑英吃酒。淑英说一句"落花时节又逢君",又该下边的淑华吃酒。淑华想了想,说了一句"若待上林花似锦",数下去,除开淑芬、觉群等三人不算,数过淑贞、觉英、觉慧,恰恰数到觉民。于是觉民吃了酒,说了一句"桃花潭水深千尺"。接着觉新吃了酒,说句"赏花归去马蹄香",该瑞珏吃酒。瑞珏说:"去年花里逢君别,"又该淑英接下去,淑英吃了酒顺口说:"今日花开又一年。"这时轮到淑贞了。淑贞带羞地呷了一小口酒,勉强说了一句:"牧童遥指杏花村。"数下去又该瑞珏吃酒,瑞珏笑了笑,说了一句"东风无力百花残",该觉英吃酒。觉英端起杯子把里面的余酒吃光了,冲口说出一句"感时花溅泪"。

"不行！不行！五言诗不算数。另外说一句,"瑞珏不依地说。淑华在旁边附和着。但是觉英一定不肯重说。觉慧不耐烦地嚷起来：

"不要行这个酒令了。你们总喜欢拣些感伤的诗句来说,叫人听了不痛快。我说不如行急口令痛快得多。"

"好,我第一个赞成,我就做九纹龙史进,"觉英拍手说,他觉得这是解围的妙法。

急口令终于采用了。瑞珏被推举为令官,在各人认定了自己充当什么人以后,便由令官发问："什么人会吃酒？"

"豹子头会吃酒,"琴接口道。

"林冲不会吃酒,"做林冲的觉民连忙说。

"什么人会吃酒？"琴接着追问道。

"九纹龙会吃酒,"觉民急急回答。

"史进不会吃酒,"觉英马上接下去。

"什么人会吃酒？"觉民追问道。

"行者会吃酒,"这是觉英的回答。

"武松不会吃酒,"做武松的是觉慧。

"什么人会吃酒？"觉英逼着问道。

"玉麒麟会吃酒,"觉慧一口气说了出来。

"卢俊义不会吃酒,"琴正喝茶,连忙把一口茶吐在地上笑答道。

"什么人会吃酒？"觉慧望着她带笑地追问。

"小旋风会吃酒,"琴望着瑞珏回答道。

"柴进不会吃酒,"瑞珏不慌不忙地接口说。

"什么人会吃酒?"琴一面笑,一面问。

"母夜叉会吃酒,"瑞珏指着觉新正经地回答。

于是满座笑了起来。做母夜叉孙二娘的是觉新,他为了逗引弟妹们发笑,便拣了这个绰号,现在由他的妻子的口里说出来,更引人发笑了。觉新含笑地说:"孙二娘不会吃酒。"他不等瑞珏发问,连忙说:"智多星会吃酒。"

"吴用不会吃酒,"淑英接口说。

"什么人会吃酒?"觉新连忙问道。

"大嫂会吃酒,"淑英不假思索地回答。

满座都笑起来。众人异口同声地叫着:"罚!罚!"淑英只得认错,叫仆人换了一杯热酒,举起杯子呷了一口。众人又继续说下去,愈说愈快,而受罚的人也愈多。愿吃酒的就吃酒,不能吃酒的就用茶代替,他们这些青年男女痛快地笑着,忘记一切地笑着,一直到散席的时候。

散席后大部分的人都有一点醉意。琴跟着她的母亲回家了。本来觉民、觉慧、淑英、淑华几个人曾经怂恿他们的母亲把琴留在这里过新年,但是张太太说家里有事情,终于把琴带回去了。瑞珏要回房去照料海臣。觉新、觉民和淑华都喝多了酒想回屋去睡。这样大家都没有兴致,各人回到自己的房里去了。于是这样一所大公馆又显得很冷静了。堂屋里只剩下几个仆人和女佣在收拾,打扫。

觉慧也有酒意。他觉得脸上发烧,心里发热。他不想睡觉。外面万马奔腾似的爆竹声送进他的耳里。他在房里坐不住,便信步走出去。大厅上冷清清地放着几乘轿子。三四个轿夫坐在门房的门槛上低声闲谈。隔壁几家公馆里的鞭炮声响得更密了。他在大厅上立了一会儿,便往外面走去。他刚走到大门口,鞭炮声停止了,偶尔有一两个散炮在响,到处都是硫磺气味。大门口依旧悬着一对大的红纸灯笼,里面虽然插着正在燃烧的蜡烛,也不过在地上投下朦胧的红色的光,和一些模糊的影子。

街上是一片静寂。爆裂了的鞭炮的残骸凌乱地躺在街心,发散它们的最后的热气。不知道从什么地方传来一阵低微的哭声。

"什么人在哭?在这万家欢乐的时候会有人在哭?"觉慧的酒意渐渐消失了,他惊疑地想着。他用眼光仔细地向四面找寻,在右边那口大石缸旁边看见了一团黑影。他带着好奇心走过去。

一个讨饭的小孩,穿着一件又脏又破的布衣,靠着石缸低声在哭。他埋着头,飘蓬的头发散落在水面上。小孩听见脚步声便抬起头来看觉慧。觉慧看不清楚小孩的脸。他们两个人面对面地站着,都不说话。觉慧只听见他自己的急促的呼吸和小孩的低微的哭声。

好像有人泼了一瓢冷水在觉慧的脸上。他清楚地听见银圆在衣袋里响。一种奇怪的、似乎从来不曾有过的感情控制了他。他摸出两个半元的银币,放在小孩的润湿的手里,忘了自己地说:"你拿去罢,去找一个暖和的地方。这儿很冷。……这儿冷得很。你看你抖得这样厉害。你拿去买点热的饮食吃也好。"

他说完,并不等小孩回答就大步走进公馆里去。他好像做了什么不可告诉人的事一样,连忙逃走了。他走过大门内的天井,黑暗中忽然现出他的大哥的带嘲笑的脸,口里说:"人道主义者。"但是这张脸马上又不见了。他走进二门向大厅走去的时候,静寂中好像有人在他的耳边大声说:"你以为你这样做,你就可以把社会的面目改变吗?你以为你这样做,你就可以使那个小孩一生免掉冻饿吗?……你,你这个伪善的人道主义者!"

他恐怖地蒙住耳朵向里面走去,他走进自己的房里,颓然地倒在床上,接连地自语道:"我吃醉了,吃醉了。"

十四

第二天是旧历这一年的最后一天。早晨，觉慧醒得很迟，他睁开眼睛，阳光已经从窗户射进来，把房间照得十分明亮。觉民站在床前含笑地望着他，说：

"你看，你昨晚上怎么睡的？"

觉慧朝自己身上一看，原来一条棉被压着自己的半个身子。他把棉被掀开，才知道昨夜他没有脱衣服就胡乱地倒在床上睡了。他对觉民笑了笑，便翻身坐起来，觉得阳光刺痛眼睛，用手揉了两下。伺候他们弟兄的老黄妈正捧着面盆走进房来。

"昨晚上吃了那么多酒，醉得连衣裳也没有脱就睡了，这样的冷天，很容易着凉。我来给你盖了铺盖。你直伸伸地倒在床上，睡得真香，睡到今天这个时候才起来！"黄妈一个人咕噜地说，不过她的满是皱纹的脸上还带着笑容。她常常责备他们，犹如母亲责备儿子。他们知道她的脾气，又知道她真心爱护他们，所以兄弟两个都喜欢她。

觉民微笑着，觉慧也忍不住笑了。

"黄妈，你真多嘴。吃年饭的时候大家高高兴兴，多吃几杯酒又有什么要紧？啊，我记起来了，昨晚上你站在我旁边老是睁着眼睛凶神恶煞地望着我,弄得我好没趣!逢年过节,你也该把我们放松一点。你比太太还厉害,太太并不怎样管我们,"觉慧带笑地抱怨道,他故意跟她开玩笑。

"就是因为太太不大管你们,我才来管你们!"黄妈正在铺床。听见觉慧的最后一句话便回过头来对他说。"我今年五十几岁了。我在公馆里头做了十多年,我亲眼看见你们长大。我服侍你们十多年。你们也看得起我,从来没有骂过我一句半句。我本来老早就想回家去,不过我放心不下。我在公馆里头什么事都看见过。现在真不比从前。我常常想,还是趁早走罢,清水住过了,还来住浑水,太不值得。可是我又舍不得你们。我走了,没有人来照料你们。你们真是两位好少爷,跟过世的太太一样。要是太太还在,看见你们长大了,该多喜欢!还有我们少奶奶,公馆里哪个不喜欢她?你们也要对她好啊!我想太太在天上会好好保佑你们,将来书读好了,做大官,那时节连我这个老婆子也有脸面!"

"如果真正做了大官,恐怕就会把你这个老婆子忘在九霄云外了,哪儿还记得起你?"觉慧笑道。

"你们不会的。我又不想你们给我什么好处。只要你们读书成名,我就放心了,"她诚恳地说,一双慈祥的眼睛爱怜地望着他们。

"黄妈,我们不会忘记你,"觉民说着,便走去用手拍她的肩头。她对他笑了笑,便端了面盆往门外走,刚要跨过门槛,还回过头来说:"今天不要再吃酒了。"

"少吃一点也不要紧,"觉慧笑着说,但是她已经走出房间听不见了。

"她真好,像她这样的好人在'底下人'中间实在少见,"觉民看见黄妈去了以后,不觉感动地称赞道。

"这真是你的大发见了:原来'底下人'跟主人一样也有感情,有良心,"觉慧讥讽地说。

觉民知道觉慧在讥笑他,便不作声了。他提起脚往外面走。

"又到姑妈家去吗?"觉慧在后面大声问。

觉民刚跨出门槛,听见觉慧在问,便回过头看他一眼,好像在责备他,但依旧温和地答道:"不,我到花园里走走,你也去吗?"觉慧点着头,便跟着觉民走出来。他们走过觉新的房门口,听见四房的婢女倩儿在里面唤"大少爷"。他们也没有注意,便直往花园走去。

"我们还是往右边走罢,我晓得爷爷在梅林里头,"他们刚走进月洞门,觉民这样说,就往右边走去。右边是一带曲折的回廊,靠里是粉白的墙壁,上面嵌了一些大理石的画屏,再过去还有几扇窗户,那是外客厅的;外边是一带石栏杆。栏杆外有一座大的假山,还有一个长条的天井,平时种了些花草;又有一个花台,上面几株牡丹的枯枝勇敢地立在寒冷的空气中,每根枝头上都包扎着棉花。

"要这样才好。虽然是枯枝,在寒风里一点儿也不打颤。我们正应该学它的榜样。不要像那小草,霜一来就倒下去枯萎了!"觉慧望着花台发出这样的赞语。

"你又在发议论了,"觉民笑着说:"牡丹虽然这样熬过了冬天,发了叶,开了花,然而结果还是逃不掉爷爷的一把剪刀。"

"这有什么要紧呢?第二年还不是照样地开出新的花朵!"觉慧热烈地回答道。他们又往前面走了。

他们出了回廊,下了石阶,便走进一个天井。天井里堆了一些怪石,高的、低的,做成各种形状,有的像躬腰的老人,有的像咆哮的狮子,有的像长颈的白鹤。他们绕着怪石向前走去,上了石阶,前面却是一带竹篱,中间留了一道小门,刚够一个人出入。他们在门前只看见一片竹林,似乎并没有路,进了这道门,却发现竹林中间有一条羊肠小径。快走完竹林,他们便听见淙淙的水声,原来竹林尽处有一道小溪,水从假山上流下来,很清澈,人可以看见水下面的石子和落叶。一道木桥把他们引到对岸。他们过了桥又走入一个天井。天井中间有一座茅草搭的凉亭。亭前有几株桂树和茶花。穿过这凉亭又是一堵粉白墙壁,左角有一道小门,他们刚转弯,一阵波涛的声音突然送入耳里。

他们被引入一带曲折的迷阵似的栏杆,他们弯来弯去走了许久才走出了这个迷阵。前面是一个大坝子,种了许多株高大的松树。松林里就只有风声。他们走到中途,看见右边一处松树比较稀疏,一角红漆的楼窗隐约地现出来。他们走出了松林。前面是一片白亮亮的湖水,湖水好像一弯新月,围抱着对岸,人立在这里望得见湖心亭和弯曲的桥。

他们在湖畔立了一会儿,望着微微波动的水面。觉慧还脱不了孩子气,他拾了几块石子往对面掷去。他想把石子掷到对岸,但是石子到了湖心便落下去了。觉民也拾了两三块石子来掷,也掷不过去。虽然湖水在这一段比较窄些,但是离对岸究竟远,石子达不到。

"好,不要丢石头了。我们还是到对面去找个地方坐坐,"觉民劝阻觉慧道。两个人便走上窄小的圆拱桥,到了对岸。

他们下了桥,前面是一尺多宽的草地,走上石阶,那里有一个大天井,天井里种了几株玉兰树,中间有一条碎石子铺的路,两旁放了八个绿色的瓷凳,再走上一道石阶就到了那所新近油漆过的楼房,除了瓦,全是朱红色,看起来倒鲜艳夺目。檐下挂了一块匾额,上面三个黑色的隶书大字:"晚香楼"。

觉民在瓷凳上坐下来,抬起头去看楼前祖父亲笔写的匾额。

觉慧一个人在阶上闲步。他望着坐在瓷凳上的哥哥微笑,后来又说:"我们到后面山上去罢。"

"多歇一会儿再说,"觉民坐了下去,就不肯起来,他顺口推辞道。

"也好,那么我到里头去看看,"觉慧说着便推开门进去。

里面的字画和陈设,他素来就不注意,只略略望了望,他就转到后面,登了楼梯到上面去了。

楼上原来有人。那是觉新。他无力地躺在床上,半闭着眼睛,人显得很憔悴。

"怎么?大哥,你睡在这儿!一个人,静悄悄的!"觉慧惊愕地叫起来。

觉新睁开眼睛,看了看觉慧,勉强笑道:"我想躲在这儿休息一会儿。这几天太累了。在自己房里真没有法子安静,这件事要来找你,那件事也要来找你。今晚上又要熬个通夜,还是趁早休息一会儿,免得到时候支持不住。"

"刚才倩儿在找你,不晓得有什么事情,"觉慧说。

"你没有告诉她我在这儿罢?"觉新连忙问道。

"没有。我没有看见她,就只听见她在你屋里喊你。"

"好,"觉新放心地说,"我晓得一定是四爸喊我去给他办事情,躲过了也好。"

觉慧想,大哥的战略现在改变了。但是他马上又起了一个疑问:像大哥这样地使用战略应付环境敷衍下去,不知道会有什么样的结果。

"大哥,你昨晚上吃了不少的酒。你近来爱吃酒,你从前并不是这样的。你的身体并不太好,何苦这样拚命吃酒,吃酒并没有好处!"觉慧想起了这件事便正言规劝他的大哥。他是想到哪里就说到哪里的人。

"你时常笑我的战略,这也就是我的一个战略,"觉新坐起来,苦笑道。"现实压得我太难受了。吃了酒,吃醉了倒觉得日子容易过了。"他停了一下,又说:"我承认自己是个懦夫。我不敢面对生活,我没有勇气。我只好让自己变得糊涂点,可以在遗忘中过日子。"

觉慧痛苦地想道:一个人承认自己是懦夫,这还有什么办法?他开始怜悯觉新,过后又同情觉新。他本来还想说几句话安慰他的大哥,但是又害怕会引出觉新的更不愉快的话,便住了嘴,打算走下楼去。

"三弟,你不要走,"觉慧被觉新唤住了;觉新正经地说:"我还有话问你。"

觉慧走回到觉新的面前。觉新望着他,问道:"你看见过梅表姐没有?"

"梅表姐?你怎么晓得她上省来了?"觉慧惊讶地问,他想不到觉新会发出这样的问话。"我没有看见她,琴姐见过的。"

觉新点了点头,说:"我已经看见她了。这是好几天以前的事情,就在商业场里头,在新发祥门口。"他说到这里停了一下,似乎在回想当时的情景。觉慧站在他的面前,不作声,只是望着他的脸,想从他的脸上知道他的心情,知道他这个时候究竟在想些什么。

"她跟大姨妈一起出来的。大姨妈在铺子里头跟人讲话。她在店门口看衣料。我一眼就看见了她,我几乎要叫出声来。她抬起头也看见了我。她似招呼非招呼地点了点头,又把脸向里头看,我跟着她的脸看去,才看见大姨妈在里头。我不敢走近她身边,我只好远远地站着看她。她那双水汪汪的眼睛把我看了好一会儿。我看见她的嘴唇微微在动,我想她也许要说什么话,谁知道她把头一掉,一句话也不说就走进去了,也不再回头看我一眼。"

一阵孩子的笑声闯进楼房里来,但是又静下去了。觉新停了片刻又说下去:

"这一次的见面把过去的事情都给我唤起来了。我本来已经忘记了她这个人,你嫂嫂对我是再好不过的,我也很喜欢你嫂嫂。然而现在梅表姐回来了,她使我记起了从前的一切。你说我怎么能够不想她?在这样的环境里我是忘不了她的。我很愿意知道她如今的心情。我想她也许会怨恨我,是我负了她。我晓得她嫁了人,又守了寡,回到娘家来跟着大姨妈过活……"他停了停,脸上现出了痛苦和悔恨的表情。他微微地叹了一口气。

"她不会怨恨你。过了这许久,又经过了这样的变化,谁都会把过去的事忘记的。我不晓得你为什么要拿过去的事情苦你自己!过去的事情,应该深深埋葬起来。我们只应该看现在,想将来。而且梅表姐也许早就把你忘记了,"觉慧说到最后一句话,心里也明白自己是在说谎。

"你不明白,"觉新摇摇头说,"她怎么能够忘记过去的事情？她们女人家最容易记起旧事。如果她的环境好一点,她有一个体贴她的丈夫,那么她也许可以忘记一些,我也就可以放心了。然而命运偏偏作弄她,使她青年居孀,陪着那个顽固的母亲,过那种尼姑庵式的生活。你想我怎么能够安心,我又怎么能够忘记她！但是我多想到她,我又觉得我对不起你嫂嫂。你嫂嫂那样爱我,我还要爱别人。像这样过下去,我会害了两个女人。你想我怎么能够宽恕自己？……现实太痛苦了。我想把我的脑筋弄得糊涂一点,所以我近来常常吃酒。你不晓得,我常常背着人哭,自然在人前我不会哭的。而且酒在短时间以后就失去了它那种麻醉的效力,痛悔便跟着来了,我觉得自己不应该懦弱到这步田地,我恨我自己！"

觉慧起初想责备觉新："这都是你自己找来的。你当初为什么不反抗,不把你自己的意见说出来？现在是咎有应得！"但是看见觉新的比流泪更可悲的痛苦的表情,他觉得现在没有理由责备觉新了。他半怜悯半安慰地劝道："这也有办法解决。只要将来梅表姐另外爱上人,再嫁出去,什么问题都解决了。"

觉新摇摇头苦笑道："这是做不到的。你真是读新书入了迷。你不睁开眼睛去看看现实的环境。你以为在她那种家庭里,这样的事是可能的吗？不说她的母亲不答应,就是她自己也绝不会有这种想法。"

觉慧似乎没有话可说了,他觉得也没有跟觉新争辩的必要。如今在思想上他跟他的大哥是离得愈远了。他的确不能够了解觉新。他想,这样的事既然是正当的,为什么不可以做呢？为了现实的可以改变的环境,牺牲自己一生的幸福,这样的牺牲是不必要的,对谁都没有好处,不过把旧家庭的寿命多延长几时罢了。梅表姐为什么不可以再嫁？大哥既然爱她，为什么又要娶现在的大嫂？娶了大嫂以后为什么又依然想着梅表姐？这一切他似乎了解，但是过了一会儿他又觉得他的确不能够了解了。这个大家庭里面的一切简直是一个复杂的结，他这颗直率的、热烈的青年的心无法把它解开。他站在大哥的面前，看着大哥的带痛苦表情的脸，一个可怕的思想突然来袭击他的心。这个可悲的真实就是：这般人是没有希望了，是无可挽救的了。给他们带来新的思想，使他们睁开眼睛看见这个世界的真面目，不过是增加他们的痛苦罢了，这正像使死尸站起来看见自己的腐烂一样。

这个令人痛苦的真实折磨着他的青年的心。他似乎明白了这一切，而且将来的更不愉快的结果也预言似地出现在他的眼前了。他仿佛看见在他的大哥，在他们这般人的面前横着一道深渊，但是他们竟然毫不迟疑地向着它走去，好像不知道一样。事实上不知道也好，因为他们已经是无可挽救的了。他自己的处境是这样的：他眼看着他们向那个深渊走去，却无法援救他们。这是多么痛苦的事！想到这里，他自己也变得忧郁了。他似乎走进了一条窄巷，找不到一个出路。外面的笑声接连地传到他的耳边，好像在讥笑他。

"算了罢，小小的脑筋里哪儿装得下这么多的事情！只要我自己好好地做一个人就行了。"这样想着，似乎找到了最好的解决办法，他不再去想这些事情了。他信步走到窗前，把头伸出窗外去望，看见觉英、觉群和淑英、淑华、淑贞、淑芬几姊妹在阶上踢毽子，觉民也加入在里面踢。

"怎么你们都来了？"觉慧笑着大声问。"还没有开饭吗？"

淑华正在下面踢毽子,一面踢一面数着。她听见觉慧的声音,吃了一惊,本能地抬起头一看,接着连忙用脚去钩毽子,但是已经来不及了,毽子"塔"的一声落在地上,刚刚踢到一百四十五下。

在旁边帮忙数着正数得不耐烦的觉民兄妹看见毽子落了,便齐声欢呼起来。淑华气得不住地顿脚,一定要觉慧赔偿。

"为什么该我赔?我并没有跟你说话,"觉慧笑答道,他转身离开了窗前,预备走下楼去。

他刚转过身子,便看见觉新不在这里了,同时还听见楼梯在响。他慢慢地走到楼梯口,踏着楼梯走下去。

他在楼梯上还听见觉新在下面说话的声音,等他到了下面,觉新已经在那里踢毽子了。

"现在快要开饭了,你们还在这儿踢毽子,又惹得佣人们到处找,"觉慧说。

"还早嘞!爷爷吩咐过今天饭开晏一点,昨晚上大家吃多了酒,今天起得晏些,"淑华抢着回答,她说了便又去数觉新踢了多少下毽子。

"三哥,你不来踢吗?"孩子似的觉英抬起头对觉慧做一个怪脸,笑问道。

觉慧正要答话,就被淑华抢先说了:"他不会踢,他踢不到十下!"她这样地嘲笑了觉慧,好像报复了先前落毽子的仇,她的圆圆的粉脸上现出了得意的笑容。

这时觉新已经落了毽子,应该由淑英接着踢。淑英显出来是一个踢毽子的能手,她一开始便吸住了众人的目光。她不快不慢地踢着,口里数着数目,一只手拉住自己背后的发辫,身子很有规律地动着。毽子变成了很听话的东西,它只是在她的脚边跳上跳下。好像她的脚上有吸力似的,毽子落下来,总落在她的脚上。她踢了许久,还是离原地方不远。

众人一面替她数着,一面带着羡慕的眼光看她踢。谁都希望她马上踢落毽子,然而事实上她愈踢下去,毽子愈不肯离开她的脚,好像她一个人永远不会把毽子踢落了。于是众人又在旁边抱怨起来,甚至有人发出声音来扰乱她的注意。

觉慧坐在天井里一个瓷凳上,他旁观着这场竞争,并不发言。他孤零零地坐在那里,不参加他们的笑乐,而且甚至带着羡慕的眼光看他们。他第一次感到不熟悉各种游戏的可悲了。

但这也不过是一刹那间的事。孤寂突然袭来,却又很快地去了。他平静地、而且还感到兴趣地看着这个游戏怎样进行。

淑英的脚尖上的毽子终于落了,又轮着淑贞踢。这个十二岁的女孩吃力地舞动着她那双穿着红缎绣花鞋的小脚。这双畸形的脚以它们的娇弱的样子引起了人们的注意。觉慧和别的人一样也曾经注意过这双在公馆里出名的小脚,但是它们并不曾博得他的怜爱。在他看来这双小脚就像大门墙壁的枪弹痕,它们给他唤起了一段痛苦的回忆。于是淑贞的因缠脚而发出的哀泣声又越过那些年代而回到他的耳里来了。

然而在眼前分明地站着她。依旧是那双博得一部分人怜爱的小脚,依旧是那双用她的痛苦与血泪换来的小脚。可是她如今却忘记一切地在这里欢笑了,从她的脸上看不出一点悲哀的痕迹。这是一张天真、愉快的少女的面庞,脸上没有一点凄哀的表情。

"也许是她的年纪太小,自己还不了解罢,"这样想着,觉慧无意间又把眼光落在觉新的脸上,他在这张脸上寻找什么东西。

觉新带笑地跟站在旁边的淑英说话。淑英露出嗔怒的样子,要拧觉新的膀子,觉新便跑到阶下,淑英跟着追来。觉新绕着玉兰树跑了两转。淑英在后面追不上,气了,要拾土块来掷他。他便跳下石阶到了草地上,预备过桥去。

"不要跑,我不追你了。你回来罢,"淑英立在一株玉兰树下高声叫道。

觉新已经在桥头站住了。他望着淑英笑,接连吐了几口气。

"大哥,快来,现在该你踢毽子了,"淑英又说。

觉新还是立着不动。

"好,由你去罢,少你一个也不要紧,"淑英装出生气的样子说了,便转过身走回到楼前石阶上。

她刚刚转过身子,觉新便走了回来。他轻轻地下着脚步,忍住笑,走过天井,走到阶下。淑英立在阶上,背向着外面,辫子垂下来。他把她的辫子捏住,却被淑芬看见了,她笑着叫声:"二姐,背后有人!"淑英连忙掉过头去看,他已经在她的辫子上插了一根小树枝。淑英拉过辫子把树枝拔出来丢在地上。众人高兴地笑起来。

觉慧默默地旁观着这一切,他也忍不住笑了。然而同时他又不能够压下另外一种思想。他想,人原来是这样健忘的,同样的一个人在短短的时间内竟然变换了两个面目。过后他又想,大概正因为这样健忘,所以才能够在痛苦中生活下去罢。他这样想着,对于刚刚掘开过去的坟墓而又马上忘记一切的大哥,也有了暂时的了解了。

十五

这一天,天刚黑,爆竹声便接连地响起来,甚至在许多地方同时燃放。这条清静的街道现在非常热闹了。一片鞭炮的响声把石板地也震动了,四面八方都是这同样的声音,人分辨不出它们究竟是从什么地方来的。声音是那么急,那么响亮,就像万马奔腾,怒潮狂涌一样。

在高家,老爷、太太、少爷、小姐们齐集在堂屋里面,全换上了新衣服,太太们还系上了裙子。跟往常敬神的时候一样,男的站在左边,女的站在右边,两边各站了一大堆人。堂屋里,灯烛燃得跟白天一样地明亮,正中两扇正门大开。神龛下放着长方形的大供桌,挂上了红绒桌帷。供桌前面放了一个火盆架子,火盆里燃着熊熊的火。几十个"炭圆"山也似地堆得高高的,烧成了鲜红的圆球。有人放了两三根柏枝在火上,柏枝烧得吱吱地叫,并且发出刺眼触鼻的烟雾。地上铺上一张大幅的深黄色毡子,上面随处放了些绿色的柏枝。火盆前面另外铺上一个大拜垫,上面再盖了一张红绒毡。

供桌上放着一对大烛台和一个大香炉,朝里的一面和左右两面靠边放了许多小酒杯,至于酒杯的数目,全家只有几个人知道。主持这个典礼的是克明,因为高老太爷觉得自己年纪大了,便把这些事情交给儿子去做,自己等到一切预备好了才出来给祖宗行礼,受儿孙们的拜贺。穿着长袍马褂的克明和克安每人提了一把酒壶慢慢地把绍兴酒向小杯里斟。酒斟好了,香炉里的香也插上了。于是克明走进右上房去请老太爷出来行礼。

老太爷一出现,全个堂屋立刻肃静了。克明发出了燃放鞭炮的命令,三房的仆人文德在旁边应了一声急急走出去,走到大开的中门前高声叫道:"放炮!"于是火光一亮,鞭炮突然响起来。女的从侧门避了出去。男的走到供桌前,背向着供桌,由老太爷开始,朝外面叩起头来,说是敬天地,接着克明三弟兄排成一行叩了头。觉新刚拈了香从外面把灶神接进来送回到厨房里去,然后回到堂屋里来。他来得正好,便领着觉民、觉慧、觉英、觉群、觉世五个兄弟排成次序行了礼。于是众人转过身子面对神龛站着。躲在门外偷看的女眷们也连忙走了进来。

依旧是由老太爷开始向祖宗叩头。老太爷叩了头就进房去了。接着是大太太周氏,其次是克明,再其次是三太太张氏,这样下去,五太太沈氏之后又是陈姨太,这些人从容不迫地叩了头,花费了半点钟以上的时间。然后轮到觉新这一代人,先由觉新领着五个兄弟叩了头,他们叩得最多,一共是九个,像这样地行礼,每年只有一次,所以大家并不熟练,不能够很整齐地一同跪下去,一同站起来。举动较迟缓的觉群和觉世刚刚跪下去,来不及叩三下,别人就站起来了,便只得慌忙站起,而别的人又已经跪下去了。这样惹得众人在旁边笑,他们的母亲四太太王氏也在旁边不住地催促他们。在笑声中九个头很快地就叩完了。他们到底是年轻人,跟他们的长辈不同。接着瑞珏又领着淑英、淑华、淑贞、淑芬四姊妹到红毡上去行礼。她们的举动自然慢一点，却比较整齐多了。淑芬年纪虽然小，但是举动也还灵活。她们行完礼，瑞珏又牵了海臣到红毡上去叩头。

几个仆人过来取走了拜垫，把红毡铺开。克明又进去请了老太爷出来，先是克明一辈的儿子和媳妇朝着他排成一字形，跪下去叩头请安，然后是觉字辈和淑字辈的孙儿、孙女给他拜贺。他笑容满面地受了礼，便走进自己的屋里去了。

老太爷进去以后，堂屋里显得更热闹了。克字辈的人由周氏领头，围成一个半圆形，在红毡上拜下去，互相道贺。觉字辈和叔字辈的年轻人便分散开，个别的向自己的父母叩头，或者向伯父伯母和叔婶们请安。最后由于周氏的提议他们又聚拢来围成一个圈子拜下去，一面说着吉庆的祝语，然而这并不是在祝福，却是在开玩笑。这样地行了礼之后，年轻的一代人就往四面散去。觉新夫妇却不得不跟长辈一起留在堂屋里受仆人们的拜贺。

觉民和觉慧从侧门跑出来，急急地向自己的房间走去。他们害怕仆人和女佣找着来给他们行礼。但是他们刚走过周氏的窗下就被人拦住了。带头的是老黄妈，她恭恭敬敬地向他们请了安，说了几句从心里吐出来的祝福的话。他们很感动地作揖还礼。接着何嫂、张嫂等几个女佣又过来请安，这都是他们本房雇用的。最后鸣凤走过来，她脸上擦了一点粉，辫子梳得光油油的，棉袄上罩了一件滚边的新竹布衫。她先给觉民请了安，然后走到觉慧面前，脸上还保留着她的天真的微笑。她唤一声"三少爷"，便埋下头把身子弯下去，但很快地就立起来，对觉慧笑了一笑，这是祝福的微笑。觉慧愉快地还了礼。这时候他的脸上也浮出了善意的笑容。在这一刻，就在这一刹那，他忘记了过去的一切，他以为世界是如此美满。他这样想，他是有理由的，因为这一刻在这个公馆里，的确到处都是快乐的声音，而且只有快乐的声音。人人都在笑，都在说祝福的话。然而在这个公馆的围墙外面，在广大的世界中又怎样呢，年轻的觉慧却不曾想到，而且他甚至于忘记了昨晚遇见讨饭的小孩的事情了。

"放花儿[1]！"文德走下堂屋前面的石阶，声音响亮地叫道，外面有人应了一声。于是中门外天井里现出了火光，许多根火花直往空中冒，金光灿烂的，一股落了下去，另一股又接着冒起来，而且比前一股升得更高。在那个黑暗的天井里马上出现了许多株火树，开出了无数朵银花。一筒花炮燃完了，又有人去点燃第二筒花炮的引线。这样接连地燃放了八九筒，这些花炮是张太太送来的。老太爷也出来了，端了一把椅子坐在堂屋门口看，儿子媳妇们立在他的旁边。他一面看一面对他们批评这些花炮的好坏。

觉慧几弟兄都走到大厅上去，在那里看得更清楚些。觉英、觉群和觉世也买了些"滴滴金"、"地老鼠"和"神书带箭"来燃放。

花炮放完，堂屋里的人都散去了。只听见一片"提轿子"的声音。觉新和他的三个叔父都坐轿子出去拜客"辞岁"。觉慧还站在大厅上看觉英们燃放小花炮。

在老太爷的房里安放了牌桌子。这一桌是老太爷、大太太、三太太、四太太四个人（周氏已经解下她的素裙，张氏和王氏也解下了她们的大红裙子）。打扮得花枝招展的陈姨太刚刚脱下了粉红裙子坐在老太爷旁边替老太爷看牌，其余各人身边都

---

[1] 花儿：即花炮。

立着女佣或婢女,准备随时装烟倒茶。在觉新的房里也摆好了牌桌子,这一桌是瑞珏、淑英、淑华和五太太沈氏。做嫂嫂的瑞珏想让觉民坐下来,可是觉民推口说有事情,一定不肯打牌,只站在瑞珏后面,看她和了一副牌就走出去了。

觉民并不回到自己的房里,却往大厅外面走去。他正看见觉慧在天井里替弟弟们燃放"神书带箭"。他听见一声响,一个发光的东西直往天上冲,冲过了屋顶在半空中不见了。

觉群和觉世拉住觉慧还要他再放,却被觉民阻止了。觉民走到觉慧跟前,在他的耳边低声说:"我们到姑妈家去。"

觉慧点点头,不说什么,就跟着觉民走出去了,并不管觉世在后面大声叫唤。

大门口,门檐下的灯笼依旧发出朦胧的红光,在寒冷的空气中抖着。大门内那个看门的李老头,坐在那把经过了无数年代的太师椅上面,跟一个坐在对面长板凳上的轿夫谈话,看见他们出来,便恭敬地起立,等他们跨过门槛以后,才坐下去。

他们跨出了铁皮包的门槛,在右面那个石狮子的旁边,看见了一张黑瘦的脸。暗淡的灯光使他们看不清楚旧仆高升的面孔,他们并不理他,就大步往街心走了。

这个高升在他们家里做了十年的仆人,后来染上鸦片烟瘾,偷了老太爷的字画拿出去卖,被发觉了,送到警察局里关了一些时候才放出来。他从此四处流浪,靠讨饭过活。每逢年节照例要到旧主人家讨几文赏钱。他因为穿得褴褛不敢走进公馆,只好躲在大门外,等着一个从前同过事的仆人出来,便央告他进去禀报一声。他的要求并不大,不过是几角钱,而且是在主人们高兴的时候,所以他总是达到了他的目的。久而久之,这便成为旧例了。这次他也得到了他的赏钱。然而跟往常一样,他还躲在石狮子旁边,抚摩着冷冰冰的、但是并不拒绝他的手的石狮子,一面在想象这个时候公馆里的情景。他望着走出来的两个黑影,认得这两位少爷,尤其是三少爷曾经躺在他的床上烟灯旁边听过他讲故事。他感到亲切,他想走出去拉住他们讲话。但是他看见自己衣服破烂到这个样子,他的心马上冷了。他依旧躲在角落里,甚至蹲下来,缩成了一团,唯恐他们看见他。等到他们去远了,他才立起来追去看他们的背影。他的眼睛渐渐地模糊了,他再也看不见他们的影子。他痴痴地立在街心,让寒风无情地打击他的只穿一件破夹衫的瘦弱的身体。他揉了揉润湿的眼睛,便走了。他回过头,最后一次看了看石狮子。他走了,他无力地慢慢地走了,一只手捏着旧主人的赏钱,另一只手按住自己的胸膛。

就在这个时候,觉民弟兄在街上大步走着。他们踏过鞭炮的余烬,走过清静的和热闹的街市,走过那些门前燃着一对大得无比的蜡烛的杂货店,终于走到了张家。在路上他们想到了许多快乐的事情,但是他们却不曾想到这个叫做高升的人。

张家显得很冷静,空空的大厅上燃了一盏煤油挂灯。

这一所并不十分大的公馆里分住了三家人家,有三个不同的姓。三家的主人中间有两个寡妇,只有两三个成年的男丁。虽然是三家人同住在一个院子里,也没有热闹的气象,日子过得很清闲,甚至在除夕,也比平时热闹不了多少。

在这个公馆里张家算是最清静的,唯一的理由就是没有男丁,全家就只有母女两人。琴有一个住在尼姑庵里不常回家的祖母。此外,一个男仆和一个女佣,都是在这个家里做了十年以上的"老家人"。

他们走进里面,张升来招呼了他们。他们走到张太太的窗下先唤了一声"姑妈",张太太在里面答应了。他们走进堂屋的时候,张太太正从房里迎出来。他们说声"给姑妈辞岁",就跪下去行礼。张太太虽然口里连声说"不必",但已经来不及阻止他们了,便带笑地还了礼。接着琴从她的房里走出来,他们也给她作了揖。张太太让他们到她的房里去坐,李嫂泡好茶端进来。

从张太太的话里,他们知道克明和觉新已经先后来过,坐了片刻就走了。张太太跟他们谈了许多话。他们请她回娘家住几天,她答应年初二去,她明天要带琴到尼姑庵去给琴的祖母拜年。她又说自己喜欢清静,这次也许住不了几天,不过可以让琴多住些时候。这番话更使他们高兴。

他们坐了一会儿。琴邀请他们到她的房里去,他们便跟着琴去了。

他们万想不到房间里还有一个人。这是一个年轻的女子,穿一件淡青湖绉棉袄,罩上一件玄青缎子的背心。她坐在床沿上埋着头在油灯光下看书。她听见他们的脚步声,便放下书站起来。

他们痴痴地站在那里,不转眼地望着她的面庞,半晌说不出一句话。

"你们认不得她?"琴故意惊讶地问他们。

他们还不曾答话,倒是那个女子先笑了。但这是凄凉的微笑,是无可奈何的微笑,她的额上那一条使她的整个脸显得更美丽、更凄哀的皱纹,因了这一笑显得更深了。

"认得,"觉慧含笑地回答。觉民唤了一声:"梅表姐。"他们的脑子里还分明地留着她的印象。过去的事很快地就过去了。她如今立在他们的面前：依旧是那张美丽而凄哀的面庞，依旧是苗条的身材，依旧是一头漆黑的浓发，依旧是一双水汪汪的眼睛；只是额上的皱纹深了些，脑后的辫子又改成了发髻，而且脸上只淡淡地傅了一点白粉。他们想不到这时候会在这里遇见她。

"二表弟、三表弟……你们好吗？……这几年……"她说，虽然是淡淡的平常话，却是她费力地说出来的。

"我们都好。梅表姐，你呢？"觉民亲切地问道，他勉强笑了笑。

"我还是这个样子，只是近年来容易伤感，常常无端地伤心起来，自己也不知道是什么缘故。"她说话时把眉毛紧皱着，跟从前并没有两样，不过如今显得更动人了。她又加了一句："本来我生性就是多愁善感的。"

"梅表姐，我看环境也有关系，"觉慧解释说，"不过你一点儿也没有改变。"

"你们为什么都不坐？大家尽管站着。几年不见就这样客气了！"琴在旁边插嘴说。

于是众人都坐下了，琴和梅并肩坐在床沿上。

"别后我也常常想念你们。……这几年好像是一场凄楚的梦。现在梦醒了，可是什么也没有，依旧是一颗空虚的心。"她说了，接着自己又更正道："其实现在还是在梦中，不知道要到什么时候才是真正梦醒？我自己是值不得惋惜的，所不安的，是拖累了我母亲。"

"大姨妈还好吗？"觉民客气地问了一句。

"我母亲很好,多谢你。二姨妈好吗?几年不见了,"梅笑了笑亲切地说。

"妈很好,她常常想念你,"觉慧接下去说。

"多谢二姨妈,我只怕我再见不到她了,"梅带点感伤地说,她略微埋下头去。

"梅姐,你这样悲观,真不该。你还很年轻,日后还有幸福,未来的事情哪个能够预先知道?你就尽说这些丧气话!"琴抚着梅的肩头说;"现在时代不同了。说不定它会给你带来幸福。……"她又带笑地把嘴放在梅的耳边低声说了两三句话。

梅的眉毛稍微松开一些,一道微光掠过她的脸。她看了琴一眼,伸手把右边垂下来的发鬓挑了上去。她的脸又被一种阴暗的颜色笼罩了。她对琴凄凉地笑了笑,然后说:

"三表弟方才说过环境有关系,我觉得很有意思。我们的境遇不同。我赶不上时代了。我一生只是让命运在摆布,自己不能作一点主。我哪儿还有幸福呢?"梅说着又把琴的手拉过来轻轻地捏住,偏了头看看琴,称赞道:"琴妹,你真值得人羡慕!你有胆量,你有能力,你不会像我这样。"

琴听了梅的真心赞叹的话,虽然感到片刻的欣慰,但是这好像一股微风,吹过去就不回来了,留下的只是凄楚的微笑。这凄楚的微笑是某一些女子对付无法解决的问题的一种方法,虽然是被赞为"有胆量,有能力"的琴,有时也不免求助于它。

"梅表姐,虽然环境的关系很大,但环境也是人造的。我们又何尝不可以改变环境?人无论如何应该跟环境奋斗。能够征服环境,就可以把幸福给自己争回来,"觉慧热烈地说了这些话,但是他还觉得有很多的话不曾吐出来。

觉民看见梅的这些举动,起了种种的感想。他又是悲哀,又是满意,又是惊惧,又是怜悯,这不仅是为了梅,也为了琴,而且也为了他自己。但是他看见琴的笑脸,又渐渐地恢复了平静的心境,他甚至找到话来安慰梅道:"你近几年来境遇不好,所以动辄生悲。再过几年,境遇一定会变更,你就不会像现在这样了。其实琴妹的环境跟你的比起来也好不了多少。你不过多了那一桩亲事,就好比多做了一个噩梦。世界本来只有一个,你从悲观方面看,所以多愁善感;琴妹从乐观方面看,便觉得一切都可为了。"

"梅表姐,我劝你有空多看看新书,好在琴姐家里有,"觉慧说,他以为新书可以解决一切的问题。

梅微微地笑了笑,她并不马上答话,只把那双水汪汪的眼睛望着他们。他们猜不透她的心思。她忽然收敛了眼光,望着灯火,轻轻地叹了一口气,要说话,但是又忍住了,好像胸里藏着许多话却无法说出来。她默默地咬着下嘴唇皮。过了一会儿,她才点一下头,说:"多谢你们,不过你们的意思虽好,于我却没有用。像我这样的人,读新书又有什么好处?"她停一会儿,再说:"一切都是无可挽回的了。不管时代如何改变,我的境遇是不会改变的。"

觉民觉得再没有话可说了,他知道她的话是对的。一切都是无可挽回的了,她嫁过人,大哥又有了嫂嫂。即使时代怎样改变,它又如何能够把他们两个人结合在一起呢?况且两个人的母亲已经成了仇人。这时候连觉慧也有点明白并不是一切的问题都可以由书本解决的了。

大家都在肚子里找寻适当的话,倒是梅又开口了:"我刚才在琴妹这儿看见这几本《新青年》,"她说着把眼睛向桌上望了望,那几本暗黄色封面的十六开本的杂志叠在床前那张条桌上。"自然有些地方我不懂,不过懂得的也有。那些议论也有好的,因为我受过害了,所以知道。然而我读这些书,我只有心里难受。这好像是另一个世界,这个世界里的一切跟我的环境完全不同。我也许羡慕这一切,可是我又明白我自己做不到。所以读了这些书,犹如一个乞丐站在富家花园墙外听见里面的欢笑声,或是走过饭馆门口,闻着里面的肉香饭香,心里不知道如何的难受!"她说到这里,额上那一条皱纹越发显著了。她从怀里摸出一方手帕,掩住嘴咳了几声嗽,过后又带着苦笑说:"近来常常咳嗽,夜里往往失眠,心里总是痛。"

"梅姐,你把过去的事情忘了罢。不要拿它折磨你自己。你要好好爱惜你的身体,便是我们看见你这个样子,也觉得心疼,"琴偎着梅几乎要流泪地说。

梅回过头对着琴微微地一笑,点了点头,表示感激。但是她依旧凄凉地说:"琴妹,我的性情你是知道的。过去的事好像已经刻印在心上了。你还不明白我怎样在过日子。我跟你差不多,家里除了我们母女外,我只比你多一个小弟弟,他整天预备功课要考学堂。我母亲一天忙的不是打牌就是拜客。我一个人在房里,翻几本诗词来读。连一个跟我谈话、听我诉苦的人也找不到。我看见花落要流泪,看见月缺也会伤心。这一切都给我唤起许多痛苦的回忆。在宜宾我从赵家回来跟着我母亲住了将近一年。我的窗前有一株梧桐树,我初去的时候,树上刚发新芽,叶子一天天多起来,渐渐到了绿叶成荫。谁知一到秋天,树叶就一片片变成了黄色,随风飘落。到我们回省的时候,就只剩下枯枝了。我想这倒跟我相像，我已经过了绿叶成荫的时节，现在走上飘落的路了。……大前天晚上落了一夜的雨，我在床上翻来覆去，总是睡不着。雨点敲着瓦，敲着窗，响个不停。灯光昏暗暗的。我想了两句诗：'往事依稀浑似梦，都随风雨到心头。'你想，这情景怎不叫人伤感！……你们都有明天，我哪儿还有明天呢？我只有昨天。昨天的事固然很使人伤痛，但是只有它可以安慰我。"她说到这里猝然改变了语调，向觉民弟兄问道："大表哥现在还好吗？"

觉民弟兄正在注意地听她说话，而且十分感动，忽然听见这句意外的问语，似乎不懂她的意思，马上答不出来，后来还是觉慧口快，短短地答道："他还好，他说他已经看见过你。"他的这句话只有梅一个人明白，琴和觉民都惊讶地看他。

"真的，我们已经遇见了。我一见就认得他。他比从前老了一点。他也许会怨我，我不理他，却避开了。我很想看见他，我又怕看见他，一则怕给他唤起往事，二则怕引起我自己伤心，三则我母亲又在那儿。……刚才他还到这儿来过。我听见他说话的声音，我不敢在门缝里张他一眼，只有等他走的时候，我才偷偷地看了看他的背影。"

觉慧连声说着"他不会的"，这只是在答复她的那句"他也许会怨我"。

琴看见梅提到往事要伤心，便劝道："不要再提那些事情了。你到我这儿来耍，本来是怕你在年节里容易伤感，特地请你到我家来散散心，谁知反而给你唤起更多的往事，只怪我不该引他们进来跟你见面。"

梅的悲哀渐渐地减少了。她虽然还微微地皱着眉头，但是脸上已经没有阴暗的颜色,她甚至带笑地说:"不要紧,谈了这许多话,心里倒爽快了些。平时在家里连一个跟我谈话的人也没有。而且谈起从前的事情,我倒高兴多了。"于是她又用亲切的语调向觉民弟兄絮絮地询问他们的大哥和嫂嫂的事情。

十六

觉民和觉慧从张家出来,已经过了十一点钟,街上还很热闹。他们走在街心,踏着石板路,看着两旁灯烛辉煌的店铺和酒馆,觉得心里轻松许多,刚才的事情好像只是一个凄楚的梦。

在路上他们并不交谈,只是默默地大步急走,想早些赶回家去。

他们离家不远了,刚走过十字路口,一个黑影迎面走来。这个人慢慢地走着,埋着头过去了,并不看他们一眼。

"这不是剑云吗?"觉慧惊讶地对觉民说。觉慧回过头叫了一声:"剑云!"

那个人止了步,也抬起头掉过眼光来看,见是他们,便走过来,惊喜地说:"是你们?"

他们面对面地站在街心,觉慧问剑云道:"你到哪儿去?"

剑云无可如何地笑了笑,然后说:"我不过在街上散散步。一个人在家里闷得很,所以出来走走。想到你们府上'辞岁'去,又怕……"他不把话说完就突然闭了嘴。

在这样的佳节,这种话未免来得不寻常。但是觉民弟兄也就了解了。在他伯父的那个零落的家里,他什么时候可以不感到寂寞呢？

觉慧拉着剑云的袖子说："为什么不到我们家里去？你现在就跟我们一路去。你可以在我们家里住几天。琴姐后天也要来住。"

剑云听到琴的名字，他的瘦长的脸上露出了笑容，他答应一声"也好"，便跟着他们走了。

三个年轻人走入那条清静的街道，踏过鞭炮的残骸，进了门前有一对石狮子、檐下燃着一对红纸灯笼的高公馆。

门房的几扇门完全开着，在暗淡的灯光下，仆人和轿夫们围着一张桌子，吆喝地掷骰子。袁成站在门外，悠闲地吸着一袋叶子烟，看见他们进来，带着笑声，招呼一句："二少爷，三少爷，你们回来了。"

觉民弟兄走进里面。堂屋的正门大开，在明亮的灯光下也有许多人围着一张桌子吆喝地掷骰子，男的女的围做一堆。他们看见他们的叔父那一代人差不多全在堂屋里。闹得最起劲的是五叔克定和四婶王氏。

他们陪着剑云向堂屋走去。银钱的撞击声和骰子在碗里滚动的声音不调和地送进了他们的耳里，中间还夹杂着众人的谈笑声和叫唤声。

他们还不曾走上堂屋前的石阶，就看见克定带笑带喊地跑出堂屋来。克定看见剑云，便站住招呼了一声，问了两三句话。剑云也向他请了安，接着他又进去给众人行了礼。克定便邀请剑云参加赌博，剑云推辞几句，也就加入了。骰子声继续响着，银钱也继续飞来飞去。觉民早已回屋去了。觉慧很想拉住剑云，叫他不要加入。然而他看见剑云自己愿意，而且当着许多长辈的面他也不便多说话，便退出了堂屋，心里很不快活，想着："倒是我给你们拉了一个角来了。"

觉慧走过觉新的窗下听见屋里的麻将牌声，便回转身从过道走进觉新的房间，看瑞珏们打牌，过了一会儿他才回到自己的屋里去。

觉民正俯在方桌上写字，看见他进来连忙放下笔，把日记本阖上，掉头望着他笑。

"有什么秘密话不可以给人看？"觉慧嘲笑地说，随便在桌上取了一本英文书，捧着它躺在床上高声读起来。

"大除夕还读什么书？真讨厌！"觉慧的声音搅乱了觉民的心，使他不能够平静地写下去，他抱怨道。

"好，让你一个人去写罢！"觉慧从床上起来，把书放在桌上赌气般地走了出去。

他跨出门槛，堂屋里的骰子声，银钱声，谈笑声，像风一样朝他的脸吹过来。他站在石阶上看着人们在动，在笑，在叫，像演戏一样。

他突然感到寂寞。这一切似乎都跟他隔得远远的。他被冷气包围着，被一种莫名的忧郁压迫着。没有一个人同情他，关心他。在这个奇怪的环境里他好像是完全孤立的。对于这个奇怪的环境，他愈加不了解了。这个谜的确是他的年轻的心所不能解开的。许多次的除夕的景象，次第在他的心里出现。在那些时候，他快活地欢笑，他忘掉一切地欢笑，他和兄弟姊妹们一块儿打牌，掷骰或者作别种游戏。他并不曾感到孤寂。然而如今他却改变了。他一个人站在黑暗中看别人笑、乐，他好像活在另一个世界里面一样。

"究竟是人变了,还是环境变了?"他这样问自己,他也不能够明确地回答。不过他觉得自己跟这个大家庭一天一天地向着两条背驰的路上走了,而同时黄妈所说的"清水浑水"的话,又刺痛他的心。

为了镇静他的纷乱的心,他便走下石阶,信步在那些没有阻拦的路上闲走。

他又进了过道,转到了里面。谈笑声离他渐渐地远了。他止了步,忽然发觉自己在淑华的窗下,对面灯光辉耀的是四叔克安的住房,中间隔了一个天井,天井里有一个紫藤花架。他便在窗下那把靠背椅上坐下来,茫然地望着斜对角的厨房。厨房门口有几个女佣走动。

淑华的房里有人在说话,声音很低,但是他听得出来这是很熟悉的声音。

"听说要在我们两个里头挑一个,……"说话的是三房的婢女婉儿,一个长长脸、生得还秀气的少女,她比鸣凤大一岁,说话比较快。

这句话来得很突然,便引起了觉慧的注意。他好像知道有什么不寻常的话在后面似的,屏住呼吸静静地听着。

"不消说会挑到你,你比我年纪大些,"鸣凤说着,忍不住噗嗤一笑。

"我跟你说正经话,你倒笑我,真没有良心!"婉儿气愤地说。

"好福气,我给你道喜,你还怪我没有良心?"鸣凤依旧带笑说。

"哪个高兴给人家做小老婆!"婉儿更气了,声音里充满了苦恼。

"做小老婆也不错,你看老太爷的陈姨太……"鸣凤又说。

"好,你嘴硬!你看着罢,将来究竟挑到哪一个。不是我就是你,你不一定就跑得掉,"婉儿急得没有办法,便赌气地冷笑道。

觉慧几乎要叫出声来,但是他连忙忍住,更注意地听下去,要听鸣凤怎样回答。

鸣凤不作声了,她似乎觉得这件事不是好玩的了。她沉默着,过了一些时候,房里挂钟的钟摆有规律地慢慢摆动。觉慧不能忍耐了,但是他又不愿意走开。

"倘若当真挑到我,我怎么样办?"鸣凤在房里绝望地说。

"那也只有去,只怪我们命不好,"婉儿苦恼地接口道。

"不能,不能。我不能去。我不能去!我宁死也不给那个老头子做小老婆!"她痛苦地争辩道,仿佛这就要成为事实。她的声音透出窗外,悲哀而颤抖。

"不要紧,我们还可以商量出一个办法,到那时候我们还可以求太太帮忙。其实这种话也不见得是真的。说不定人家故意编出来吓我们,"婉儿听见鸣凤的这些话,气也平了,便低声安慰她,同时似乎还在想自己的命运。

觉慧仍然坐在窗下靠背椅上,动也不动一下,他忘了夜的早迟,也忘了是在除夕,厨房里两三个女佣在跟厨子说笑。对面四叔住房的窗下,不时有女佣端着碗碟经过。她们匆忙地走着,并不看他一眼。厨房里的谈笑声粗鲁地传过来。

"我看起来,你近来好像心上有了人,是不是?"婉儿用更低的声音问鸣凤道,声音很温和,比她平时说话慢了些。

鸣凤并不回答。婉儿更委婉地低声追问:"你是不是心上有了人？我看你近来的举动有点奇怪。为什么不对我说真话？我不会告诉别人。我好比你的姐姐，你有什么话不可以对我说？"

鸣凤半害羞地在婉儿的耳边说了一句话。觉慧虽然注意地倾听，但是听不出她说些什么。

"是哪个？告诉我！"婉儿带笑地低声问。觉慧大吃一惊。他焦急地等待着鸣凤的回答。

"不告诉你，"这是鸣凤的微微颤动的声音。

"高二爷吗？"婉儿寻根究底地追问。觉慧知道她指的是五房的年轻仆人高忠，便嘘了一口气，心上那块石头去掉了。

"他？呸！哪个才爱他？他好像看上了你，你不认账，还要赖别人！"鸣凤噗嗤笑了。

"人家好心问你，你倒说这种话！真正岂有此理！"婉儿不依道。"你能说高忠就没有看中你吗？"

"好姐姐，不要吵架了。我们讲正经话罢，"鸣凤笑着求饶道。接着她又放低声音说：

"你不会晓得的，我不说。只有我一个人知道他。"提起"他"字，她似乎找到了庇护她的力量，她不再害怕了，她的话变成了快乐的低语。她在纯洁的爱情里找到了忘我的快乐。

她们两人的谈话声愈来愈低，后来成了更低微的耳语，有时还夹杂了笑声。觉慧在外面注意地倾听，也不能够听完全，不过他知道是婉儿在述说她的心事。她们正在说话间，前面房里有人在叫："婉儿！"是三房的女佣王嫂的声音。婉儿并不答应，让她在外面叫了一些时候，自己只顾跟鸣凤说话。后来叫声近了，好像叫的人要走进房间来似的。婉儿便住了口，站起来，抱怨道："一天总是喊来喊去，连过年过节也没有空闲时候。"她说完便往外面走了。

屋里剩下了鸣凤一个人。她默默地坐着,没有一点响动。

觉慧站起来,跪在椅子上,把脸贴在纸窗上面,把窗纸轻轻地弄破了一块,往里面窥去。他看见鸣凤坐在书桌前面的藤椅上,两肘压住桌子,两手托着脸颊,右手的小指衔在口里。她呆呆地望着灯盘上缠了柏枝和长生果的锡灯盏出神。

"不晓得以后究竟怎样?"她忽然叹口气,说了这句话,然后把头埋下去,俯在桌子上。

觉慧忘了自己地把手指放在窗户中间那块小玻璃上轻轻敲了几下。没有应声。他又较重地敲了两下,低声唤着:"鸣凤,鸣凤。"

鸣凤在屋里抬起头吃惊地向四面张望,她看不见什么,便叹息道:"刚刚睡着就做起梦来了。好像有人在喊我。"于是她懒洋洋地撑着桌子立起来,让灯光把她的早熟的少女的影子投在帐子上。

觉慧在外面敲得更急了,他接连唤了几声。

鸣凤才注意到声音是从什么地方来的。她连忙走到那把靠窗的椅子跟前,斜跪在椅子上面,半个身子靠着桌子,问:"是哪个?"

"是我,"觉慧答道,声音依旧很低,"快把窗帘揭开,我有话问你。"

"是你?三少爷!"鸣凤惊讶地认出来这是什么人的声音。她把那幅画着花卉的纸窗帘卷起来,正看见觉慧的带着紧张表情的脸贴在玻璃上面,不觉吃惊地问道:"有什么事?"

"我听见你们刚才的谈话……"觉慧的话还没有说完,就被她打断了。她变了脸色急急地说:"我们的话,你都听见了吗?我们是说着玩的。"

"说着玩的?你不要骗我。假使有一天人家当真把你选去了,又怎么办?"觉慧激动地说。

鸣凤痴痴地望着他,半晌不说话,忽然眼里淌下泪来,她也不去揩它们,却把心一横,十分坚决地答道:"我不去!我决不去跟别人。我向你赌咒!"

他连忙把手贴在玻璃上面,做出掩住她的嘴的样子,一面说:"我相信你,我不要你赌咒。"

忽然她好像从梦中醒过来似的,在里面敲着玻璃,急急地央求道:"三少爷,请你快走,你在这儿给人看见不好。"

"你告诉我究竟是怎么一回事。你说了我才走,"他固执地说。

"好,我说。我说了,你就走,我的好少爷,"她惊惶地急急地说。

觉慧在外面点了点头。

"说是冯老太爷要讨姨太太,冯老太太也到我们公馆里头来过,她说,我们公馆里的丫头都长得不错,向老太爷要一个。听说老太爷想在大房同三房的丫头中间挑一个送去。婉儿从三太太那儿听到一点风声,她就来告诉我。若问我们的主意,你刚才已经听见了。……好少爷,请你快走,免得让人看见。"说到这里她猝然放下了窗帘,任凭觉慧在外面怎样敲玻璃唤她,她也不肯把纸窗帘卷起来。

觉慧没有办法,便下了椅子,在阶上站了一会儿。他想着许多事情,两眼望着厨房,但是他并没有看见什么。

这时候在房里,鸣凤还跪在椅子上,她没有听见什么声音,以为觉慧已经去了,便偷偷地把纸窗帘卷起半幅。她看见他还立在那里,她很感动,连忙把纸窗帘放下,用手揉了揉自己的两只眼睛。

十七

觉慧回到房里。堂屋里的骰子声已经停止了,不过还有许多人在那里高声讲话。觉新的房里还有牌声,但是不像先前那样地响亮了。天空开始在改变颜色。一年从此完结了。旧的在黑暗中消去,让新的与光明同来。

觉慧进屋后不到一会儿,剑云也进来了。他不说话,就在靠窗的一把椅子上坐下去。

"输了吗?"觉慧问道。

"嗯,"剑云含糊地应了一声,就把头掉开了。

"多少?"觉慧追问一句。

"六块钱,"剑云沮丧地答道。

"刚好是你半个月的薪水,"正俯在桌上写字的觉民忽然抬起头对剑云说。

"可不是?"剑云懊恼地说,"这笔钱我本来打算用来买几本英文小说。"

"那么你为什么要去赌钱?我很想在旁边阻止你,又怕你不高兴,"觉慧同情地说。

剑云看他一眼,接着又抱怨自己道:"我也明白赌钱没有意思,每次赌过钱,人总是非常后悔。我屡次说不再赌钱了,可是别人拉我上场,我又不好意思拒绝。……"

外面鞭炮声响了,不十分近。后来又有几家公馆接连地响应着放起鞭炮来。窗下有人来往,又听见克定在堂屋里高声唤"苏福"。

"快敬神了,"觉民阖上日记本说。他郑重地把它放在写字台的抽屉里,又把抽屉锁上了。那一盏破例地亮了一个通夜的电灯开始黯淡了。暗灰色的光从窗外窥进来。

觉民先走出去,一抬头便看见深蓝色的天,一股寒气向他扑来,他耸了耸肩,急急地往堂屋里走去。他走过左上房窗下,看见方桌上摆了许多红花小茶碗,袁成、苏福、文德、赵升、李贵们在那里斟茶,每斟了六碗,便用茶盘托着往堂屋里送,由克明和克定一一地摆到供桌上去。

茶碗摆齐了,但是大家还在堂屋里等候着,等厨房里送年糕来。在这等待的时间里,众人带着疲倦的笑容不起劲地谈着关于打牌或者掷骰子的事。有些人站在燃得正旺的火盆旁边伸手烤火。老太爷在房里大声咳嗽。他已经起床了。

觉慧和剑云也走出了房间。他们站在门槛上,一面望堂屋,一面谈话。

天色渐渐地发白,到了敬神的时候,觉慧便撇下剑云到堂屋里去了。老太爷因为觉群在堂屋里说了不吉利的话,便在一张红纸条上写着"童言无忌、大吉大利",拿出来贴在堂屋的门柱上。觉慧看见,忍不住在心里暗笑。

大厅外爆竹声开始响起来,一连燃放了三串鞭炮,到众人在堂屋里行完了礼,鞭炮还没有燃完,而天已经大亮了。

在晨光中觉新和他的三个叔父又坐轿子出去拜年,而女眷们也踏着鞭炮的残骸,一路上嬉笑地走出大门,到了街上,向着本年的"喜神方"走去,算是干了一年一度的"出行"的把戏。一年里只有这一刻她们才有在街上抛头露面的机会,所以大家都带着好奇的眼光,把朦胧中的静僻的街道饱看了一会。大家似乎还有点留恋不舍,但是同时又害怕撞见别的男人,便匆匆地走进公馆去。爆竹声住了,笑语歇了,街道又回到短时间的静寂里。

这一天的重要的时光过去了。在这个公馆里,大部分的人因为一夜没有休息,支持不住,便早早地睡了。有的人并没有睡,如克明和觉新几个人,因为他们还要照料一些事情。也有些人一直睡到傍晚敬神的时候,如觉民几弟兄,他们甚至忘了吃午饭。

新年里日子就这样平淡地过去了。每一天的日程差不多是规定好了的,每年都是一样,并没有大的改变。在这些日子里照旧是赌博统治了这个公馆,牌声和骰子声一天到晚就没有停止过。那个明白赌博没有意思的剑云是常常参加的。他为了敷衍别人毫不迟疑地做他所不愿意做的事。这其间他有小的忧愁,也有小的快乐。他把输掉的钱全赢回来了。

旧历正月初二日琴跟着她的母亲来拜年。张太太只在高家住了三天,却答应让琴住到十六日回去。多一个琴,在年轻的一代人中间却添了不少愉快的气氛。他们整天在花园里玩各种有意义的游戏,或者讲有趣味的故事。没有人打扰他们。有时候他们也拿了筹码在临湖的晚香楼上掷着玩,他们喜欢掷"狮子筹",因为它是比较复杂而有趣。谁赢了钱就全数拿出来,叫仆人到外面去买些酒菜，拿到花园里，他们在晚香楼后面山脚下安置了小炉灶，自己动手做菜。瑞珏、淑英和琴都是做菜的能手，便由她们轮流做菜，其余的人在旁边帮忙，做点杂事。菜弄好了就端进晚香楼去，或者择一个清雅的地方，安放了桌子愉快地吃起来，在席上还行着各种酒令。

有时候还有一个客人来玩，这是琴邀请来的，是她的同学许倩如。她的家就在这个公馆的斜对面。她是一个胖胖的十八九岁的姑娘，举止大方，言语也洒脱，而且处处带着女学生的派头。她跟琴一样，渴望着觉民们的学校开放女禁，所以愿意跟他们认识。她的父亲过去是同盟会的会员，早年曾在日本留学，而且办过仇满的报，又到德国研究过化学，现刻在交涉署里做事。他比一般人开通。她的母亲也是日本留学生，死了将近五年，父亲不肯续娶。家里只有她一个独养女，和一个自幼就照料她的老奶妈。在这个环境里长大的许倩如，跟琴比起来，在性格上当然有显著的差异。

剑云还留在高家，他住在觉英的房里。这几天来，他也快活多了。虽然觉民对他比较冷淡，但是觉新、觉慧、觉英们对他都很好。

在初八日晚上，这些年轻人经过了两三天的布置以后，把长辈们都请到花园里来，说是看放烟火。长辈们拗不过他们的热烈的请求，果然都来了，只除了祖父，他受不住夜间的寒气，不肯来。

花园里，从右边进去，回廊上的电灯都扭燃了。没有电灯的地方，如竹林、松林之类，树枝间挂了不少的小灯笼，红的、绿的、黄的，差不多各种颜色都有。石桥两旁的栏杆上，装得有电灯，影子映在水面,好像圆圆的明月。众人最后到了晚香楼,楼房檐下原来挂得有几盏绿穗红罩的宫灯,现在里面都插上点燃了的蜡烛,射出黯淡的红光,给周围添上朦胧而奇幻的色彩,使人疑惑进入了梦中的境界。

众人在楼房里坐定了,十多个仆人、女佣、丫头忙着倒茶装烟伺候。大家都坐在窗前。窗户大开,可以望见外面的一切。但是外面除了附近的染上了彩色的景物外,远处就只有那一片不可辨认的黑暗,黑暗中依旧露出一些有颜色的斑点,还有几处较明亮的灯光。

"烟火在哪儿?你们又骗我!"周氏笑着对旁边的琴和瑞珏说。

"等一会儿就来了,我怎敢骗大舅母呢?"琴含笑答道。她回头去看,觉新、觉民几弟兄都不在这里,剑云在和克明、克安、克定三个人谈话。太太们不停地向倩如问话,倩如爽快地回答,虽然有些问话她觉得毫无意义,但是她也照自己的意思答复了。

除了在这座楼房外,花园里好像没有别的声音。在一片黑暗中露出一块黑色较淡的地方,显然跟浓密的黑暗分了边界,就在那个地方突然起了一个尖锐的响声,一股亮红的火光从黑暗里冒出来,升上去,升到半空,忽然散开来,发出许多股细的金丝,倒垂下来,依旧落在黑暗里。但是接着另一个雪亮的鹅蛋一般的东西,又冲上了天空,在天空中起了一个大的爆裂声,马上炸开来,成了无数朵银花向四面飞散。于是一股蓝色的光,又笔直地飞起来,一到半空中就变了颜色,落下红色的雨点,接着又落下绿色的雨点,绿色的雨点落完了,众人的眼前还留下一片阴绿色。淑芬偎在她母亲王氏的身边哈哈地笑起来,连声说:"好,好,好!"

"真好看!"周氏的圆脸上带有笑容,她侧着脸对琴赞了一声,接着便问:"你们在哪儿买来的?"

琴笑着,指着许倩如说:"大舅母,你问她!"倩如接着回答一句:"我们请我父亲设法弄来的。"前面黑暗里又发出了绿色的火光,这股火光升到天空中并不落下,却在黑暗里盘旋,接连地变换着颜色,最后突然不见了,很快地,使人不知道它落在什么地方。同时又起来了三四个雪亮的东西,在天空中发出巨大的响声,霎时间只见一片银花飞舞,把湖滨的松林也照亮了,还隐约地现出一两只小船,靠在斜对岸的湖边。

"原来他们是在船上放的,怪不得我看见在移动,"四太太王氏领悟似地对克安说,她的丈夫点头一笑。

过了一会儿,湖滨没有一点动静,众人还伸着颈项,望着那看不透的黑暗出神。倩如走过来,站在琴的身边,低声谈了几句话。

"没有了吗?"克定大声惋惜地问,正要站起来,可是水面上忽然大亮了。

在一阵响声中,许多株银白色的花树,突然在水面上生长起来,把金色的小花向四面撒布,过了一些时候,树干渐渐缩短,而光辉也逐渐黯淡,终于消灭到没有了。在楼上的观众的眼前还留下一片金色灿烂的景象。但是过了一些时候,一切又归于平静了。前面还是那一片看不透的黑暗。

空气忽然在微微颤动,笛声从湖滨飘扬起来,吹着《梅花三弄》,还有人用胡琴和着,但是胡琴声很低,被笛声压过了。清脆的、婉转的笛声,好像在叙说美妙的故事。它从空中传到楼房里来,而且送到众人的心里,使他们忘记了繁琐的现实。每个人都曾经有过一段美丽的梦景,这时候都被笛声唤起了,于是全沉默着,沉醉在回忆中,让笛声软软地在他们的耳边飘荡。

"哪个在吹笛子?吹得这样好!"周氏用赞美的声音问琴道,这时《梅花三弄》快完了。

"我们二小姐,"婉儿正在旁边给张氏装烟,马上回答了一句,她听见大太太称赞她的小姐,她很高兴。

"拉胡琴的是大表哥,"琴接着加了一句。

笛声止了。远远地起了拍掌声和欢笑声。但是这些声音马上撞在平静的水面上散开了,落在水里便再也浮不起来,送到楼房里来的只是那些得到微风的帮助偷偷地逃跑了的,却已经是很低微、很稀薄的了。同时空中还留着《梅花三弄》的余音。

于是悠扬的笛声又飞了起来,吹的是快乐的调子。一个男性的响亮的声音响彻了整个黑夜,把刚才的余音都驱散了。这声音送到楼房里,把众人从回忆中唤醒。他们听出来这是觉民的歌声。

这首歌并不曾继续多久,就和笛声共同消失在黑暗里了。过了一会儿,依旧是觉民的声音飞起来,唱一首流行的歌曲。觉民唱到第二句时许多声音一齐响了。大家和着唱,男的、女的、高音、低音、混杂在一起,组织成这复杂的歌声,但是里面各个声音又显著地分别出来,甚至淑英的清脆的女音也并未溶化在觉民的高亢的男声里。这声音有力地向着楼房扑来,众人都觉得它们撞在自己的脸上,闯进了自己的耳里,而且耳朵里还装不完,让它们在楼房中四处飞撞,楼房似乎也被它们震动了。

歌声突然止了。接着就是一阵哄然的大笑声。笑声在空气中互相撞击,有的碎了,碎成了一丝一丝的,再也聚不拢来,就让新的起来,追着未碎的那一个,又马上把它也撞碎了。楼房里的人仿佛觉得笑声在黑暗的空中撞击、逃跑、追赶。

这时水面上接连地浮起了红绿色的小灯笼。不到一会儿,在众人的目光所注视的那一段水面上,灯笼布满了。它们慢慢地移动,把水面映成了奇异的颜色,时时在变换,时时在荡漾,但是并没有声音。忽然,在一处,灯笼急急地移动了,向着一边躲开,给中间留出一条路来。于是笑声又起来了,比先前轻一点。一只小船载着笑声缓缓地驶过来,到了桥边就停住了。笑声更清晰地送进楼房里。人可以看见在下面觉新几弟兄登了岸。那只船便穿过圆拱桥慢慢地向前驶去。出乎众人意料之外的是后面还有一只,依旧泊在桥边,几个少女从船上走下来,正是淑英、淑华、淑贞三姊妹和丫头鸣凤,她们手里都提着灯笼。

这些年轻人一个一个地上了楼。楼房里显得更热闹了。

"妈,三爸,你们看得满意吗?"觉新走上来,带笑地大声问。

"不错,"克明点头答道。

"有趣极了,"克定高声赞道;"明晚上我请你们看龙灯,我自己做'花儿'来烧。"

觉英正站在他的背后,第一个拍掌叫好。于是年轻的一代人同声附和起来。

烟火的确带来了很多的快乐,像彩虹一样,点缀了这年长的一代人的生活。但是短时间以后,一切都成了过去的陈迹,剩下这所花园,寂寞地立在寒冷的黑夜里。

十八

在初九这一天,觉英、觉群、觉世三弟兄从早晨一直忙到晚上,忙的是在马房里看轿夫们做花炮,和向人叙说看龙灯的事情。

这天早晨五房的两个轿夫到花园内竹林里砍倒两根粗大的竹子,锯成短的竹筒,带到马房里去。于是各房的轿夫聚拢来帮忙:有的削竹筒;有的做引线;有的舂火药,还放了碎铜钱在里面舂,说是将来放出的火花便可以贴在人的肉体上面烧,不会落下来。大家热心地工作,为了这一夜的痛快和满足。很快地十几筒花炮就做成了。轿夫们把花炮全搬出来,放在门房里供人们赏鉴。

傍晚,敬了神以后,克定便出去指挥仆人们布置一切,准备迎接龙灯。二门内安放了几张方桌,上面再放上椅子,作为临时的看台。克定亲自封好了赏钱,还不时在大门内外走动,看看有没有动静,一面又派人到街口去打听龙灯的消息,看来了没有,或者龙灯已经到了什么地方。

克定这样地安排,自己以为再妥当不过了,况且白天他已经收下了一条龙灯的帖子。于是他放心地回到里面去跟家人谈笑。

八点钟敲过了,没有一点消息;八点半钟过去了,还是没有消息。连锣鼓声也听不见。

"五爸,龙灯呢?"觉群和觉世两个孩子不能忍耐地问过他四五次了。

"就要来了,"他这样地回答着,心里虽然也有点着急,但是自己觉得很有把握。在堂屋里等候着的淑英几姊妹都望着他微笑。淑芬也拉着他的衣服问过"龙灯来不来"的话。

九点钟敲了,还没有动静。大家都觉得乏味。剑云因为第二天要到王家去教书,惦记着功课,没有兴致,便告辞走了。克定看见人走,心里更难受。

"龙灯不会来了,"淑华笑着对淑英说,她在讥笑克定,使他急得在天井里踱来踱去,不时把表摸出来看。他大步走出去,但是不久又走回来,并没有带来一点消息。

到了九点一刻远远地响起了锣鼓的声音。"龙灯来了!"克定欣慰地自语道。

正在这个时候,高忠走了进来。克定看见这个年轻的仆人,想起了方才的长久等待的痛苦,便破口骂道:"你这个混账东西!叫你出去打听,你就耽搁了这么久。你说你跑到哪儿去耍去了!"

高忠垂着双手端正地立着,半晌不作声,等主人骂得够了,才慢慢地说:"小的在街口上等了好久,都不见一条龙灯来,又走了几条街也看不见,后来碰见了一条,就是今天送帖子来的。小的拉住他们的头脑要他们来。可是他们人已经烧得头焦额烂,龙灯也只剩下一个光架子。他们一定不肯来,说要回去养息,再有多少赏钱,他们也不要了。小的只得回来报告。"

克定听见这样的话,更加气恼,便骂起来:"你这个不中用的东西,只晓得吃饭,连一条龙灯也拉不来。现在你去,不管怎么样一定给我拉一条来,不然就叫你滚!"

高忠在这个公馆里服务的时间虽然只有三四年,但是已经知道了主子的脾气。主子发怒的时候完全不讲道理,做仆人的要保持饭碗,除了服从而外,没有别的办法。他埋着头,不敢顶撞一句,口里恭敬地接连应着"是",等到主人挥手叫他去的时候,便恭顺地走了,不说一句话。

十点钟又逼近了。还是没有龙灯的消息。觉英、觉群、觉世、淑芬们完全绝望了,他们打算回屋睡觉去。从斜对门公馆来的客人许倩如也告辞回家了。

克定烦躁地在天井里踱着,心里很不快活,不知道要怎样做才好。

十点钟敲了,高忠从外面气咻咻地跑进来,断续地说:"龙——龙灯来了。"克定果然听见外面远远地响起了锣鼓声,而且愈来愈响亮。他的脸上顿时现出喜色,他高兴地听着高忠表功似地说下去:"他们本来要转弯走了,还是小的拚命把他们拉来的。"

"好,办得好!你快去把他们接进来,"克定把高忠夸奖了两句,便转身去邀请哥哥嫂嫂们出来看龙灯,这个好消息已经被觉英、觉群、觉世们传出去了。觉群、觉世这两个孩子欢喜地到处跳来跳去。

在一刻钟以后这个公馆突然变得热闹了。全家的人除了老太爷外,全聚在二门内的临时看台上面看龙灯。龙灯随着锣鼓声进来,停在二门外的大天井里。大门已经关上,免得外面的闲人混进。

锣鼓不住地响着,龙灯开始舞动了。这条龙从头到尾一共有九节,是用竹条编扎成的,每一节,中间插着蜡烛,外面糊了纸,画上鳞甲。玩龙灯的人便拿着下面的竹竿,每个人持一节。前面另有一个人持着一个圆圆的宝珠。龙跟着宝珠舞动,或者滚它的身子,或者掉它的尾巴,身子转动得很如意,摇摇头,摆摆尾,或者突然就地一滚,马上又翻身过来,往另一边再一滚,于是很快地舞动起来,活像一条真龙在空中飞舞。旁边的锣鼓声正好像助长了它的威势。

爆竹声忽然响起来,空中现了火花。龙乱舞着,像发了怒似的。鞭炮开始往龙的身上落,它不住地往左右两边躲闪,又像受了惊似地在空中乱跳。锣鼓响得更厉害了,就像那条受了伤的龙在呼啸一样。

年轻的高忠缚了一串鞭炮在长竹竿上面,手持着竹竿,自己站得远远的,站在墙边一把梯子上,把鞭炮伸到龙身上去燃放。几个轿夫拿着竹筒花炮在旁边等了一些时候,便轮流地燃放起来,把花炮对着玩龙灯的人的光赤的身上射。龙开始发狂了,它拚命往下面滚,来迎接花炮里射出来的金花。它抖动着。人只看见它的身子在滚。人声嘈杂,锣鼓不停地大响特响。轿夫们笑着。二门内看台上的观众也笑了,自然他们笑得很文雅,跟轿夫们笑得不同。

接着文德、李贵、赵升一班人同时拿了五六筒花炮前前后后地对着玩龙灯的人射,使他们没有地方躲避。这个办法果然有效。龙虽然仍旧在拚命乱滚,但是火花却一团一团地射到那些赤裸的身上，有的马上落下地来，有的却贴在人身上烧，把那几个人烧得大声叫。于是他们放下手站住不动，把竹竿当手杖紧紧捏住，让轿夫们来烧，一面拚命抖动身子不让火花贴在他们的肉上。他们身上的肉已经变了颜色，火花一来便发出细微的叫声，而且一直在抖动。这时候观众们更满意地笑了。大家便把花炮更逼近玩龙灯的人的身体烧，他们想把那般人烧得求饶。

那般玩龙灯的人有着结实的身体，有着坚强的腕力。可是他们却任人烧，一点也不防御，虽然也感到痛，却只是大声狂呼，表示自己并不怕痛，而且表示自己很勇敢，同时还高声叫着："有'花儿'尽管拿出来放！"

后来花炮烧得更近了。他们终于忍不住痛，逃开了。这样一来那条威武地飞动着的龙就被支解了，分成了九段，每个人拿着一段四处奔逃，彼此不相呼应。龙的鳞甲已经脱落，身子从头到尾，差不多烧成了一个空架子。

一部分的人把龙身扛在肩上往大门跑去。然而大门已经关上了。他们没法逃出去，只得硬着头皮回来。高忠、赵升们听从主人的指挥又拿着燃放的花炮在后面追赶。这是一个平坦的坝子，没有树木，也没有可以藏身的处所。有的便往二门跑。但是二门口堆满了人，密密麻麻，好像是一扇屏风，只看见无数的头。而且克定自己也拿着一筒花炮站在那里，看见人逼近，马上把花炮燃起来，向四面放射。那个玩宝的人是一个年轻小伙子，他走过来，正碰上克定的花炮，火花贴在他的身上烧，他发出一声尖锐的哀叫，急急地跑开了，但又被文德的花炮烧得退回来，狂乱地抖着身子，一头都是汗珠。这时克定把花炮正对着另一个玩龙尾的人放，忽然瞥见玩宝的人站在旁边发抖，便笑道："你冷吗？我再来给你一把火！"又把花炮转过来向着他猛射。他吃了一惊，便用他的宝来抵御。那个宝本来还是完好的，如今却着了火，熊熊地烧起来，一瞬间就烧得精光。这时候轿夫和仆人们已经围起来，把玩龙灯的人围在中间，用花炮拚命地烧，快要使他们求饶了。但是在这一刻人们才发觉花炮没有了，大家只得住了手。大门开了，玩龙灯的人披上衣服，整了队，拿着剩下空架子的龙，伴着半死不活的锣鼓声，疲倦地走出去。那个玩宝的年轻人的腿受了伤，他一拐一拐地走着，叽哩咕噜地说些不满意的话。

　　克定把赏钱给了，还惋惜地说："可惜花炮做得太少，不然今晚上可以大大地烧一下。你们看得满意吗？我明晚上再请你们看。"

　　"够了，不要再看了，"站在克定背后的觉慧用严肃的声音说。克定回过头看了他一眼，不大明白他的意思。别的人客气地说着"不必"。闹得最起劲的觉英、觉群、觉世三个孩子已经挤在人丛中不见了。众人满意地散开，陆续往里面走去。仆人们忙着拆除临时的看台。

　　进去的时候，觉民弟兄走在后面，觉慧走到琴的旁边，问琴道："琴姐，你觉得有趣味吗？"

　　"我不觉得有什么趣味，"她淡淡地答道。

　　"你看了，有什么感想？"觉慧不肯放松地追问了一句。

　　"没有感想，"依旧是简短的答语。

　　"太平淡了，小时候看起来倒有趣味，现在却不然，"觉民在旁边接口说下去。

　　"你们当真一点也不感动吗？"觉慧严厉地问道。

觉民不明白他的意思，便掉过头看他一眼，不以为然地说："这种低级趣味的把戏，怎么能使人感动？"

"难道人就没有一点同情心吗？"觉慧愤愤地说。

"你说得太过火了。这跟同情心有什么关系？五舅他们得到了满足，玩龙灯的人得到了赏钱。各人得到了自己所要的东西。这还不好吗？"琴发表她的见解道。

"真不愧为一位千金小姐，"觉慧冷笑地赞了一句，"像你这样聪明的人也看不出来。你以为一个人应该把自己的快乐建筑在别人的痛苦上面吗？你以为只要出了钱就可以把别人的身体用花炮乱烧吗？这样看来，你的眼睛还没有完全睁开嘞！"

琴不说话了。她有一种脾气，她对于某一个问题回答不出来的时候，便闭上嘴去思索，并不急急地强辩。但是她却不知道这个问题是她的少女的心所无法解答的。

十九

元宵节的夜晚,天气非常好。天空中有几颗发亮的星,寥寥几片白云,一轮满月像玉盘一样嵌在蓝色天幕里。

这天晚上大家照例敬神,很快地行完了礼。觉英带了觉群到街上去看人烧龙灯。瑞珏和淑英姊妹们想到琴第二天就要回家去,都有一种惜别的心情,虽然两家相隔不远,但是她们少有机会跟琴在一起玩几个整天。而且元宵节一过,新年佳节就完了,各人都有自己的事情,再不能够像在新年里那样痛快地游玩了。于是大家聚在一起,在觉新的房里商量怎样度过这个晚上。大家都赞成觉新的提议:到花园里划船去。

瑞珏本来也要去,但是海臣临时吵着要母亲陪他玩,她无法走开,就留在房里不去了。去的是觉新三弟兄和淑英三姊妹,连琴一共是七个,还加上鸣凤。鸣凤提着一个小藤篮,里面装了些酒菜。

他们一行八个人鱼贯地进了花园,沿着那一带回廊走去。淑贞最胆小,便拉了鸣凤靠着她走。园里很静。电灯光显得黯淡,孤寂。长条的天井里露出一段月光,中间再涂上一些黑影。他们慢慢地走着,一边走一边说话,正走过花台旁边,忽然听见一声不寻常的哀叫,于是一个黑影往假山上面一纵就过去了,再一跳就到了回廊的瓦上,吓得淑贞连忙往鸣凤的身上偎,淑华惊讶地接连问:"什么东西?"

众人都站住了。但是周围没有一点动静。觉慧顿了顿脚,也没有听见回应。他跨过栏杆,站到花台上,拾了些石子往屋顶上掷去,接连掷了两次,听见石子落在瓦上滚的声音。马上起了猫叫,接着又听见猫逃走的声音。"原来是你这个东西,"觉慧带笑地骂了一句。他又跳进回廊里来,看见淑贞胆怯地偎着鸣凤,便哂笑道:"这样胆小,不害羞!"

"妈说花园里头有鬼,"淑贞捏着鸣凤的手,用颤抖的声音分辩道。

"鬼?哪个见过鬼来?"觉慧笑着追问道;"五婶骗你,你就相信了。真没有用!"于是众人都笑了。

"四妹,你既然怕鬼,为什么又要跟我们进来?"觉新在前面回过头来问。

淑贞放开鸣凤的手,害怕地看了众人一眼,迟疑地回答道:"跟你们在一起很好耍,我舍不得不跟你们来。"

"说得好,真是我的乖妹妹!好,让我来保护你,我在你旁边,你用不着害怕。鬼不敢来,"琴笑着说,便走过去把淑贞拉到自己的身边,又挽着她的手,同她并肩走着。

"姜太公在此,诸神回避,"淑华接口嘲笑道。众人大声笑起来。

他们走进竹林里,灯光全没有了。竹林本来不甚密,而且中间还留了一条羊肠小径。月光从上面直照下来。人一抬头就可以望见清明的蓝空。竹梢微微抖动,发出细微的声音,同时人又听见水淙淙地流着,但是不知道水从什么地方来,快走完竹林时才看见一道小溪横在前面。

觉慧故意表示自己胆大,不怕鬼,所以特地留在后面,伴着鸣凤走。这时他忽然往旁边一闪,向竹丛里跑去。众人听见声音,都回过头来看,觉民便问:"三弟,你要做什么?"

觉慧并不回答,默默地择了一根细小的观音竹,用力去拔它,拔不起来,便把它折断了,又去掉竹梢,只剩了一节,拿在手里,又在地上点了几下,满足地说:"这倒是一根好手杖,"便走回到鸣凤的身边来。

站在旁边看他的众人都笑了。觉民笑着说:"我道你发了疯,想挖什么宝藏,原来是这么一回事。"

"宝藏?你时时刻刻都在想宝藏!我看你《宝岛》这本戏还没有演熟,人就着迷了,"觉慧这样反唇讥笑道。

众人又带说带笑地前进了。他们后来走进了松林,周围突然阴暗起来。月光被针似的松叶遮住,只洒下一些明亮的斑点,他们走到林中最浓密的一段,简直分辨不出路来。不过他们是走惯了的,路虽然曲折,还可以摸索地走。觉慧便走到前面去,他用竹竿探路。时时有大的声音送到众人的耳边,给他们带来一种恐怖的感觉,这是对于不可思议的黑暗和庄严的松涛的恐怖。众人怀着紧张的心情慢慢地往前走,琴让淑贞偎在自己的怀里,用手护着她。

前面逐渐亮起来。他们突然到了湖滨。一片白亮亮的水横在前面,水面尽是月光,成了光闪闪的一片。团团的圆月在水面上浮沉,时而被微微在动荡的水波弄成椭圆形。时而人听见鱼的唼喋声。右边不远处是圆拱桥;左边远远地湖心亭和弯曲的石桥隐约看得见。

众人立在水边,静静地望着水面。忽然一块石子落进了水里,把那一轮明月冲散了,成了一个大圈。月亮虽然很快地就恢复原样,但是水面的圈依旧留着,而且逐渐扩大以至于无。

觉民回过头,望着站在后面微笑的觉慧说:"又是你!"

"你们为什么站在这儿不动?还要等什么?那儿不是船吗?"觉慧用手指着泊在对岸桥边不远地方、拴在一株柳树干上的小船。

"我们早看见了,还待你说,"淑华抢着回答道,便伸手到背后去把自己的辫子拉过来,一面玩弄,一面仰头望着天空的明月,放声唱起苏东坡的《水调歌头》来。

淑华刚唱了两句:"明月几时有,把酒问青天,"就被觉民的响亮的歌声接了下去:"不知天上宫阙,今夕是何年。"接着琴和淑英也唱起来。觉新拿了他带来的一管洞箫吹着。淑英看见觉新吹箫,就从觉民的手里把笛子夺过来说:"箫声太细,还是让我吹笛子罢。"悠扬的笛声,压倒了细微的箫声,但是箫的悲泣已经渗透在空气里,还时时露出一两声来。

觉慧慢慢地沿着湖向桥边走,他还叫鸣凤同去。他跟鸣凤谈了几句话。鸣凤简短地回答了他,便又回到淑英们那里。觉慧快走到桥头时,才发见自己是一个人,鸣凤并未跟来,于是他又转身回去。在这种幽美的环境中他已经感到烦躁了,不知道什么缘故,他总觉得他跟哥哥、妹妹们多少有点不同,他时时觉得在这个家庭的平静的表面下有一种待爆发的火山似的东西。

一首歌唱完,笛声和箫声也住了。淑英又把笛横放在嘴边预备再吹,却被觉慧阻止了,他说:"到了船上再慢慢吹罢,何必这样着急?"众人便沿着湖滨向桥头走去,由觉慧领头,而鸣凤走在最后。他们很快地过了桥。

他们到了草地上,觉新去把拴在柳树干上的小船解了缆,又把船靠近岸边,让众人都下去,然后自己坐到船尾,把住桨慢慢地划起来。

船缓缓地从圆拱桥下面流过去了,向着前面宽的地方流去。鸣凤坐在船头,她解开她带来的小藤篮,把里面的卤菜和瓜子、花生米等等取出来,又取出一瓶玫瑰酒和几个小酒杯。她把这些东西一一递给淑英和淑华,由她们放在船中小圆桌上。觉民拔起酒瓶的木塞,给众人斟了酒。月光没遮拦地直照在船上,跟这些年轻人共同饮酒。

圆拱桥已经留在后面了。它沐着月光像是披了一条纱,有点模糊,桥畔的几盏电灯在朦胧中发亮。船慢慢地在转弯,简直使人不觉得。他们把天空的圆月望了好一会儿,忽然埋下头来,才看见四围的景色变了。一面是一座峻峭的石壁,一面是一排临湖的水阁。湖心亭已经完全看得见了,正蒙着月光和灯光。

觉慧掉头向四周望,觉得有满腹的话要吐出来,便大叫一声,声音被石壁挡住,又折了回来,分散到众人的耳里。

"你的声音真大,"觉新笑着对觉慧说,接着他也放声唱起京戏来。这时船又转过了石壁,在钓台下面了。人再掉头去望另一面,水阁已经隐在矮树后边,现在看见的只是密密的矮树。

"大哥,你过来吃酒罢,不要摇了,让船自己流去,"淑英望着觉新说。

"坐在这儿就好,一个人坐着很宽敞,"觉新答道。于是他停止了摇船,端起酒杯喝了一口酒,把花生米抓了几颗放在口里细嚼。船很平稳地在水面上微微动着。他嚼完了花生米又自语道:"我看不如把船靠在钓台下面罢,我要到岸上去一趟。"他说着,不等众人答话,就把船往里面靠,虽然有点吃力,但是船终于靠近了钓台。下面有石级可以通到上面去,他便下了船走上石级。不到一会儿功夫,他的头就在钓台上石栏杆前出现了,正望着他们笑。

淑英连忙抓了一把瓜子抛上去掷觉新。但是他一转身就不见了,只听见他在上面唱京戏,声音愈来愈小,后来就听不见了。

"今晚上可惜少一个人,"琴说着似乎感到了不满足。

"是大嫂吗?"淑华抢着问,一面在嗑瓜子。

琴摇了摇头。

"我知道是梅……"觉慧还没有把话说完,就被觉民打断了。觉民看了他一眼,嗔怪地说:"小声点,你真多嘴,险些儿又给大哥听见了。"

"他听见又有什么要紧?横竖他已经看见过她了,"觉慧不服气地分辩道。

"大哥已经看见过梅表姐?……"淑华惊讶地问道。

"大少爷,"鸣凤笑着在船头叫起来。众人仰起头望上面,看见觉新把头伸出来注意地听他们谈话,便都不作声了。

觉新慢慢地走下来,又从石级走到船上,依旧在船尾坐下。他问众人道:"为什么看见我来就不说了?"他的声音里带了一点苦味。

"我们忘记在说什么了,总之跟你没有关系,"觉民掩饰道。

"我明明听见你们在说梅表姐,在说我,"觉新苦笑地说。他拨着船,让它慢慢地向湖心流去。

"真的。琴姐的意思是:今晚上要是有梅表姐在这儿就更好了,"倒是觉慧口直心快,他终于说了出来,这时候船已经淌在湖心,又缓缓地向前流去了。

"梅表姐这一辈子不会到这儿来了!"觉新望着天空叹息道,一个不小心把船弄得往右边一侧,甚至溅了水花上船。但是他马上又把船身稳住了。

天空中现出几朵灰白的云,圆月渐渐地向着云走去。众人都望着觉新。

"其实少的人不止是梅表姐,还有周外婆家的蕙表姐和芸表姐。从前她们来耍的时候,大姐也还在,我们多热闹。后来大姐去世了。她们离开省城也已经有三年了。光阴真快!"淑英半怀念半感慨地对觉新说。

"你不要难过。我听见妈说,周外婆有信来,蕙表姐她们过一两年就要回省城来的,"淑华插嘴说。

"真的?你不是在骗我?"淑英带笑地问道。过后她又侧过头对琴说:"琴姐,明天你要回去了。明晚上我们再到这儿划船,就清静多了。大家总要散的。真是所谓'天下没有不散的筵席'。"

"要散早点散也好,像这样惊惊惶惶,唯恐散去,结果依然免不掉一散,这才难受!"觉慧气愤地说。

"你要知道'树倒猢狲散',现在树还没有倒嘞!"觉新接嘴说。

"到底有一天会倒的,早点散了,好让各人走各人的路。"觉慧说了这些话,好像许多时候的怨气都发泄出来了。

"琴姐,我不愿意散,一个人多寂寞!"坐在琴和淑英中间的淑贞忽然抬起头望着琴的脸求助似地、着急地说;虽然是女孩的清脆的声音,但是里面已经含了悲哀的种子了。这时候觉慧的眼前现出了红缎子绣花鞋套着的小脚,耳边响起了痛苦的悲泣。这小女孩的整个生存的悲哀有力地压迫人,使人自然地给与同情。但这同情只是暂时的,一瞬间的,因为在各人的前面都横着那个未知的将来,那个带着阴郁的样子的将来,各人都想着自己的心事,而且都为着自己的前途充满了疑惧。

水面上忽然阴暗了,周围是一片灰色。圆月钻进了云堆里,一时透不出光来。水面静静的,只有那有规律的荡桨声打破了静夜的沉寂。

"摇慢点,"觉新向坐在船头的鸣凤吩咐道。

淑贞连忙往琴的身上偎,琴紧紧地抱着她。天色又开朗了,四周突然亮起来,月亮冲出了云围,把云抛在后面,直往浩大的蓝空走去。湖心亭和弯曲的石桥明显地横在前面,月光把它们的影子投在水面上,好像在画图里一般。左边是梅林,花已经谢了,枯枝带着余香骄傲地立在冷月下,还投了一些横斜的影子在水面。右边是一片斜坡,稀疏地种了几株柳树,靠外筑了一个小堤,把湖水圈了一段在里面作一个小池,堤身也有一个桥洞似的小孔,以便外面的湖水流进来。

"不要怕,你坐好,你看现在月亮大明了,景致多么好!"琴拍着淑贞的肩头说。

淑贞端端正正地坐着。她望了望天空,又望四周,望众人,最后又望着琴,不大了解似地说:"琴姐,为什么要散去呢?大家天天聚在一起不好吗?"

众人笑了,琴爱怜地轻轻拍着淑贞的肩头笑着说:"痴孩子,各人有各人的事情,怎么能够天天在一起耍呢?"

"将来大家都要散去,你也是一样。你将来长大也要嫁人,跟着你的姑少爷去。你会整天陪伴他,你会忘记我们的,"觉新半嘲笑半感慨地说。

做一个女子为什么就应该嫁到别人家去,抛弃了自己所爱的人去陪伴别人呢?——这个问题,淑贞曾几次偷偷地问过母亲,从不曾得到她所能够了解的答复。然而这时候听见人说起姑少爷,她不觉本能地红了脸,感到她自己也不能解释的羞愧。

"我不嫁,我将来决不嫁人,"她直率地回答。

"那么你要守在家里做老小姐吗?"坐在她的斜对面的觉民笑道。

接着觉慧又抢着问了一句:"你既然决不嫁人,那么为什么又让五婶给你缠足?"

淑贞找不出话回答。她把小嘴一噘,埋下头去,默默地用手捏了捏她的微微有点酸痛的小脚,母亲的话陡然涌上心头。的确母亲曾经对她说过,大嫂当初嫁过来因为她那双天足受人嘲笑,而且就在嫁过来的那天,大嫂刚刚进了新房坐在床沿上,就有人故意揭起她的裙子看她的大脚。这样从母亲的话里知道了大脚的不幸,又从母亲的鞭子下体会到小脚的幸福,挨了许多次鞭子,受了长期的痛苦,流了很多的眼泪,而且还有过一些不眠的长夜,她居然把自己的脚造成了这样的畸形的东西。然而结果她得到些什么呢?她成了母亲拿来向人夸耀的东西,同时她又成了哥哥姐姐们的嘲笑的资料。母亲所预许的赞美和光荣并没有来,而母亲所不曾料到的嘲笑和怜悯却来了。现在她刚刚上了十三岁,还是这样轻的年纪,她就做了牺牲品了。有着这双残废的脚,时时都感到酸痛,跟姐姐们比起来,自己什么也赶不上,人也因了身体的残废变得更懦弱了。唯一的替自己出气复仇的希望只是在那个出嫁的一瞬间。现在抚着这双满是伤痕的小脚,她能够再说她不愿嫁人吗?然而将来的希望也是很渺茫,很空洞的。现在似乎一切都在改变,单是这只小船里就明显地摆着四双自然发育的天足。那么她怎么能说在那一瞬间她的复仇的希望一定会得到满足呢?

她想到这里竟然倒在琴的身上低声哭起来。

众人都不知道这是什么缘故,还以为淑贞舍不得分散,便带笑地劝慰她。她只顾埋着头哭,而且哭得更厉害。众人看见劝慰无效,便也不劝她了。觉民甚至说:"看你把琴姐的衣服弄脏了,"也不能够使她抬起头来。淑英于是拿起笛子横在嘴边吹起《悲秋》的调子。笛声好像在泣诉一段悲哀的往事,声音在水面上荡漾,落下去又浮起来,散开了又凝聚起来。

忽然从后面升起来一声长叹。众人往船尾看,觉新抱着膝,仰望天空。船静静地在水面微微飘动,湖心亭就在前面了,显得很大,很庄严,好像里面关得有秘密一样。

"怎么过了这么久还在这儿?"觉慧惊讶地问道。

没有人回答他。觉新在后面拨着船,让它往右侧,从桥下流过去。桥差不多挨近了他们的头。众人本能地把身子往旁边侧,船身大大地动了一下。等到众人稳住了身子,漫天的清光洗着他们的脸,桥已经留在后面了。

"怎样了?"淑贞坐定身子惊恐地问琴,琴未答话,淑华却噗嗤笑了。

水面更宽了。一片白亮亮的水,没有一点波纹,只是缓缓地向前流动，在月光下显得非常光滑可爱。船在水面流着，安稳而自然，不曾激起一点风波。

"你们看，湖水简直像缎子一样！"觉民望着水面出神地赞道。

"今晚上月亮真好，只可惜不是秋天，未免冷一点，"琴说。

"人总是不容易满足的。有了这样，又想那样。你看雾就要来了，"觉新这样说了，又吩咐鸣凤道："鸣凤，快点摇，时间怕不早了。"

湖水渐渐地在转弯，水面也渐渐地窄了，后来树木和房屋都看不见了。两边都是人工做成的山石，右边的山顶上有一间小屋从上面俯瞰下来。这一带的水流得比较急。船很快地流过去。觉新小心地摇着桨，让船转一个大弯，转到后面去了。水面还是很窄。一边是低的垣墙，一边是假山。在这里天显得很高，月亮也变小了。水上已经起了淡淡的雾，一切都在朦胧中。寒气开始袭来，有的人便把杯中的余酒喝尽，或是把彼此的身子靠得紧紧的。外面送来锣鼓声，隐隐约约的，好像隔了一个世界。觉新和鸣凤用力地划着船。

"四表妹，你上学的事果真决定了吗？听说你们的先生明天就来了，"琴温和地问淑贞。原来这几天来，淑华、淑贞两姊妹受到琴的鼓舞，都下了决心要继续读书，经过几次的要求，居然都得到了母亲的许可。明天教读的龙先生来了，她们便要跟觉英们一起上学。

"决定了，我什么都预备好了，"淑贞毫不迟疑地答道。

"这回事情想不到这么容易就成功了，"琴欣喜地说。

"这有什么希奇！"觉慧抢着说，"又不要她多花一文钱。而且她看见别人的姑娘都读了书,自己的女儿不多认识几个字,又怎么好骄傲人呢?五爸向来不管这种事情,爷爷只怕你丢他的脸,在家里读书他是不会反对的。况且所读的又是'圣贤之书'!……"说到圣贤之书几个字,他自己觉得一阵肉麻,也忍不住笑起来。经他这一说,事情简直是明如白日,用不着解释了。

船已经转到了前面。水面上积着雾,白茫茫的,但是圆拱桥的侧面隐约地从雾中露出来。桥畔的电灯朦胧地立在月光里,又披上雾的纱,成了模糊的红黄色。他们已经绕着湖转了一个圈子了。

船慢慢地在雾中行着。这一次雾中看月,别有一种情趣。众人只顾默默地向四周看,一会儿船便回到晚香楼下。觉新问大家要不要回去。

"不早了,还是回去吃汤圆儿罢,"觉慧抢着答道。没有人反对这个提议。于是觉新把船靠近了岸,依旧泊在柳树下,让众人一一上了岸,把缆拴在树上,然后跟着众人向桥头走去。

在路上觉民不住地赞叹道:"我从没有像今晚上玩得这样痛快。"众人中也有同意这句话的。只是觉新心里暗暗想道:"要是有梅在,就好了。"琴也觉得"可惜少了一个梅",她想:"几时能够让梅也到这儿来玩就好了!"

他们刚刚走出花园,就遇见觉英、觉群两人气咻咻地从外面跑进来。觉英看见觉新,便兴奋地问道:

"大哥,你看见号外吗?打起来了!"

"什么号外?哪个打起来了?"觉新莫名其妙地说。

"你自己看罢,"觉英得意地说着,就把手里捏的一张纸递过去。

那是《国民公报》的"紧急号外"。

"督军下令讨伐张军长了,前线已经开火,"觉新怀着紧张的心情说。

二十

"有什么消息吗?"瑞珏脸上带着愁容,迎着进房里来的觉新问道。

"情形更不好,"觉新摇摇头说,"省里的军队又打了大败仗,听说张军长的军队已经到了北门外了。"他走到窗前,在藤椅上坐下去。

"该不会又有巷战罢,"瑞珏惊惧地说。

"哪个晓得?这要看督军肯不肯放弃地盘,"觉新焦虑地说,但是为了安慰瑞珏起见,他又加上一句:"不过我想会有和平解决的办法。"

瑞珏不作声了,默默地往里屋走去。她无精打采地走到床前,在床沿上坐下,把那个在梦中还带微笑的海臣望了望,用手轻轻抚摩他的玫瑰色的脸颊。在这一刻海臣对她是更可宝贵的了,好像有什么人就要把海臣给她夺去似的。她不忍离开他,痴痴地坐在他的身旁守住他,两眼望着窗户出神。外面没有响声,钟摆有规律地在摇动,"滴答""滴答"的声音好像就在她的心上敲打一样。

外屋里响起了又重又急的脚步声,显然有人慌慌张张地走进来了。瑞珏大吃一惊,连忙站起来走到外屋去。她看见觉民站在写字台前跟觉新说话。

"二弟,你听见什么消息?"瑞珏立在门槛上,用惊惶而焦虑的声音问觉民。

"我刚刚看见抬伤兵进城,接二连三的,不晓得有多少,"觉民激动地说;"真可怕,他们鲜血淋淋的睡在架子上,有的烂手,有的断脚,一路上滴着血,口里不住地呻吟怪叫。有一个人侧身躺着,左额离太阳穴不远突出一寸长的血肉,不住地滴着血,脸色真难看,像白纸一样,我看得清清楚楚。真可怕。……"他停了一下又解释道:"这样看来战场一定就在城外不远的地方。要是再打个败仗,巷战一定免不掉了。"

"我们这儿不要紧吗?"瑞珏着急地问。

"也许不要紧,但愿败兵不要像前次那样四处放火就好了,"觉民答道。

"想不到刚刚安静地过了两三年,又遇到这样的事情。人家总不让你安静!这种生活有什么意思?"这些时候不说话的觉新忽然立起来,烦躁地说了上面的话,就往外面走了。觉民和瑞珏还留在房内。

接着觉慧和淑华走了进来。

"又有把戏看了,"觉慧的响亮的声音,打破了房里难堪的静寂。

"三弟,你不害怕?看你的样子倒高兴,"觉民看了觉慧一眼,苦恼地说。

"怕什么?日子过得太安静了,索性让他们演一回全武行,热闹热闹。不过明天学堂大概要停课了,"觉慧不在意地说。

"三弟,你这样胆大!"瑞珏惊疑地看着觉慧。

"这个把戏看得多了,就是胆小的人也会变大胆的。说老实话,他们打了好多年,我还是一个我,又害怕什么?"

觉慧的话并不能够驱散别人的恐怖。鸣凤恰恰在这时候揭起门帘进来请他们去吃午饭。

"我不想吃,"瑞珏第一个懒洋洋地说。

"我也不要吃,"淑华接着说。

"你们真没有用!这样胆小!听见一点儿消息就连饭也不想吃了!"觉慧嘲笑地说,第一个走出去。

吃过午饭,还不到六点钟,觉新、觉民、觉慧三个人在周氏房里谈了一阵,便一道出去,打算到大街上去打听消息。他们走到大门口,两扇门紧紧关着,而且上了杠子,大门内阴暗得很。看门的李老头告诉他们:外面已经断绝交通了。

他们三个人转身回去,一面谈论着两方军队的优劣。

"今晚上准备听枪声罢,"他们在二门口遇见克定,听到了这句话。克定又关心地嘱咐他们:"今晚上睡觉,大家要小心点,要互相照应啊!"

这个晚上公馆里比往常清静多了,每个人都害怕大声说话,连走路也把脚步放轻了些。只要有一点响动,大家的心就会怦怦地跳动。厨房里早早灭了火,谁也不想"消夜"吃点心了。女眷们把紧要的东西都包扎起来,藏在地窖里面,或者藏在身边。每一房里,夫妇儿女们相对望着,带着疲倦的眼和恐怖的心,来挨这个漫漫的长夜。

克明带着紧张的表情,走到每个房间的门口转述老太爷的话,要大家随时小心,最好睡觉时候不要脱衣服,以便在出事情时容易逃走。

　　这样一来，恐怖的空气更浓了，好像真有什么惊天动地的大灾祸就要到来一般。觉慧的心情也有点改变了。"逃，逃到什么地方去呢？"他开始觉得事情并不是好玩的了。他的眼前马上现出了一幅图画：一颗枪弹落在街心，在石板上碰了一下，飞起来，钻进了那个站在石缸旁边的仆人的身体，他用手按着伤口，尖锐地叫了一声，便倒在地上，身子搐动了一下，就死了，地上剩了一摊血。这是他亲眼看见的，虽然事情已经过去了三年多，但是，它至今还明显地印在他的脑子里。他也是一个正在生活的人，他眼前的人也都跟他一样地有血有肉。他想起那幅图画，想起那个可怕的结局，他不能不起一种不舒服、甚至恐怖的感觉。电灯光刺痛他的眼睛。"这灯光！"他烦躁地说，他希望灯光马上灭掉，让自己完全埋葬在黑暗里面。

　　在十点钟光景，一个清脆的声音忽然响起来，它的余音在空中荡漾了一会儿。

　　"开火了，"觉民把俯在桌上的头抬起来，带着苍白的脸和失神的眼睛，悄然对觉慧说。

　　于是接连地起了三四响枪声。

　　"照这样看来，情形还不太严重，大约守城的兵士放枪来吓人罢了，"觉慧勉强用平静的声音解释道。他的话还没有说完，忽然枪声大作，接连地响了若干下，又停止了。过了短时间，枪声又响起来，这一次非常密，像一阵急雨。时时有枪子在屋顶上飞过，"嗤嗤"地响着，一会儿这里的瓦破了，一会儿那里的瓦又落了。海臣在隔壁房里哭起来。外面又起了凄惨的唤人的声音。

"完了，完了！"瑞珏在隔壁房里叹息道。海臣的哭声刚停止，老太爷却在上房里大声咳嗽了。

"轰"，一个异样的雷声把空气震动了，接着又是一片"哗啦"、"哗啦"的声音，好像无数粒铁沙从天空中撒下来，整个房屋都因此动摇了。

"炮，放开花炮了，"瑞珏在隔壁说，声音低而且在颤动。

"轰"，"哗啦"，"哗啦"，……大炮接连放了三次，到了第三次的时候，公馆后面发出一阵大的响声，好像墙坍了似的，房屋震动了好一会儿。

"完了！他们用这样的大炮打。我们死定了！我去看看后面什么东西挨了炮弹，好像墙坍了似的，不晓得三爸他们怎样了？"觉新在隔壁跺脚说。

"你不要出去，外面更危险。你去不得！"瑞珏差不多带了哭声来阻止他。

觉新长叹了一声，便说："如今我们三个人都在一起，倘若一个炮弹飞来，大家都完了。"

"枪炮是没有眼睛的。出去是死，不出去也是死，大家死在一起也好些。"瑞珏抽泣地说。海臣又大声哭起来。同时大炮也在响了。

"这样叫我怎么过得下去！要死就索性痛快地死罢，"这是觉新的声音，是悲惨，是绝望，是恐怖的呼号。觉慧在隔壁不能够再听下去，他用双手紧紧地蒙住耳朵。

一阵尖锐的、凄惨的叫声在空中盘旋了一阵，好像故意在绞痛这些人的脆弱的心。电灯突然灭了。整个公馆立刻成了黑暗世界。"点灯！"差不多成了普遍的叫声。每间屋子里都起了骚动。

　　觉民弟兄一声不响,也不去点灯。觉慧挺直地躺在床上,觉民坐在桌子旁边,他们连动也不动一下。

　　炮声暂时停止了,枪声还是密密麻麻地响,忽然一片人声从远处传来,呼叫声、喊杀声、响成了一片。是欢呼?是惊号?是哀叫?人分辨不清楚,但是它却给人带来一幕恐怖的景象:一阵冲锋过后,只见火星闪耀,发亮的枪刺向跳跃的人的血肉的身体刺进去,随着刺刀冒出了腥血。许多活泼的人倒下来,立刻变成了破头断足的尸体。其余的人疯狂地乱叫,像渴血的猛兽那样,四处寻找它的牺牲品。……

　　在这里,在这个公馆里,只有黑暗,恐怖与期待。但是在城外,在田坎上,山坡上,却有许多人拿生命作儿戏,他们在激斗,挣扎,死亡。这思想不断地折磨着觉民弟兄,甚至在黑暗中他们也不能够安静地过一会儿,在他们的眼前还有红的、白的影子在晃动。

　　"这个可怕的时代!"觉新在隔壁房里长叹了一声,苦恼地说,在觉民弟兄的心上引起了同情的响应。

　　"还有什么法子吗?我们快想个办法罢!"瑞珏绝望地哀声叫起来。

　　"珏,你还是去睡一会儿罢,我看你也很疲倦,"觉新关心地安慰道。

　　"这种时候怎么能够闭眼睛?大炮子随时都会落下来的,"瑞珏呜咽地答道。

　　"珏,你不要伤心。要死,也是没有办法的事。只好看各人的命了,你一定要睡才好,"觉新勉强做出安静的样子再劝道。

在隔壁房间里觉民把火柴擦燃,点了灯。一点豆大的暗淡的灯光无力地摇晃着,只照亮了这个房间的小部分。觉民把失神的眼光定在觉慧的苍白的脸上,惊讶地说:"怎么?你的脸色这样难看!"

觉慧躺在床上动也不动一下,悄然地回答道:"你还不是一样!"于是两个人对望着,再找不出一句适当的话。枪弹不停地在屋顶上乱落,大炮在空中怒吼,房屋被震撼得轧轧地响。海臣又哭起来。

"这样等下去是没有办法的,我说非睡不可,"觉慧毅然地站起来,解开了纽扣。

"要睡也好,不过不必脱衣服,"觉民阻止觉慧道,可是觉慧已经脱了衣服钻进被窝里去了。觉慧拿棉被蒙着头,果然枪炮声就渐渐地模糊起来。

第二天是一个晴天,太阳带着新的光明升起来,照见这个公馆依然无恙,只是有几处地方堆了一些瓦片,还有炮弹碎片和枪子。屋顶上有几堆碎瓦,左厢房的屋脊打落了一角。然而枪炮声已经绝迹了。

大清早觉民弟兄到他们的继母的房间去,看见三婶张氏和淑英也在那里,她们头发蓬松,面带倦容。地板上铺了厚毡子,屋里的东西很凌乱,四张方桌并排地放在屋中央。据说昨天晚上周氏、淑华她们就睡在桌子下面,用棉被把四面围得紧紧的,不透一点风,以为这样便可以躲避枪弹了。继母又告诉他们:昨天晚上三婶和淑英也睡在这里,她们屋后的天井里落了一个炮弹,把墙打坏了一个角,所以她们马上搬了出来。觉人也睡在这里。现在袁奶奶抱着他到外面玩去了。

"大概三点钟光景,好像有一颗炮子飞过你们屋顶,打中了你们的屋脊,接着瓦打破了一大堆。少奶奶哭着抱了海儿奔到上房来。我害怕你们房里中了炮子,拚命喊你们,又不见答应。外面枪子密得很,没有一个人敢出去看你们。后来鸣凤出去看了,你们的房门关得紧紧的,房间没有损伤。我们才晓得你们没有出事,便放了心。今晚上你们千万不可再睡得像那个样子,应该随时提防啊。"周氏说话,调子本来很快,她接连地说下去没有一点顿挫,一口气说了这么多话,话从她的口里出来,就像珠子从光滑的石头上滚落下去,一直到底,滚个不停。

"我素来在梦里很容易惊醒。不晓得怎样,昨晚上居然睡得那么香,外面闹得那么厉害,我一点儿也不觉得,"觉民笑着对他的继母解释道。

觉新同克明从外面进来。

"现在不要紧了吗?"周氏看见他们的平静的脸,更放心了,便问道。

"大概没有事了,"克明笑着回答,依旧是他的稳重的语调。"今天外面通行无阻,附近不见一个兵。街上也很清静,没有惊慌的现象。据说敌军昨晚上占领了兵工厂,省方托英国领事出来调停,督军答应下野。以后大概不会再有战事了。大家空受了一晚上的虚惊。"接着他又对他的妻子张氏说:"你现在可以回屋休息了,昨晚上累了一晚,看你样子也很疲倦。……"过后他又客气地对周氏说:"嫂嫂现在也休息一下罢,昨晚上把嫂嫂打扰了。"

他们交谈了几句话,克明便带着他的妻女回到自己的房间去了。觉新弟兄还留在房里跟周氏谈了些闲话。

这一天平静地过去了。"大概再不会有战事了，"大家都这样想。然而到了太阳往下落的时候，情形突然改变了。

这时全家的人除了老太爷外全坐在院子里，闲谈昨夜的事情。忽然袁成气咻咻地跑进来说："太太，三老爷，姑太太来了。"接着从侧门里走进了张太太，后面跟的是琴和另一个年轻女子。她们都穿着家常衣服，而且没有系裙子。虽然这三个女人的脸上有着不同的表情，但是她们都带了一点张惶的样子，好像遭遇了非常的变故一样。

众人起身欢迎她们，跟她们一一招呼过了。大家正待说话，忽然晴空响起一个霹雳。众人瞥见一团火光在空中飞过，接着好像有什么东西炸开了似的，接连地起了几次"哗啦"、"哗啦"的声音。众人连忙往堂屋里乱跑。

大炮接连放了四五次，才稍微休息片刻。枪弹的声音又响了。这个声音是从城外东北角上来的，像一阵骤雨那样地密。机关枪接着响起来。声音突然变得更急了，好像千军万马狂奔一般。于是城上架着的大炮开始放起来。这一次不比昨夜，声音更近，而且是十几尊大炮同时开放，窗户、板壁"擦擦"地响，连土地也摇动了。

众人躲在堂屋里不敢说一句话，脸色都变青了，彼此茫然地望着。

谁都感觉到那个不可抗拒的恐怖，都明白自己是逼近生命的边沿了。众人静静地等候着，没有呻吟，没有哀号，没有挣扎。不管觉新跟梅见了面，不管梅经过了几年的风波以后又到这个公馆来，都不曾给众人带来一种新的感觉。那个不断地在空中飞翔的死的恐怖把一切别的感觉都赶走了。

天色渐渐模糊起来,炮声暂时停止了,枪声还是跟先前一样地密。"这一夜怎样度过?"这个思想开始折磨众人。就在这时候在很近的地方起了一个绝大的响声,墙壁马上剧烈地震动,声音散开来,余音如爆竹勃发,又夹杂着石碎瓦落的声音。

"完了,完了!"周氏脸色惨白地站起来,用颤抖的声音说,她打算往自己的房间走去。她正要揭门帘,却遇着鸣凤从里面跑出来,几乎把她撞倒在地上。

"什么事?什么事?"许多声音一齐问道。

鸣凤脸无人色,口里喘着气,半晌说不出一句话。

老太爷也揭了门帘从他的房里出来,陈姨太跟在后面。众人全立起来。

"怎样了?"他接连地问。

"我在三小姐房里……一个大炮子落下来……把屋檐打穿了一个洞……窗子上的玻璃也震破了。……窗外全是烟……我就跑出来了……"鸣凤吓得结结巴巴的,好久才说出了这些话。

"这样子是不行的,大家聚在一处,一两个炮子来,全家都完了。要想个办法才好,"老太爷惊恐地说着又咳起嗽来。

"我看只有走的办法,还是大家散开,各房往各房的亲戚家去躲避一下,择几个安全的地方去。爹可以到唐家去,那儿很安全,"克明提议说。

"东门一带是没法去的了,也许南门和西门安全点,"张太太说,她是从东门逃出来的,她的房屋被军队占据了,当时梅正在张家玩,本来要回家去,但是那一带的交通已经断绝,她只得跟着琴逃到高家来。

张太太的话还没有说完,屋顶上又起了一个大响声。众人知道又是一个炮弹飞过去了。接着又是炸裂的声音,这一次比较远一点,一定落在隔壁公馆里去了。

大家连忙往外面奔,刚走到大厅上,仆人们便过来阻止说,大门上了锁,街上放满了步哨,交通已经断绝了。

大家只得退回来。如今没有别的躲避炮弹的办法了,他们便依照觉新的提议到花园里去。

他们进了花园,似乎走入了另一个世界。虽然枪弹和大炮的声音还在人们的耳边响,但是周围的一切都足以使人忘记自己是处在恐怖的环境里。到处都是绿色的草和红白色的花。到处都显露着生机。满园子都披着黄昏的面纱,更加上一层神秘的颜色。虽然这时候众人都怀着紧张的心情无心注意到景色上面,然而园里的一花一草,一木一石,都显然地立在那里,逃不过众人的眼睛。

众人走出松林,到了湖滨。湖水带着浅蓝色,半天红霞映在水面,给它染上一层蔷薇色,但是水上已经笼罩了暮霭。众人并不去细看,就沿着湖滨傍着松林往水阁走去。

松林走尽,便是水阁。他们转一个小弯走到水阁的正门前。一丛丛的观音竹覆盖着暗灰色的屋瓦。门前土地上几株玉兰正开出满树的白花,一阵香气往人的鼻端送来。

克明打开了门,让老太爷先进去,其余的人也陆续进去了。苏福把煤油挂灯点燃。老太爷疲倦地躺在床上,其余的人分别在椅子和凳子上坐下来。这个水阁一排共是三大间房屋,这是中间的一间。接着又来了几个仆人和女佣,他们连忙把旁边两间屋子收拾作临时住房,一间给男主人住,另一间给女主人住。这一切因为人手众多的缘故,很快地就布置好了。

这时炮声已经停止,枪弹声也由密而稀而暂时停止了。人推开临湖的窗,正看见一片清凉的水。一弯新月高高地挂在天空,在水面上投下淡淡的银光,增加了水上的凉意。对面的晚香楼冷清清地耸立在银光下面,楼前是一片雪白的花朵。还有山、石壁、桃树、柳树,各有各的颜色和形态,在银白的月光下,似乎都含着一种不可告人的秘密。

"这个地方我还是五年前来过,"梅这许久都因为思念困居在家中的母亲和弟弟感到苦恼,此刻也被眼前的景色暂时分了心,她倚窗眺望对岸的晚香楼,好像要在那里寻找什么东西似的,过了一些时候,她又把眼光移到湖边的柳树上,悲叹地说了上面的一句话。这是对琴说的,琴立在她的身旁,默默地望着天空。天空里正堆着一层一层的云片,恰似一匹一匹的白浪。月亮慢慢地在云层中航行。琴埋下头看梅,梅指着湖畔的柳树说:"这垂柳丝丝也曾绾住我的心。……如今……又是一年春了。"

"梅姐,我告诉你,"琴并不回答梅的话,她想起了另一件事情,便欣喜地拉着梅的袖子说,"今年元宵节晚上,我们在这儿划船,我们都想几时能够把你请到这儿来大家一道玩,多好。你现在果然来了。……"

梅掉过头去看琴,她的脸上并没有喜色,眼里反而闪着泪光,她捏住琴的一只手,说:"琴妹,我很感激你的好意。其实我到这儿来又有什么好处?你难道不知道我的心?眼前的风景固然跟旧时一样,只是这一草一木,一山一水,哪一样不给我唤起一段痛苦的回忆?我纵然心如死灰,也难把往事轻易忘记。"

琴吃惊地望了梅一眼,又偷偷地看一下后面的人,知道还没有人听见梅的话,便把头送过去,在梅的耳边说:"梅姐,你怎么在这儿说这种话？你不怕她们听见？其实往事也不难忘记,你何必这样自寻苦恼！"

琴刚说到这里,忽然听见身后起了脚步声,她回过头去,正看见瑞珏牵了海臣走过来。

"你们两个悄悄地在这儿讲什么私房话[1]?"瑞珏带笑地说。

梅转过身子,她微微红了脸,一时答不出话来,却让琴接口说了去。琴含笑说:"大表嫂,你来得正好,我们正在批评你这样那样。"这时候梅也笑了,她连忙分辩道:"大表嫂,你不要相信她的话。"

"梅表妹,我怎敢跟琴妹相比啊？她书读得多,又在进新学堂,相貌又好,又有胆量……"

"还有呢？"琴故意庄重地问。

"还有……多得很！"瑞珏也忍不住笑了。她走到她们的面前,换了话题对梅说:"梅表妹,我好久就想跟你见面,我常常听见他们说起你,又听说你到外州县去了,后来又听说你回省城来了,总没有机会见到你,我只怪自己没有福气。今天是什么风把你吹到这儿来的？真是想不到的喜事。……我们好像从前在什么地方见过。"

"不会的,我还没有这个福气！"梅说着抿嘴笑了,但是她马上又收敛了笑容温和地加上一句:"不过现在的大表嫂比照片上的更丰满些。"她不等瑞珏答话又拿起海臣的小手问道:"这就是海儿吗？"

瑞珏含笑答道:"是,"一面埋下头对海臣说:"海儿,快喊表孃孃。"

海臣用他的小眼睛望了望

---

[1]私房话:即体己话或秘密语。

梅,毫不迟疑地叫了两声。

梅温和地对海臣笑了笑,俯下身子把他抱起来,抚摩着他的面颊说:"他很像大表哥,尤其是这对亮眼睛。"她又问:"今年几岁了?"

"还不到四岁,已经有五个年头了。"瑞珏代答道。

梅把海臣的脸靠近自己的面颊,又在他的颊上吻了几下,接连说着"真乖",才放他下来,把他送到瑞珏的面前说:"大表嫂,你真幸福,你有这样一个宁馨儿。"她的声音有点改变了。

琴连忙用话来岔开。她们三个人畅快地谈着。瑞珏忽然觉得自己很喜欢梅,虽然她跟梅就只谈过这一次的话。

这个晚上大家睡得很早。克明和觉新依旧回到外面去睡,以便照料一切。觉民弟兄也睡在外面。他们觉得跟祖父同睡在一间屋里并不舒服,还是到外面自己房里去睡比较自由些。他们有了几次的经验,胆子也大多了。

二十一

众人一晚上都没有睡好。天刚刚发白,老太爷就大声咳嗽,咳个不停。大家也就跟着早早地起来了。

琴和淑英姊妹梳洗完毕,便陪着梅到园里各处走走。她们一路上谈了一些别后的光景。园子里没有受到什么大损害,只是松林里落了一颗开花炮弹,打坏了两株松树。

街上交通并没有恢复。十字路口仍旧有小队的兵士,街上仍旧有几个步哨。但是少数只身的行人,只要得到步哨的允许,也可以通过几条街。

高家的厨子到菜市去买过菜。但是城门已经关了两天,乡下人不能挑菜进城,菜场里并没有什么菜卖,所以厨子即使用了他的全副本领,大家仍然觉得饭桌上没有可口的饮食。

这天的早饭是摆在水阁里吃的,就在中间屋里安放了两张圆桌,年长的和年轻的两代人各占据一桌。虽然两三天来都不曾好好地吃过一顿饱饭,但是看见桌上又是寥寥的那几样小菜,大家都觉得没有胃口,懒洋洋地端了碗胡乱吃一点,很快地就把碗放下。只有觉民、觉慧两弟兄端着碗不放,接连吃了两碗饭。觉新正坐在梅的斜对面,他有时偷偷地看她一两眼,有时梅也把眼光朝他这一面射来，两人的眼光不期地遇着了。梅便把头埋下或掉开，心里起了一阵波动，她自己也不知道是欣慰抑或是悲哀。幸好众人都在注意地看觉民弟兄吃饭，并没有留心她的举动。

"你们的饭量真不错。菜都没有，你们还舍不得放碗，"淑华看见祖父走出去了，便带笑地对觉民说。

"你们是小姐，当然跟我们不同，"觉慧刚刚嚼完了一大口饭，放下碗抢先回答道。"你们每顿饭非有鸡鸭鱼肉不能下咽。你晓得我们上学时候在饭馆里吃些什么？青菜、白菜、豆腐、豆花！……可是现在也该你们受罪了，我希望交通多断绝几天，看你们怎样办？"他还要说下去，觉民暗暗地触他的肘，示意他不要再说，他也仿佛看见几位长辈的脸上露出不高兴的表情，便住了口，推开椅子站起来。

"我在跟二哥说话，哪个要你来岔嘴？"淑华努起嘴，看觉慧一眼，掉过头去不再理他。

吃过早饭，觉新三弟兄便出去打听消息，并且打算到姑母家去看看。街上行人不多。每家公馆门前站了四五个人，伸长颈项只顾东张西望，或者在谈论时事。每隔十几步远，路边立着全副武装的兵，有的兵提了枪慢慢地沿着墙走来走去。觉新们在他们的身边走过，并不曾给他们拦住，就放步向前走了。

在三岔路口，五六个人站在栅子跟前，仰起头读墙上贴的告示。觉新们也把告示读了。这是督军宣布下野的布告，督军很谦逊地说自己"德不足以服人，才不足以济变"，所以才酿成这次的战争，以致"苦我将士，劳我人民"，现在决意交出政权，实行下野，免得再"延长战争，糜烂地方"。

"现在兵临城下,才来说这些漂亮话,为什么早不下野?"觉慧读完告示讥笑地说。

觉新在旁边听见他的话,吃惊地向四面看,幸好附近没有人,才放了心,连忙把觉慧的袖子扯一下,低声警告说:"说话当心点。你难道不要命吗?"

觉慧不作声了,他跟着两个哥哥走过栅子。在那所旧庙宇门前放着十几支步枪,交叉地立着,成了两堆,旁边站着十几个兵,他们的脸上没有什么表情。庙旁那家杂货铺半开着门,那里有当天的报纸,觉新们借了来,匆匆地看了一遍。报纸的态度开始改变了,虽然仍旧替那位宣布下野的督军说好话,但是同时对敌军也取消了逆军的称呼,不再称某逆、某贼,而改称某军长、某师长了。而且从前发过通电痛陈某逆、某贼的罪状的商会和拥护旧礼教的团体,如今也发出通电欢迎某师、某公入城了。

十几位著名的地方绅士也发出吁请张军长早日入城"主持省政"的通电,领衔的人便是冯乐山。

"又是他,"觉慧冷笑道。

"这样看来大概没有事情了,"觉新欣慰地说。他们已经走过了两条街,现在走到第三个街口了。

前面的栅子紧紧关住,两个兵拿着枪守在那里。他们只得回转身来,想从旁边一条小巷抄过去。但是刚刚走过小巷进入一条大街,他们又被一个步哨喊住了。

"站住,走哪儿去?"那个瘦脸的兵恶狠狠地问道。

"我们去看一个亲戚,住在××街,"觉新客气地回答。

"过不去!不准走!"说了这两句简单的话,兵就把嘴闭上了。他望了望手里的枪,眼光又落在枪刺上,现出得意的样子,好像对觉新们表示:你们若是不听从我的话,上前走一步,就是这么一刺刀。

觉新们只得默默地掉转身子,再走过小巷,打算另找一条路绕过去,但是费了许多功夫,依旧没有办法。

他们决定回家,但是一路上还是心上心下,害怕连归路也断了。他们急急地下着脚步,恨不得马上就到家。街上行人非常少,店铺和公馆都静静地掩着门。这个景象更增加他们的恐怖。他们走过一个步哨的时候,心禁不住怦怦地跳,很担心他会把他们拦住,幸而步哨把他们放过去了。后来他们终于回到了家。

家里的人大半在花园里。他们连忙走进花园,先到水阁去,看见祖父和姑母们在那里打牌,刚刚是两桌。

"你们还有心肠打牌,"觉慧这样想。后来他看见觉民溜出去了,便也跟着溜出去,剩下觉新直立在祖父跟前报告他打听到的消息。

这些消息自然给祖父们带来不少的安慰。但是张太太还有点不放心,因为她不知道自己家里究竟怎样了。不过这只是短时间的焦虑,因为不久她起了一副好牌,便又把那些事忘掉了。

觉新跟长辈们谈了几句话,看见大家都在注意地打牌,便走了出去。

觉新走出水阁,一个人在玉兰树下立了一会儿,觉得无聊。他好像渴望着一件东西,这件东西就在他的眼前,但是他知道他不会得到它。他感到空虚,感到人生的缺陷。他痴痴地靠着树干,望着眼前的一片新绿出神。树上起了鸟的叫声。两只画眉在枝上相扑,雪白的玉兰花片直往他的身上落,但是过了片刻又停止了。他看见两只鸟向右边飞去,他的心里充满了强烈的渴望。他恨不得自己也变作小鸟跟它们飞到广阔的天空中去。他俯下头看他的身上。几片花瓣从他的头上、肩上落下来,胸前还贴了一片,他便用两个指头拈起它,轻轻地放下去,让它无力地飘落在地上。

前面假山背后转出来一个人影,是一个女子。她低着头慢慢地走着,手里拿了一枝柳条。她猛然抬起头,看见觉新立在树下,站住了,嘴唇微微动一下,像要说话,但是她并不说什么,就转过身默默地走了。淡青湖绉的夹衫上罩了一件玄青缎子的背心,她分明是梅。

他觉得一下子全身都冷了。他不明白她为什么要避开他,他要找她问个明白。他便追上去,但是脚步下得很轻。

他转过假山,看见一些花草,却不见她的影子。他奇怪地注意看,在右边一座假山缝里瞥见了她的玄青缎子的背心。他又转过那座假山,前面是一块椭圆形的小草坪,四周稀落地种了几株桃花。她立在一株桃树下,低着头在拨弄左手掌心上的什么东西。

"梅!"他禁不住叫了一声,向着她走去。

她抬起头,这一次她不避开了。她默默地望着他。

他走到她面前,用激动的声音问道:"梅,你为什么要避开我?"

她埋下头,温柔地抚弄那只躺在她的掌心上微微扇动翅膀的垂死的蝴蝶,半晌不答话。

"你还不肯饶恕我吗?"他的声音变成苦涩的了。

她抬起头,不闪眼地把他望了一些时候,才淡淡地说:"大表哥,你并没有亏负我的地方。"

只有这短短的一句话。

"这样看来,你是不肯饶恕我了,"他差不多悲声说。

她微笑了,这并不是快乐的笑,是悲哀的笑。她的眼光变得很温柔了。它们不住地爱抚他的脸。然后她用右手按住自己的胸膛。她低声说:"大表哥,你难道还不知道我的心?我何曾有一个时候怨过你!"

"那么你为什么要避开我?我们分别了这么久,好容易才见到了,你连话也不肯跟我多说。你想我心上怎么过得去?我怎么会不想到你还在恨我?"他痛苦地说。

梅埋下头,她咬了咬嘴唇皮,额上的皱纹显得更深了。她慢慢地说:"我并没有恨过你,不过我害怕多跟你见面,免得大家想起从前的事情。"

觉新呆呆地望着她,一时答不出话来。梅弯着腰把手里的蝴蝶轻轻地放在草坪上,用怜惜的声音说:"可怜,不知道哪个把你弄成了这个样子!"这句话的语意虽是双关,她却是无心说出来的。她接着又说一句:"大表哥,我先走了,我去看他们打牌。"她便向水阁那面走去。

觉新抬起头,从泪眼中看见梅的下垂的发髻和扎在髻上的淡青色的洋头绳。他看见她快要转过假山去了,忍不住又叫了一声:"梅!"

她又转过身站住了,就站在假山旁边,等着他过去。

"大表哥,"她关心地唤了一声,抬起水汪汪的眼睛望了他一眼。

"你连一只蝴蝶也还要可怜,难道我就值不得你的怜悯?"他忍住眼泪低声说。

她不回答，低下头，把身子靠在假山上。

"也许你明天就要回去了，我们以后永远就没有机会再见面，或死或活，我们都好像住在两个世界里头。你就忍心这样默默无语地跟我告别？"他抽泣地说。

她依旧不答话，只是急促地呼吸着。

"梅，我负了你。……我也是没有办法的啊。……我接了亲……忘记了你。……我不曾想到你的痛苦，"他的声音还是跟先前一样低，不过因为话说得急，反而成为断续的了。他从怀里掏出手帕，却不去揩眼睛，让眼泪沿着面颊流下来。"我后来知道这几年你受够了苦，都是我带给你的。想到这一层，我怎么能够放下这颗心？你看，我也受够了苦。你连一句饶恕的话也不肯说？"

她抬起了头，两只眼睛闪闪地发光。她终于忍不住低声哭起来，断续地说了两句话："大表哥，我此刻心乱如麻。……你叫我从何说起？"于是一只手拊着心，连续咳了几声嗽。

他看见她这样难过，一种追悔、同情和爱怜交织着的感情猛然来袭击他的心。他忘了自己地挨近她的身子，用他的手帕去揩她的脸。

她起初默默地任他这样做，但是过了一会儿，她忽然推开他，悲苦地挣扎说："不要这样挨近我，你也应该避点嫌疑！"她做出要走开的样子。

"到这个时候还避什么嫌疑？我已经是有孩子的人了。……不过我不该使你悲伤到这样。人说：'忧能伤人'，你也应当爱惜你的身体啊。"他挽住她的手，不要她走，又说："你看你哭成这样，怎么能够出去？"这时候他只是为她的命运悲伤，他完全为她一个人着想,他把自己的悲哀也忘记了。

她渐渐地止了悲,从他的手里接过手帕,自己把泪痕完全揩去,然后还给他,凄然地说:"这几年来我哪一天不想念你。你不知道除夕我在琴妹家中看见你的背影,我心里是何等安慰。我回到省城来很想见你,我又害怕跟你相见。那天在新发祥我避开了你,过后又失悔。我也是不能作主啊。我有我的母亲,你有大表嫂。大表嫂又是那么好,连我也喜欢她。我不愿给你唤起往事。我自己倒不要紧,我这一生已经完了。不过我不愿使你痛苦,也不愿使她痛苦。在家里,我母亲不知道我的心事,她只能用她的心忖度一切。我的悲哀她是不会了解的。我这样活下去,还不如早死的好。"她长叹了一声。

觉新默默地按着自己的胸膛,因为他的心痛得太厉害了。两个人面对面地望着,过了好些时候,他凄然地笑了,他指着草坪说:"你不记得从前我们在上面打青草滚的事情?虫咬了我的手指头,还是你给我吮伤痕。我们还在草丛里捉过蝴蝶,采过指甲花种。现在地方还不是一样?……还有一次遇到月蚀,我们背起板凳在天井里走,说是替月亮受罪。……这些事情你还记得吗?从前你在我们家跟我一起读书的时候,我们对着一盏清油灯,做过多少好梦啊!当时的快乐真令人心醉!哪儿会想到有今天这样的结局?"他现出梦幻的样子,好像极力在追忆当时的情景。

"我现在差不多是靠着回忆生活的了,"梅仍旧低声说,"回忆有时候真可以使人忘记一切。我真想回到从前无拘束、无忧虑的儿时去,可惜年光不能够倒流。大表哥,你一定要保重身体啊……"

她的话还没有说完,就听见有人走近,接着淑华的声音说:"梅表姐,我们找了你好久,你原来躲在这儿!"

梅连忙退后一步,把身子离开觉新远一点,掉过头去看。

来的是琴和淑英、淑华两姊妹。她们三个人走到梅的面前,淑华看见梅的脸,故意惊讶地笑道:"梅表姐,大哥欺负你吗?怎么你眼睛都哭肿了?"淑华又注意地看觉新的脸,觉新极力躲开,但已经给她看见了,她又说:"怎么你也哭了?你们分别了几年,现在见面,正应该欢欢喜喜!怎么躲在这儿相对而泣?"梅红了脸低下头去。觉新也把头掉开看别处,口里含糊地分辩说:"今天眼睛痛。"

淑英听见这句话便也插嘴嘲笑道:"奇怪,早不痛,迟不痛,偏偏梅表姐来了,你的眼睛就痛了。"

琴在旁边拉淑英的袖子,示意她不要再说,因为瑞珏牵着孩子来了。但是淑英一口气说下去,阻拦不住,等她自己觉察到时,已经来不及了。

瑞珏听见淑英的话,又看见这个情形,不由得不起了一点疑心。她也不说什么,就带笑地把海臣送到觉新面前要他牵着,自己走到梅的身边,说:"梅表妹,你不要难过。我们到别处走走,我劝你要宽宽心才好。"她很亲密地扶着梅转过假山走出去了。

淑英和淑华本来要跟着她们去,却被琴拉住了,琴感动地说:"让她们两个去罢,她们大概有私房话要说。我看大表嫂跟梅姐很要好,她很喜欢梅姐。"这番话虽是对淑英姊妹说,却是说给觉新听的。

二十二

两天以后，街上的交通恢复了。张军长的军队还驻扎在城外。据说督军就要在这一天出城，城内治安暂时由新委任的城防司令负责维持。战火虽然平息，可是市面还很混乱，人心还是不安定。

街上到处都是败兵，三五成群地走着，现出很狼狈的样子，不是落了帽子，就是失了裹腿，有的衣服敞开，有的连番号也撕落了。现在武器也没有多大用处了：大家把枪提着，拿着，掮着，背负着。然而甚至在这个时候他们还没有失掉平日的骄傲，他们还是一样地横眉毛竖眼睛在街上找人寻事，常常使人想起他们在这种情形中的故技。于是恐怖的空气又突然加浓了。

早晨张太太的仆人张升到高家来报告说，在他们那个公馆里驻扎的一排兵已经开拔走了，只剩下两个老兵留守在那里，据说他们不久也要走。她们的住房并没有兵进去，所以东西一点也没有损失。他又说，梅小姐家里的仆人也已经到过张家，说是过两天到高家来接梅小姐回去。这个消息叫张太太和琴放了心，她们便不再提回家的话了。

下午钱家又打发仆人来，拿了钱太太的帖子[1]向周氏道谢，说这次梅小姐在高家承高大太太厚待，钱太太心上很过意不去，缓几天等时局平靖了，再过府当面道谢。这个仆人又向梅传谕她母亲的话，说家里的人平安，她不必挂念，如果她愿意在高家玩，多玩几天也不要紧，不必即刻回家。

梅本来打算跟这个仆人一起回去，但是禁不住周氏和瑞珏苦苦地挽留，终于决定留下了。

虽然街上充满着恐怖的空气，但是花园里却是幽静、安闲。在这个和平的环境里光阴过得非常快，不知不觉地到了傍晚。

半圆月挂在天空了，夜还没有降临，空气里带着黄昏的香味。天色逐渐加深，而月亮的光辉也逐渐加浓。这又是一个美丽的、温暖的夜。

在这个公馆里还不到午饭时间，忽然起了骚动，平静的空气被扰乱了。最初是四太太的父亲王老太爷派人来接她回去，说外面谣言很多，今天晚上恐怕会发生抢劫的事情，高家是北门一带的首富，不免要首当其冲，所以还是早早避开的好。于是四乘轿子带走了王氏和她的五个孩子（倩儿和带淑芳的杨奶妈也跟去了）。接着张家又以同样的理由派人来把三太太和淑英、觉英、觉人一起接去了。五太太沈氏看见情形不对，便要克定送她和淑贞回娘家去。只剩下周氏和瑞珏，她们的娘家都不在省城，没有去处，虽然还有两三家亲戚，但是她们临时也不便到那些人家去躲避，而且家中有客，她们也不好躲开。后来到了傍晚，街上已经没有行人了，除了兵以外就没有一个人敢在街上走。

老太爷这天早晨就到他的

[1]帖子：从前的名片，在大红纸上写着自己的姓名。

表弟唐家去了。陈姨太也回到了她的年老的母亲那里。克安在家里耽搁了一阵,后来也到老丈人家去了。只有克明还留在他的书房里写信。这个大公馆里如今就只剩下觉新这一房人。这个靠旧礼教维持的大家庭,突然现出了它的内部的空虚:平日在一起生活的人,如今大难临头,就只顾谋自己的安全了。

张太太不能够回家,便也留在高家陪伴觉新这一房人,本来她对他们的感情特别好,这时候即使可以回去,她也不肯抛下他们。她对觉新说:"我的年纪不小了,我看过了不少的事情,但是我没有见过好人得恶报的。你父亲做了一世的好人,他的儿女决不会遭祸事。我相信天有眼睛。我还害怕什么呢?"

她的这样的话并不能够使他们放心。夜还很早,街上就没有一点声音了。狗开始叫起来,狗叫在平日似乎很少听见,这个晚上却特别地响亮。时间过得非常慢,一分钟就像一年那样地长久。稍微有一点大的响动,人就以为是乱兵闯进来了,于是脑子里浮现了那一幅使人永不能忘记的图画:枪刺,刀,血,火,女人的赤裸的身体,散在地上的金钱,大开着的皮箱,躺在地上的浴血的死尸。他们带着绝望的努力跟那个不可抗拒的无形的力量战斗,但是他们愈来愈脆弱了,而恐怖却更凶猛地包围过来。

他们这时候真愿意闭上眼睛不再看见一切,也不再有一点知觉,然而事实上连微弱的灯光也会把他们的眼睛刺痛。它使他们明白自己处在怎样的一个环境里面。他们一方面祷祝,希望时间快些过去,让太阳早点升起来;但是同时他们又明白时间过得愈快,恐怖的时刻也就更加逼近。他们好像是一群待处决的死刑囚。固然他们是有着各种性格、各种思想的男男女女,但是拿对死的恐怖来说,大家都是一样。更厉害的是女人还有那种比死更可怕的痛苦和恐怖。

"梅姐,假若乱兵真的进来了,我们怎么办?"琴这样问梅道,这个时候大家都聚在周氏的房里商量避难的办法,琴说到"怎么办",她自己的心也在颤栗,她不敢想下去。

"我只有这条命,"梅冷冷地说,其实她的声音很凄惨。她连忙用手蒙住脸,她的思想渐渐地模糊起来,眼前是一片白茫茫的水,接连地,接连地滚着,真是无边无际。

"我怎么办呢?"瑞珏在旁边低声问她自己,她明白梅的意思。她觉得她也只有那一个结局。但是她不愿意走那条路,她不愿意离开她所爱的人,她望着在她面前嬉戏的海臣,觉得好像有几把刀割着她的心。

琴默默地站起来,在房里慢慢地踱着。她在跟恐怖斗争。她心里暗叫着:"绝不能,"她想找出一个不同样的回答。她觉得她除了性命外还应该有别的东西。这时候什么新思潮、新书报,什么易卜生,什么爱伦·凯,什么与谢野晶子,对于她都不存在了。她看见那个奇耻大辱就站在她的面前,带着狞笑看她,讥笑她。她觉得她有自己的骄傲,她不能活着忍受这个。她看看梅,梅坐在躺椅上双手蒙住了脸;她又看瑞珏,瑞珏正牵着孩子的手在那里淌眼泪。她看自己的母亲,张太太背着灯光在叹气。她又看淑华,看觉民,看其余的人。她在他们那里找不到一个援救她的人,而同时她又觉得他们对于她是十分宝贵的,她不能够离开他们。她疲倦了,她绝望了,她这时候才开始觉得她跟梅、瑞珏这些人并没有什么不同的地方,她实际上是跟她们一样地没有力量的。

于是她在一把空着的椅子上坐下来。她把头埋在茶几上,低声哭起来。

"琴儿,你怎么了?你这个样子岂不叫我做母亲的心里更难受?"张太太忍不住也落了泪,悲声唤着琴。

琴不回答,也不抬起头来。她只顾低声哭着。她在悲伤她的梦景的破灭。她在悲伤她自己。她努力多年才造就了那个美妙的梦景。她奋斗,她挣扎,她苦苦地追求,才得到一点小小的结果。然而在恐怖的面前这个结果显得多么脆弱。旧社会如今又从另一方面来压迫她了,仅仅在一刹那间,就可以毁坏她十几年来苦心惨淡地造成的一切。易卜生说的"努力做一个人",到了这个时候这种响亮的话又有什么用处?她哭了,不单是因为恐怖,还是因为她看见了自己的真实面目。在从前她还多少相信自己是一个勇敢的女性,而且从别人那里也听见过这样的赞语。然而这时候她才发见自己是一个多么脆弱的女子。她也免不掉像猪羊一样在这里等待别人来宰割,连一点抵抗的力量也没有。

这个心理不仅她的母亲不了解,便是其余的人,甚至于自以为知她最深的觉民也不明白。他们都认为她因为恐怖而哭,而大家又被这同样的恐怖折磨着,他们找不到一句安慰她的话,反而觉得哭声像刀一般割着他们的心。觉民几乎想上前去抱住琴安慰她,但是他又没有这个勇气。

觉慧在房里实在坐不下去,便走出来。他吃惊地看见天空中东边的一角直往上冒着淡红色火光,而且逐渐在扩大,火星不时在红光里飞。他不觉叫了一声:"起火了!"他觉得全身的血都凝固了。

"在哪儿?"房里的几个人齐声惊问道,"哪儿失火?"觉新马上跑出来,接着是淑华,不到一会儿的功夫众人都站在阶前了。

天空的火光就像是人的血在燃烧,大家面对着这个景象,突然感觉到自己的生命在逐渐消失,好像有什么东西在蚕食它一样。

月亮进入了云里,天色阴暗,更显出火势在扩大,红光竟然布满了小半个天空,地上的石板和屋上的瓦都映红了。火星在红光里乱飞。看见这个奇异的景象,众人对自己的命运不能够再有丝毫的疑惑了。

"一定是当铺起火。唉,东西抢光了,还不肯把房子给人家留下来!"张太太叹息说。

"这怎么好?"瑞珏急得没有办法,惊惶地说。

"我们还是改了装逃出去罢,"觉民提议道。

"这个时候还往哪儿逃?公馆里头的事情哪个来照管?公馆里头若是没有一个主人,变兵跑进来一把火就会把房子烧光的,"觉新反驳道,其实他自己也没有什么主意。

忽然起了几声清脆的枪响,打破了夜的静寂。于是外面的狗狂叫起来,接着又是人的喊声,不过是从远处传来的。

"完了,这一次一定逃不掉了!"觉新顿着脚嘶声说。过后他又大声叫起来:"未必我们大家就在这儿等死吗?总要想法子逃出去啊。"

"逃,逃到哪儿去呢?"周氏急得带哭地说,"逃出去在街上碰见变兵,还是不免一死,还不如守在家里好些。"

"就在家里也应该找个好地方躲起来,能够多救活一个人,总是好的。我们这一房也应该留一个种才是。"觉新的声音里充满了悲愤,他接着又改变了语调说:"二弟,三弟,你们快陪伴妈、姑妈,还有你大嫂、梅表姐、琴妹到花园里头去。那儿还可以躲一下,而且到了没有办法的时候,那儿有湖,你嫂嫂知道怎样保护她的身子。"他说到这里,他的眼光贪婪地在瑞珏的身上扫了一遍,又看了梅一眼,眼里落下雨点一般的泪珠。他虽然极力支持着,好像有很大的决心,其实他的心里空无一物。

"你呢?"众人差不多齐声问道。

"你们只顾去好了,我自己有办法,"他停了片刻才露出镇静的样子冷冷地说。

"你不去,我们也不去,"觉慧坚决地说。

枪声接连地响了几下,不过火势并没有增大。

"三弟,你为什么只顾来管我?妈、姑妈她们要紧啊!"觉新急得不住地顿脚。"要是外面没有一个主人,他们来了岂不会找到花园里头吗?"

这些时候抱了海臣坐着不说话的瑞珏,忽然放下海臣,走到觉新的身边,坚决地对觉民和觉慧说:"二弟,三弟,你们快陪着妈、姑妈她们去罢。请你们把海儿也给我带去。我在这儿陪伴你大哥,我会照料他。"

"你,你留在这儿陪我?你这是什么意思?"觉新吃惊地说,便把瑞珏轻轻地推开,然后悲声说:"你留在这儿有什么好处?你快去,免得太晏了。"他说着又焦急地顿脚。

瑞珏抓住他的一只膀子呜咽地说:"我不离开你。要死,我跟你一起死。"海臣也走过来拉着瑞珏的衣襟悲声哀求:"妈妈,我也不去。"

这一来把觉新急得更没有办法,他便对瑞珏接连作了几个揖恳求地说:"请你看在海儿的面上。你跟我一起死有什么好处？我未必就会死。他们来,我有办法对付。倘若他们看见你,又怎么好呢?你也应该爱惜你自己的清白身子,况且你肚子里还有……"他不能够再说下去了。

瑞珏呆呆地望着觉新,一眼也不闪,好像并不认识他似的。她这样站在他的面前,让他的贪婪的眼光在她的脸上多停留一刻,便用凄楚而温柔的声音对他说:"好,我依你的话。我去了。"她又叫海臣唤了一声"爹爹",然后掉转了身子。

这个晚上大家就睡在水阁里。窗户开着,月光凄凉地照在水面上。天空的红光渐渐地淡下去。一切跟往日没有分别,只有狗叫声显得异乎寻常地可怕。湖水载着月光微微地颤动,跟平日完全一样,然而在众人的眼里湖水现在变得更神奇,更清冷了。特别是瑞珏和梅,她们想看透湖水究竟有多么深,她们甚至想:睡在那下面不知道是什么样的滋味。

又过了一些恐怖的时刻。后来周氏看见觉慧现出疲倦的样子,便叫他去睡。

觉慧上了床,过了一会儿,刚刚模糊地睡着了。周氏忽然走到他的床前,揭开帐子,叫醒他,把她的圆圆的脸俯下来,在他的耳边用柔和而郑重的声音说:"现在枪声又响了,好像很近。你要小心警醒着,千万不要睡熟,有事情时我好马上喊醒你。"她的热气喷在觉慧的脸颊上,她的脸上现出关心的表情。她替他盖好被,又放下帐子,轻轻地走开了。

虽然她带来的是不好的消息,然而觉慧却很欣慰,他觉得现在又有一个母亲了。

二十三

过了三四天,高公馆里又热闹起来,避难的人已经陆续回来了。外面的情形虽然还有一点混乱,但是秩序已经恢复,人心也逐渐安定。只有一件事情引起人们的疑虑,就是街中往来的兵士忽然增加了许多。

觉民弟兄午后到学校去。学校里已经上课了,但是教员中请假的却有几个,学生也比平时少了三分之一。他们这天没有课,在学校里停留一些时候,便回家了。他们走过北门一带,看见许多进城的军队,每个兵都跑得气咻咻的,虽然是胜利的军队,军服并不整齐,背上负着重的包袱,有的兵竟然戴了两顶军帽,或者掮了两杆枪。而且多数兵士的脸上都现出疲乏的表情。

他们到家以后,不多几时又传来了谣言,说新进城的军队不再开往别处,就分散在北门一带的民房驻扎。这个消息,最初还没有人相信,可是不久另一个消息又传来了,说是街口的几家小公馆已经遭到兵士们的光顾。这个时候高家的主人们才恐慌起来,在筹划应付的办法。大家都集在堂屋里面。

高忠从外面进来,带着惊惶的脸色报告说,军队要来驻扎。于是女眷们都跑到房里躲起来,好像军队就要开进堂屋里来似的。老太爷还没有回家,便由克明出去交涉。他的兄弟和侄儿们都跟在后面。

出乎意料之外,他们在大厅上看见一乘轿子。一个马弁在旁边跟袁成、文德们讲话。这个马弁是外州县人,一个中等身材的汉子,服装并不整齐,可是态度非常傲慢。他涨红了脸,露出两排不完整的深黄色牙齿,拍着胸膛大声在说什么。他看见克明走近,便不客气地表明他的来意,说他伺候连长太太到省城来,打算在这个公馆里住些时候。他说完,恶狠狠地用他的竖起的眼睛在克明的脸上望了一下。他说话好像在发命令。

克明气得眼珠直往上翻。他的脸色顿时发青了。他记起来,他一生中除了在日本留学的两年外,从来没有人这样不客气地对他说过话。他见过四十二年的岁月,他做过不太小的官,他担任过种种名誉的职务,现在还是省城里有名的大律师,无论在家里或者在社会上,他都受到尊敬,总是别人向他低头。然而如今在他面前,这个衣冠不整的马弁对他说话,居然不带一点敬意,甚至毫无忌惮地来侵犯他的财产权。这个侮辱太大了。他实在不能够忍受。他真想举起手向马弁的脸上打去,但是无意间他瞥见了那个人腰间的盒子炮。他,士大夫出身的他,虽然有他的骄傲,但也有他的谨慎,他也知道"明哲保身"的古训。所以他只是努了眼睛把马弁看了半晌,然后忍住怒气,对那个人说,这个公馆里没有地方,而且连长太太一个人住着也不方便,还是请另外找一个更好的地方。

"没有地方?客厅里头不好吗?"马弁把两只尖眼睛竖起来,像一个倒写的"八"字,他一面说一面拍着他的盒子炮,从深黄色的牙齿缝里喷出的白沫几乎溅到了克明的脸上。"我们在外面拚了命替你们打仗,你们躲在家里头享福,现在向你们借一间房子住还不肯?我们一定要住客厅!"他说完就去揭起轿帘说:"太太,请出来。跟他们那般人讲理,没有一点用,我们不要管那些!"

从轿子里走出来一个三十多岁的女人,她脸上的胭脂擦得通红,穿着浅色滚边、细腰身的短衫和裤脚肥大的滚边裤子。她出了轿子,把大厅上站着的几个男子瞟了一眼,然后昂着头跟着马弁向外客厅走去。

克明气得半响说不出一句话。他想追上去,但是刚刚举起脚又想起在侄儿和仆人的面前,自己一个绅士,居然追赶土娼一类的女人,未免太不成体统。他便站住,眼睁睁看着那个女人跟在马弁后面走进自己的外客厅去了。

一个更大的侮辱压倒了他。那个陈设华丽的客厅,在那里许多达官贵人曾经消遣地度过他们的一些光阴,在那里他们曾经谈论过一些政治上的重要事件。不管他怎样反对,上流社会休息聚谈的地方现在居然变成了一个下等土娼的卧室!他几乎不能相信这是事实,然而在客厅里分明地现着那张红红的粉脸,而且还听见她用下流的腔调跟马弁谈话。那张粉脸刺痛他的眼睛,那些话刺痛他的耳朵,他不能够忍耐下去。他不能够让自己的合法的财产权和居住权给人任意侵犯。他应当出来维护法律。同时他又想,让这个女人住在客厅里,不仅侮辱了这个尊严的地方,而且会在公馆里散布淫乱的毒气,败坏高家的家风。这时候他好像被"卫道"的和"护法"的思想鼓舞着,迈着大步走到客厅的门前,掀开了门帘进去。他厉声对那个女人说,她不能够住在这里,非马上搬开不可,这里是正当的世家,在本城里是声誉最好的,而且是得到法律的保护的。热情鼓舞着他,他一口气说了这些话,自己并不胆怯。在他的背后立着他的两个兄弟克安和克定。他们在旁边替他捏了一把汗。克安在辛亥革命的时候在西充县受过惊,还是丢了知县的印化装逃回省城来的,因此他非常胆小。他好几次在后面扯克明的袖子要克明住口,但是看见这个举动没有一点用处,又害怕会有不寻常的事情发生,便惊惶地逃开了,把地位让给站在后面的觉民弟兄们。

在克明说话的时候,那个马弁就预备动手,却被女人发言止住了。女人不动一点气,依旧带着笑容,她的轻佻的眼光一直在克明的脸上盘旋,好像在戏弄他那张还留着青春痕迹的清瘦而端正的脸。她时而把手指放在唇边,做出在注意听他讲话的样子,或者对他微笑。这些动作对克明虽然没有一点影响(他好像没有看见一样),但是在他背后的三十三岁的克定却对她发生了兴趣。他甚至很仔细地注意她的一举一动,丰腴的圆圆的脸,弯弯的眉毛,媚人的流动的眼睛,不大不小的嘴唇,这些都是他的妻子所没有的,尤其可爱的是她那亭亭玉立的身材,比他妻子沈氏的短胖的身子好看多了。她在微笑或者在用眼睛瞟人的时候,似乎有一种使人不能抗拒的力量。她的眼光忽然落在克定的鼻子略高的白皙的长脸上,克定不自觉地红了脸。她慢慢地把眼光移开,微微地一笑。这时克明的话说完了。他气恼地站在那里。

"你说够了?"她戏弄似地偏了头问,丝毫不动气。

克明瞪着眼睛,半晌说不出话。

女人忽然下了决心,对马弁说:"好,我们就走,免得在这儿惹人家讨厌。这儿不欢迎我们,总有人家欢迎。"她说了便往门外走,脚步下得很慢,身子微微摆动,好像故意做出动人怜爱的样子。克明们连忙给她让了路。

马弁本来不愿意走,很想发作一番,然而他的女主人阻止了他。他只好跟着她走出去,心里很不痛快。

轿夫抬起轿子走了,马弁跟在轿子后面,他向克明这面投了一瞥憎恨的眼光,同时还气愤地骂道:"一两个人来住,你们倒不舒服。等一会儿老子给你们喊一连人来,看你们又怎样!老子不是好惹的。"于是他跟着轿子走出二门不见了。

克明听见了马弁的骂声,心里很不高兴,同时又想不到对付一连兵的办法,便闷闷不乐地进去了。

克安从里面走出来,克定便对他诉说克明如何处置得不妥当,得罪了连长太太。"如果那一连兵真的在这儿驻扎,公馆里头一定会弄得非常之糟。究竟只有一个女人同一个马弁住在这儿并不妨事,而且正可以拿她做护身符,免得军队进来驻扎。现在倒是自己把好机会放过了。"克定说着,对这件事情表示十分惋惜。

"我看,三哥的话也有道理,无论如何此风不可长,"克安摸了一下他的八字胡沉吟地说;"不过话又说回来,不能忘记'明哲保身'的古训啊。还是见机行事的好。"

克定和克安两人走进里面去,一路上还在谈论连长太太的事情。觉英、觉群、觉世也跟着进去了。觉民和觉慧也慢慢地往里面走。他们刚走进去,又发现在堂屋里以克定为中心聚集了一些女眷。自然克安也在场。他们知道这些人在那里说些什么,便也慢慢地走过去,果然克定重复地说着刚才他在大厅上说过的一番话。他们觉得没有意思,正要走开,恰好觉新在这时候回来了。于是克定又把这件事情告诉觉新,并且说克明的处置未免操之过急。出乎意料之外,觉新却回答道,不要紧,他有应付的办法。原来他有一个中学同学,在新入城的张军长那里做秘书。今天他在商业场里遇见了那个同学,同学向他说起新入城的军队要驻扎民房的事,答应回到司令部以后送一张告示过来。然而众人还不放心,要觉新马上写信去索取。觉新连忙到房里去把信写好,叫袁成送去。但是这也还不能使众人安心。众人还是心上心下的,害怕送信的袁成还没有回来,一连兵就开进来了。而且那一连兵是为了复仇而来的,事后虽然拿到张军长的告示也没有用了。众人愈想愈害怕,大家都暗暗地抱怨克明不该把那个女人赶走。袁成去了好久还没有回来,公馆里的人更急得不得了。果然不久,就有一个背枪的兵来到公馆门口,不客气地在"人寿年丰"的木对联上贴了一张白纸条,写着"×师×旅×团×营×连×排驻此"的字样。听见这个消息,不说克安、克定等人吓得没办法,连克明也有点紧张。幸好那一排兵还没有赶到,袁成就把告示拿回来了,大家才放了心。克安和克定亲自出去扯去木对联上的纸条,又把告示贴在大门口,告示上面写的是:"军长张令:此系民房,禁止驻兵。"

于是大家的心情宽松了,这一天很平静地过去了。晚上众人很早就睡了,而且睡得十分安稳。只有克定一个人睡不着,他在回想白天的事情。他虽然睡在妻子沈氏的旁边,可是他的眼前闪耀着那双媚人的眼睛。他总是把它们挥不去,它们永远现在他的眼前,而且逐渐扩大,整个动人的面貌都显露出来了。这张脸突然出现在他的眼里,的确是一个新的发现,在以前他从来没有看见过这样美丽的脸和这样媚人的微笑。事实上正因为他从来没有见过,所以这张脸给了他一个很深的印象,而且在他的眼里变成不可抗拒的了。他忽然想起这是可耻的,他不应该想那种女人,实际上他却不能不想她。他已经无法控制自己了。

"为什么这是可耻的呢?爹不是还有陈姨太吗?难道要我跟这个大嘴巴的矮胖子过一辈子吗?"他想道,便侧过脸厌恶地看了沈氏一眼,沈氏正发出很轻微的鼾声。"不要紧,爹不会骂我的,"他一个人自言自语,满意地微笑了。

二十四

第二天早晨张升来把张太太和琴接回家去。梅也说要回家,却被周氏留住了。就在这天下午,钱太太突然坐了轿子来拜访周氏。太太们本来是善忘的,况且她们还是远房的堂姊妹。在分别了几年之后她们完全忘了过去那些不愉快的事情,钱太太的来访得到了周氏的热诚的欢迎。她们亲切地谈着别后的一切。她们又坐下来打牌,梅和瑞珏也参加了。后来觉新从商业场回来,瑞珏便起来让他打。他恰恰坐在梅的对面,他们很少说话,只是偶尔交换一瞥忧郁的眼光。觉新的心完全不在牌上,他时常发错牌,瑞珏看出来,便站在后面给他指点。他也时常回过头去看她。两个人的态度很自然,但又很亲密。梅在对面看见这个情形,心里感到一阵酸痛。她想,要是当初母亲知道她的心事,现在她也不会落在这种凄凉、孤寂的境地里面。看见他们那种亲密的样子,她又想到自己的不幸的生活以及以后的寂寞凄凉的岁月,她再也不能够忍耐了。牌在她的眼前晃动起来,她的心痛得厉害。她便站起来请瑞珏替她打牌,说自己有事情要出去一会儿。瑞珏温和地看了她一眼,也不说什么,便坐下去。她慢步走出房门的时候,瑞珏还两次抬头看她的背影。

梅回到淑华的房里(这几天她就在淑华的房里睡),房里正好没有人,她便躺在床上把前前后后的事情仔细地想了一番。她愈想愈伤心,终于忍不住摸出手帕蒙住眼睛低声哭起来。她哭了许久,似乎心上轻松了许多。但是过去和现在的一切沉重地压在她的心上。她觉得身子软绵绵的,四肢没有力气。后来她渐渐地睡着了。

"梅表妹,"一个温和的声音在唤她。她睁开眼睛,看见瑞珏立在床前。

"大表嫂,你不去打牌?"她带着疲倦的微笑问道,打算坐起来,瑞珏连忙按住她的身子不要她动。瑞珏坐在床沿上,用爱怜的眼光看她的脸,一面说:"五婶来了,我让给她去打。"她忽然换了惊诧的语调说:"你哭过!什么事情?"

"我并没有哭,"梅装出笑容回答。

"你不要瞒我,你的眼睛已经哭肿了。告诉我什么事情?"她把梅的一只手紧紧地捏住。

"我刚才做了一个噩梦,我在梦中哭过,"梅勉强笑一下,淡淡地说,她那只被瑞珏捏住的手却微微地颤抖起来。

"梅表妹,你一定有心事,为什么不对我说真话?你难道不相信我是真心跟你好?我是真心想给你帮忙?……"瑞珏的声音里充满了同情。

梅不答话,只是把她的忧郁的眼光望着瑞珏的温和的面容。她的额上的皱纹加深了,眉头也皱起来,她慢慢地摇着头。忽然她的眼睛一亮。她迸出了一句:"大表嫂,你不能给我帮忙,"于是掉开头又伏在枕上低声抽泣起来。

瑞珏的心也有点酸痛,她抚着梅的微微起伏着的肩头,悲声说:"梅表妹,我明白你的心事。"她觉得自己也要哭了。"我知道你们两个当初感情很好。……他当初真不该娶我。……现在我才明白他为什么那样爱梅花。……梅表妹,你当初为什么不嫁给他?……我们两个人,还有他,我们三个人都错了,都陷在这种不能自拔的境地里面。……我真想我走开,让你们幸福地过日子。我……"

梅早就不哭了,她已经忍住了眼泪。她抬起头来,因为她听见瑞珏的哭声。她一手抚着胸膛注意地听瑞珏讲话,她又马上掉开了头,不敢看瑞珏的满是泪痕的脸。然而她听见瑞珏的最后几句话,便坐起来,用手蒙住瑞珏的嘴。瑞珏便不往下说了,只是把头俯在梅的肩上,细声啜泣。

"大表嫂,你误会了,"梅说着又马上更正道:"其实我何必瞒你。……是我们的母亲把我们分开的。这大概是命中注定的罢,我跟他的缘分竟是这样浅。……你走开,又有什么用?我同他今生是不能在一起的了。……你还年轻,而我在心情上已经衰老了。……你不看见我额上的皱纹?它会告诉你我经历了多少人世的酸辛。……我已经走上了飘落的路。你还是在开花结果的时节。……大表嫂,我真羡慕你。……我在人世多活一天,只是多挨一天的光阴。我活着只是拖累别人。"她苦笑了。"人说:哀莫大于心死。我的心已经死了。我不该再到你们公馆里来,打扰你们。……"她的声音改变了,她说话时浑身都在发抖,这抖动是很细微的,不过瑞珏却能够觉察到。"你想我这颗心怎么好安放呢?……"她停了片刻仍旧带着凄凉的微笑说:"如果真有所谓'薄命女儿'的话,我便是一个。在我家里没有一个人了解我。我母亲只顾想她自己的事。弟弟又小。我的苦楚谁知道?……有时我心里实在难受,便一个人躲在房里哭,或者倒在床上用铺盖蒙住头哭,害怕人听见哭声。……大表嫂,你不要笑我爱哭。只有这几年我才爱哭的。自从我母亲跟他继母闹翻以后,我就常常哭。后来我们离开省城的时候,我也哭过好几次。这都是我命中注定了的。我现在想,倘若他母亲不死,也许不会有这种事情,因为他母亲很喜欢我,而且她们究竟是同胞姊妹,比堂姊妹亲些,感情也好些。……大表嫂,你想,我的痛苦,又向哪个倾诉?没有一个愿意听我诉苦的人。我的眼泪只有往肚里吞。……"她停了片刻,用手帕掩住嘴咳了两声嗽。"后来我出嫁了。我自己并不愿意。然而我也不能够作主。在赵家一年的生活真是痛苦极了,我至今还不明白当时是怎样过去的。那时候我真是有眼泪不敢哭。我若是在赵家多住一两年,恐怕现在也见不到你了。……哭,倒是痛快的事。别的事情人家不许我做,只有哭是我自己的事。……然而近来,我的眼泪却少得多了。也许我的眼睛快要枯了。杜诗说:'眼枯即见骨,天地终无情。'然而要不使我的眼枯,我的心又怎么能安放呢?……近来虽然泪少了,可是心却常常酸痛,好像眼泪都流在心里似的。大表嫂,你不要为我悲伤,我是值不得你怜惜的。……我本来决定不再见他一面。然而好像有什么东西把我牵引到他的身边,同时又有什么东西把我从他的身边推开。我明知道我今生没有希望了,然而这几天我又好像在期待着什么似的。你不要责备我。……现在我决定走了。请你把这一切当作一个噩梦。不要把我当作没有心肝的人。……"她说这些话时并没有流泪,只是带着凄凉的微笑。她不再哭了,可是在心里她却流着血的泪。

这番话里荡漾着一个不幸的生存的悲哀,诉说着一段凄哀的故事,它们一字一字、沉重地压着瑞珏的温柔敏感的女性的心。瑞珏注意地听进了这些话。她连一个字一个音也不肯遗漏。她也不哭了。她抬起头来,静静地望着梅的一张带着凄凉的微笑的脸。她自己的脸上并没有笑容,上面的薄粉被眼泪弄花了一点,但是并不妨害它的美丽。她等到梅住了口,便默默地对着梅把头摇了几摇,活像一个女孩子的顽皮,她的脸颊上渐渐现出了笑窝,她微笑了。这是凄凉的微笑,感动的微笑。她完全忘记了自己的悲哀。她把两只手压在梅的肩上,用亲切的、清脆的声音说:"梅表妹,我不知道你这样苦。我不该引你讲起这些话。我太自私了。你的处境比我的苦得太多。你以后一定要常常到这儿来。梅表妹,我真是喜欢你。我恨不得把心也交给你。这是实在的话。我只有一个姐姐,可怜她已经死了。你比我大一岁,你如果不嫌弃,就认我做你的妹妹罢。你说没有人安慰你,让我来安慰你。只要你过得好,我心里也高兴。你以后要常常到我们家里来。……你答应我你要常常来,这才是你不讨厌我,而且原谅了我。……"

梅的眼光变得非常温和了,一对水汪汪的眼睛充满感激地望着瑞珏。她把瑞珏的手从自己的肩上拿下来,紧紧地握着它们,她的身子紧偎着瑞珏的身子。过了片刻她才吐出下面的一句话:"大表嫂,我真不知道要怎样谢你才好。"过后她便埋下头只顾抚摩瑞珏的一双丰满的手。

梅接连地咳了几声嗽。瑞珏看见梅微微地喘气,关心地望着她,还带着焦虑的表情问道:"你常常咳嗽吗?"

"有时咳,有时又不咳,不过晚上咳的时候多。近来好了一点,只是胸口常常痛。"

"你在吃药吗？我看这种病应该早些医治，要医断根才好，"瑞珏十分关心地说。

"从前吃过一些药，病好了一点，但是也不大见效。现在每天吞点丸药。我母亲说这不是什么大病，不要紧，吃一点补药，一面在家里好好将息就可以了，"梅解释道，她的声音显得特别动人怜爱。

瑞珏激动得厉害，一种强烈的爱怜的感情抓住了她，她贪婪地望着梅的脸，同时紧紧地捏住梅的手。两个人心里的感觉，自己都不能够明白地形容出来。她们埋着头低声谈了一阵话。

最后瑞珏站起来说："我们应该出去了。"便走到桌子前面，打开镜匣，对镜理了发鬓，傅了一点粉，又把梅拉到桌子面前，把她的头发梳理了一下，也给她淡淡傅了一点白粉。然后两个人手牵手地走出去了。

二十五

　　恐怖的时期很快地过去,和平的统治恢复了。人们照常和平地(至少是在表面上)生活下去,把战争当作了一场噩梦。然而实际上变化是在开始了。张军长被联军各将领推举为军事的领袖,从而又做了政治的领袖。他把政权抓在自己的手里,并且公开表示要施行新政。社会上开始有了一点新的气象,学生们也活动起来了。新的刊物又出版了三种。觉民弟兄的几个同学也创刊了一种《黎明周报》,刊载新文化运动的消息,介绍新的思想,批评和攻击不合理的旧制度和旧思想。觉慧热心地参加了周报的工作,他经常在周报上发表文章。自然这些文章的材料和论点大半是从上海、北京等处的新杂志上找来的,因为他对于新思想还没有作深刻的研究,对于社会情况他也没有作精细的观察。他所有的只是一些生活经验,一些从书本上得来的知识和青年的热情。至于觉民呢,他白天忙着学校的功课,晚上按时到琴那里去教书,对于周报的工作并不热心赞助。

　　周报是得到年轻人的欢迎的。第一期一千份不到一星期就卖完了。第二期也是这样。它出到第三期,就已经有了两三百个订阅者。周报社的中坚人物是跟觉慧同班的张惠如和高他一班的黄存仁，还有一个在"高师"读书的张还如，是张惠如的兄弟。他们都是觉慧敬爱的朋友。

周报创刊以后觉慧的生活有了一些改变。他第一次发见他面前有一个可以发散他的热情的工作，并且看见自己的思想变成文字印在纸上，一千份一千份地散布出去，各处的人都了解他的思想，有的人甚至于送了同情或者响应的回声来。这种快乐，在他的眼里竟然带了一种空幻的、崇高的性质。他本来很想把课余的时间完全花在周报上面，然而他又害怕会引起祖父的干涉或者还会给大哥添一些麻烦，便只好隐瞒着他跟周报的关系。

但是这也没有用处。终于有一天克明在觉慧的房里读到了周报和觉慧的文章。克明不说什么，只是冷笑一声就走了。不过他并没有报告祖父。从这时候起觉慧在家里就变得更小心了。他的活动，他的工作，他的志愿，他都不让家里的人知道，他甚至不告诉觉新，因为他知道大哥并不完全同情他的行动。

他对这种新的生活方式的兴趣愈来愈浓，因此在行动上他尽量地表现出来年轻人的热心。在很短的时期内他们的周报社发展成了一个研究和传播新文化的团体。每个星期天在少城公园池边茶棚里的周会，一二十个青年围坐在几张桌子旁边热烈地讨论各种社会问题；或者每周一两个黄昏里三五个社友聚集在某一个同学的家里，谈论各人将来的计划以及怎样做一些帮助别人的事，因为这一群还不到二十岁的新的播种者已经感染到人道主义和社会主义的精神。甚至在这些集会聚谈中，他们就已经夸大地把改革社会、解放人群的责任放在自己的肩头了。还有一页一页排好的校样，印刷机的有规律的动作，最后从印刷机上出来的一张一张印得非常美丽的报纸,以及一封一封从不认识的人寄来的信函——这一切在觉慧的生存中都是如此新鲜而有趣的。他以前从来不曾梦想过它们,然而如今它们来了,朴实而有力,抓住了他的渴望活动的青年的心。

在这种环境里,他逐渐地进到新的园地里去,而同时他跟家庭却离得更远了。他觉得家里的人都不能够了解他。祖父永远摆出不亲切的严肃的面孔,陈姨太永远有着那张狡猾的擦得又红又白的粉脸,继母对他客气而不关心。大哥依旧天天实行他的"作揖主义",嫂嫂的丰满的面庞也显得憔悴了,她的肚皮一天一天地大起来。叔叔和婶婶们已经在背后责备他近来对他们太傲慢了,没有一点子侄辈的礼貌。他们有一次居然在他继母的面前批评他的行动,要她好好管教他。在这个公馆里跟他接近的人现在就只有觉民。但是觉民有自己的希望,自己的工作,甚至在思想上,他们中间也有了显著的距离。此外还有一个人,他每一想起这个人的名字,他的心就变得非常柔和。他知道在这个公馆里至少还有一个人是爱他的。这个少女纯洁地、无私心地爱着他,时时刻刻都在为他祝福。他每一次看见那一对比嘴还更会讲话的眼睛,那一对被纯洁的爱燃烧着的眼睛,他觉得一种欲望在他的心里生长起来,他想在这一对眼睛里他可以找到一切,他甚至可以找到他的生活的目标。偶尔在感动和激情相继袭来的时候,他真想单单为了这一对眼睛放弃一切,而且他以为这是很值得的。然而他一旦走到外面,进入新的环境,跟新的朋友接触,他的眼界又变宽了。他觉得在他的前面还有一个广大的世界,在那里他的青年的热血可以找到发泄的地方,在那里才有值得他献身的工作。他更明白人生的意义并不是那么简单,那个少女的一对眼睛跟广大的世界比起来,却是太渺小了。他不能够单单为着那一对眼睛就放弃一切。他最近在北京出版的《奋斗》半月刊上面读过一篇热情横溢的文章。那位作者在文章里说,生在现代的中国青年并不是奢侈品,他们不是来享乐,是来受苦的。他们生活在这样黑暗的社会里面,他们的责任重大,他们应该把全部社会问题放在自己的肩头上,去一一地解决它们。他们当然没有精力顾到别的事情。最后作者教训似地劝告青年:"应该反对恋爱,不可轻惹情丝。"这篇文章的理论根据虽然非常薄弱,但是在当时它的确感动了不少的青年,尤其是那般怀抱着献身的热诚愿意为社会的进步服务、甚至有改革社会的抱负的青年。它给与觉慧的影响也是很大的。觉慧带着一颗颤抖的心读了它,他极其感动地立誓说,他愿意做一个作者所希望的那样的青年。在这时候他的脑子里浮现了一个具体化的美丽的社会的面目。他把那个纯洁的少女的爱情完全忘掉了。

然而这也只是暂时的。他在外面活动的时候的确忘记了鸣凤,但是回到家里,回到跟沙漠一样寂寞的家里,他又不能不想她,不能不因思念她而苦恼。两种思想在他的脑子里战斗,或者更可以说是"社会"跟鸣凤在战斗。鸣凤是孤立的,而且她还有整个的礼教和高家全体家族做她的敌人。所以在他的脑子里的战斗中,鸣凤完全失败了。

不用说,鸣凤本人一点也不知道这些事情,她还是热烈地爱着他,暗中为他祝福,有时候她也期待着,祈祷着他有一天会拯救她,把她从污泥里救出来。她的生活不再像从前那样地困苦了,主人们对她比较温和多了,而且纯洁的爱情又鼓舞着她,给她造就了美妙的幻梦,使她忘记了现实的一切。然而她总是很谦逊的,便是在幻梦中,她也并不十分大胆,她甚至想不到跟他平等地生活在一处,她只想做他的忠顺的奴隶,不过是他一个人的奴隶。在她看来只要能够做到这一层,就是她的莫大的幸福了。但是事实常常跟人意相反,它无情地毁灭了多少人的希望。并不要多久的时间,鸣凤就会知道在她的面前究竟摆着什么样的结局了。

在《黎明周报》第四期付印以后,一个傍晚觉慧同觉民一起到琴的家去。

张太太和琴正坐在窗下阶上闲谈,看见他们走来,便叫李嫂端出了两把椅子,让他们也坐在那里谈些闲话。

"你们的周报第三期我看见了。那篇攻击旧家庭的文章一定是你写的。你为什么用个那么古怪的名字——刃鸣?"琴含笑地对觉慧说。

觉慧带笑地分辩说:"你怎么晓得是我写的?我偏说不是我写的。"

"我不信。我看那口气完全像你写的。你不承认,我问二表哥!"她说着便侧过脸去看觉民,觉民微笑地点了点头。

"那么你给我们的周报写一两篇文章好不好?"觉慧趁这个机会向琴央求道。

"你晓得我不会写,何必要我来献丑!让我做一个读者就是了,"琴谦虚地答道。

"周报第四期已经付印了。这一期有一篇鼓吹女子剪发的文章,不过是男人写的。关于这个问题上海报纸上也有人讨论过。在北京、上海那些大地方已经有人实行剪发了。我们省里还不见有人谈起。最好你们自己发表一点意见。我们周报很愿意刊登。"

琴微微一笑。她那双美丽的大眼睛光闪闪地望着觉慧,一面热烈地说,但是声音并不高:"这个问题这几天我们学堂里头大家讨论得很热心。自然我们大部分都是赞成剪发的。有两三个同学很想把辫子剪去,但是又怕发生别的问题,所以终于没有剪。大家都没有决心,又没有勇气。许倩如也决定要剪发,但是她也还没有实行。做一个先锋,的确很不容易。我们应该在报纸上多多鼓吹……"

"你呢?"觉慧依旧带笑地问,好像是故意在逼琴。

琴看了她的母亲一眼,张太太躺在藤椅上半闭着眼睛露出笑容,似乎并不注意他们的谈话。这是张太太的常态。因此觉民弟兄并不惊奇,也就不去注意他们的姑母。

"我吗?你等着看罢。"又一个微笑掩饰了琴的面部表情。她真聪明,不给人一个确定的回答,但是同时又并不把自己表现得有丝毫的懦弱。——觉慧不能不这样地想。

"那么文章呢?"觉慧笑着问,依旧不肯放松她。

她微笑着,不答话,思索了一下,才低声说:"好,我答应你写一篇。……我想解释剪发的好处,那当然是有很多的,譬如合于卫生,节省时间,便于工作,以及减少社会上歧视女子的心理,……这几层都可以提出来说。不晓得你们周报上发表的那篇文章跟我这些意见是不是完全一样?如果是的话,我就用不着写了。"

觉慧现出很高兴的样子,连忙接口说:"并不完全相同。你快点写,下期一定发表。"

过了一会儿,琴忽然问觉民:"你们学堂的游艺会究竟什么时候开？这学期又快要完了。"

"大概不会开了，现在连提也没有人提起了，"觉民回答道；"我们去年花了不少的功夫好容易把《宝岛》练熟了，现在连上台的机会也没有，真是冤枉。这完全是打仗给我们打掉了的。我还记得我同三弟两个人怎样担心，恐怕上台的时候穿了西装不合身，或者简直不会穿。我们学堂里头除了朱先生是英国人整天穿西装外，只有校长有一套西装，照例每年开游艺会的时候穿一次，此外就没有看见什么人穿西装了。"

"岂但演戏，便是开放女禁的事也给打仗打掉了。现在这学期又快完了。招收女生的话简直没有人提起了，校长也不声不响。其实，校长本来就是爱说空话的人，"觉慧说着颇觉愤慨。觉民用不满意的眼光看了他一眼，似乎怪他不该把这个消息透露给琴知道。

觉慧的话果然发生了效力，琴的脸色突然阴暗了。她忽然关心地低声问觉民："是真的吗？"她迫切地等待着他的回答。她盼望他出来证明觉慧的话是说来骗她的。

觉民不敢看她的眼睛，害怕看见她的遭受打击后的表情。他掉开头，用忧郁的声音回答道："现在还不晓得究竟怎样。不过据现在的情形看来，希望大概很少。本来要做一件开端的事情是很不容易的，而且也需要很大的勇气。"他知道他的话会使她感到失望，便安慰她道："琴妹，其实我们学堂也不能说办得怎么好，你不进去也不是什么可惜的事。有机会我还是劝你到上海、北京一带去升学。而且你要到明年才毕业。虽然我们学堂也招收有同等学历的学生，不过你毕业后去考更有把握些，那个时候也许会开放女禁。"他说这些话只是为了安慰她，也并不去深究自己的话里究竟含了多少的可能性。

琴也了解这个意思,便不再说什么了。她知道她的周围还有许多有形和无形的障碍,阻止她走向幸福的路,要征服这些障碍,她还需要更多的勇气和更多的精力。

在这次谈话以后不到三天,琴果然把文章写好了。洁白的稿纸上布满了娟秀的字迹,写得异常工整。觉慧好像得到宝贝似地把文章拿了去。在第五期的周报上琴的文章登出来了,并且加上了觉慧的按语。接着在第六期周报上又出现了许倩如的文章。还有二十多个女学生先后写了信来表示同意。在短时期内女子剪发的问题就轰动社会了,这其间不顾一切阻碍以身作则做一个开路先锋的便是许倩如。

有一天早晨琴到了学校里,在操场的一角,看见许倩如站在一株柳树下面,许多同学正围着她谈笑。琴插身进去。她看见众人的眼光都集中在倩如的头上,便也把眼光往那里送去。她惊奇地发见倩如的头今天特别好看。倩如正掉过头去回答一个同学的问话,她的后颈在琴的眼前一晃,好像有什么东西在那里发亮,琴看见一段雪白的肉,露出在短短的衣领上,再上面便是一排剪齐了的头发松松地搭在耳后,刚刚跟耳朵一样齐,从前那根光滑的大辫子没有了。这个头显得更新鲜,更可爱,而且配上倩如高谈阔论时那种飘逸的神情,显得更动人。

以前琴虽然主张剪发,但是心里还有点担心,害怕剪了发样子不好看。现在她看见了倩如的头,便放心了。不过她忽然觉得在倩如的面前自己显得委琐起来。她带着羡慕与赞美的眼光望着倩如的后颈,她亲切地跟倩如谈话,她觉得跟倩如做朋友是一件光荣的事情。

"你怎么把辫子剪去的?"琴带笑问道。

倩如笑着看琴,她做了一个手势,用清朗的声音说:"一把剪刀,一双手,辫子就掉下来了。"说到这里,她又把手当作剪刀做出当时剪头发的样子。

"我不相信就这么简单,"一个同学努了嘴说。"哪个给你剪的?"

"你们想还有哪个?"倩如笑了,"不消说就是我的老奶妈。我家里再没有别的人。我父亲当然不会给我剪。"

"老奶妈?她居然肯给你剪?"琴惊讶地问。

"有什么不肯?我要她剪,她当然会给我剪。她从来都是听我的话。我父亲同情我的主张,他自然不反对。其实即使他反对,也没有用处。我要怎样做就怎样做,别人管不着我。"倩如说话时,态度非常坚定,脸上还露出得意的笑容。

"说得好,我明天也要把头发剪掉,"一个娇小身材的同学红了脸说。

"文,我晓得你有这胆量,"倩如对那个同学点了点头,表示赞许。文便是那个同学的名字。倩如又用她的眼光在众人的脸上扫了一遍。她奇怪再没有一个人出来响应文的话。"还有哪个人有胆量剪头发?"她嘲笑地问道。

"我,"一个尖锐的声音在后面响起来,接着一个瘦脸的同学挤进了这个圈子。她在学校里喜欢活动,而且年纪最大,同学们给她起了一个"老密斯"的绰号。她也是一个说得出做得到的人。

倩如的眼光又落在琴的脸上,她问道:"蕴华,你呢?"

琴忽然觉得自己受不住倩如的眼光,她的脸马上变得通红,她低下头半晌说不出一句话。这时候她的确还不能够确定自己究竟有没有勇气剪掉头发。

"蕴华,我了解你,你处境困难,"倩如声音朗朗地说,琴不知道倩如是在嘲笑她,抑或是同情她。"在你们那种绅士家庭里头,只有吟点诗,行点酒令,打点牌,吵点架,诸如此类的事才是对的;到学堂里读书已经是例外又例外的了,再要闹什么新花样,像男人一样地剪掉头发,恐怕哪个人都要拚命反对。在你们府上卫道的人太多了。"

众人哄然大笑,都把眼光往琴的脸上射。琴感到羞愧和悔恨。她的眼泪不能制止地淌了出来。她一个人默默地走开了。

倩如继续说:"现在要剪头发的确需要很大的勇气。刚才我到学堂来,一路上被一些学生同流氓、孂神[1]跟着。什么'小尼姑'、'鸭屁股',还有许多不堪入耳的下流话,他们指手划脚地一面笑一面说。我做出毫不在乎的样子尽管往前面走。本来我出门时,老奶妈就劝我坐轿子,免得在路上让那般人跟着纠缠不清。我倒不怕,我故意要试试我的勇气。我为什么要害怕他们?我也是一个人,我的事情跟别人有什么相干?我要怎样做,就怎样做。……他们也拿我没有办法。"接着她又咬紧牙齿做出愤恨的样子说:"那般色鬼真可恨,把你纠缠着,一点也不肯放松,意志稍微薄弱一点的人怎么经得起?总之男人都是坏东西,没有一个好的。"

"那么你将来就不嫁人?"一个平日最爱开玩笑的同学说着,噗嗤地笑了。

"我吗?我是不嫁人的,"她骄傲地说,一面又挖苦众人

---

[1] 孂神:即一些专门调戏妇女的年轻人。

道:"我不像你们日日夜夜都在梦想嫁一个如意的'黑漆板凳'[1]。这个有表哥啦,那个有表弟啦,那个又有什么干哥哥啦。蓉,你的表哥还有信来吗?"她说到这里忍不住笑出声来。

蓉就是那个最爱开玩笑的同学,她涨红了脸,第一个不依,嚷着要来拧倩如的嘴,接着众人都要动手向倩如算账。倩如连忙带笑地从人丛中逃了出来。她正要向课堂跑去,忽然看见琴一个人痴立在旁边另一株柳树下出神。她才想起方才不该对琴说了那些话,心上过意不去,打算走去向琴解释一下。但是她刚走了两步,上课铃就响了。

在课堂里许倩如和琴同坐在一张小书桌后面。一个将近五十岁的戴了老光眼镜的国文教员捧着一本《古文观止》在讲台上面讲解韩愈的《师说》。学生们也很用心地工作。有的摊开小说在看,有的拿了英文课本小声在读,有的在编织东西,有的在跟同伴咬耳朵谈心。倩如看见琴默默地望着面前摊开的《古文观止》出神,便从练习簿上撕下一页纸,用铅笔写了几行字,一声不响地送到琴的面前。她写的是:"你恨我吗?我说那些话全是出于无心。我并不想挖苦你。我早知道这些话会使你痛苦,我就不说了。请你原谅我。"

琴读了字条以后慢慢地拿起笔来,也在上面写了一些字,送到倩如的面前,上面写的是:"你误会了,我并不恨你。我反而赞美你,羡慕你。无论如何你有勇气,我没有。我底希望,我底志愿,你是知道的;我底处境,你也是知道的。你想我应该怎么办?"

"蕴华,我相信你不是没有勇气的女子。你不记得你还说

[1]黑漆板凳:英文husband的译音,意即丈夫。

过我们应该不顾一切,坚决地奋斗,给后来的姐妹们开辟一条新路吗?"

"倩如,我现在才知道我自己。我的确是一个没有勇气的女子。我自己造了一个希望,我下了决心要不顾一切地向这个希望走去。可是一旦逼近这个希望时,我却有点胆怯了。顾虑也多起来了。我不敢毅然前进了。"

"华,难道你不知道这样会使你自己陷在更不幸的境地中吗?"

"倩,我爱我底前途,我也爱我底母亲。男女同学、女子剪发这类事情都是她反对的。我平日觉得应该不顾母亲底反对和亲戚底嘲笑、责难,一个人独断独行。但是到了一举手就可以如愿的时候,我却想到我这种举动会使母亲受着多大的打击,我底心又软了,我底意志又动摇了。我想她苦苦孀居把我养育成人,平日又那样爱我,体贴我,我反而给她招来社会底嘲笑、亲戚底责难、她自己底希望底破灭等等。这个打击太大了,她受不住。为了她,我宁肯牺牲我自己底前途。"

"华,你不知道这种牺牲没有多大的意义吗?如果我们真该牺牲,我们也不能为一个人牺牲,我们应该为无数的将来的姐妹们牺牲。要是我们牺牲了,她们将来可以得到幸福,这牺牲才是值得的,才是有意义的。"从倩如的狂草的字迹看来,可以知道她是多么愤慨。两页纸已经写完了。

"倩,这一点就是我们两人底不同处,你底理智可以征服感情,我底理智则常被感情征服。在理论上我不能够说你底话不对,但事实上我却不能够照你底话做。我一想到母亲,我底心就软了。而且实在说,在我看来,与其为那些我甚至不会见面的将来的姐妹们牺牲,还不如为那个爱我而又为我所爱的母亲牺牲更踏实一点。"

"华,这是你底由衷之言吗?我试问如果你母亲要把你嫁给一个目不识丁的俗商,或者一个中年官僚,或者一个纨子弟,你难道也不反抗?你能够这样地为她牺牲吗?快答复我这个问题。不要逃避!"依旧是狂草的字迹。

"倩,不要问我这一个问题,不要问我这一个问题,我请求你。"纸上有了一两滴泪珠。

"华,我再问你:我知道你和你表哥很要好。假如你表哥是一个贫家子弟,另外又有一个富家儿来向你母亲提亲,你如果坚持要嫁给你表哥的话,你母亲会含着眼泪对你说:'我把你苦苦养育成人,原是望你将来嫁到富家去享福,我才可以放心。如果你不肯听我底话,一定要嫁到贫家去吃苦,那么你就不是我底女儿了。'这时候你怎么办?是的,我知道,每个母亲在选择女婿时都会问她底女儿道:'你愿意去享福呢,还是去受苦?'母亲底选择自然是去享福。至于无爱的结婚,精神上的痛苦……这一切都是母亲所不顾念的。做母亲的有权利要求这牺牲吗?没有,她没有这权利。譬如你告诉过我你大表哥和梅姐的事。如果你母亲给你决定了一个和梅姐同样的命运,你也顺从吗?你愿意像你梅姐那样白白地任人播弄一生吗?"倩如在后面一连加了六七个问号。

"倩,不要问我这个问题,我请求你,我底心乱极了。让我仔细思索一下。"

"华,到了这时候你还不把眼睛睁开?你不要迟疑了。我看你在旧家庭里处得太久,旧习惯染得太深了。你如果不想法早些把它完全摆脱掉,你将来会做第二个梅姐。……"

这一次琴不回答了。倩如偏了头去看琴的脸。她看见琴的眼睛里有泪珠。她的心也就软了。她伸手把琴的放在膝上的一只手紧紧握着,她觉得琴的手在颤动,因此她把它握得更紧一些。如果不是在课堂里的话,她真想去拥抱琴了。她把眼光往讲台上一扫,看见那个国文教员正背转身子在黑板上写字,便把嘴放在琴的耳边低声说:"蕴华,也许我的话说得过火。不过我爱护你,我希望你做一个勇敢的新女子,我不愿意你得到你梅姐那样的命运。我劝你鼓起勇气奋斗。跟着时代走的人终于会得到酬报。可悲的是做一个落伍者而抱恨终身。"

琴不回答,但是掉过头来用感激的眼光看了倩如一眼,默默地点了点头。

接连着上了两小时的国文课不久就完了。倩如站起来拉着琴往外面走,刚走到门口看见国文教员要出去,便站住了让他先走。她的头突然被他注意到了,他投了一瞥恐怖的眼光在她的短发上,急急地逃走了,像遇到了恶魔一样。倩如昂起头跟着他走出去,她甚至不曾红脸,只是接连地冷笑几声。然后她把琴拉到操场上柳树底下去谈心,直谈到上第四堂课的时候,因为她们那一班第三堂课的教员请假。

午后琴和倩如下了课正要回家的时候,文和"老密斯"留住她们,要倩如给她们剪发。

十多个学生挤在文的寝室里,她们把门关了,让文坐在窗前,一把剪刀很快地就把那根光滑的辫子剪掉了。倩如拿着剪刀得意地把文的头发修了又修,直到文照着镜子说了一声满意为止。"老密斯"倒不像文那样细心考究,倩如很快地就给她弄好了。

忽然门上起了叩声,这是表示舍监走近的暗号,于是众人开了门,散去了。

琴和倩如一起走了几条街。琴觉得人们的眼光都盯在她们的头上和脸上。好像她自己也剪掉了辫子似的,她暴露在轻视与侮辱的眼光下面了。同时不堪入耳的下流话又从那些在后面跟着她们的男子的口里接连地送过来。她的脸通红,她不敢抬起头,也不好意思跟倩如谈话,只顾加速脚步向前走。

到了十字路口,倩如要跟琴分手了,琴却苦苦地留住倩如,要倩如陪她回家。她说一个人在街上走不大方便,两个人一路,可以使人胆壮。

其实琴邀倩如到她的家去,还有一个用意,她想借此观察母亲对女子剪发的态度,而且她还希望倩如用辩才说服她的母亲。张太太当着倩如的面虽然不说什么,但是从张太太的谈话和态度上看来,琴知道她的母亲是反对女子剪发的。

这天晚上倩如去了以后,张太太叹息道:"这样一个好姑娘,也学着闹新花样,弄得小姐不像小姐,尼姑不像尼姑,简直失了大家的闺范。她倒也讨人欢喜。只可惜她母亲死早了,没有人管教她,任她一个人独行独断,将来不晓得会弄成什么样子。真可惜。"张太太说了又叹气,她觉得世界一天一天地变得更古怪了,将来不知道还会变到什么样子。她在追想过去了的黄金时代。忽然她一转眼,看见琴的带着祈求的、欲语又止的神情,便惊讶地问道:"琴儿,你有什么事情?"

"妈,我想学倩如那样把头发剪掉,"琴说着,便埋下头去。

"你说什么?你想学倩如?你要人家笑我没有家教吗?"张

太太吃惊地说,她好像受到了什么意外的大打击似的,她甚至不相信自己的耳朵。

"像倩如那样并没有什么不好!"琴涨红了脸,虽然觉得希望已经去了一半,但是她仍然鼓起勇气说。"学堂里好多同学都剪了发。剪了发又方便,又好看,还有种种别的好处。……"她正要详细地解释下去,却被她的母亲阻止了。

张太太现出不耐烦的神气挥手说:"我不要听你的大道理。讲道理我当然讲不过你,你的道理很多。你的花样也很多,今天要这样,明天又要那样。……还有一件事情,我没有告诉你。前几天你钱伯母来给你做媒,说男家家里很有钱,子弟也还漂亮,虽然没有读过多少书,但是他家里有的钱够他一生吃著不尽,嫁到那边去很可以享福。钱伯母怂恿我答应这件亲事,不过我想你一定不愿意,所以索性谢绝了。我说你的年纪还轻,我又只有你一个女儿,打算过几年再提婚事。……不过照现在的情形看来,我想还是把你早早嫁出去的好,免得你天天闹什么新花样,将来名声坏了,没有人要你,"张太太慢慢地说,脸上没有什么表情,只有疲倦的微笑。琴不知道她母亲心里究竟在想些什么。

但是这些话已经够给琴一个大的打击了。"家里很有钱","子弟也还漂亮","没有读过多少书","还是把你早早嫁出去的好",这几句话轮流地在她的耳边响着。她的眼前立刻现出一条很长、很长的路,上面躺满了年轻女子的尸体。这条路从她的眼前伸长出去,一直到无穷。她明白了,这条路是几千年前就修好了的。地上浸饱了那些女子的血泪,她们被人拿镣铐锁住,赶上这条路来,让她们跪在那里,用她们的血泪灌溉土地,让野兽们撕裂、吞食她们的身体。起初她们还呻吟,哀哭,祈祷,盼望有人把她们从这条路上救出去。但是并不要多久的时间,她们的希望就破灭了,她们的血泪也流尽了,于是倒下来,在那里咽了最后的一口气。从遥远的几千年前到现在,这条路上,不知断送了多少女子的青春,不知浸饱了多少女子的血泪。仔细看去,这条路上没有一个干净的尸体,那些女子都是流尽了眼泪,呕尽了心血,作了最后的挣扎,然后倒下来,闭上了她们的还有火在燃烧的眼睛。啊!这里面不知道埋葬了多少令人伤心断肠的痛史!

　　一种渴欲诉诸正义的感情在琴的身体内发生了。几个大问题在她的脑子里盘旋:"牺牲,这样的牺牲究竟给谁带来了幸福呢?""难道因为几千年来这条路上就浸饱了女人的血泪,所以现在和将来的女人还要继续在那里断送她们的青春,流尽她们的眼泪,呕尽她们的心血吗?""难道女人只是男人的玩物吗?"最后一个更大的问题:"你愿意抛弃你所爱的人,去做别人的玩物吗?"她觉得这时候她已经跪在那条路上了,耳边一阵呻吟,眼前一片血肉模糊的景象。她还有什么勇气来回答上面的问题?正义是那样地渺茫!她的希望完全破灭了。她不能够支持下去,便捧着脸哭起来。

　　"琴儿,你怎样了?什么话伤了你的心?"张太太惊愕地站起来,走到琴的身边,温和地安慰她说。

　　琴哭得更伤心了,她挣脱了母亲的手,好像在跟谁挣扎似的,她悲声地喃喃说:"我不走那条路。我要做一个人,一个跟男人一样的人。……我不走那条路,我要走新的路,我要走新的路。"

二十六

就在琴伤心痛哭的这个晚上,夜深人静的时候,鸣凤被唤到太太的面前。在黯淡的清油灯光下,露出周氏的那张虽然生得相当动人、但是没有表情的胖脸。鸣凤不知道太太要对她说些什么话,然而她料想太太不会带给她好的消息。她又想起了这天下午冯老太太过来看老太爷和陈姨太的事情。她怀着颤抖的心,立在周氏的面前,甚至她的眼光也有点摇晃不定。在说话的时候,周氏的淡淡擦了一点白粉的圆脸渐渐变为浮肿而成了一个很大的圆东西,不停地在她的眼前摇荡,使她更加胆怯了。

"鸣凤,你在公馆里头做了这几年,也做得够了,"周氏开始慢腾腾地说,但是依旧比别人说得快些,而且以后愈说愈快,好像一盘珠子在不停地滚动一般。"我想你一定愿意早些出去。今天老太爷吩咐说,要送你到冯家去,给冯老太爷做小[1]。下个月初一是个好日子,冯家就要在那天接人。今天是二十八,离初一还有三天。明天起你不必做事情了,你好好休息两天,等着到冯家去。……你到冯家去要好好地服侍冯老太爷两夫妇,听说冯老太爷脾气古怪,冯老太太脾气也不大好,你遇事要将就他

---
[1]小:即小老婆。

们,不要使性子。冯家还有老爷、太太、孙少爷。你也应该尊敬他们。你在我房里做了几年丫头,也没有得到多少好处。现在给你找到这门亲事,我也算放了心。冯家很有钱,只要你在那边安分守己,你一生穿衣吃饭一点也不用忧愁。这样也比五太太的喜儿好得多。……你服侍我几年,我没有什么报答你,我明天就叫裁缝来给你做两身好衣服,还给你预备点首饰……"她还要说下去,却被鸣凤的哭声打岔了。

这些话的每一个字都像利刀刺进鸣凤的心,她只得任它们乱刺,没法防卫自己。她的希望完全破灭了。人们甚至连她所赖以生活的爱情也要给她夺去了。把自己的青春拿去服侍一个脾气古怪的老头子,得不到一点怜惜。在那种家庭里做姨太太的人的命运是极其明显的:流眼泪,吃打骂,受闲气,依旧会成为她的生活里的重要事情。所不同的是她还要把自己的身体交给那个脾气古怪的老头子蹂躏。做姨太太,这是何等可耻的事。在平日她们丫头的骂人术语里,"给人家做小"也就是一句。然而在高家经过了八年的忠心的苦役之后,她所得到的报酬,却是去做姨太太,给人家蹂躏,让人家折磨。她的前途依然是一片浓密的黑暗,那一线被纯洁的爱情所带来的光明也给人家摧残了。一个青年的和善的面颜在她的面前溜了过去,接着许多狞笑的歪脸恶狠狠地向她逼来。她害怕地用手遮住脸,她好像在跟什么可怕的幻象挣扎。忽然一个声音在她的耳边响起来,好像有人在说:"一切都是命中注定了的。你不能够改变它。"于是一种不可抗拒的绝望的感觉紧紧地抓住了她。她忍不住伤心地哭起来。

周氏的话像珠子一般地滚着。她一口气说了许多,很难马上止住。现在她才注意到鸣凤的这种不寻常的举动,而且也听见了这个少女的悲惨的哭声,她惊愕地闭了口,注意地观察鸣凤的举动。她还不能够明白鸣凤为什么要这样伤心。但是她已经被这个少女的哭声感动了。她温和地问道:"鸣凤,怎么了?你哭什么?"

"太太,我不愿意去!"鸣凤的口里迸出了哭声道。"我宁愿在公馆里做一辈子的丫头,服侍太太,服侍小姐,服侍少爷。……太太,我只求你不要送我出去,我在公馆里事情还没有做得够!……我才只做了八年。……太太,我年纪还轻,请你不要把我送出去。……"

这种情形触动了周氏的平常很少被触到的母性,她带着凄然的微笑说:"本来我也怕你不愿意,实在说冯老太爷的年纪太大了,论年纪你可以做他的孙女。然而这是老太爷的意思,我也只得听他的话。不过只要你到了那边好好地服侍冯老太爷,日子也并不怎样难过,倒强似嫁一个贫家男人,连衣食也顾不周到。……"

"太太,我宁愿受冻挨饿,我不情愿给人家做小……"鸣凤吐出了这句话以后,觉得自己的全身的力量都用尽了,她站不住,跪下来,抓着周氏的膝头哀求道:"太太,请你不要把我送走,我愿意在公馆里做一辈子的丫头。我愿意服侍你一辈子。……太太,可怜我,我年纪轻!……你打我、骂我都可以,只是不要把我送到冯家去。……我怕,我怕过那种日子。……太太,请你发点慈悲,可怜可怜我罢。……太太,我不能去啊!"她说到这里,一阵更大的悲哀压倒了她,她觉得有什么东西潮也似地从她的心底直涌上来,无数凄惨的话到了她的喉边又被她咽下去,她的口已经被什么东西塞住了。她不能再说一句话，只顾低声哭着，愈哭愈伤心，她觉得要把她的心哭出来才痛快。

周氏被鸣凤这一哭引起了自己的心事。她看见那个跪在她面前把头俯在她的膝上哀哀哭着的少女，也觉得凄然。这时候她的母性完全被触动了。她并不推开鸣凤，却温和地用手抚摩鸣凤的头发，爱怜地说："我也知道你太年轻，老实说我也不愿意把你送到冯家去。……然而这是老太爷答应了的。他说怎么办就要怎么办，我做媳妇的怎敢违抗？……现在没有法子挽回了。无论如何你初一一定要去。……你不要哭了，哭也没有用。……其实到了冯家也会有好日子过。你不要怕，好心的人终有好报的。……你快起来，回屋去睡罢。"

鸣凤把周氏的腿抱得愈紧，她觉得这时候只有这一双腿可以救她。她绝望地作最后的努力，哀声说："太太，你当真不肯救我？你一点也不可怜我吗？……救救我罢，我宁死也不要到冯家去！"她抬起头来把满是泪痕的脸对着周氏的眼睛，她拉住太太的一只手哀求地说："太太，救救我罢。"声音非常凄惨。

周氏不住地摇着头凄然说道："现在实在没有法子可想。我自己要不放你去，也不行。老太爷的话，连我也不敢不听。……快起来，好好地去睡罢。"她说着便挣开手去拉鸣凤的膀子。

鸣凤默默地让周氏拉她起来。她茫然地立在周氏的面前，觉得好像是在做梦。她痴痴地立了片刻。又把眼睛向四面看，周围是阴沉沉的。她的哭声止了。她还在抽泣。最后她连抽泣也止住了。她极力忍住悲哀，拉起衫子的底襟角揩了眼泪，用冷冷的、但依旧是凄凉的声音说："太太，我听你的话……"她还想说什么，但是看见周氏疲倦地站起来，又听见周氏说："好，只要你肯听话,我也就放心了。"她知道再留在这里多说也等于白说。太太的脾气她已经摸熟了。她无精打采地说一声:"太太,我去睡了,"便慢慢地移动脚步走出了太太的房间。她用手按住自己的胸膛,她怕她的心会炸裂。周氏看见鸣凤出去了,望着她的背影叹了两口气。周氏这时候很同情鸣凤,因为自己不能够帮助她而感到痛苦。可是过了一个钟头,太太又把这个少女的事情忘在脑后了。

  天井里只有一片黑。鸣凤看不见一个人影。黯淡的灯光从觉慧的房间里射出来。她本来想回到仆婢室里去睡,却被这灯光引诱着轻脚轻手地走到了觉慧的窗下。三扇玻璃窗都被白纱窗帷遮住,灯光从细孔里漏出来,投了美丽的花纹在地上。这窗帷,这玻璃窗,这房间,如今在她的眼前变得非常可爱了。她不闪眼地立在窗前石阶上,仰望着白纱窗帷。她不做出一点声音,唯恐惊动里面的人。过了一些时候,白纱窗帷渐渐地带了空幻的色彩,而变得更加美丽了。模糊中在里面出现了美丽的人物,男男女女,穿得很漂亮,态度也很轩昂。他们走过她的面前,带着轻视的眼光看她一眼,便急急地掉过头走开了。忽然在人丛中出现了她朝夕想念的那个人,他投了一瞥和善的眼光在她的脸上。他站住,好像要跟她说话,但是后面一群人猛然拥挤过来,把他挤得不见了。她注意地用眼光去找寻他,然而在她面前白纱窗帷静静地遮住了房里的一切。她看不见别的什么。她走近窗户想伸起头去望里面,但是窗台较高,她的头达不到。她试了两次,都没有用,便绝望地退了几步。一个不留心,她把手触到了窗板,发出一个低微的响声,接着房里起了一声咳嗽,正是那个人的声音。她才知道他还没有睡。她盼望他走到窗前揭起窗帷来看她,她在那里等待着。然而里面又寂然了,只有笔落在纸上的极其低微的声音。她又走去在窗板上敲了两下,她盼望他会听见敲声。但是这一次他只在里面做出两三下响声,好像是移动了椅子,接着落笔的声音更勤了些。她知道轻敲是没有用的,待要重敲,又害怕惊动了别人。因为他和他的哥哥同住在这间屋里。然而她还怀着最后的希望,又一次走到窗前轻轻敲了三下,又低声叫了一次:"三少爷,"便退后两步,静静地站着。她想这一次他一定会出现了。但是过了一些时候还是没有动静,只是落笔的声音更急了。接着她又听见他放下笔,用惊讶的声音自言自语:"怎么就两点钟了?……明早晨八点钟还有课。……"于是落笔的声音又起了。

她痴痴地立在那里,她明白她再要敲也是没有用的,他不会听见。她并不怨他,她反而更加爱他。他的这两句话还在她的耳边荡漾,在她,它们比音乐还好听。她默默地回味着这两句话,她觉得他就在她的身边,活泼的,热烈的,跟平时一样。忽然另一个思想又来到她的脑子里,她想,他正需要着一个女人来爱他,来照料他,来服侍他。她又知道在这个世界上并没有人像她这样地爱他,她真愿意为他做一切的事情。然而同时她又知道有一堵墙横在她跟他的中间,而且现在人们就要送她到冯家去了,并不要多久,就在三天以后。那时候她便成了冯家的人。她再没有机会看见他了。任她怎样受人侮辱,怎样呻吟哀叫,他也不会知道,也不会来救她了。分离,永久的分离,这种情形比死别还要难堪。她觉得这样的生活是值不得留恋的了。当她向太太说"宁死也不要到冯家去"的时候,她并非拿这句话来威胁太太,她确实想到了那个"死"字。大小姐教过她,这个"死"字便是薄命女子的唯一的出路,她很相信这个。

房里一声长叹把她从纷乱的思想中唤醒过来。她凄凉地朝四面望了一下。周围静寂寂没有人声,黑魆魆没有光明。她忽然记起来几个月以前也曾经有过跟这相似的情景,那时候是他在窗外而她在房里。而且那时的传闻如今却成了事实。她又细细地回味着那一晚的情景。她想起他对她的态度,又想起她对他说过的话:"我向你赌咒,我决不去跟别人……"她的心好像被什么东西绞着、刺着,痛得厉害,她的眼睛又被泪珠打湿了。房里的灯光爱怜地抚着她的眼睛。她带着贪婪的眼光看那灯光,一种欲望渐渐地抓住了她。她想不顾一切地跑进房里,跪在他的面前,向他哭诉她的痛苦,并且哀求他把她从不幸的遭遇中拯救出来。她愿意永远做他的奴隶,爱他,服侍他。

她决定要跑进去了。然而……眼前一阵漆黑。房里的灯光突然灭了。她睁大眼睛,但是她什么也看不见。她拔不动脚,孤零零地立在黑暗里。无情的黑暗从四面八方包围过来。过了一些时候,她才提起脚,慢慢地走回自己的房间去。一路上什么都不存在了。她只顾在黑暗中摸索着,费了许久的功夫,她才摸到自己的房间,推开半掩着的门进去。

瓦油灯上结了一个大灯花,使微弱的灯光变得更加阴暗。屋子里到处都是阴影。两边的几张木板床上摆了一些死尸似的身体。粗促的鼾声从肥胖的张嫂的床上发出来,四处撞击,显得很可怕。鸣凤一进门便吃了一惊,连忙站住,打起精神四面一看。她懒洋洋地走到桌子前,把灯芯朝外拨,去掉灯花。屋子里马上亮了许多。她正要解衣服,忽然一阵悲哀压倒了她,她支持不住就扑倒在床上哭起来,头紧紧地压在被上,不多几时就把被褥弄湿了一滩。她愈想愈伤心。后来她的哭声把老黄妈惊醒了。老黄妈用不十分清楚的声音问:"鸣凤,你在哭什么?"她不回答,只顾哭着。老黄妈劝了她两句,翻一个身又睡熟了,剩下鸣凤一个人伤心地哭着,一直哭到她进入梦中的时候。

　　从第二天起鸣凤的态度完全改变了。她整天不露一个笑脸,做事情也是没精打采的,而且害怕跟人接近。她看见一个人,马上就疑心她的事情已经被那个人知道了,她就在那个人的脸上看见了轻视或嘲笑的表情,她连忙躲开。她看见两三个女佣或仆人轿夫在一起谈话,她就疑心她们(或他们)在谈论她的事情。"姨太太"、"小老婆"、"小",这些字眼好像到处都有人在讲,后来甚至主人们也谈论起来了。她好像听见五老爷对人说:"好个标致的姑娘,白白送给老头子做姨太太,真可惜。"又有一次她似乎在厨房里听见那个肥胖的张嫂鄙夷地说:"呸,年纪轻轻就给死老头子做小。再有多少钱我也不干嘞!"到处她都听见这一类的嘲骂的语句。她什么地方都不敢去了,除了每天两顿饭以外,其余的时间里她不是躲在自己房中就是藏在花园里。有时候婉儿、倩儿或喜儿来找她谈些话。但是她们也很忙,只能够偷偷地抽出一点空时间来看她,安慰她。老黄妈温和地跟她谈过一次话。她不等老黄妈讲完就借故跑开了。她害怕多听安分守己、顺从命运这一类的话。

　　这两天鸣凤很想找到觉慧,跟他谈谈她的事。她时时刻刻等着这个机会。然而近来觉慧弟兄似乎比从前更忙,他们每天早晨绝早就出去上学,下午很迟才回来,在家里吃过饭,马上又出去,往往到九、十点钟才回家,回来就关在房里写文章、读书。她难得见到觉慧一面,即使两人遇见了,也不过是他投一瞥爱怜的眼光过来,温和地看她几眼,或者对她微笑,却难得对她讲几句话。自然这些也是爱的表示。她觉得他的忙碌是正当的,虽然因此对她疏远一点,她也并不怪他。

然而实际上她就只有两天的时间。这么短!她必须跟觉慧谈一次话,把她的痛苦告诉他,看他有什么意见。无论如何她必须同他商量。然而他仿佛完全不知道这一回事情,他并不给她一个这样的机会。花园里没有他的脚迹。只有在吃午饭的时候,她才可以见到他,但是他放下饭碗就匆忙地走了,她待要追上去说话也来不及。晚上他回家很迟。再要找像从前那样的跟他一起谈笑的机会,是不可能的了。

三十日终于到了。鸣凤的事公馆里知道的人并不太多,觉慧一点也不知道,因为:一则,在外面他们的周报社里发生了变故,他用了全副精神去应付这件事,就没有心肠管家里的事情;二则,他在家里时也忙着写文章或者读书,没有机会听见别人谈鸣凤的事。

三十日在觉慧看来不过是这个月的最后一日,然而在鸣凤却是她一生的最后一天了,她的命运就要在这一天决定了:或者永远跟他分离,或者永远和他厮守在一起,然而事实上后一个希望却是非常渺茫。她自己也知道。自然她满心希望他来拯救她,让她永远和他厮守在一起;但是在他们两个人的中间横着那一堵不能推倒的墙,使他们不能够接近。这就是身份的不同。她是知道的。她从前在花园里对他说"不,不……我没有那样的命"时,她就已经知道这个了。虽然他答应要娶她,然而老太爷、太太们以及所有公馆里的人全隔在他们两个人的中间,他又有什么办法?在老太爷的命令下现在连太太也没有办法,何况做孙儿的他？她的命运似乎已经决定,是无可挽回的了。然而她还不能放弃最后的希望,她不能甘心情愿地走到毁灭的路上去,而没有一点留恋。她还想活下去,还想好好地活下去。她要抓住任何的希望。她好像是在欺骗自己,因为她明明知道连一点希望也没有了,而且也不能够有了。

这一天她怀着颤抖的心等着跟觉慧见面。然而觉慧回来的时候已经是晚上九点钟了。她走到他的窗下,听见他的哥哥说话的声音,她觉得胆怯了。她在那里徘徊着,不敢进去,但是又不忍走开,因为要是这一晚再错过机会,不管是生与死,她永远不能再看见他了。

好容易挨过了一些时候,屋里起了脚步声,她知道有人走出,便往角落里一躲,果然看见一个黑影从里面闪出来。这是觉民。她看见他走远了,连忙走进房里去。

觉慧正埋着头在电灯光下面写文章,他听见她的脚步声并不抬起头,也不分辨这是谁在走路。他只顾专心写文章。

鸣凤看见他不抬头,便走到桌子旁边胆怯地但也温柔地叫了一声:"三少爷。"

"鸣凤,是你?"他抬起头惊讶地说,对她笑了笑。"什么事?"

"我想看看你……"她说话时两只忧郁的眼睛呆呆地望着他的带笑的脸。她的话没有说完,就被他接下去说:

"你是不是怪我这几天不跟你说话？你以为我不理你吗?"他温和地笑道,"不是,你不要起疑心。你看我这几天真忙,又要读书,又要写文章,还有别的事情。"他指着面前一大堆稿件、几份杂志和一叠原稿纸对她说:"你看我忙得跟蚂蚁一样。……再过两天就好了,我就把这些事情都做完了,再过两天。……我答应你,再过两天。"

"再过两天……"她绝望地悲声念着这四个字,好像不懂它们的意义,过后又茫然地问道:"再过两天?……"

"对,"他笑着说,"再过两天,我的事情就做完了。只消等两天。再过两天,我要跟你谈许许多多的事情。"他又埋下头去写字。

"三少爷,我想跟你说两句话。……"她极力忍住眼泪,不要哭出声来。

"鸣凤,你不看见我这样忙?"他短短地说,便抬起头来。看见她的眼里闪着泪光,他马上心软了。他伸手去捏了捏她的手,又站起来,关心地问道:"你受了什么委屈吗?不要难过。"他真想丢开面前的原稿纸,带着她到花园里好好地安慰她。可是他马上又想起明天早晨就要交出去的文章,想起周报社的斗争,便改变了主意说:"你忍耐一下,过两天我们好好地商量,我一定给你帮忙。我明天会找你,现在你让我安安静静地做事情。"他说完,放下她的手,看见她还用期待的眼光在看他,他一阵感情冲动,连自己也说不出是为了什么,他忽然捧住她的脸,轻轻地在她的嘴上吻了一下,又对她笑了笑。他回到座位上,又抬起头看了她一眼,然后埋下头,拿起笔继续做他的工作。但是他的心还怦怦地跳动,因为这是他第一次吻她。

鸣凤不说一句话,她痴呆地站在那里。她甚至不知道自己在这时候想些什么,又有什么样的感觉。她轻轻地抚摩她的第一次被他吻了的嘴唇。过了一会儿她又喃喃地念着:"再过两天……"

这时外面起了吹哨声,觉慧又抬起头催促鸣凤:"快去,二少爷来了。"

鸣凤好像从梦中醒过来似的,她的脸色马上变了。她的嘴唇微微动着,但是并没有说出什么。她的非常温柔而略带忧郁的眼光留恋地看了他几眼,忽然她的眼睛一闪,眼泪流了下来,她的口里迸出了一声:"三少爷。"声音异常凄惨。觉慧惊奇地抬起头来看,只看见她的背影在门外消失了。

"女人的心理真古怪,"他叹息地自语道,过后又埋下头写字。

觉民走进房里,第一句话就问:"刚才鸣凤来过吗?"

"嗯,"觉慧过了半晌才简单地答道。他依旧在写字,并不看觉民。

"她一点也不像丫头,又聪明,又漂亮,还认得字。可惜得很!……"觉民自语似地叹息道。

"你说什么?你可惜什么?"觉慧放下笔,吃惊地问。

"你还不晓得?鸣凤就要嫁了。"

"鸣凤要嫁了!哪个说的?我不相信!她这样年轻!"

"爷爷把她送给冯乐山做姨太太了。"

"冯乐山?我不相信!他不是孔教会里的重要分子吗?他六十岁了,还讨小老婆?"

"你忘记了去年他们几个人发表梨园榜,点小旦薛月秋做状元,被高师的方继舜在《学生潮》上面痛骂了一顿?他们那种人什么事都做得出来,横竖他们是本省的绅士、名流。明天就是他接人的日子。我真替鸣凤可惜。她今年才十七岁!"

"我怎么早不晓得?……哦,我明明听见过这样的消息,怎么我一点儿也记不起来?"觉慧大声说,他马上站起来,一直往外面走,一面拚命抓自己的头发,他的全身颤抖得厉害。

"明天!""嫁!""做姨太太!""冯乐山!"这些字像许多根皮鞭接连地打着觉慧的头,他觉得他的头快要破碎了。他走出门去,耳边顿时起了一阵悲惨的叫声。突然他发现在他的面前是一个黑暗的世界。四周真静,好像一切生物全死灭了。在这茫茫天地间他究竟走向什么地方去?他徘徊着。他抓自己的头发,打自己的胸膛,这都不能够使他的心安静。一个思想开始来折磨他。他恍然明白了。她刚才到他这里来,是抱了垂死的痛苦来向他求救。她因为相信他的爱,又因为爱他,所以跑到他这里来要求他遵守他的诺言,要求他保护她,要求他把她从冯乐山的手里救出来。然而他究竟给了她什么呢?他一点也没有给。帮助、同情、怜悯,他一点也没有给。他甚至不肯听她的哀诉就把她遣走了。如今她是去了,永久地去了。明天晚上在那个老头子的怀抱里,她会哀哀地哭着她的被摧残的青春,同时她还会诅咒那个骗去她的纯洁的少女的爱而又把她送进虎口的人。这个思想太可怕了,他不能够忍受。

去,他必须到她那里去,去为他自己赎罪。

他走到仆婢室的门前,轻轻地推开了门。屋里漆黑。他轻轻地唤了两声"鸣凤",没有人答应。难道她就上床睡了?他不能够进去把她唤起来,因为在那里还睡着几个女佣。他回到屋里,却不能够安静地坐下来,马上又走出去。他又走到仆婢室的门前,把门轻轻地推开,只听见屋里的鼾声。他走进花园,黑暗中在梅林里走了好一阵,他大声唤:"鸣凤,"听不见一声回答。他的头几次碰到梅树枝上,脸上出了血,他也不曾感到痛。最后他绝望地走回到自己的房里。他看见屋子开始在他的四周转动起来……

其实这时候他所寻找的她并不在仆婢室,却在花园里面。

鸣凤从觉慧的房里出来,她知道这一次真正是一点希望也没有了。她并不怨他，她反而更加爱他。而且她相信这时候他依旧像从前那样地爱她。她的嘴唇还热，这是他刚才吻过的；她的手还热，这是他刚才捏过的。这证明了他的爱，然而同时又说明她就要失掉他的爱到那个可怕的老头子那里去了。她永远不能够再看见他了。以后的长久的岁月只是无终局的苦刑。这无爱的人间还有什么值得留恋？她终于下了决心了。

她不回自己的房间，却一直往花园里走去。她一路上摸索着，费了很大的力，才走到她的目的地——湖畔。湖水在黑暗中发光，水面上时时有鱼的喋喋声。她茫然地立在那里，回想着许许多多的往事。他跟她的关系一幕一幕地在她的脑子里重现。她渐渐地可以在黑暗中辨物了。一草一木，在她的眼前朦胧地显露出来，变得非常可爱，而同时她清楚地知道她就要跟这一切分开了。世界是这样静。人们都睡了。然而他们都活着。所有的人都活着，只有她一个人就要死了。过去十七年中她所能够记忆的是打骂、流眼泪、服侍别人，此外便是她现在所要身殉的爱。在生活里她享受的比别人少，而现在在这样轻的年纪，她就要最先离开这个世界了。明天，所有的人都有明天，然而在她的前面却横着一片黑暗，那一片、一片接连着一直到无穷的黑暗，在那里是没有明天的。是的，她的生活里是永远没有明天的。明天，小鸟在树枝上唱歌，朝日的阳光染黄树梢，在水面上散布无数明珠的时候，她已经永远闭上眼睛看不见这一切了。她想，这一切是多么可爱，这个世界是多么可爱。她从不曾伤害过一个人。她跟别的少女一样，也有漂亮的面孔，有聪明的心，有血肉的身体。为什么人们单单要蹂躏她，伤害她，不给她一瞥温和的眼光，不给她一颗同情的心，甚至没有人来为她发出一声怜悯的叹息！她顺从地接受了一切灾祸，她毫无怨言。后来她终于得到了安慰，得到了纯洁的、男性的爱，找到了她崇拜的英雄。她满足了。但是他的爱也不能拯救她，反而给她添了一些痛苦的回忆。他的爱曾经允许过她许多美妙的幻梦，然而它现在却把她丢进了黑暗的深渊。她爱生活，她爱一切，可是生活的门面面地关住了她，只给她留下那一条堕落的路。她想到这里，那条路便明显地在她的眼前伸展，她带着恐怖地看了看自己的身子。虽然在黑暗里她看不清楚，然而她知道她的身子是清白的。好像有什么人要来把她的身子投到那条堕落的路上似的，她不禁痛惜地、爱怜地摩抚着它。这时候她下定决心了。她不再迟疑了。她注意地看那平静的水面。她要把身子投在晶莹清澈的湖水里，那里倒是一个很好的寄身的地方，她死了也落得一个清白的身子。她要跳进湖水里去。

忽然她又站住了。她想她不能够就这样地死去，她至少应该再见他一面，把自己的心事告诉他，他也许还有挽救的办法。她觉得他的接吻还在她的唇上燃烧，他的面颜还在她的眼前荡漾。她太爱他了，她不能够失掉他。在生活中她所得到的就只有他的爱。难道这一点她也没有权利享受？为什么所有的人都还活着，她在这样轻的年纪就应该离开这个世界？这些问题一个一个在她的脑子里盘旋。同时在她的眼前又模糊地现出了一幅乐园的图画，许多跟她同年纪的有钱人家的少女在那里嬉戏、笑谈、享乐。她知道这不是幻象，在那个无穷大的世界中到处都有这样的幸福的女子，到处都有这样的乐园，然而现在她却不得不在这里断送她的年轻的生命。就在这个时候也没有一个人为她流一滴同情的眼泪，或者给她送来一两句安慰的话。她死了，对这个世界,对这个公馆并不是什么损失,人们很快地就忘记了她,好像她不曾存在过一般。"我的生存就是这样地孤寂吗?"她想着,她的心里充满着无处倾诉的哀怨。泪珠又一次迷糊了她的眼睛。她觉得自己没有力量支持了,便坐下去,坐在地上。耳边仿佛有人接连地叫"鸣凤",她知道这是他的声音,便止了泪注意地听。周围是那样地静寂,一切人间的声音都死灭了。她静静地倾听着,她希望再听见同样的叫声,可是许久,许久,都没有一点儿动静。她完全明白了。他是不能够到她这里来的。永远有一堵墙隔开他们两个人。他是属于另一个环境的。他有他的前途,他有他的事业。她不能够拉住他,她不能够妨碍他,她不能够把他永远拉在她的身边。她应该放弃他。他的存在比她的更重要。她不能让他牺牲他的一切来救她。她应该去了,在他的生活里她应该永久地去了。她这样想着,就定下了最后的决心。她又感到一阵心痛。她紧紧地按住了胸膛。她依旧坐在那里,她用留恋的眼光看着黑暗中的一切。她还在想。她所想的只是他一个人。她想着,脸上时时浮出凄凉的微笑,但是眼睛里还有泪珠。

最后她懒洋洋地站起来,用极其温柔而凄楚的声音叫了两声:"三少爷,觉慧,"便纵身往湖里一跳。

平静的水面被扰乱了,湖里起了大的响声,荡漾在静夜的空气中许久不散。接着水面上又发出了两三声哀叫,这叫声虽然很低,但是它的凄惨的余音已经渗透了整个黑夜。不久,水面在经过剧烈的骚动之后又恢复了平静。只是空气里还弥漫着哀叫的余音,好像整个的花园都在低声哭了。

二十七

觉慧终于把文章写完了,可是他一夜没有睡好觉。初一日早晨他醒得迟,他的哥哥唤了他两次,他才下床,等到他和觉民匆忙地赶到学校时,已经迟了十多分钟了。

课堂里响着英国教员朱孔阳的声音,他正读着《复活》里的句子。觉慧跟别的同学一样也注意地在听讲,他准备着回答教员的随时的发问。自然他不能够把心完全放在书上,他还不能不想到鸣凤,想到鸣凤时他还不能使自己的心不颤动。但是这并不是说他一定要拉住鸣凤。不,事实上经过了一夜的思索之后,他准备把那个少女放弃了。这个决定当然使他非常痛苦,不过他觉得他能够忍受而且也有理由忍受。有两样东西在背后支持他的这个决定:那就是有进步思想的年轻人的献身热诚和小资产阶级的自尊心。

一天的功课很快地完结了。在归途中,他又受到矛盾的思想的围攻。他一句话也不说,脸色也很难看。觉民知道他有心事,也就不跟他多讲话。

他们终于到了自己的家,走进二门,正遇见冯家接人的轿子出来,两个仆人押送着。轿子里面传出来凄惨的哭声,虽然细微,但是哭声进到了觉慧的心里。他并不分辨这是什么人的声音,他相信那个人去了,永远地去了。

轿子带着哭声去了,天井里还留着女佣、仆人和轿夫。他们聚在一起纷纷议论。高忠红着脸叽哩咕噜地在骂"老混蛋"。文德在旁边劝他不要乱讲话。觉慧知道他们一定是在谈鸣凤的事情,他甚至不敢多看他们一眼,就急急地走进里面去了。

他们进了里面,一个忧郁的声音欢迎着他们:"你们今天怎么回来得这样早?"问话的是陈剑云,他那张瘦脸上还带着病后憔悴的颜色。他正立在阶上跟觉新谈话,看见他们,便向他们走来。觉新却默默地转身走入过道,回到自己的房里去了。

"我们近来常常是这样,下午只有一堂课,因为不久就要大考了,"觉民温和地答道。他接着问一句:"你的身体现在复原了?"

"谢谢你。我完全好了,"剑云勉强笑答道,跟着觉民弟兄走进屋去。他一进屋就在藤椅上坐下,叹了一口气。

"剑云,你为什么总是这样不快活?"觉民问道。觉慧把书往桌上一掷,就走到床前躺下去,并不跟别人说一句话。

"这人生太悲惨了!"剑云痛苦地摇头说。

觉民忽然想起剑云常常说的"也许是身体弱的缘故罢,不然就是很早死去父母"那句话,便带点同情的口气劝道:"剑云,我劝你还是把心胸放开一点,不要只想那些不快活的事情。"

"太悲惨了,太悲惨了!"剑云好像不曾听见觉民的话,只顾说下去,"我无意间到你们这儿来,碰见她上轿,听到她的哭声,看见她挣扎的样子,我的眼泪也流出来了。这究竟是一个人啊!为什么人家把她当作东西一样送给这个那个?……"

"你说鸣凤的事情吗?"觉民感动地说。

"鸣凤?"剑云抬头看了觉民一眼,怨愤地说,"我说的是婉儿,轿子刚刚出去,你们没有碰见吗?"

"婉儿?那么鸣凤没有嫁?"觉慧马上从床上坐起来惊喜地问道。

"鸣凤……"剑云说了这两个字又停住了,把他的茫然的眼光望着觉慧,然后低声说:"她……她投湖自尽了。"

"怎么?鸣凤自尽了?"觉慧恐怖地站起来,绝望地抓自己的头发,他在屋子里大步踱来踱去。

"他们这样说。她的尸首已经抬出去了。我也没有看见。……"

"啊,我明白了。鸣凤自尽了,所以爷爷用婉儿代替。横竖在爷爷的眼睛里,丫头都不是人,可以由他当作礼物送来送去。……看不出鸣凤倒是一个烈性的女子,她倒做出这样的事情!"觉民半愤怒半惋惜地说。

"可是这样一来就该婉儿倒楣了,"剑云接着说,"看见她挣扎的样子,不论哪个人也会流眼泪。我想她也许会走鸣凤的路……"

"想不到爷爷这样狠心!一个死了,还要把另一个送出去。人家好好的女儿,为什么要这样地摧残?"觉民愤怒地说。

"告诉我,鸣凤是怎样自杀的!"这些时候阴沉着脸不说话的觉慧忽然走到剑云身边,抓住他的一只膀子疯狂地摇着,说了上面的话。

剑云惊愕地看了觉慧一眼,不明白觉慧为什么这样激动,但是他依旧用他的感伤的调子答道:"我不晓得,恐怕就没有人晓得。据说是老赵在湖里看见了她的尸首,找人把她捞起来,抬出去,就完了。……这人生,这世界……太悲惨了。"

觉慧眈眈地望着剑云的带病容的瘦脸。忽然他粗暴地放开剑云的膀子,一声不响地跑了出去,留下剑云和觉民在屋里。

"觉慧有什么事情?"剑云悄然地问觉民。

"我现在开始明白了,"觉民点头自语道。

"你明白了,我倒不明白!"剑云说着便把头埋下去。他永远是那么小心,那么谦逊。

"你还看不出来这也是爱字在作怪吗?"觉民愤怒地大声说。没有人回答他的话。屋里是难堪的静寂,窗外偶尔响起脚步声,好像脚踏在人的心上一般。

又过了一些时候,剑云才慢慢地抬起头来,用他的茫然的眼光,把屋子的四周望了一下,喃喃地自语道:"我……明白了,……明白了。……"

觉民站起来,大步在屋里走了一阵,忽然在方桌旁边的椅子上坐下来。他把眼光送到剑云的脸上。两人的眼光遇在一起。他们在眼光里表示了一些阴郁的思想。剑云又把头埋下去。

"都是为了爱,"觉民苦恼地说。"三弟跟鸣凤的事我现在明白了。我以前就有些疑心。……想不到会有现在这样的结局。我真想不到鸣凤的性子这样烈!……可惜得很!如果她生在有钱人家……"觉民似乎说不下去了,他的脸上现出挣扎的表情。过了几分钟他又用激动的声音说:"都是那个爱字。……大哥近来瘦多了,他这几天很忧郁。……这不也是为了爱吗?……爱,我想爱应该给人带来幸福,但是为什么却带来这么多的苦恼?……"他的声音颤抖着,这时候他想到了自己的事情,他差不多要为自己的前途悲哭了。在他的眼前隐约地出现了将来的暗影。他的大哥的一生就是他的一个"榜样"。

　　剑云不知道觉民的悲哀的原因,以为这单是由同情来的,同时他自己的心事也被这一番话引起来了。他的生活里的悲哀比任何人的都大,他更需要着别人的同情。许多时候以来,他就怀着满腹的悲哀,找不到一个人来听他倾诉。他永远以为自己太渺小、太无能了,跟任何人都比不上。他过着极其谦逊的生活,他永远拿一颗诚实的心待人,然而他在各处都得到轻视和冷淡。虽然他偶尔也曾得到一点同情,但这也只是表面上的,不过他已经觉得受之非分了。他,在践踏中生长起来的他,确实不曾抱怨过生活,而且甚至对轻视和冷淡也是平静地、或者更可以说是胆怯地忍受的。他在这种情形里过了许多年,现在他看见觉民对别人的不幸竟然表示了这样深的同情,他觉得他找到了一个可以听他倾诉的人,于是在他的内心藏了许久的话变成一股力量开始来推动他了。他鼓起勇气试了几次,终于开了口:"觉民,我有话向你说……"他又停顿了一下,看了觉民一眼,遇到觉民的温和的眼光,他才接着说下去:"我这次大病过后,不晓得为什么缘故,时时想到死。固然像我这样地活着还不如死了好,不过我却有点怕死。你想,活着是这样寂寞可怜,死了更不晓得会怎样寂寞可怜啊!没有一个人来哭我,来看我。孤零零的,永远是孤零零的。多么寂寞。……这次大病中承你们弟兄好意来看过我几次。这几次我是永远记得的,我多么感激你们!……"

　　"这些事情还提它做什么?"觉民听见这番话倒觉得惭愧,他想把话题支开。

　　"我一定要说。觉民,如果我这一生值得你同情的话,你肯答应将来我死了以后,每年春秋两季到我坟前来看看我吗?"他凄凉地说。

"剑云,为什么你只说这种不愉快的话,你不看见我们的痛苦已经够多了吗?"虽然是责备的话,但声音却是异常温和。

剑云用手揉了揉眼睛,又接下去说:"我一定要说,我一定要把我的事情告诉你。现在只有你可以听我的倾诉。……因为大哥有大哥的悲哀,觉慧也有觉慧的悲哀,我不能够再把我的悲哀给他们加上去。……我爱上了一个人。我自己也明白这是非分的爱,我晓得她不会爱我。我晓得像我这样的人配不上她那样的女子。我常常对自己说:'不要做梦罢,你为什么要爱她?像你这样的人还值得人爱吗?抛弃你这绝望的爱罢。'然而事实上我却不能够。我不能不想她。听见她的名字,我就止不住心跳;看见她的脸,我就像受到了一次祝福。我常常暗中唤着她的名字,有时候这个名字就可以安慰我,鼓舞我。但是有时候这个名字又给我带来更大的痛苦,因为我一念这个名字,我就更热烈地想到她,我恨不得立刻跑到她面前,把我的爱情向她吐露。可是我又没有勇气。我这样一个渺小无能的人怎敢向她吐露我的爱情呢?……我不晓得为什么像我这样在践踏和轻视中长大的人也会有爱的本能。我为什么又偏偏爱上了她?她又是那么高洁,我连一个爱字也不敢向她明说。……这种爱,这种绝望的爱给我带来多大的痛苦!……自然这是我自己的错,我不能够埋怨她。她一点也不知道!……我整天被这种绝望的爱折磨着。……我每次到王家去,我总要望她的窗户,有时候她在家,我看见白色的窗帘,它给了我多少幻想,多少美丽的幻想,我仿佛看见了她在房里的一举一动,我好像就站在她的身边。但是这安慰也只是暂时的,因为不久我就记起我的身世,于是我又陷在污泥里去了。……她在家里的时候,我听得见她的咳嗽声,谈话声,那是多么好听的声音!那时我要费很大的力才能够把心放在书上,才能够给我的小学生讲解。……有时候她在学堂里还没有回家,听不见她的一点声音,我又感觉到寂寞。……我为了她把身体弄得坏到这个样子,可是她一点也不晓得,而且也没有一个人晓得。其实她就是晓得,她至多也不过可怜可怜我罢了,她不会爱我的。……我明白没有一个女人会爱我。我是一个卑不足道的人!世界上有那么多的光明,那么多的爱,可是都不是为我而设的,我是一个被幸福遗弃了的人。……"他停了停。觉民并不开口。

剑云取出手帕揩了眼泪,又把他的谦虚而忧郁的眼光在觉民的脸上扫了一下,然后带着苦笑,慢慢地说:"觉民,你会笑我无聊罢,我太不自量了。有时候我简直忘记了自己是怎样的一个人。我有时候在绝望中甚至怨恨我的父母把我生在这样的环境里面。只要我换了一个环境,譬如就处在你的地位罢,我也不会痛苦到这个地步了。……觉民,我真羡慕你!我常常想,我甚至祷告,只要能够处在你这样的环境,像你这样可以随意跟她接近谈话,就是缩短我十年的寿命我也情愿。……我常常生病,有时候就是为了她的缘故。在病中我也还想念她,而且想念得更切。我天天祷告,盼望她到我的病房来看我一次,我暗暗地低声唤她的名字,我希望她总有一天会听见。……我听见脚步声就以为她来了。但是她的脚步声我记得很清楚。她的脚步整天踏在我的心上。可是她始终不曾来看我一次。……记得你们来看我的时候,我见了你们,就仿佛见了她,因为你们常常跟她在一起。偶尔从你们的谈话里听到她的名字,我的心跳得多么厉害!我觉得我的病体马上就好多了。可是你们不久就去了,而且去了又不晓得什么时候再来。我想到你们去了以后我的寂寞冷静,我觉得我好像马上就要死去一样。你们不晓得我是用什么样的眼光来望你们,我是怀着什么样的心情向你们说感谢的话。我还想托你们转达几句话问候她,或者向你们询问她的近况。可是我又害怕你们会猜到我的心理,会笑我,会责备我,我一句话也不敢说出来。……还有第二次你们来看我的时候,我看见觉慧手里拿的那张《黎明周报》,我看见她的文章的题目同署名。我很想向觉慧要来那张报纸细细地读,可是不晓得为什么缘故,我终于不敢开口。我害怕我一开口,你们就会知道我的秘密,会责备我,不理我。虽然事后我明白我的过虑是多么可笑,但是当时的确是这样。……你们走了以后我一个人把那个题目不晓得念了多少遍。"他把两只手捏在一起绞了几下。觉民忽然咳了一声嗽。

"我的话就要完了,"剑云放开手继续说。"我不该拿我的琐碎事情来耗费你的时间。不过除了你以外,我连一个可以听我的倾诉的人也没有。……我想你一定爱她,自然你不会妒忌我。哪个会妒忌像我这样的人呢?我真羡慕你!我希望你跟她美满地结婚。……万一我活不到那一天,你肯答应将来你们两个人一起到坟地上来看我吗?那个时候我在坟里不晓得要怎样地感激你们啊!你答应我吗?"他用恳求的眼光看觉民的脸。

觉民受不住这样的眼光,他避开了。他在剑云说话的时候,常常改变面部的表情,然而他总是闭着口不说话。到了最后,他实在不能再忍耐了,他被同情与怜悯的感情压倒了。他忘了自己地用悲痛的声音说:"我答应你,我答应你。"他再也说不出别的话来。

"我真不晓得应该怎样地感谢你!"感激的眼泪沿着剑云的瘦削的脸颊流下来,在他的谦虚而忧郁的脸上掠过了喜悦的微光。虽然是轻轻的一诺,在他那渺小的生存中也就是绝大的安慰了。

这时候在广大的世界中,有很多的光明,很多的幸福,很多的爱。然而对于这个除了伯父的零落的家以外什么都被剥夺去了的谦虚的人,就只有这轻轻的一诺了。

二十八

觉民送走了剑云以后,怀着激动的、痛苦的心情走进了花园,他知道觉慧一定在那里。果然他在湖畔找到了觉慧。

觉慧埋着头在湖滨踱来踱去,有时忽然站住,把平静的水面注意地望了一会,或者长叹一两声,又转过身子大步走着。他并不曾注意到觉民走近了。

"三弟,"觉民走出梅林,唤了一声,便向着觉慧走去。

觉慧抬起头看了觉民一眼便站住了,并不说一句话。

觉民走到觉慧的面前关心地问道:"你的脸色这样难看!你究竟有什么事?"

觉慧不作声,却又朝前走了。觉民追上去抓住他的袖子,恳切地说:"你的事情我完全明白。事情已经到了这个地步,还有什么办法?……我劝你还是忘记的好。"

"忘记?我永远不会忘记!"觉慧愤怒地答道,眼睛里闪着憎恨的光。"世界上有许多事情是不容易忘记的。我站在这儿把水面看了好久。这是她葬身的地方。我要在这儿找出她的痕迹。可是这个平静的水面并不告诉我什么。真可恨!湖水吞下她的身体以后为什么还能够这样平静?"他摆脱了觉民的手,把右手捏成拳头要向水面打击。"……然而她并不是一点痕迹也不留就消失了。这儿的一草一木都是见证。我不敢想象她投水以前的心情。然而我一定要想象,因为我是杀死她的凶手。不,不单是我,我们这个家庭,这个社会都是凶手!……"

觉民感动地紧紧捏住觉慧的手,诚恳地说:"三弟,我了解你,我同情你。这些日子我只想到我自己的幸福,自己的前途,自己的爱情。我还记得,我们小时候在书房里读书,我们总是一起上学一起出来。我放学早,总是等着你,你放学早也要等我。后来我们进中学,进'外专'也都是一样。在家里我们两个人一起温习功课,互相帮忙。……这大半年来我为了自己的事情跟你疏远多了。……这件事情你为什么不早告诉我?不然,我们两个人商量也许会想出一个好办法。两个人在一起总比一个人有办法,我们从前不是常常这样说吗?"

觉慧的眼角挂了两颗大的眼泪,他苦笑地说:"二哥,这些我都记得。可是如今太迟了。我想不到她会走这样的路。我的确爱她。可是在我们这样的环境里我同她怎么能够结婚呢?我也许太自私了,也许是别的东西迷了我的眼睛,我把她牺牲了。……现在她死在湖水里,婉儿含着眼泪到冯家去受罪。我永远不会忘记这件事,你想我以后会有安静的日子过吗?……"

觉民的脸上现出悔恨的表情,眼泪从他的罩着金丝眼镜的眼睛里落下来,他痛苦地喃喃说:"的确太迟了。"他一面把觉慧的手捏得更紧。

"二哥,你还记得正月十五的晚上吗?"觉慧用一种充满深的怀念与苦恼的声音对觉民说,觉民默默地点了点头。觉慧又接着说下去:"那天晚上我们玩得多高兴!好像就是昨天的事情。

如今我到哪儿去找她？……她的声音,她的面貌,我到哪儿去找呢？她平日总相信我可以救她,可是我终于把她抛弃了。我害了她。我的确没有胆量。……我从前责备大哥同你没有胆量,现在我才晓得我也跟你们一样。我们是一个父母生的,在一个家庭里长大的,我们都没有胆量。……我恨我自己！……"他不能够再说下去。他急促地呼吸着,他觉得全身发热,热得快要燃烧了,他的心里似乎还有更多的话要倾吐出来,可是他的咽喉被什么东西堵塞了。他觉得他的心也颤抖起来。他挣脱了觉民的手,接连用拳头打自己的胸膛。觉民把他的手紧紧地捏住。他疯狂地跟觉民挣扎,他简直不明白自己在做些什么。他的脑子里什么都不存在了。他被一种激情支配着,在跟一种压迫他的力量斗争。他已经不再记得站在他面前的是他所爱的哥哥了。他的力气这个时候增加了许多,觉民几乎对付不了他,但是最后觉民终于把他推在路旁一株梅树旁边。他颓丧地靠着树干,张开口喘气。

"你何苦来！"觉民涨红了脸,望着觉慧,怜惜地说。

"这个家,我不能够再住下去！……"觉慧停了半晌才说出一句话,这与其说是对觉民说的,不如说是对自己说的。他又埋下头去搓自己的手。

觉民的脸色变了。他想说话,但是并没有说出来。他把眼光时而放在觉慧的脸上,时而又放在梅林中间,这时正有一只喜鹊在树上叫。渐渐地他的眼睛发亮了,脸色也变得温和了,他的脸上浮出了笑容。这是含泪的笑。眼泪开始沿着眼角流下来。他说:"三弟,……你为什么不再像从前那样地相信我呢？从前任何事情你都跟我商量。我们所有的苦乐都是两个人分担。现在为什么就不可以像从前那样？……"

"不！我们两个都变了！"觉慧愤愤地说,"你有了你的爱情,我什么都失掉了。我们两个还可以分担什么呢？"他并不是故意说这样的话来伤害觉民的心,他不过随便发泄他的怨气。他觉得在他跟哥哥的中间隔着一个湿淋淋的尸体。

觉民抬起头,口一动,似乎要大声说话,但是马上又闭了嘴。他埋下头去,沉默了半晌,他再抬起头来,差不多用祈求的声音说:"三弟,我刚才向你认了错。你还不能原谅我吗？你看我现在后悔了！我们以后还是像从前那样地互相扶持,迈起大步往前走罢。"

"然而这又有什么用？现在太迟了！我不愿意往前走了,"觉慧似乎被解除了武装,他的愤怒已经消失了,他绝望地说。

"你居然说这样的话？难道你为了鸣凤就放弃一切吗？这跟你平日的言行完全不符！"觉民责备道。

"不,不是这样,"觉慧连忙辩解说。但是他又住了口,而且避开了觉民的探问的眼光。他慢慢地说:"不只是为了鸣凤。"过后他又愤激地说:"我对这种生活根本就厌倦了。"

"你还不配说这种话。你我都很年轻,都还不懂得生活,"觉民依旧关心地劝道。

"难道我们看见的不已经够多吗？等着罢,最近的将来一定还有更可怕的把戏！我敢说！"觉慧的脸又因愤怒而涨红了。

"你总是这样激烈！事情已经过去了,还有什么办法？难道你就不想到将来？奇怪,你居然忘记你平日常说的那几句话！"

"什么话？"

觉民并不直接答复他,却念道:

我是青年,我不是畸人,我不是愚人,我要给自己把幸福争过来。

觉慧不作声了。他脸上的表情变化得很快,这表现出来他的内心的斗争是怎样地激烈。他皱紧眉头,然后微微地张开口加重语气地自语道:"我是青年。"他又愤愤地说:"我是青年!"过后他又怀疑似地慢声说:"我是青年?"又领悟似地说:"我是青年,"最后用坚决的声音说:"我是青年,不错,我是青年!"他一把抓住觉民的右手,注视着哥哥的脸。从这友爱的握手中,从这坚定的眼光中,觉民知道了弟弟心里想说的话。他也翻过手来还答觉慧的紧握。他们现在又互相了解了。

吃过午饭以后,觉民和觉慧在觉新夫妇的房里闲谈了一阵。觉民提议上街去散步,觉慧同意了。在路上他们谈着现在和将来,两个人都很兴奋,这半年来他们从没有谈过这么多的话。

天色阴暗,空中堆着好几片黑云。傍晚的空气很凉爽。清静的街巷中只有寥寥的几个行人,倒是几家公馆的门前聚了一些轿夫和仆人在闲谈。

他们走过了两三条街,在街口一所公馆门前砖墙上左右两边各挂了一块长方形木牌,黄底绿字,都是正楷。一边是"高克明大律师事务所",另一边是"陈克家大律师事务所"。

"我们怎么走到这儿来了?"觉民说。后来他们走进了一个僻静的巷子,巷子曲折,脚下是鹅卵石铺的路,穿皮鞋的脚走起来相当吃力。两边是不十分高的土墙,院子里高大的槐树把它们的枝叶伸到墙外。有一家墙内长了两株石榴树,可惜鲜艳的花朵已经落尽,只剩下一些在都市里憔悴了的淡红色的小石榴悬在绿叶丛生的树枝上。这一带是异常地清静,独院的小小的黑漆大门掩着,偶尔有一两个人进出。

"我们回去罢。天色不好,恐怕会下雨,"觉慧说,他注意到天空的黑云渐渐地聚拢了。

"嘘!不要响,"觉民急急地拉着弟弟的袖子,在他的耳边低声说,"你看。"

从前面一家独院里闪出来一个人影。这个人正向着他们走来,忽然抬起头看见了他们,马上掉转身走回那家独院里去,砰的一声关上了门。

"五爸!他在这儿干什么?"眼快的觉慧惊奇地低声说。"为什么鬼鬼祟祟的,看见我们就跑开了?"

"不要响,我们走过去看看,那是什么地方,"觉民提醒弟弟说。

他们两个人放慢了脚步,轻手轻脚地走到那家独院的门前,用手轻轻地推门,推不动。他们静静地站着,想听出一点声音。里面似乎有脚步声,但是他们仔细听去却又听不见什么。两个人又抬起头朝这两扇油漆崭新的大门看去,才注意到那张贴在门上的红纸条:"金陵高寓"。

觉民吐了吐舌头,便含笑地拉着觉慧走了。

"奇怪,金陵高寓,不就是我们的家吗?"觉慧走出巷子,好奇地对觉民说。

"省城里金陵高家当然不止我们一家。……不过你注意到这些字是哪个写的？"

觉慧听见哥哥的问话感到奇怪，但是他忽然领悟了，便带笑答道："不是五爸写的吗？是，一定是他写的，我认得出来。"

"不错，是他写的，"觉民点头说。但是他忽然换了惊疑的语调自问道："那么为什么会贴在这儿呢？"

"因为这就是他的家，"觉慧恍然大笑道，他开始明白这一切了。

"他的家？……不是在我们公馆里头吗？"觉民不懂得这个意思，惊讶地问道。

"当然，他现在有两个家了。……我不久以前就听见高忠说起过，不过那个时候我并没有留心。现在才想起来了。……好，我们不久又有把戏看了！"

"我也明白了，不过家里的人恐怕还不晓得，"觉民带笑说。

"这个地方离三爸的律师事务所不远，三爸怎么会不晓得？我看总有一天会晓得的，横竖又有把戏给我们看了，"觉慧轻蔑地说，这时候他有了一种奇怪的感觉，他忽然觉得自己的道德的力量超过那个快要崩溃的空虚的大家庭之上，他并不以为这是夸张的想法。

"不好，下雨了，"觉民正要回答弟弟，忽然觉得一滴水落到他的额上，便惊惶地说，一面加速脚步往前面走。

"我们快点跑罢，大雨就要来了，"觉慧说了这句话，就开步跑起来。

不久大雨就落下来，等这两弟兄跑到家里，他们穿的洋布长衫已经湿透了。

"鸣凤，打脸水！"觉慧走到窗下，顺口叫出了这一声。他并不觉得说错了话。

"你还要叫鸣凤?她……"觉民说到这里忽然住了口。

觉慧回过头看了觉民一眼,也不回答什么,他的脸色马上变了。他换了语调颓唐地叫了两声"黄妈",听见左上房里有人答应,他吩咐了"倒脸水"的话,便无精打采地走进自己的房间,懒洋洋地换了湿衣服,刚才冒雨跑回家的勇气完全消失了。

黄妈提了水壶来,看见他们成了这个样子,不免说了许多责备的话,自然这都是好心的责备。而且她差不多要流出眼泪地说了"要是前头太太还在,决不会让你们这样没有照料"的话;又说了"你们为了前头太太,应该好好保重自己的身体,不应该这样不爱惜"的话;又说了"我在这儿完全是为了你们,不然我已经早走了"的话;又说了"鸣凤现在没有了,以后就只有我一个人服侍你们,要是你们不爱惜身体,万一我也死了,不晓得再有哪个来尽心服侍你们"的话;又因为鸣凤的死,说了"如今这个公馆已经成了浑水,我实在不愿意住下去"的话。这些话都是很伤感的,他们两人的心事都被它们引起来了。

黄妈说得够了,看他们换好了衣服,才叹息一声,移动着她的小脚一拐一拐地走出房去。

觉慧走出房来,雨已经住了,空气十分新鲜,又没有一点热气。他在阶上立了片刻,把每间屋里的灯光望了望,就信步走出去。他在大厅上站着。从书房里送出来读书的声音。他虽然不曾留心去听,但是这些声音依旧断续地进了他的耳里。什么"为人子者居不主奥,坐不中席,行不中道,立不中门……",这是觉英的声音;什么"五刑之属三千,而罪莫大于不孝。要君者无上,非圣人者无法,非孝者无亲……",这是觉群的声音;什么"行莫回头,语莫掀唇,坐莫动膝,行莫摇裙……",这是淑贞的声音。[1]……他听不下去,便转身朝里面走回去,但是读书的声音还从后面追上来。他走了两步又站住了。他感到一阵心痛。他茫然地把周围看了看,他开始疑惑自己的眼睛,在他的眼前只是一些空虚的影子。耳边响着的也只是空虚的声音,他不知道自己究竟是在什么地方。……

"这就是他们的教育!"一个声音不客气地闯进了觉慧的耳朵,使他的脑子起了大的震动。他吃惊地掉过头看,原来觉民站在旁边。他一把抓住觉民的袖子,热烈地欢迎他的哥哥,好像在广大无人迹的沙漠里遇到了一个熟人。这个举动倒使觉民有点不了解了。两个人就这样默默地走进里面去,两个人,在这个广大的世界里的两颗孤寂的心。

"三少爷!"觉慧听见有人在叫他,声音是他很熟习的。他抬起头朝声音来的方向看去,在一株大松树后面鸣凤露出了她的笑脸,两颗漆黑的眼珠活泼地转动着,一只手在向他挥动。他连忙抛掷了手里的书,站起来向她跑去。

他快要跑到松树跟前,她忽然缩回了头和手,在树后面不见了。他的眼前闪过一个紫色的影子,接着耳边又响起沙沙的声音,显然是她踏着枯枝败叶逃了。然而他定眼看时,又迷失了她的去处。他正在惶惑间,又听见她的清脆的声音在右边响起来。他掉过头去看,那边依旧只露出一张脸,而且显得更美丽更丰满。等他再追过去时,这张脸又突然不见了,过了一些时候,才在另一个地方现出来。

---

[1]觉英读的是《礼记》,觉群读的是《孝经》,淑贞读的是《女四书》。

后来她的整个身子终于出现了,她正向着河边一条路跑去。他在后面追她。他很奇怪她今天穿了华丽的衣服,他从来没有看见她这样打扮过。

她跑得很快,那根轻松的辫子不停地左右飘动。她时时回过头来对他微笑。但是她总不肯站住,却拚命向着河边跑。他在后面大声唤她,要她站住,要她当心不要误坠入河里,因为她离河岸近了。可是他的话还不曾说完,她就突然跌倒在地上,而且在离河岸很近的地方。

觉慧吃惊地叫了一声,就不顾死活地跑过去。他到了她的身边,才看见她很舒适地仰卧在地上,头枕着两只手,脸上带着笑容,两只眼睛闲适地望着无云的青天。

"你跌伤了吗?"觉慧说,他俯下头去看她的脸。

她噗嗤地笑了一声,就站起来,牵着他的手到河边岩石上坐下。两人面对面地望着,下面白黄色的河水时时凶猛地拍打岩石脚。

"觉慧,"她握着他的手,唤他的名字。

他装做不听见的样子。她又叫了一声,他依旧不回答。

"你为什么不答应我?"她嗔怒地问道。

"你平时不是这样唤我的,"觉慧摇着头开玩笑地说。

"我现在不同了,"她得意地答道,"我不是你们的丫头了。我也是一个小姐,跟琴小姐一样的。"

"真的?我怎么没有听见说过!"觉慧惊喜地说。

"但是现在你亲眼看见了。现在什么都不成问题了。我跟你是平等的了。你看见我父亲吗?"

"你父亲?我从来没有听说过你有父亲!"

"我父亲,他如今有了钱,他很久就想着我,到处访寻我的踪迹,后来才晓得我在你们公馆里头,正是你爷爷要把我送给冯家做姨太太的时候。他来找你母亲商量把我带走了,还是你母亲出的主意,把我的旧衣服丢在湖边,说是投水死了。……我就跟我父亲到这儿来。这是我父亲的花园。你不看见那座洋楼?我和我父亲就住在洋楼里面。现在我跟你中间再没有什么障碍了。我只问你现在还爱不爱我?"

觉慧随着她的手指去看那所西式楼房。他听见这句问话心里很高兴,但是他依旧装出顽皮的样子反问道:"爱你又怎样?不爱你又怎样?"

"倘若你还爱我,那么,你向我要求什么我都答应你,"她慢慢地说完这句话,脸上起了红云。

"真的?"他惊喜地问,"……"

"不要响,"她不等他的重要的话说出口,就用手势止住了他。"父亲在喊我!我去了,不要让父亲看见你才好。"她就把他留在岩石上,自己跳下去,走进树丛中不见了。觉慧痴痴地望着她的背影,似乎听见叫"凤儿"的声音,真是一个陌生的声音。

觉慧在那里等着,盼望她再来。虽然她并没有叫他等,但是他相信她一定会来,而且他不知道走哪条路出去。他连自己怎么会拿了一本书在人家的花园里躺着的事也不能够解释了。他等了许久。

忽然他的眼前又现出紫色的影子,他知道是她来了。这一次她不像先前那样地活泼了。她低下头,慢慢地走着,好像在思索一件重大的事情。

她上了岩石,依旧坐在他的对面。她垂着头悲声说:"我们的事情完了。"

他奇怪她的态度会变得这么快,便惊疑地问:"什么事情完了?"一面捧起她的脸来看。她的一对眼睛哭得红肿,脸上还有泪痕,方才看见的脸上的脂粉已经洗净了。原来她一直哭了这许久!

"你哭了!什么事使你哭得这样伤心?"他惶恐地问道。

她的心事被他的话引起,她又哭起来。他极力安慰她。后来她的悲哀减轻了些,她才向他叙说她的事情:她的父亲要把她嫁给一个中年官吏,因为贪图多的聘金,同时还希望得到一官半职。她对父亲说自己已经看中了别人,无论如何除了那个人不嫁。然而父亲的决心是不能打消的。她就回到自己的房里痛哭了一场。她说完,又埋下头去哭。

觉慧觉得自己又落在深渊里面了。他记起来自己在这短短的一生中已经失去了不少的东西。他想,现在无论如何不能够让这个失而复得的少女再失去了。他一定要拉住她。

逃!这个字像火花似地忽然在他的脑子里亮了一下。他想,除了逃以外再没有别的路了,便把这个意思告诉她。

她很高兴地赞同这个计划,并且破涕为笑地说她有逃的办法。于是她跳下岩石,引着他走过曲折的小径,走到了凹入的一段河岸。柳树下锁着一只小船。她开了锁,两人急急地跳上船,荡起桨来。

"水大,小船很难划,要当心啊,"她对觉慧说,微微露出不安的样子。

"不要紧,我会当心。现在只有这条生路了,"觉慧这样答应着。

船动起来,向对岸驶去。起初船流得很平稳,很快。但是渐渐地风大了,浪也大了。一个浪打来,好像就要吞掉这只小船一般,小船颠簸得非常厉害。船愈往前进,河面愈宽。起初还看得见的对岸,却渐渐地退后了。他们两个依旧用力荡着桨,费了很大的力,小船还是在河中间颠簸,不能够停,也找不到一个避风的地方。一个浪起来,好像一座山似地把他们压倒了。接着顶上冒出来的白浪花又有力地向船上扫来。他们避得开就避,避不开就只有忍受。上身的衣服完全打湿了,他们还不得不时时保护着眼睛。一个浪过去了,他们连忙用力划几下,让船前进几步。第二个浪一来又把船打得一颠一簸,使它完全失掉了抵抗力。

"我看,这样划无论如何划不到对岸,"他绝望地说。

"可是除了这个就没有别的办法了,"她忧愁地说。

"你看,那是什么?"觉慧忽然掉过头看后面,惊恐地说。

一只汽艇正开足了马力从后面追来。

"我父亲追来了,快划!"她的脸色马上变成了苍白,她用颤抖的声音说了这句话以后,就握紧桨拚命地划。小船在风浪中依旧走得很慢。汽艇却越来越近了。

一个浪从右边打过来,船身一动,几乎翻倒了。两个人连忙用力把船稳住,但是船依旧东飘西荡。后面响起了枪声。一颗子弹向小船射来。小船上面的两个人都埋下头躲避,子弹正从觉慧的头上飞过去,落在水里,马上被一个大浪吞掉了。

后面又放了一枪。这一次子弹来得低一点,刚刚落在觉慧的身边,接着一股浪花直往小船里射。小船往右边一侧,鸣凤的手一松,那把桨马上滑落在水里了,一瞬间就被波浪送到了远远的地方。鸣凤惊惶地叫了一声。

"你怎么了?"觉慧惊问道,一个大浪向他的脸上打来,他不觉咽了一口水。他还死死地握着桨,并不揩去脸上的水花。他用了极大的努力忍耐着，等他能够睁开眼睛看时，小船跟汽艇中间的距离更缩短了。那一条白的水痕挟着吵闹的响声直向他们奔来。

"我们还是划回去罢，"少女的脸色显得更苍白了，她一脸的水珠，就像是狼藉的泪花，头发散乱地贴在额上，她惊恐地说，"现在逃不掉了！还是让我回去罢，免得连累了你。我是不要紧的。只要我回去，他们就不会害你。"她说着，放声大哭起来。

觉慧不回答，只顾拚命地划船。可是他的力气已经用尽了。在对面她蒙了脸伤心地哭着，她的哭声割着他的心。前面是茫茫的一片白水，看不见岸边。后面是汽艇和它的响声和人的叫喊。浪似乎小了一点，但是他的两只手和一把桨也终于无法应付了。就在这种绝望的情形中他还是不顾一切地拚命挣扎。他只有一个念头：不要失掉她。

然而希望完全消失了。他的手已经不能够划动这只在风浪中颠簸的小船了。他只有等待灭亡的到来。他知道他一动手或者把身子一侧他就可以把船弄翻，他们两个就会一起葬身在水底，她不会再被人夺去了。可是他不能够想到让她死，他实在不能够忍受这个念头。于是他踌躇了。他停了桨，让波浪来决定他们的命运，或者等汽艇来追上他们。……

他很快地看见人把她抢到汽艇上去，他站起来救她。就在这一刹那小船翻了，而且破碎了。他不知道这件事情是怎样发生的。他仓卒间抓住一块木片飘浮在水上。他看见她在汽艇上被人抱着，挣扎不脱。她的眼睛还不住地朝他这里看。她向他伸出了两只手，她不住地挥动它们。她大声哭唤他的名字。他拚命地高声答应。他疯狂地唤她。他忘了自己地嘶声叫着，他把他的全部力量都放在叫声里面。然而汽艇已经掉头向归路走了。

波浪压住了她的声音,她的面影也开始模糊了。他眼睁睁地看着别人把她夺了去,而自己孤零零地飘浮在河上。没有人来救他。汽艇终于看不见了。远远的只有一线黑烟。黑烟里仿佛还现出她的绝望地挣扎的姿态。波浪的声音里也有她的悲惨的哀叫。河面是那样地宽。他觉得自己一点力量也没有了。水里好像有什么东西推他,拉他,他随时都会放开手。他的声音已经很微弱了,但是他还痴痴地唤着她的名字。那一线黑烟已经看不见了,但是他的眼睛还呆呆地望着汽艇驶去的地方。他的手渐渐地放松了那块木片。于是一个大浪卷来。眼前是无边的黑暗。……

他的梦醒了。波浪没有了,汽艇也没有了。他躺在铺着凉席的床上,手里抓着薄被的一段,紧紧地压在胸膛上。他的心跳得很厉害。他仿佛已经死过了一次。他慢慢地拉开薄被。他听见自己的心跳。他觉得眼角还留着泪痕。从麻布帐子里他看见方桌上的清油灯发出半明半暗的灯光,屋子里显得死气沉沉。帐子内响着一只蚊子的哀鸣。窗外正落着雨,不知道已经落了多少时候了。雨滴在石板上就像滴在他的心上一样。他知道方才的一切只是一场梦。但是他还把它们记得很清楚,好像这些事真正发生过一般。他的心还很激动,他觉得有满腹的话要找一个人来听他诉说。他侧头去看睡在他身边的哥哥,哥哥正含笑地酣睡着。哥哥也许做着好梦罢。他把哥哥的脸看了好一会儿,随后又接连嘘了两三口气,然而过了一些时候,无名的悲哀又袭来了。

二十九

在高家,在这个大公馆里,鸣凤的死和婉儿的嫁很快地就被人忘记了,这两件同时发生的事情并没有给高家的生活带来什么影响。大家只知道少了两个婢女,主人们马上又买了新的来代替,绮霞代替了鸣凤,翠环代替了婉儿,在人的数目上来说,并没有什么变动。(绮霞是一个寄饭的丫头,她的家在乡下。翠环跟她的小姐淑英同岁,是死了唯一的亲人——父亲以后被人卖出来的。)在很短的时期中鸣凤的名字就没有人提起了。只有在喜儿、倩儿、黄妈和别的几个人的心中,这个名字还常常唤起一段痛苦的回忆。

觉慧从此也不再提鸣凤的名字,他好像把她完全忘掉了,可是在心里她还给他留下一个难治的伤痕。然而他也没有时间来悲悼她,因为在外面又发生了一件事情。

先前在《黎明周报》第六期出版以后,外面就流传着官厅要封禁周报的谣言。这个消息自然使觉慧一般人激动,但是他们并不十分注意它,因为他们还没有这种经验,而且他们不相信张军长会让他的部下这样做。第七期周报平安地出版了。订户的数目又有了新的增加。周报社的社址也已经租好。他们就在商业场楼上租了一间铺面，每天晚上社员们自由地到那里聚会，日里并不开门（星期日除外），所以连在商业场事务所服务的觉新也不知道觉慧常常到那里去。

商业场的主要营业是在楼下，楼上只有寥寥二三十家店铺，大部分的房屋都空着。周报社就孤单地立在一些空屋中间。每天，一到傍晚就有两三个青年学生来把铺板一一卸下，把电灯扭燃，并且把家具略略整理，十几分钟以后热闹的聚会开始了。每晚来的人并不多，常来的不过六七个，偶尔也有女的，譬如许倩如也来过两次。他们在这里并不开会，不过随便谈谈，而且话题是没有限制的，什么都谈，凡是在家里不便谈的话，他们都在这里毫无顾忌地畅谈着。他们有说有笑，这里好像是他们的俱乐部。

觉慧有时同觉民一起来。不过他并不是每晚都来，觉民来的次数更少。每个星期二晚上觉慧总要到周报社，因为周报的发稿期是星期三早晨，他们星期二晚上要在这里把稿件编好。张惠如和黄存仁都要来看稿。

第八期周报集稿的晚上，就是在鸣凤死后的第二天晚上，觉慧照例地到了周报社。他看见许倩如拿了一张报纸对几个朋友朗读。她读的是警察厅禁止女子剪发的布告。这个布告他已经见过了，听说是由一个前清秀才起稿的。可是就内容来说，不但思想上十分浅陋，连文字也不通顺。所以许倩如读一句，众人笑一声。

"真岂有此理，不晓得在说些什么！"倩如说着，恼怒地把报纸掷在地板上，然后在一把藤椅上坐下来。

"最好把它登在第八期周报的'什么话'里头，"黄存仁笑着提议道。

"好!"许倩如第一个叫起来。

众人都赞成。不过张惠如又说应该写一篇文章把这个布告痛驳一番。这个意见众人也同意了。大家便推黄存仁写这篇文章,黄存仁却又推到觉慧的身上。觉慧因为自己心里正有满腹的牢骚要找个机会发泄,并不推辞就在书桌前坐下来。他取了一张稿纸拿起笔就写。

他先写了一个题目《读警厅禁止女子剪发的布告》,然后继续写下去,他时而把笔衔在口里一面翻看布告。众人都围了桌子站着看他写。他很快地就写完了。文章并不长,由他自己读了一遍,众人说还可以用,黄存仁又动笔改动了几个字,便决定编在第八期周报的第一版上面。只有吴京士,一个年纪较大而且比较谨慎的社员说过一句话:"这一下恐怕会把鼓打响了。"

"不要怕它,越响越好!"张惠如兴奋地说。

第八期《黎明周报》在星期日早晨出版了。午后觉慧和觉民照常到觉新的事务所去。他们在那里坐了不久,觉慧一个人偷偷地跑到周报社里来。张惠如、张还如、黄存仁和另外两三个人都在那里,他向他们问起这一期周报的销路,他们说还好,刚才在一两家代派处去问过,据说报一送到,就有不少的人去买。

"你的月捐应该缴了,"做会计的黄存仁忽然笑着对觉慧说。

"明天给你送来罢,今天身上没有钱,"觉慧摸了摸衣袋,抱歉地笑答道。

"明天不送来是不行的啊,"黄存仁含笑地说。

"他要钱的本领真厉害!我也被他逼得没有办法,"张惠如走过来插嘴说,他的三角脸上带了笑容,他拿手指指着黄存仁。

"我今天干了一件有趣的事情。我今天早晨出来,居然在箱子里头找到一件去年新做的薄棉袍子穿在身上。这个时候穿棉袍子!太笑话了!我姐姐恐怕会疑心我有神经病。我说我冷,一定要穿着出去,我姐姐也把我没有办法。哈哈……"他把众人都惹笑了。他一面笑,一面说下去:"我穿了棉袍从家里走出来。真热得要命!……热得真难受。幸好当铺离我家还不远,我走了进去把棉袍寄放在那里。出来时非常轻松,非常舒服,而且又有钱缴月捐。还如今天没有回家,我刚才在路上碰见他,对他说了,他也忍不住大笑,"他说完又跟着众人笑了一阵。

"那么你回去怎样对你姐姐说呢?"觉慧忽然问道。

"我早想到了。就说后来觉得热了,把它脱在朋友家里。她不会起疑心。如果真瞒不住她,就说了真话也不要紧。她也许会出钱替我取回来,"张惠如得意地答道。

"我真——"觉慧本来要说"我真佩服你"这句话,可是只说了两个字就住了口,因为他看见两个警察走了进来。

"这一期的报还有没有?"那个有胡须的警察问道。

黄存仁取了一份报递给他们,一面说:"有的,三个铜元一张。"

"我们不买报,我们是奉了上头命令来的,"那个年轻的警察抢着说,"剩下的报纸我们都要带去。"他把这里剩下的两束报纸全拿走了。

"你们还要跟我们到厅里去一趟,不要都去,去两个人就够了,"有胡须的警察温和地说。

众人吃惊地互相看了片刻,都走上前去,说愿意跟他们去。

"太多了,我说过只要两个人就够了,"有胡须的警察现出为难的样子,摇手说。后来他指出了张惠如和觉慧两个人,要他们跟着他到厅里去一趟。他们果然跟着两个警察走了,其余的人也都跟在后面。

他们刚转了弯,正要走下楼梯,那个有胡须的警察忽然回过头来对觉慧说:"算了,你们不要去了。还是回去罢。"

"这究竟是什么缘故?你们有什么理由没收我们的报纸?"张惠如气愤地质问道。

"我们奉了上头的命令,"那个年轻的警察已经把报纸拿下楼去了,走在后面的有胡须的警察依旧用温和的声音答复他们。他正要下楼,忽然站住了,回过头对他们说:"你们年轻人不懂事,我劝你们还是安分地好好读书,不要办报,管闲事。"他说完就慢慢地走下楼去。他们也回到报社去商量应付的办法。

大家愤激地谈论着,各人提出不同的意见。他们谈了许久还没有谈出结果。另一个警察来了,他送了一封公函来。张惠如拆开信当众朗读。信里的话十分明显:"贵报言论过于偏激,对于国家社会安宁秩序大有妨碍,请即停止发行。……"措辞于严厉中带了客气。这样的封禁报纸倒是别开生面。《黎明周报》的生命就这样地给人割断了。

于是来了一阵悲痛的沉默。对那几个把周报当作初生儿看待、爱护的人,这封信是一个不小的打击。他们有着诚恳的心和牺牲的精神,他们渴望着做一些有益的事。他们以他们的幼稚的经验和浅短的眼光看出了前面的一线光明,他们用他们的薄弱的力量给一般人指出了那一线光明所在的方向。通过周报他们认识了许多同样热烈的青年的心。在友谊里,在信赖里,他们也找到了安慰。可是如今一切都完了。短短的八九个星期的时间,好像是一场奇异的梦。这是多么值得留恋的梦啊!

"我现在才晓得,什么新都是假的!什么张军长,还不是一样!"张惠如愤激地骂起来。

"你不看见在这个社会里旧势力还是那样根深柢固吗?"黄存仁站起来,搔着他的短发苦恼地说。"不要说一个张军长,就是十个张军长也没有用!"

"总之,我说他的新是假的!"张惠如接着说,"他的所谓新不过是聘几个外国留学生做秘书顾问,讨几个女学生做小老婆罢了。"

"不过他去年在外州县驻扎的时候,也曾在上海、南京等处请了些新人物来讲演,"黄存仁顺口说了这一句话。

"够了,"张惠如冷笑道,"你又忘了罢?他在欢迎会上的那篇演说辞!……秘书给他拟好了稿子,不晓得怎样他背出来的时候恰恰把意思弄反了。欢迎弄得不成其为欢迎,把那些所谓新人物弄得笑又不是,气又不是。他这种笑话,想来一定还很多!"

黄存仁不作声了。他的脑子里还有更大的问题在等他考虑。至于张惠如呢,他说了这些话,不但对当前的大问题没有帮助,便是自己的愤怒也不能由此减轻。他的心里、脑里还是热烘烘的,他觉得还有很多、很多的话要说出来,因此他又气愤地说话了:

"我说马上换个名字搞起来,内容一点也不改,看他们怎样对付?"

"好,我赞成!"这些时候不说话的觉慧开口附和道。

"不过我们也得先商量一个妥当的办法,"沉溺在思索里的黄存仁抬起头,沉吟地说。这样就引起了他们的长时间的讨论,而终于达到了最后的决定。

最后的决定是《黎明周报》停刊,印发通告寄给各订阅者,同时筹备创刊新的周报。他们还议决把现在的周报社改作阅报处,将社员所有的新书报都放在这里陈列出来,免费地供人阅览。这也是一个传播新文化的好办法。

这样地决定了以后,众人便不再像先前那样地苦闷,那样地愤激了。他们已经找到了应付的办法,他们马上就开始新的工作。

热心是多么美丽的东西!它使得几个年轻人在很短的时间里就把一切的困难克服了。隔了一天他们就把利群阅报处成立起来。再过两天《利群周报》发刊的事,也筹备妥当了。

星期二没有课,因为大考就要开始了。觉慧和觉民一起去参加了利群阅报处的开幕,回家刚赶上午饭的时间。这一天的生活给了觉慧一个很好的印象,他从来没有像这样地感动过。谈笑,友谊,热诚,信赖,……从来没有表现得这么美丽。这一次十几个青年的茶会,简直是一个友爱的家庭的聚会。但是这个家庭的人并不是因血统关系和家产关系而联系在一起的;结合他们的是同一的好心和同一的理想。在这个环境里他只感到心与心的接触,都是赤诚的心,完全脱离了利害关系的束缚。他觉得在这里他不是一个陌生的人,孤独的人。他爱着他周围的人,他也为他周围的人所爱。他了解他们,他们也了解他。他信赖他们,他们也信赖他。起初他跟别人一样热心地布置一切,后来布置就绪,茶会开始的时候,他也跟别人一样地吃着茶点,尽情地分享着欢聚的快乐。他们畅谈着种种愉快的事情。那些黑暗的、惨痛的一切,这时候好像都不存在了。

"要是常常有这样的聚会就好了!"觉慧兴奋地对觉民说,他几乎欢喜到落泪了。觉民感动地点着头。

然而茶会终于闭幕了。在归途中觉慧跟觉民谈着种种的事情,觉慧的心里还是热烘烘的。可是他一回到家,走进了大厅,孤寂便意外地袭来了。他好像又落在寒冷的深渊里,或者无人迹的沙漠上。在他的眼前晃动着一些影子,都是旧时代的影子,他差不多找不到一个现代的人,一个可以跟他谈话的人。

"寂寞啊!难堪的寂寞啊!"觉慧诉苦般地叹息道。他的苦恼增加了。在午饭的时候,他在每个同桌者的脸上都见到苦恼的痕迹。继母在诉说四婶和五婶的战略。在后面响起了四婶骂倩儿的声音,不久在天井里又开始了五婶和陈姨太的对骂。他匆忙地吃了饭,把筷子一放就往外面跑,好像有什么可怕的东西在后面追赶他一般。

接着觉民也出来了。他们弟兄两个又一道出去散步。

"我们再到'金陵高寓'去看看,怎样?"觉民含笑地提议道。

"也好,"觉慧简短地回答了一声。

他们在街上默默地走着,不久就到了那个僻静的巷子。

这是一个很好的晴天,天气清朗,天空没有一片云。月亮从树梢升起来,渐渐地给这条傍晚的街道镀上了一道银色。没有人声。墙内树枝上,知了断续地叫着。他们踏着自己的淡淡的影子,轻轻地在鹅卵石路上移动脚步,走到了"金陵高寓"的门前。两扇黑漆门依旧紧紧地闭着。他们推了一下,并没有动静。他们便走过这里往前走了,走到巷口又回转来。这一次他们走过槐树下面,听见上面有小鸟的啼声,便站住抬头去看,原来槐树的一根大丫枝上面有一个乌鸦巢,他们仿佛看见两只小鸦伸起头在巢外呀呀地啼叫。

这一幕很平常的景象却把这两个青年大大地感动了。两个人不自觉地把身子靠近。哥哥把自己的微微颤动的手伸出去握紧弟弟的手,用悲叹的声音说了一句:"我们正像这对失了母亲的小鸦。"他的眼泪落下来了。弟弟不回答,只是把哥哥的手紧紧捏住。

他们的头上忽然响起了乌鸦的叫声,接着是扑翅的声音,一个黑影子在他们的泪眼前面一闪。老鸦很快地飞进了巢里。两只小鸦亲切地偎着它,向它啼叫,它也慈爱地爱护它们,咬它们的嘴。巢里是一片欢乐、和谐的叫声。

"它们现在有母亲了,"觉民用苦涩的声音说,便埋下头看站在他身边的弟弟。觉慧的眼里也闪着泪光。

"我们回去罢。"觉民说。

"不,让我再站一会儿,"觉慧回答了一句,又举起头望鸦巢。

忽然从独院里送出来一阵笛声,吹的是相思的小调。声音婉转而凄哀,里面似乎含着无处倾诉的哀愁。在他们的眼前仿佛展开了一个景象:一个女子倚着窗台望着半圆的月,想起了她的远行的情人,把怀念寄托在这根细长的小竹管里,发出这样动人的哀声,这里面包含着一段哀婉的爱情故事,这里面荡漾着一个孤寂的生存的悲哀。这个流行的民间曲子,他们很熟习。因为在他们的公馆里也有人常常叫了卖唱的瞎子进来,用他的假嗓唱这一类的小调。词句固然鄙俗,但这究竟是人生的呼声,如今又是在这样的环境里面。

"有人来了!"觉民忽然警觉地说,拉着觉慧要走。他知道来的是什么人。

觉慧掉头一看,正是克定的轿夫抬着轿子刚转过弯,远远地向他们走来,高忠也在旁边跑得气咻咻的。"怕他做什么!我们背向他立着,装做不看见就是了!"觉慧说,他站住不肯走,觉民也只得留在那里。

很快地轿子就在他们的身边过去了。他们听见高忠跑去叫门,于是门开了,轿夫的脚步声消失在独院里面。门马上又关住,笛声也忽然中断了。

"现在回去罢,"觉慧说着,便掉转了身子。

两人慢慢地走着,还没有走出巷子,又看见一乘轿子迎面走来。他们带着惊讶的表情看着轿子走了过去。轿子后面跟着克安的仆人赵升,也是跑得气咻咻的。

"奇怪,难道四爸也到那儿去?"他们走出了巷子,觉民惊讶地说。

"他为什么不去?"觉慧冷笑道。"你不要看他写得一手好字,而且会做出正经样子,他在家里不是也闹过好多笑话吗?"于是在他的脑子里出现了种种关于克安的故事,从跟女佣发生不正当的关系起,一直到把旦角张碧秀弄到家里来化装照相为止。"他们都是一样。我说他们都是一样!然而他们还要在我们面前摆起长辈的架子,说我们没有子侄辈的礼貌!"他气愤地说。"只有大哥怕他们,只有大哥跟他们敷衍。我是不怕的。"

"不过大哥也有他的苦衷,"觉民淡淡地解释了一句。

他们回到家里,觉民开始温习功课,准备大考。觉民的性情是这样:他常常是乐观的,有时也是健忘的,虽然有过不如意的事情,但是很快地就忘记了,他摊开书本便可以把心放在书上。而觉慧却不然。他比哥哥更热情些,性子更急躁些。他也打算温习功课,可是他摊开书,心里反而更烦躁了。难堪的寂寞开始折磨他的心。无名的苦恼也来包围他。那把椅子好像是放在烈火上面,他一刻也不能坐,便长叹一声阖了书站起来。

"你要到哪儿去?"觉民关心地问道。

"出去走走,心里烦得很。"

"好,快点回来,后天就要大考了,你也该好好地温习功课,"觉民温和地说。

觉慧答应一声就走出房来,一个人往花园里去了。

进了花园好像换了一个境界,他觉得心里稍微平静一点。他慢慢地走着。

银白的月光洒在地上,到处都有蟋蟀的凄切的叫声。夜的香气弥漫在空中,织成了一个柔软的网,把所有的景物都罩在里面。眼睛所接触到的都是罩上这个柔软的网的东西,任是一草一木,都不是像在白天里那样地现实了,它们都有着模糊、空幻的色彩,每一样都隐藏了它的细致之点,都保守着它的秘密,使人有一种如梦如幻的感觉。

觉慧渐渐地被这些景物吸引住了。他平静地欣赏着周围的一切,他对它们感到了兴趣。他信步走着。他走着元宵夜他们游湖时所走的旧路。可是他并不去回忆那时的情景和那时的游伴。

他走上圆拱桥,在桥上倚着栏杆立了片刻,埋下头去看水面。水上现出自己头部的黑影。他把眼睛放开去看,水里现着一个蓝天,半圆月慢慢地在那里移动。猛然间出乎意外地水里现出一张美丽的脸,这张脸曾经是他所极其珍爱的。他的心开始痛起来,他又在思念她了。

他掉过头不敢再看水面,他急急地走过了桥。

他过了桥,走到草地上,无意间又看见那只拴在柳树上的船。这也给他唤起了往事。他连忙避开它,又从圆拱桥走回到对岸去。

他沿着湖畔的小路慢慢地走,走完了松林,转弯到了水阁前面。他想打开水阁的门进去歇一会儿,忽然他看见前面假山背后起了火光。他吃了一惊,几乎要叫出声来。他在玉兰树下立了片刻,静静地望着假山那边。火光还是一股一股地直冒,不过并不大。这时候在这个地方怎么会有火光?又没有听见什么声音!他始终回答不出这个疑问,于是壮起胆子轻脚轻手地向那边走去。

觉慧转过假山,并没有看见什么。火光还在斜对面一座假山背后。他又向那座假山走去,一转弯就看见一个女人蹲在地上烧纸钱。

"你在这儿做什么?"他惊怪的大声问道。

那个长身材的少女吃惊地站起来,抬起头望着他,叫了一声"三少爷"。

他认得这是四房的丫头倩儿,便说:"原来是你!几乎把我吓了一跳!你在给哪个烧钱纸?怎么跑到这儿来烧?"

"三少爷,请你千万不要出去向人说。我们太太晓得又要骂我,"那个少女放下手里的纸钱,走过来哀求道。

"你告诉我你给哪个烧纸钱。"

倩儿垂下头说:"今天是鸣凤的头七。……我想起她死得可怜,偷偷买点钱纸给她烧,也不枉生前跟她好一场。……我只想,在这儿一定不会给人碰见,怎晓得偏偏三少爷跑来了!"又说:"三少爷,鸣凤也是你们的丫头,她服侍了你八九年,你也可怜可怜她罢,让我好好给她烧点钱纸,免得她在阴间受冻挨饿……"她的最后的话差不多是用哭声说出来的。

"好,你尽管烧,我不向别人说,"他温和地说着,一只手压住自己的胸膛,他觉得有什么东西刺痛他的心。他默默地看着她烧纸钱,并不眨眼睛。他这时候的心情,她是不会猜到的。

"你怎么分两堆烧呢?"他忍痛地悲声问道。

"这一堆是给婉儿烧的,"她指点着说。

"婉儿?她还没有死嘛!"他惊讶地说。

"是她喊我给她烧的。她上轿的时候对我说过:'我迟早也是要死的。不死,以后也不会有好日子过,就是活着也还不如死了好。你就当作我已经死了。你给鸣凤烧纸的时候,请你也给我烧一点。就当作我是个死了的人。……'我今天当真给她烧纸。"

觉慧听见这凄惨的声音,想到那两段伤心的故事,他还能够为这个少女的愚蠢行为发笑吗?他无论如何不能够笑,而且也不想笑了。他挣扎了一会儿,才困难地说出一句:"你烧罢,烧得好!"就踉跄地走开了。他不敢回过头再看她一眼。

"为什么人间会有这样多的苦恼?"他半昏迷地喃喃自语道,他抚着他的受伤的心走出了花园。

他走过觉新的窗下,看见明亮的灯光,听见温和的人声,他觉得好像是从另一个世界里逃回来了一样。他忽然记起了前几天法国教员邓孟德在讲堂上说的话:"法国青年在你们这样的年纪是不懂得悲哀的。"然而他,一个中国青年,在这样轻的年纪就已经被悲哀压倒了。

三十

  暑假来了。这些日子里，觉民有更多的机会跟琴在一起，觉慧有更多的时间参加他那般年轻朋友的聚会、谈话和工作。新的刊物在新的努力下出版了，又有了新的读者。事情进行得很顺利。

  在暑假期间高公馆里还有一件大事，高老太爷的六十六岁诞辰快到了。

  克定第一个主张用盛大的仪式庆祝这个日子。他认为应当在公账上特别提出一笔款子来筹备庆祝典礼。克定甚至强调地说："横竖有的是用不完的钱，每年要收那么多担租谷。刘升下乡回来说，今年收成好，虽然有兵灾，还可以比去年多收一点。多花几个钱也不要紧！"管事刘升的话是大家听见的。克安非常赞成克定的主张。平日管账的克明考虑了一下也就同意了。他还把这个意见向老太爷报告，并且参照父亲的意思拟了一些具体的办法。

  日期近了。礼物潮水似地接连涌来。人们组织了办事处接收贺礼，散发请帖。许多人忙着，觉新甚至因为这件事向公司请了一个星期的假。公馆里添了许多盏电灯，到处张灯结彩，装饰得十分富丽堂皇。中门内正对着堂屋的那块地方，以门槛为界，布置了一个精致的戏台,把本城的各班名角,无论是唱京戏或川戏的,都请来唱三天戏。门槛外大厅上用蓝布帷围出了一块地方,作演员们的化妆房间,还另外在右面的小客厅里布置了两个专为著名旦角用的化妆室。戏目是克定排的,他对这些事显得是一个出色的专家。克安也参加了这个工作。

这其间众人都忙着,各人有各人的职务,只便宜了觉民和觉慧两个人,他们不但不做任何事情,反而常常溜到外面去。只有在正式庆祝的三天里面他们才不得不留在家里,不得不时时在人前现身。

在这三天里面他们得到了从来不曾有过的经验。这个家在平日虽然使他们讨厌,但是他们多少还认识它。在这几天里它却完全改变了面目。它变成了戏院,变成了市场。到处都是人,都是吵闹的声音,都是不自然的笑脸。连他们的房间也暂时被较熟一点的客人占据了。这一处形成一个小集团,有几个瞎子在那里弹洋琴,唱《大贺寿》一类的调子;那一处形成一个小集团,有几个瞎子拉着胡琴在那里唱淫荡的小调,男人尖起喉咙拚命挣出女音,女人又极力装出男人的粗大的声音;又有一处形成一个小集团,大家围着一个布帷听里面的特别口技,因为布帷里面发出的尽是些使人肉麻的男人跟女人调情的声音,所以没有经验的年轻人是不能去听的。

戏在第一天下午开锣。除了几出应景的戏外,大部分的戏都是戏单上没有的,这并不是那个专家的权威有了动摇,只是因为有些尊贵的客人临时点了些更动人、更有趣的戏,而且是特别嘱咐过要认真细致地表演的。于是在川戏里像《打饼调叔》、《桂花亭》之类,京戏里像《翠屏山》、《战宛城》之类都接连地演出来了，而且比较在戏园里表演得更细致，到了使得女客和年轻人红脸而中年人和老年人点头微笑的地方，三老爷克明的听差，那个声音宏亮口齿清楚的文德便在戏台上出现了，手里拿了红纸条高声念道："某某大人或某某老爷赏某某人（旦角）若干元。"于是得到了赏封的旦角便向着那个给赏的尊贵的客人请安谢赏，飞了眼风，尊贵的客人的庄严的脸上立刻现出了满足的笑容。

但是这样还不能使那些尊贵的客人十分满足。于是在一出戏演完以后那个得赏的旦角还要带装下台给尊贵的客人陪酒。克安的岳丈王老太爷拉着小惠芳的手，灌他的酒。克明的同事有一部大胡子的陈克家让张小桃偎在他身上给他敬酒。于是笑声、叫喊，以及种种恶俗的丑态，甚至是年轻人所梦想不到的，都在尊贵的客人的席上表现出来了，使得在旁边伺候的仆人们交头接耳地议论他们。坐在戏台前面的高老太爷是这三天来被大家庆祝的寿星，他坐在表弟唐大人和老友冯乐山老太爷的旁边。他看见了这一切，满意地微笑了。他又把眼睛掉回去望戏台，他便不再把眼睛掉开，因为这个时候他所喜欢的那个旦角（也就是克安所喜欢的）张碧秀出台了：张碧秀满头珠翠，踩着跷，穿一身绣花的粉红缎子衫裤在台上扭来扭去。克明三弟兄带笑地往来筵席间去应酬客人，连觉新也在后面跟着他们跑。

这一切情形都是觉民和觉慧在旁边亲眼看见的，而且只有他们两个人对这一切抱着强烈的反感。在这个家里，在这个环境里，他们完全成了陌生的人。四周的闹声和笑语，好像是他们所不能了解的语言；那许多往来、谈笑、喊叫、酗酒的生物，好像不是他们的同类的人。许多张脸他们似乎认识，而仔细看去，又像从未见过，他们有几次甚至疑惑起来，不知道这里究竟是什么地方,也不知道要怎样做才好。别人的举动已经告诉了他们:在这个环境里他们是完全不需要的。但是克明和觉新们不肯让他们离开这里,因为需要他们来凑数。他们两弟兄应当留在家里担任戏台上跑龙套的角色。他们被安插在一桌较不尊贵的客人的席上,做笑脸,举酒杯,吃菜,不像一个人,只像一副机器。第一天觉慧忍耐下去了,晚上接连做了些噩梦。第二天他不能够再忍耐,在早饭与午饭之间偷偷地溜出去一次,在新的青年朋友那里受到了嘲笑,然后又得到了安慰,于是有了勇气回家来忍受新的侮辱(觉慧称这为"侮辱")。但是第三天他却失去了溜走的机会。

梅跟着钱太太来过,她穿着她平日很少穿的发亮的浅色衣裳,系着素色裙子,脸上也常露笑容,瑞珏亲热地接待她。她们谈了许多话。晚上她走得早。第二天早晨她差人给瑞珏送一封短信来:她生病了。梅的病是真病。在这些日子里她的病更深了。她的脸上带了一点病容,但是看起来却添了一种回光返照的美,使得稍微敏感的人都起了痛惜的感觉,知道这颗美丽的星快要陨落了。可是在这个家里有这种痛惜的感觉的人并不多。觉新自然是一个,他也许是最关心梅的人,然而在他跟她中间有许多无形的栅栏(至少在他看来是有的),他们只能远远地互相望着,交换一些无声的语言。他们连单独在一处多谈几句话的机会也要避开。他们两个人都以为这样做或者可以减少彼此的痛苦,而事实上却得到了相反的效果。所以他是一天一天地瘦了;她也是一天一天地瘦了,她甚至常常吐血。周氏也喜欢梅,但是她不能够了解梅的心事,她也不能够给梅以真正的安慰。其实这样的安慰谁也不能给,便是了解梅最深而且近来跟梅十分要好的瑞珏也不能够给梅以真正的安慰。

琴也来过,在淑英的房里睡了一个晚上,第二天很早就回家去了。她说人不舒服。她真聪明,会装病。当天她就叫张升偷偷地送了一封信给觉民,要他到她的家去。

觉民得到琴的信,马上找一个机会偷偷地溜到琴那里去了。他跟琴很自由地畅谈着各人的胸怀。他从姑母家出来,心里很高兴,很快地走回自己的家。但是出乎意料之外,他还没有走到堂屋门口,就被迎面走来的觉新看见了,觉新低声问他:"到琴那儿去了来,是不是?"他吃了一惊,半晌说不出一句话,最后点了点头。

"我晓得,我先前看见张升私下递信给你。我也知道琴装病。我知道你们的事情,"觉新依旧低声说,脸上现出了笑容,这是苦笑。觉民不说话,他也笑了,他的笑却是满意的微笑。

觉新朝四周看了一下,他看见克明在旁边走过,便换上一副笑脸跟克明说了两三句话,等克明走开了,又接着对觉民讲话,声音依旧很低,但是脸色变了。他说:"你倒幸福,你可以做你自己想做的事情。……我也想去看一个人的病,然而我连这点自由也没有。她病到这个样子,我却不能够到她家里去看她。她今天给你嫂嫂写了信来。她还说,看见我气色不大好,要你嫂嫂多多劝我把心放宽些。你想我怎么能够放宽心?我明知道她这时候很需要我,她……她……"他说不下去了。

觉民听了这几句话,很感动,就说:"大哥,你也太苦了。我劝你还是趁早忘记梅表姐罢,你多思念她,只是苦了你自己,而且你想着她,又怎样对得起嫂嫂,你不是也爱嫂嫂吗?"

觉新的脸色完全变青了,他含着满眼的泪水望着觉民,半晌不说话,过后忽然生气地断续说:"她这样劝过我,现在你也这样劝我!大家都这样劝我。……你的见解跟他们完全一样!……在这个时候说这种话还有什么用?……"话还没有说完,他就掉头走开了。

这时候觉民才知道觉新从他这里所希望得到的并不是这样的答语。然而除了这个,他还能够怎样回答他的大哥呢?他又想起觉新说话是这样,行为又是那样。他觉得不可理解。在这个家庭里到处都是谜,都是他解不开的谜。他立在那里,用他的茫然的眼光去看戏台上矮小的丑角和长身玉立的旦角(他认得这就是四爸喜欢的张碧秀)怎样细致地调情,然后又去看那些满意地笑着的观众,尊贵的,和较不尊贵的,以及完全不尊贵的,那许许多多的观众。他轻蔑地笑了笑,过后又把觉新方才说的话完全忘记了。他慢慢地踱着,心里在盘算他自己的那件重大事情。于是他的眼前依次地出现了美丽的幻景。

过去的种种事情,未来的种种事情,他都看见了,这都是关于他和她的。他很乐观,因为她给了他勇气和确信。她已经完全信任他了,不仅信任他,而且坚决地对他表示不会使他失望。他跟她中间,事情进行得很顺利。最初,每天在补习英文之后,闲谈着彼此的性情、志愿和希望,渐渐地谈到了彼此生活中的种种小事,终于各人把心剖给对方看,而且得到相互的了解了。两人中间的关系更深了一层,于是深到了各人都感觉到不可分离的程度。又由与恋爱问题有关的闲话,而谈到亲友间的恋爱事情,谈到梅和觉新的事,以至于谈到自己的事情。他记得她怎样红着脸低着头一只手翻弄书页,装着有意无意的样子,对他说她如何需要他,将来不会离开他到别的地方去。她又说她的前途有许多障碍,她的处境是如何困难,她的地位是如何孤独,她决定不顾一切地向着新的路走去,她如何需要一个像他这样能够了解她、安慰她、帮助她的人。他们两个在心里早已互相了解了,只差在口头上说出来。机会既然来了,他便说出了许久就想说而未说的话,把自己表现得是怎样的一个英雄。他甚至说为了她的缘故他可以牺牲一切。接着她也说了一些话。两个人的话都是说一句就可以被懂得十句的。他们对彼此都有了信赖,他们对于希望的实现也有了确信。这一次的谈话好像是揭开了帷幕,于是重要的问题就解决了。事情就发生在今天。

未来生活的美丽的幻景也跟着出现了,自然是很夸张的。这个幻景迷了他的眼睛,使他忘记了一切可能的障碍。他站在堂屋门前的石阶上,他又一次看到戏台上的调情的人物(已经不是矮小的丑角和长身玉立的旦角了,却换了一个画眉傅粉的小生和一个娇小玲珑的花旦),看到那些依旧满意地笑着的观众,听见文德在戏台上大声念着:"陈大老爷赏张小桃二十元",看见台上的小旦含笑向台下那个大胡子请一个安,他的脸上又一次浮现了轻蔑的微笑。他觉得他们对于他不再是可怕的障碍了。于是他又抬起眼光看远处,看他理想中的生活,一直到有人在背后拍他的肩膀的时候。

这是一只很熟习的手,这只手把他带回到现实生活里面来。他回过头去,正看见弟弟觉慧站在后面,望着他微笑。他便问一句:"你也跑出去了?"

"当然,家里又热又闷,闹得太不像话。我不走才怪嘞!"觉慧得意地笑着说,"你一定有了好机会。"觉慧已经从哥哥的脸上看出一切了。

觉民微微红了脸,点头道:"我们的事情决定了。第一步是没有问题,今天我们什么话都明白地谈过了。现在应该进行第二步。……"他的脸上又现出满足的笑容。他那并不十分锐利的眼光从金丝眼镜后面透露出来,在觉慧的脸上转动。

觉慧的脸上掠过了一种异样的微笑,这是妒忌的微笑,虽然极力忍住,但是终于露了出来,不过别人很难注意到。他起了一种从来没有过的感觉。他也曾在暗中爱过琴,不管他从前怎样对觉民说过他把她当作姐姐那样地爱,不管他又曾经爱过另一个少女,而且这个少女又为他牺牲了生命,不管他平日怎样希望哥哥的恋爱事情进行得很顺利,能够使琴做他的嫂嫂,他一旦听见他所爱过的人被另一个人占了去,他还是不能不妒忌。然而这也只是一瞬间的事。他的感情马上就改变了。他暗暗地责备自己会有这样的恋爱观念,而且又惭愧自己对哥哥的事情竟然有这样的心思。

"当心点,不要太乐观了!……"这两句话是觉慧起初说的,那时候他多少还受着妒忌心的支配,虽然事实上他的话也有一点道理。

"一切都不成问题,"正在兴头上的觉民听见觉慧的话一点也不沮丧,他还说:"你平日很勇敢,怎么现在就这样过虑了?"

觉慧听见觉民这样老实地说话,知道哥哥并不晓得自己的另一种心思,便笑了笑,说:"你有理。我祝你成功。"他无意间把眼光掉向戏台那面,台上锣鼓震得人耳聋,有几个男人光着身子在那里翻筋斗,接着又有两三个花脸在那里打架,戏台前坐着的祖父正侧着头含笑地跟旁边一位灰白胡须的客人谈话。觉慧看见那个满是雀斑同皱纹的脸和那根香肠似的红鼻子,感到极大的愤怒,他马上捏紧拳头,咬紧牙齿憎恨地说了一句:"他居然来了!"

"哪个?"觉民惊讶地问,他还没有注意到那个跟祖父谈话的客人。

"冯乐山,那个刽子手!"觉慧指着那个方向说。

"轻声点,你不怕给人听见!"觉民连忙阻止觉慧道。

"怕什么? 我正要给人听见。你刚才不是说到勇敢吗?"觉慧冷笑道。

觉民一时想不出话来安慰弟弟,他正在为难之际,救星来了。然而救星带来的并不是好消息,不过觉民这个时候不会知道。救星是淑华和淑贞两姊妹。

"二哥,冯家新姨太来了,你去看吗?"淑贞高兴地拉着觉民的袖子,带笑地对他说。

"冯家新姨太,我又不认得,为什么要去看她? 这倒奇怪了!"觉民惊疑地说。

"她不是婉儿吗?"觉慧问道,他马上明白了。"她来了,现在在哪儿?"他说这句话好像把一个人从坟墓里挖出来一样。

"在我屋里,没有别的人,你们去看吗?"淑华带着神秘的微笑说。

"好罢,"觉慧应了一声就跟着淑华姊妹走了。他们把觉民留在那里,因为他说不要去看。

"婉儿真值不得。在冯家是活受罪。老头子倒喜欢她,就是脾气怪,会折磨人。老太婆发起脾气来,连老头子也怕她,她总是拿婉儿做出气筒! ……"淑华一路上絮絮地说,好像很满意自己知道了这么多的事情。

三个人进了屋,房里并不是没有别人。瑞珏是一个,淑英是一个,倩儿是一个,喜儿是一个,还有三房的丫头翠环,此外就是那个眉清目秀、长长脸的少女婉儿了。她穿得比从前漂亮,而且是浓妆艳抹,还戴了一副长耳坠。只是面容略有一点憔悴。这时候她正在对倩儿和喜儿谈她在冯家的生活情形,瑞珏和淑英在旁边听得眼睛里包了一汪泪水。

婉儿的座位正靠着窗,斜对着房门,所以觉慧一进来,她就看见了。她连忙站起来,关上手里的小折扇,做出笑容叫了一声"三少爷",就弯下身去请安。

觉慧点了点头,连忙作揖还了礼。他看见她还站着不坐下去,便带笑说:"请坐罢,不要客气。你现在是冯家的新姨太,是我们的客人。"他心里也很难过,他想到了鸣凤。

婉儿红了脸,低下头不作声了。坐在床沿上的瑞珏用责备的眼光看觉慧,温和地说:"三弟,人家心里不好过,你还忍心笑她。"

"我这是无心说的,"他分辩道。他忽然记起了倩儿在花园里告诉他的话,他对婉儿只有好感,他同情她,想对她做一件好事,或者说一句好话。他便对瑞珏说:"你还好意思说我!她今天回来,你们不请她到外面去看戏,大家守在屋里流眼泪。这不是笑话?"

"三弟,我说不过你,看不出你的嘴倒厉害!"瑞珏装出生气的样子说,把手里的团扇摇了几下。淑华和淑贞在旁边笑了。

"你说不过他,让我来说!"淑英接口说下去。她看见婉儿还站着便对她说:"婉儿,你只管坐下,不要跟他客气。"这时觉慧也已经找到凳子坐下了,婉儿便默默地坐下去。淑英又对觉慧说:"外面的戏一点没有意思,那般男客人真不害羞,总是点些污眼睛的戏。婉儿回来的机会不多,她要跟倩儿她们谈点私房话,我跟她分别了几个月,也很想念她,所以我们安排好在这儿见面。她们谈得正好,却让你来打岔了。我问你,你做少爷的跑来做什么?"

"这样说来,你是要赶我走了。其实我就会走的。这儿又闷又热,好多人挤在一起,有什么好!"觉慧说,但是他还不预备走。

"三哥,你说走,为什么又赖在这儿?你不要得意,已经有人给二哥提亲了,下回就会轮到你头上来的,"淑华在旁边插嘴说,她的嘴快,终于泄漏了消息。

"给二哥提亲?哪个给二哥提亲?"觉慧惊疑地问道。

"就是冯乐山,说的是他的侄孙女,跟二哥同岁,不过脾气很大,"淑华笑答道。

"比二少爷小些月份,"婉儿接下去解释道,"相貌倒还周正。"

"又是那个老混蛋,"他气愤地骂了一句,马上站起来说:"我去告诉二哥去!"他说着就往外面走,还回过头来把婉儿望一下,好像望一个就要永别的人。他看见婉儿正在跟倩儿她们低声谈话,他还看见淑华和淑贞对他做奇怪的笑脸。他在心里也说:"我要马上告诉二哥去。"他好像得到了一个非常重要的消息似的。

他走出房来,刚刚走到左上房前面的石阶上,他就感到失望了。他看见觉民站在祖父和冯乐山的旁边,冯乐山一边扇着他那把金色大折扇,一边带笑地向觉民问话,觉民居然恭顺地回答。"为什么要对那个人客气?你跟那个刽子手谈话!你不晓得他就是你的敌人,他正在破坏你们的爱情呢!"他在心里暗暗地责备觉民。

这个消息终于给觉民知道了。觉慧告诉了他,觉新也奉了祖父的命令来征求觉民的意见。其实这所谓征求意见并不是祖父的意思,祖父只是下命令,觉新也认为祖父的命令应当遵守,虽然他并不赞成祖父的决定。

这对于觉民当然是一个不小的打击,可是他并没有给吓倒。他的回答很简单,就是不愿意。他说:"我的亲事应当由我自己作主。现在我还年轻,正是应该读书的时候,我不愿意成家。"他还有许多话藏在心里没有说出来。

"自己作主的话,是不好对爷爷说的。我看或者可以用你年轻的理由向爷爷说。不过在我们家里十九岁结婚已经不算早了。我也是十九岁结婚的。在爷爷看来,这也不成为理由,"觉新迟疑地说。

"那么照你看来就没有办法了,"觉民气恼地说。

"我不是说没有办法,"觉新连忙分辩道,但是他说不出后面的话。

觉民把眼光死命地盯在觉新的脸上,他好像要看穿觉新的心似的。他记起一件事情,他用力说道:"你不记得今天下午你自己对我说过的那些话?你是不是要我把你的悲剧重演一次?……"

"但是爷爷……"觉新拿祖父的话替自己辩护,他觉得觉民的话并不错,但祖父的命令也是必须遵守的。

"不要再提爷爷了。我要走我自己的路,"觉民不等哥哥把话说完就打岔地说。他马上回到自己的房里去了。

虽然是夜深,他还不肯睡。他跟觉慧商量了许久,两弟兄同意了下面的一个办法:反抗,反抗失败便逃走,总之决不屈服。觉慧极力鼓舞觉民,一则因为他同情觉民,二则他要觉民在这个家里开一个例子,给他和他们的兄弟们开辟一条新路。于是觉

民兴奋地马上给琴写一封短信,预备第二天早晨夹在一本书里面叫人送去。信的内容是这样的:

琴:不管你听到什么关于我的消息,都请你千万不要相信,因为现在有人给我提亲了。我已经答应把自己交给你,我决不会再收回来。你信赖过我,希望你信赖我到底,你看我怎样勇敢地奋斗!看我怎样来赢得你!

觉　民

觉民自己把信朗读了两遍,得意地自语道:"这是我们恋爱史上一件重要的纪念品了。"他又给觉慧看,一面说:"如何?"

"好一个中世纪的骑士!"觉慧看了信,讥笑似地赞了一句,忍不住心里暗笑,他想:"看你怎样奋斗罢。"

老太爷的寿辰刚过去,觉民的亲事就正式提出来了。冯乐山托了人来做媒,老太爷自然一口应承。周氏因为自己一方面是媳妇,另一方面又是继母,她不便另作主张。其实她也并不反对老太爷的决定。觉新现在才感觉到问题严重了。他知道事情一决定便无异大错铸成,于是另一个年轻的生命又从此断送了。反对吗?他没有勇气反对祖父。考虑的结果是求助于迷信。他等着祖父请出四太太的父亲王老太爷做大媒去要了冯小姐的八字来,找一位算命先生合合看。他希望从算命先生那里得到"不吉"的回答,他甚至打算向算命先生行贿。然而结果跟他的希望正相反,两张八字配合起来是:夫荣妻贵,大吉大利。周氏的心更被打动了。觉新本来以为对他有用的东西,如今却成了他的仇敌。他拿着算命先生写来的批语,心里暗笑自己的愚蠢,同时又为觉民的前途悲伤。他很想把那张满是胡说的字条扯掉,但是他又缺乏勇气。后来他叹息地说了一句:"我总算尽力做过了。"他以为他所能够做的就只是这么一点点。

这些事都是秘密进行的,觉民本人一点也不知道。在高家,这一类的事向来是在暗中进行的。当事人反而做了不能过问的傀儡。而且从前做过傀儡的人如今又来使别人做傀儡了。从来是这样,以后也将永远是这样:这是老太爷一类人的见解。然而无论如何他们把觉民看错了,因为觉民并不是一个甘愿做傀儡的人。

觉民跟他的前辈完全不同,他对自己亲事的进行非常关心,他一点也不害羞地到处打听,同时还有觉慧给他帮忙。他跟琴和觉慧差不多形成了一个小团体,常常在一起商量作战的步骤和策略,例如怎样打消这件亲事,又怎样把他跟琴的关系公开宣布等等。

战斗的第一个步骤是向大哥表示自己的态度,大哥回答说不能作主;他又向继母要求打消这件亲事,继母说由祖父作主。祖父那方面,他却不能直接去讲话。他找不到有力的帮助的人。在这个家里,祖父似乎就是一切。觉民不会得到别人的同情。几天以后,事情愈加恶化了,琴的家他也不便常去了。姑母虽然同情他,但是姑母不能够,而且也不打算给他帮忙,同时为了避嫌起见,姑母还劝他不要常常来看琴。因为高家已经有人传言觉民的行为是受了姑母的指使,说姑母之所以指使他反对这件亲事,就是想把琴嫁给他。琴为了这件事情气得哭。

第一个"回合"完全失败了。觉民便开始采用第二步的战略,就是在外面扬言如果家庭不尊重他的意见,他便要采取最后的手段。这些话自然不会传到祖父的耳朵里,所以还是没有用。

最后觉民得到消息,说是就要交换庚帖,并且在择吉日下定了。这时离祖父的生日不过两个多星期,觉新也曾把觉民的意见向祖父解释了一下,祖父立刻生气地驳斥道:"我说是对的,哪个敢说不对?我说要怎么样,就要怎样做!"

觉民一个人在花园里踱了几个钟头,他问自己:"屈服呢?还是奋斗到底?"这个时候他有点踌躇了,因为决定了怎样行动以后便没有挽回的余地。逃走,脱离家庭,前途也有很多的困难。以后怎样生活,这就是一个大问题。在家里他自来用不着为衣食发愁,可是到外面去又怎么办?拿什么来生活?他事前没有丝毫的准备。事情迫到眉尖本来应该马上决定,然而他倒迟疑起来了。

他又去找觉新商量。他开口就说到正题,问道:"事情究竟还有没有挽回的余地?"

"据我看没有办法了,"觉新忧郁地说。

"你真是想尽办法了?"他绝望地问。

"是的。"

"那么你说我现在应该怎样办?"

"你应该怎样办?你的心事我也晓得。然而我实在没法帮忙。我劝你还是顺从爷爷罢。我们生在这个时代,就只有做牺牲者的资格,"觉新慢吞吞地悲声说,他差不多要掉眼泪了。

觉民冷笑地接连说了两句:"好个无抵抗主义!好个作揖主义!"头也不回地走出房去了。他心里想:"还是跟三弟商量去!"

三十一

第二天早晨觉新到祖父的房里去请安，祖父得意地告诉他，冯家的亲事已经决定了，打算在两个月以后的某一天下定，叫他先去办理交换庚帖的事情。祖父还把历书翻给他看。他唯唯地答应着，退了出来，正遇见觉慧进去。觉慧望着他神秘地笑了笑。

觉新刚刚回到自己的房里，祖父又差钱嫂来叫他去。他进了祖父的书斋，看见祖父恼怒地责骂觉慧。祖父穿了一套白大绸的衫裤，坐在一把沙发上。陈姨太穿一件圆角宽袖滚边的浅色湖绉衫子，头发梳得光光，满脸脂粉，半边屁股坐在沙发的靠手上，正在给祖父捶背。觉慧一声不响地站在祖父面前。

"反了！居然有这样的事情！你去把老二给我找回来！"祖父看见觉新进来就沉下脸大声对他说，弄得觉新莫名其妙。

祖父说了话，又大声咳起嗽来。陈姨太加紧地给他捶背，一面尖声地劝道："老太爷，你何苦这样动气。你看，你这样大的年纪，为着他们气坏自己身子也不值得！"

"他敢不听我的话？他敢反对我？"祖父喘了两口气，接着挣红脸断续地说，"他不高兴我给他定亲？那不行！你一定把他给我找回来,让我责罚他!"

觉新唯唯地应着,他已经明白一半了。

"这都是给洋学堂教坏了的。我原说不要把子弟送进洋学堂,你们总不听我的话。现在怎么样!连老二也学坏了,他居然造起反来了。……我说,从今以后,高家的子弟,不准再进洋学堂!听见了没有?"他说了又咳嗽。

"是,是,"觉新答应着,他惶恐地站在那里,祖父的每一句话打在他的头上,就像一个响雷。

觉慧站在觉新的旁边,他的心情却跟觉新的完全不同。他虽然感到空气压迫人,但是他并不惶恐。他一点也不害怕。他在心里暗笑,他想:"纸糊的灯笼快要戳穿了!"

祖父的咳嗽停止了,人显得很疲倦,便倒下去,渐渐地闭上了眼睛。陈姨太拿一把团扇轻轻地在他头上扇着,不让苍蝇钉在他的脸上。觉新弟兄依旧恭敬地站在他的面前,等候他的吩咐。后来陈姨太做了一个手势要他们出去,他们才轻脚轻手地走出了房间。

出了祖父的房间,觉慧第一个开口,他说:"大哥,二哥有一封信给你,到我屋里去看罢。"

"你对爷爷说了些什么话?你为什么不先告诉我,就跑去对他说?你真笨!"觉新抱怨觉慧道。

"笨?我正要叫爷爷知道!我要叫他知道我们是'人',我们并不是任人割宰的猪羊。"

觉新明白这些话是对他发的,他听起来有些刺耳、刺心,但是他也只好忍受。他说不出他的苦衷。他知道他纵然诚恳地向觉慧解释,觉慧也不会相信他。

他们两个人进了觉慧的房间,觉慧把觉民的信交给觉新,觉新几乎没有勇气读,但是终于读了:

　　大哥:我做了我们家里从来没有人敢做的事情,我实行逃婚了。家里没有人关心我底前途,关心我底命运,所以我决定一个人走自己底路,我毅然这样做了。我要和旧势力奋斗到底。如果你们不打消那件亲事,我临死也不回来。现在事情还有挽回的余地,望你念及手足之情,给我帮一点忙。

　　　　　　　　　　　　觉　民　××日,夜三时。

觉新读了信,脸色变白,手颤抖着,让信纸飘落在地上,口里喃喃地说:"叫我怎样办?"过后又说:"他太不谅解我了。"

"你究竟打算怎样办?现在不是谅解不谅解的问题,"觉慧严肃地说。

觉新好像受了惊似地突然站起来,短短地说:"我去把他找回来。"

"你找不到他,"觉慧冷笑道。

"找不到他?"觉新含糊地念着这句话。

"没有一个人晓得他的地址。"

"你一定晓得他的地址,你一定晓得!告诉我,他在哪儿?快告诉我!"觉新恳求道。

"我晓得,但是我决不告诉你!"觉慧坚决地答道。

"那么你不相信我?"觉新痛苦地说。

"相信你,又有什么用处!你的'无抵抗主义',你的'作揖主义'只会把二哥断送掉。总之,你太懦弱了!"觉慧愤激地说,他在房里大步踱起来。

"我一定要去见他,你非告诉我他的地址不可。"

"我一定不说。"

"你将来总会说出来的,别人会要你说,爷爷会要你说!"

"我不说!在我们家里总不会有人拷打我,"觉慧昂然地说。这时候他只感到短时间的复仇的满足,他并没有想到别人的痛苦。

觉新绝望地走出去。不久他又走回来。他想找觉慧商量出一个具体的办法,却没有结果。他自己也想不出一个祖父同觉民两方面都能够接受的妥协的办法。

就在这天在周氏的房里开了一个小小的家庭会议,参加的人是周氏、觉新夫妇、淑华和觉慧。情形是这样:觉慧一个人站在一边,别的几个人又站在一边。大家一致地劝告觉慧说出觉民的地址,要他把觉民找回来。他们说了许多中听的话,甚至允许将来慢慢地设法取消这件亲事,但是觉慧完全拒绝了。

从觉慧这里既然得不到消息,而觉民的条件又无法接受,觉新和周氏两人也只有干着急。他们只得一面求助于克明,设法把交换庚帖的事情多拖延几天,不让老太爷知道;一面差人出去打听觉民的地址。

袁成和苏福甚至文德都出去打听过,可是并没有结果:觉民躲藏得很好,没有人知道他的地址。

克明把觉慧唤到他的书斋里正言教训了一番,没有用;温和地开导了一番,没有用;又雄辩地劝诱了一番,也没有用。觉慧老是推诿说他不知道。

周氏和觉新又拉住觉慧,央求他把觉民找回来,说一切条件都可以答应,只要觉民先回家,然后慢慢地商量。觉慧却拿定了主意,在不曾得到可靠的保证之前,他决不把觉民找回家来。

周氏把觉慧骂了一阵,终于气哭了。她平日对待觉民弟兄虽然采取放任的态度,但是也关心他们的前途。现在情形严重,她不愿意看见不幸的结局,她更不愿意承担恶名。她不满意觉慧的目无尊长的态度,更不满意觉民的反抗家长、实行逃婚的手段,然而她始终想不出解决问题的办法。

觉新处在这种困难的情形里,真不知道应该怎样做才好。他本来想承认觉民的举动是正当的,然而他无法帮忙觉民;他不但不能帮忙,反而不得不帮祖父压迫觉民,以致觉慧也把他当作了敌人。找不回觉民,无法应付祖父;找回觉民,又无以对觉民;而且事实上他又不能把觉民找回来。觉民是他的同胞兄弟,他也爱觉民,并且父亲临死时曾经把弟妹们交给他,要他代替父亲教养他们。现在觉民的事情弄成了这样,他怎么对得起父亲?他想到这里,只好躲在房里同瑞珏相对流泪。

这些事老太爷不会知道。他只知道他的命令应该遵守,他的面子应该顾全。至于别人的幸福,他是不会顾到的。他只知道向觉新要人。他时常发脾气,骂了觉新,骂了克明;连周氏也挨了他的骂。

然而骂也是没有用的,觉民丝毫没有屈服的表示。压力也无处使用,因为找不到人。事情传遍了全公馆。但是老太爷一再吩咐,不许传到外面去。

日子一天一天地过去了。老太爷时时生气。觉新这一房的人都没有笑脸。别房的人大都幸灾乐祸地在暗中冷笑。

有一天觉慧刚在一个地方跟觉民秘密地会见以后回到家里,怀着一颗痛苦的心,别了那个绝望地苦斗着的哥哥,他好像别了整个光明的世界。家,在他看来只是一个沙漠,或者更可以说是旧势力的根据地,他的敌人的大本营。他回到这样的家里,马上就去找觉新,气冲冲地对觉新说:

"大哥,你究竟肯不肯给二哥帮忙?已经过了一个星期了。"

"我有什么办法呢?"觉新绝望地摊开手说。过后他心里想:"现在你倒着急了。"

"那么你就让事情这样拖下去吗?"

"拖!爷爷今天说再过半个月他不回家,就把他永远赶出去,并且登报声明他不是高家的子弟,"觉新苦恼地说。

"爷爷当真忍心这样做吗?"觉慧痛苦地叫起来,但是他并没有失掉勇气。

"有什么不忍心?现在正在他的气头上!……而且他打算跟二妹的亲事同时进行,同时下定。"

"二妹的亲事?爷爷把二妹许给什么人?"

"你还不晓得?她许给陈家了,不过还没有交换庚帖。就是陈克家的儿子。三爸自然赞成这门亲事,他跟陈克家本来很熟,他们又是同事。"

陈克家的名字觉慧太熟习了。陈克家大律师还是孔教会里的二等角色。谁都知道陈大胡子是悦来茶园二等旦角张小桃的相好。他常常带着张小桃进出他的律师事务所。他的"风流韵事"还多得很。觉慧气红了脸,大声骂起来:

"陈大胡子的家里还出得了好人吗?我知道陈克家的儿子跟他父亲共同私通一个丫头,后来丫头有了孕才肯把她收房。"

"不,二妹是许给他兄弟的。关于丫头的事情,恐怕是外面的流言,不一定可靠。不过这跟我们并没有关系,横竖有别人作主。而且做媒的人就是冯乐山。"

"跟我们没有关系?你忍心让二妹嫁到那种人家去吗?这就是说又把一个可爱的青年的生命断送了。二妹自己一定不情愿!"觉慧愤怒地说。

"她不情愿又有什么办法?横竖有别人给她作主。"

"然而她是这样年轻,今年才十六岁啊!"

"今年十六,明年就是十七岁,也很可以出嫁了。你嫂嫂过门来,也只有十八岁啊!而且年纪轻,早早出嫁,将来倒可以免掉反抗的一着!"

"然而不征求她的同意,趁她年轻时候就糊里糊涂地把她的命运决定了,将来会使她抱憾终身的。他们就不想到这一点吗?这是多卑鄙的行为!"觉慧竟然骂起来。

"你为什么这样生气?"觉新痛苦地说,"他们只晓得他们的意志应当有人服从,所以你二哥的反抗也没有用。"

"没有用?你也这样说?怪不得你不肯帮助二哥!"

"我又有什么办法呢?"觉新以为自己是世界上最不幸的人。

"你不记得爹临死时是怎样把我们交给你的?你说你对得起爹吗?"觉慧愤怒地责备觉新道。

觉新不答话,他开始抽泣起来。

"我如果处在你的地位,我决不像你这样懦弱无用。我要自己作主,替二哥拒绝了冯家亲事。我一定要这样做!"

"那么爷爷呢?"过了许久,觉新才抬起头这样地说了一句。

"爷爷的时代已经过去了。难道你要二哥为了爷爷的成见牺牲吗?"

觉新又埋下头去,不作声。

"你真是个懦夫!"觉慧这样地骂了哥哥一句,就走开了。

觉慧去了,剩下觉新一个人在房里。房里显得十分孤寂,十分阴暗,空气沉重地向他压下来。他的作揖主义和无抵抗主义已经失了效力,它们没法再跟大家庭的现实调和了。他为了满足一切的人,甚至牺牲了自己的幸福,但是结果依旧不曾给他带来和平与安宁。他自愿地从父亲的肩头接过了担子,把扶助弟妹的事情作为自己的生活的目标,他愿意为他们牺牲一切。可是结果他赶走了一个弟弟,又被另一个弟弟骂为懦夫,他能够拿什么话安慰自己呢?在这样地思索了许久以后,他给觉民写了一封非常恳切的信。在信里他把自己的心忠实地解剖了,他叙说了自己的困难的地位和悲哀,他叙说了他们兄弟间的友爱,最后他要求觉民看在亡故的父亲的面上,为了一家的安宁立刻回家来。

他找到觉慧,把信交给觉慧看,要觉慧给觉民送去。

觉慧读着信,流了眼泪,默默地摇摇头,依旧把信装在封套里。

觉民的回信来了,当然是由觉慧带来的,信里有这样的话:

> 等了这许久,只得着你底这样一封信,老实说,我是多么地失望啊!……回来,回来,你反复地这样说。……我这时候坐在一个小房间里面,好像是一个逃狱的犯人,连动也不敢动,恐怕一动就会被捉回到死囚牢中去。死囚牢就是我底家庭,刽子手就是我底家族。我们家里的人联合起来

要宰割我这个没有父母的孤儿。没有一个人肯顾念到我底幸福，也没有一个爱我的人。是的，你们希望我回来，我一回来你们底问题就解决了，你们可以得到安宁了，你们又多看见一个牺牲品了。自然你们是很高兴的，可是从此我就会沉沦在苦海里了。……请你们绝了妄想罢，我底条件不接受，我是决不会回来的。在我们家里我已经没有什么可以留恋的了，我带走了那么多的痛苦的回忆，这些回忆至今还使我心痛，它们常常压迫我，减少我前进的勇气。然而我有爱情来支持我。你也许会奇怪为什么我这次会有这样大的勇气。是的，连我自己以前也想不到。现在我有了爱情了。我明白我不仅为我自己奋斗，我是在为两个人底幸福奋斗，为了她底幸福我是要奋斗到底的。……大哥，你猜我这时候在想什么呢？我在想家里的花园，想从前的游伴，我在想儿时的光阴。帮助我罢，看在父亲底面上，为了你做哥哥底情份。帮助我罢，即使不为着我，你也该为着她，为她底幸福着想，你也该给她帮忙。至少想着她底幸福，你也该感动罢。一个梅表姐已经够使人心酸了，希望你不要制造出第二个梅表姐来。……"

觉新的眼泪沿着面颊流下来，他自己并不觉得，他好像落在深渊里去了。四周全是黑暗，没有一线光明，也没有一线希望。他只是喃喃地说了两句："他不谅解我，没有一个人谅解我。"

觉慧在旁边看着，又是气愤，又是怜惜。觉民的信他不但先看过，而且他还替觉民出主意写上了某一些话。他预料这封信一定会感动觉新，使他拿出勇气给觉民帮忙。然而如今他却听见这样的话。他想责备觉新,但是责备又有什么用处呢?觉新已经变成了这样的人,而且已经没有自己的意志了。

"这个家一点希望也没有了,索性脱离了也好。"觉慧心里这样想。在这一刻他不仅对觉民的事情不悲观,而且他自己也有了另外的一种思想,这个思想现在才开始发芽,不过也许会生长得很快。

这些日子里,有好几个人为着觉民的事情在过痛苦的生活。觉民自己当然也不是例外。他住在同学黄存仁的家里,虽然黄存仁待他十分好,十分体贴,但是整天躲藏在一个小房间里面,行动不自由,不能做自己所想做的事,不能见自己所想见的人,永远被希望与恐惧折磨着,——这种逃亡的生活,的确也是很难堪的,而觉民又是一个没有这种经验的人。

觉民等待着,他整天在等待好消息。然而觉慧给他带来的却只有坏消息。希望一天比一天地黯淡,不过还没有完全断绝,所以他还有勇气忍受这一切。同时觉慧不断地拿最后胜利的话来鼓舞他。琴的爱情,琴的影像更给了他以莫大的力量。他终于支持下去了。他完全不曾想到屈服上面去。

这几天里面琴的确占据了他的整个脑子。他时时想念她,就在白天也做着梦,梦的尽是关于他和她的事情。希望愈黯淡,他便愈想念她;他愈想念她,便愈想见她。然而她那里他是不能去的,因为有姑母在家。他们两个人的住处虽然隔得近,却没有办法相见,而且连通信也不大方便。觉慧来看他的时候,他想写信给琴,托觉慧送去。可是一提起笔又觉得要说的话太多,不知道应该从什么地方写起,又怕写得不详细反倒使她更着急。他决定找个机会跟她面谈一次。这个机会果然不久就来了,这是觉慧为他安排的。其实觉慧也并不曾费力,他知道姑母不在家,便把觉民带到琴那里去。

觉慧把觉民藏在门外,自己先进房去招呼了琴。他扬扬得意地对她说:"琴姐,我给你带了好东西来了。"

琴穿了一件白夏布短衫,手里拿着一本书,斜卧在床上,仿佛要睡去似的。她听见觉慧的声音,连忙坐起来,抛下书,理了理发鬓,没精打采地问一句:"什么好东西?"她的脸显得黄瘦了,眼皮又时时垂下来,好像一连几夜没有睡过一样。

"你瘦了!"觉慧忘记回答她的话,却不由自主地叫了一声。

"你这几天也不来看我!"琴苦笑道。"二表哥的事情怎样了?为什么连信息也不给我一个?"她说着懒洋洋地站起来。

"几天?我前天不是来看过你吗?你看我今天到这儿来,汗都跑出来了。你还不谢我?"觉慧笑答道,他掏出手帕揩额上的汗珠。

琴在桌上拿了一把绘得有花卉的团扇递给觉慧,继续诉苦道:"你要知道我在这儿日子过得多长啊!快说,他的事情究竟怎样了?"她睁大了眼睛,眼里泄露出忧郁和焦虑。

"他屈服了,"觉慧进来的时候并没有想到说这句谎话,然而在这一刹那间一种欲望强烈地引诱他,使他不假思索地说出了这句话来。

"他屈服了?"她痛苦地念着,然后坚定地说:"我不相信!"这句谎话在短时间内对她还不是一个厉害的打击。

她说得不错,因为这时候她的房间里突然出现了另一个青年。她的眼睛马上发亮了。她惊喜地叫了一声:"你!"这个"你"

字所表示的究竟是疑问,是惊奇,是喜悦,是责备,她自己也没有时间去分辨。她几乎要扑过去。但是她突然站住了。她死命地望着他,她的眼睛里露出了许多意思。

"琴妹,当真是我,"觉民说,他真是悲喜交集,虽然还没有到流了泪又笑、笑了又流泪的程度。"我早就应该来看你,只是我害怕碰见姑妈,所以等到今天才来。"

"我晓得你会来的,我早晓得你会来的,"她欢喜地说,眼里不住地涌出泪来。她又用责备的眼光看觉慧,说:"三表弟,你骗我,我晓得你骗我。我相信他不会屈服,我相信他。"

"他是谁?谁是他?"觉慧的脸上浮出了善意的微笑,他找不到话答复她,便用这句旧话来嘲笑她。

她并不红脸。她骄傲地指着觉民说:"他就是他!"她露出满足的微笑。她用爱怜横溢的眼光看着觉民。

她的这个举动是觉慧不曾料到的,但是它给了他一个好印象。他笑了。他看觉民,觉民得意地立在那里自以为是一个英雄,因为受到了她的过分的称赞。

觉慧这时候才知道他先前的猜想是怎样地错误了。他以为这两个人的会面一定是很悲痛的,会有眼泪,会有哭声,会有一幕悲剧所应有的一切。因为在他们的家里这种事情是很寻常的。可是如今事实却跟他的猜想相反。这两个人是怎样地被爱情和信赖支持着,在那里面找到了希望和安慰,仿佛一切的阻碍都不能够分离他们。他们已经被一种不可抗拒的力量结合在一起了。没有悲痛,没有绝望,只有相互的信赖,足以蔑视一切的相互的信赖。在这一刻琴和觉民在他的眼前的确表演了这一幕爱情戏。这幕戏好像黑暗世界中的一线光明,给了他一个希望,他相信以后再用不着他的鼓舞,觉民一定不会屈服了。怀着热诚的青年就是如此容易相信人的!

"好,不要再演戏了。你们有话还是赶快说罢,时间过得很快啊,"觉慧笑着对他们说;他又问:"可要我出去吗?"心里想:"总给我找到话来嘲笑你们了。"

他们对他笑了笑,并不去管他,也不回答他,就牵着手在床沿上坐下去,亲密地谈起来。觉慧便背转身在书桌上顺便拿起一本书来翻阅,这是《易卜生集》,里面有折痕,而且有些地方加了密圈。他注意地翻看,才知道琴这几天正在熟读《国民之敌》。他想她大概是在那里面寻找鼓舞和安慰罢。这样想着他不禁微笑了。他掉过头去看她。她正在跟觉民起劲地谈着,谈得很亲密,善意的微笑使她的脸变得更美丽,不再是先前那种憔悴的样子了。他不觉多看了她两眼,心里羡慕着哥哥。于是他回过头去,一边扇扇子,一边看书。《国民之敌》第一幕读完了,他又掉头去看她,她还在跟他说话。他读完第二幕又去看她,他们的话还没有完。他把全篇读完了再去看她,他们还是高兴地谈着。

"怎么样?这样多的话!"觉慧开始催促道。

琴抬起头看他一眼,笑了笑,又侧过脸去说话。

"二哥,走罢,你们已经谈得很够了,"过了半点钟,觉慧又在催促了。

觉民正要答话,却被琴抢着说了:"再等一会儿。时间还早,何必这样着急!"她紧紧地握着觉民的手,仿佛害怕觉民就要走开似的。

"我一定要回去了,"觉慧故意坚持说。

"好,就请你回去罢,我这个贱地方留不住你的贵脚,"琴赌气说。但是看见觉慧真要往外面走时,她和觉民又齐声把他唤住。

"三弟,你真要走?难道你连这一点忙也不肯帮我?"觉民诚恳地央求道。

觉慧笑道:

"我不过跟你们开玩笑,但是你们也太把我冷落了。琴姐,我来了这么久,你也不招呼我坐,也不跟我说话。你有了二哥就把我忘记了。"

两个人都笑了。琴笑着分辩道:"我只有一张嘴,我怎么能够同时跟两个人说话?三表弟,你听话些,今天让我跟二表哥多说些。你有话留到明天我们来说个够,"琴把觉慧当作孩子似地安慰道。

"不要这样骗我。我没有二哥那样的福气。"

"三弟,"觉民叫了一声,正要说下去,却被琴阻止了。琴抢着说:"你的嘴真厉害,我说不过你。我只问你喜不喜欢许倩如,她比我强多了,她才是一个新女子!要不要我给你介绍?"她的脸上露出狡猾的微笑。

"我也许喜欢她,也许不喜欢,这跟你有什么相干?也用不着你介绍,她又不是不认得我,"觉慧调皮地说,他对这种争辩感到了大的兴趣。

"你说得不错,我是这样想。他们两个思想都很新,都很激烈,"琴还没有答话,觉民却好像记起了什么似的,带笑地向着琴点头,表示赞同她的意见。

觉慧自然明白他们的意思,笑着挥了挥手说:"我不要学你们的榜样,我不会演戏。"他掉开头,他的第一个念头是:"我要的就是你!"但是第二个念头又马上跑来把第一个念头赶走了。这个念头是:"我已经断送了一个少女的性命,我不再需要爱情了。"他只是笑着,只是苦笑着。

琴和觉民的谈话终于到了完结的时候。现在他们不得不分别了。觉民实在不愿意离开这个房间。他觉得不仅是她,甚至这间屋里的一切对他都是十分宝贵的。他踌躇了。他望着她,他又想到那个小房间,那种孤寂的、等待的生活,他没有回到那里去的勇气。然而觉慧立在他的旁边。觉慧的催促的眼光提醒了他,他明白自己必须回到那里去。此外再没有别的办法。好像预料到就要从光辉的天空坠入黑暗的深渊里去似的,他绝望地、悲伤地、而且多少带了一点挣扎地说:"我去了。"可是他一时却拔不动脚。他还想说几句话安慰她,然而仓卒间找不到适当的话,他却说了一句"你不要想我"。他的本意并不是这样,他正要她时时想念他。

琴立在觉民的面前,两只大眼睛水汪汪地望着他。她很注意地听他讲话,好像预料到他有什么不寻常的话对她说。然而他却没有。她等了许久,他只说了短短的两句。她失望了,她害怕他马上就走开。她连忙挽留道:"不要就走,等一会儿,我还有话对你说。"她拉住他的袖子。

他吞了这些话好像吞下好的饮食。他呆呆地望着她的激动的脸,他的眼光透过眼镜片看入她的眼里。他的嘴唇迟缓地动着,他带着微笑说了下面的话:"不要急,我不会走。"他的笑脸跟哭脸差不多,觉慧在旁边以为他真的哭了。

琴觉得觉民的温柔的眼光在爱抚她的眼睛和她的脸,好像在说:"你说呀,你说呀!你所说的,无论是一个字或一句话,我都注意地听着。"她想找些可以永久安慰他、使他永远不会忘记的话来说,然而她找不到一句值得他听的话。她望着他,她着急。她害怕他就会转身走了。她依旧拉住他的袖子不放。她不再选择话了。她想到什么,立刻就说出来,并不去考虑这些话有没有说的必要,或者跟他有没有关系。

"倩如来说,我们学堂里头的文和'老密斯'要到北京读书去了。她们在这个环境里实在忍受不下去。她们的家庭也怪她们不该剪头发,"琴开始说,她并不向觉民解释文和"老密斯"是什么人,好像他已经熟识了这些名字和绰号。然而觉民却很注意地听着,仿佛感到大的兴趣似的。

"倩如自己恐怕也要走。她父亲因为她的事情受到了攻击,他很愤慨,说是要把交涉署的职务辞掉,带了女儿搬到上海或者南京去住。"这也是琴的话,觉民依旧很注意地听了。

"梅姐近来病得厉害。她天天在吐血,不过吐得也并不多。她瞒着她母亲,她一定不要我告诉人,她不愿意吃药。她说她多活一天只是多受一天的罪,倒不如早死了好。她母亲整天忙着拜客、打牌,不大管她。倒是大表嫂常常想着她,给她送药,送东西去。我昨天终于找到一个机会把她的病状告诉她母亲了。她母亲才着急起来。梅姐的话也许是对的,不过我不能够看着她死。你们不要告诉大表哥。她嘱咐我千万不要让大表哥知道她吐血的事。"这也是琴的话。她忽然发见觉民的眼睛被泪水充满了,泪珠开始在眼镜片后面沿着面颊流下来。他的嘴唇微微动着,好像要说什么话,却说不出口。不过她已经懂得了。她还想说什么,但是一阵无名的悲哀突然袭击了她,很快地就把她征服了。她说了一两个字,又咽住了。她在挣扎,她终于迸出了一声哭叫："我不能够再说下去了！"于是向后退了几步，用手蒙着脸，让眼泪畅畅快快地流出来。

"琴妹，我去了，"觉民悲声说，他实在不愿意走，然而到了这个时候他也只得走了。他料不到他们这次的快乐的会面会以伤心的哭来结束。可是两个人都哭了。许多的话，许多的事，都以哭来了结了，不管他们怎样自命为新的青年，勇敢的青年。

"不要去！不要去！"琴取下她的遮住脸的手，向觉民伸过去，悲声叫道。

觉民正要向她扑过去，他的膀子被觉慧抓住了。他便站住，默默地掉头去看觉慧。觉慧并没有哭，干燥的眼里发出强烈的光。觉慧把脸向后面一掉，是叫他走的意思。他觉得觉慧的意思不错。他转过头用他的悲痛的声音安慰琴："琴妹，不要哭，我会再来的，我们的住处隔得这么近，有机会我一定来看你。……我回去了，你好好保重，等候我的好消息。"他把心一横就跟着觉慧走了出来，留下琴一个人在那间开始阴暗的屋子里。

琴看见他们走了，便追出去，到了堂屋门口，她站住了，身子靠在门框上，注意地望着他们的背影。

觉民和觉慧走到了街上，耳边仿佛还有琴的哭声。他们并不交谈一句话，只顾大步走着。他们快到了黄存仁的家，觉慧忽然在街上站住了，用朗朗的声音对觉民说：

"你们的事情一定会成功，一定会胜利。我们已经贡献了够多的牺牲了。"他略略地停了一下，又用更坚定而且几乎是残酷的声音说："如果现在还有牺牲的必要，那么就让他们来做一次牺牲品罢。"

三十二

这些日子里觉新不断地受到良心的谴责。他觉得无论如何应该给觉民帮忙,否则会造成一件抱恨终身的事。经过了几天的考虑和商量(他跟继母和妻子商量),他才决定到祖父那里去替觉民讲情。他委婉地说出觉民的心事(自然他不会说到觉民和琴的事情上面去),要求祖父答应把这门亲事暂时搁置,等到将来觉民能够自立的时候再来提亲。他的解说很动人,这是经过整夜的准备的,他甚至写得有草稿。他以为他的话一定可以感动祖父。

然而觉新的预料完全错误,祖父并不是像觉新所想象的那样的人。他很倔强。他不再需要理性了,他不再听理性的呼声了。他所关心的是:第一,他的权威受到了打击,非用严厉的手段恢复不可;第二,父母之命,媒妁之言,家长主婚,幼辈不得过问——这是天经地义的道理,违抗者必受惩罚。至于那些年轻人的幸福和希望,他完全没有顾到。所以觉新解说的结果,只博得他的一顿痛骂。他最后说冯家的亲事绝不能打消,如果觉民到月底还不回家,就登报不承认他是高家的子弟,而叫觉慧代替他应承这件亲事。

觉新不敢再说什么了,他唯唯地答应着。从祖父的房里退出来以后,他马上找了觉慧来,把祖父的话告诉觉慧。他重述着祖父的话,想借此威胁觉慧。他以为觉慧为了自己的缘故,也许会把觉民找回来。然而觉慧现在聪明多了,而且他已经有了准备,他对祖父的话不表示意见,只是冷笑两声。心里得意地想:"如果牺牲是必需的话,做牺牲品的决不是我。"

"我看你最好还是把二哥劝回来,不然这门亲事将来会落在你的身上。"觉新看见觉慧不表示意见,便拿这样的话打动觉慧的心。

"如果爷爷真有这个意思,就让他做罢,他总有一天会后悔的。我不怕,我有更好的办法!"觉慧骄傲地说。

觉新几乎不相信他的耳朵,在这个弟弟的身上他似乎找不到一样他可以了解的东西。

"我始终不明白你为什么这样懦弱,这样无用!"觉慧嘲骂似地说。

觉新的脸马上涨红了,过后又变成了青色。他气得身子发抖,接连说了几个"你"字,还想努力说什么话。然而门帘动了,袁成走进来,用急促的声音报告:"钱大姑太太差人来报信:梅小姐去世了。"

"梅小姐?她什么时候死的?"瑞珏脸色苍白,从里屋内跑出来,惊惶地问道。

"说是今早晨七点多钟死的,"袁成恭敬地答道。里屋的挂钟响了,铛铛的声音接连地响了九下。屋子里是一阵死一般的沉寂,众人半响说不出话来。

"去招呼把我的轿子预备好,"觉新忽然沉着脸吩咐道。

"我也要去，"瑞珏迸出了哭声说，她坐倒在藤椅上。

"你出去罢，"觉新对袁成说。袁成答应一声"是"，立刻推开门帘出去了。觉新走到瑞珏面前安慰她道："珏，你不要去，你有'喜'，经不起悲痛。你去了，看见那个景象，一定会伤心的。你也应该爱惜你的身体。"

"我很想念她。……那天我从大姨妈家回来，临上轿她还拉住我的手，要我常常去看她，她再三叮嘱要我下次把海儿带去，她眼泪汪汪的。想不到她再也见不到我们。……我要去看她。……这是最后的一面。……这也不枉我跟她生前好一场，"瑞珏断续地说了这些话。

"珏，你也该顾惜你的身体。你要知道我现在就只有一个你，你如果也有病痛，不是要我的命吗？"觉新的声音非常凄惨。

觉慧立在写字台前，他默默地望着白纱窗帷。这个消息对于他并不是意外的打击，他已经早料到了。琴转述的梅的话又涌上了他的心头："多活一天，只是多受一天的罪，倒不如早死了好。"虽然这样的话是从她自己的口里吐出来的，然而看见一个脆弱的可爱的年轻生命的消亡，也不是一件容易忍受的事。他的脑子里一下子来了许多痛苦的和愤怒的思想，他按下自己的激情，冷冷地说了一句："看，这儿又有一个牺牲者了！"他知道觉新会听见他的话，而且会明白他的意思，于是回过头来。他看见觉新的痛苦的眼光落在他的脸上，便自语似地说："苦恼还没有完结！还会有更可怕的事情。"这句话也是说给觉新听的。

觉新走出房门，觉得头有点昏，身子没有力。他连忙提起精神走了几步。他忽然觉得心里有什么热辣辣的东西直往上冒，他极力忍住，但是喉管像被什么东西搔着似地发痒，他终于忍不住咳出了一口粘腻的又甜又腥的痰。他无意间把眼光往地上一扫,看见这是一口红红的痰。他好像落在冰窖里似的,身子马上冷了半截。他把手压在胸口上,正打算走回房去。但是他马上又改变了主意。他不作声,默默地用脚把那一口痰拭去,勉强支持着,继续往外面走。

到了钱家,觉新刚刚下轿就听见里面的哭声。他急急往里面走去。他走进了梅的房间。

姨母在那里,年幼的表弟在那里,琴在那里,还有一个女佣。大家正围着尸首在哭,看见觉新进来便止了泪跟他打招呼。

"大少爷,叫我怎样办?"钱太太蓬着头发,带着一脸的泪痕,看见觉新,马上哭着问道。

"马上料理殓具罢,"觉新悲声答道,他又问:"棺材买了吗?"

"喊王永去买了,到现在还没有买来,"钱太太说着又哭,哭了又说。王永是钱家的仆人。"梅芬死了两点多钟,一点儿事没有做,家里只有我一个女流,你表弟年纪又小,王永又要到各处去报信,你叫我怎样办?你看屋里弄得这样乱!我的心乱极了。"

"大姨妈不要着急,我尽力帮忙就是了,"觉新毅然地答道,他完全忘记了刚才吐血的事情。

"大少爷,像你这样好心肠,梅芬在九泉也会感激你,"钱太太诚恳地说。

"感激"两个字像一把针乱刺着觉新的心。他觉得有满肚子的话,却说不出来。他愿意他能够放声大哭。他心里想:"梅还会感激我吗?她为了我才到了这个地步,是我害了她的。"他走到她的床前。梅安静地躺在床上,眼睛微微闭着。头发飘散在枕畔,瘦削的脸像纸一样地白,额上那一条皱纹显得更深了。她的嘴唇微微张开,好像要说什么话没有说出来就断了气似的。嘴唇是红的,还有一点血迹,好像已经揩过了,但是没有揩干净。一幅薄被盖在她的身上,遮掩了她的手和下半身。

"梅,我来看你了,"觉新低声说了一句,他的眼睛就被泪水迷住了。他心里痛得厉害,他不能不想:"我们就这样永别了吗?你没有给我留下一句话。我为什么不早来?早来我还会看见你的嘴动,还会听见你的声音,还会知道你心里想些什么。"他又暗暗地祷告:"梅,我来了,我在这儿,你有什么未说的话,快说呀,我听得见!"

他摸出手帕揩了眼泪,又一次俯下头去看梅的脸。一只小苍蝇趴在她的前额上,他轻轻地挥一下手,把它赶走了。梅躺在那里跟先前一样,像一块冷冰冰的石头。他明白了:他纵然叫哑了声音,她也不会听见,不会动了。在他跟她的中间隔着一个"永恒"。他们永远不能够接近了。他后悔,他悲伤,他绝望地哭起来。

觉新这一哭又把钱太太母子引哭了。琴便走过来劝他道:"大表哥,现在也不是哭的时候,应该赶快给梅姐办后事才对。人死了,是哭不转来的。伯母已经没有了主意,经你这一哭她的心更乱了。要是梅姐死而有知,她也会伤心的。"

觉新听见这些话,觉得有点刺耳。他心里想:"我使她伤心的次数太多了,岂只这一件事?"但是这样的话又说不出口。他极力忍住眼泪,他不再哭了,他长长地叹了一声。

"这也不怪大少爷,他从前跟梅芬那样要好,有人还给他们提过亲,只怪我当初没有答应,不然也不会有今天!"钱太太说了又哭,哭了又说。

"大表哥,你快点给梅姐办后事罢,不要让她这样久露着,"琴知道钱太太的话会使觉新伤心,便用话来岔开了。

"好,"觉新叹了一口气,便拉着钱太太去商量梅的后事。于是怎样买了一切必需的东西;怎样把棺材弄进来;怎样叫女佣给梅净了身,换了衣服;怎样把梅放进了棺材。这一切很快地做完了以后,就临到闭殓的一幕了。

梅躺在棺材里,只露出了一张脸,依旧是:眼睛微微闭着,嘴唇微微张开,像要说什么话,却来不及说出来。觉新用十分留恋的眼光看了梅最后一眼。他非常贪婪地看着这张亲爱的脸,他想几分钟以后她的面貌就在他的生活里消失了。他不能够忍受这个思想,他不能够让她消失。他想伸手去揭开她的殓衣殓被,把她从棺材里抱出来,抱着她跑到一个没有人迹的地方去,然而他没有这个勇气。他又憎厌地看那个手里拿着红绫的漆匠,他几乎想把漆匠赶走,因为只要漆匠的手一动,他就永远看不见她的面貌了。

后来他终于发出闭棺的命令。漆匠正要把红绫放下去,钱太太忽然用手抓住棺材口不肯放。她痛哭着,她大声对着梅的脸说:

"梅芬,你不肯闭嘴,你还有什么话要说吗?说呀!你妈在这儿。……梅芬,是我害了你,是我做妈的瞎了眼睛,不晓得你的心事。我把你们的好姻缘拆散了,苦了你一辈子,落得这个下场。……我现在后悔了,我明白我做错了。……梅芬,我在这儿说话,你听得见吗?你怎么不答应一声?……你恨我吗?好,你下一世对我报仇罢,我害了你,你照样地害我罢。只求你下一世依旧不离开我。我们依旧做母女。……梅芬,你答应我一声罢!……我苦命的儿呀!让我跟你去!梅芬,梅芬,……"钱太太一面哭一面说。她把脚拚命在地上顿,把头在棺材上撞,满脸都是眼泪和鼻涕。众人劝阻她也没有用,后来费了大力才把她拖开了。

于是红绫盖下去,把棺材里面的一切掩住了。漆匠用木钉把红绫钉牢在棺材上,然后把棺盖放下去。漆匠开始在接缝处涂上漆灰。这些手续很快地做完了。从此屋里不再有梅这个人了。只有一具棺材,而且就连棺材也要在当天抬出去。

客人们陆续来了,但也只是寥寥的几个亲戚。高太太(觉新的继母)带着淑华和海儿来了;张太太(琴的母亲)也来了。还有三四个女客。都是只坐一会儿就走了的。瑞珏总算让梅见到了海儿,虽然隔了一具棺木。海儿看见大家哭,他觉得奇怪,也跟着哭了几声。觉新请周氏带着孩子先回家。至于陪伴梅的灵柩到城外殡所去的人,除了梅的母亲、幼弟和王永外,就只有觉新、觉慧、淑华和琴。觉慧来得很迟,不过正赶上参加这个凄凉的出殡。

殡所在一座大庙里。这个庙宇因年久失修显得十分荒凉。大殿的阶下长着深的野草,两旁阶上的小房间就是寄殡灵柩的地方。有的门开着,露出里面的破旧的简单的陈设,或者供桌的脚断了一只,或者灵位牌睡倒在桌上,或者灵柩前的挽联只剩了一只,而且被风吹破了。有的门紧紧关着,使人看不见里面的景象。有的甚至一个小房间里放了三四副棺材,一点陈设也没有。据说这些棺材是完全没有主的,它们在这里寄放了一二十年,简直没有人过问了。可是苍蝇们还常常叮在它们身上。

人们很快地就把梅的房间布置好了,放好棺材,安好供桌,立好灵位牌。王永在外面石阶上蹲着烧钱纸。钱太太又伏在棺材上哭起来,梅的兄弟也在旁边哭着。琴本来要劝钱太太,但是她想起梅的一生,她们两人的友情和眼前的情景,同时又触动了自己的心事,她也忍不住放声大哭。

觉新在供桌前站了一些时候,她们的哭声全冲进了他的耳里,他似乎失了知觉地茫然立着。眼泪自然地涌出来,他几乎不知道是为了什么。他甚至以为棺材里面躺着的并不是她,而是另外一个人。她还活着,还带着凄哀的面貌看他,还在向他叙述她的凄凉的身世。他的眼睛渐渐地睁大了,从泪花中看出去,由朦胧而变到清晰,红纸上写黑字的灵位牌逐渐变大而逼近了。"故胞姊钱梅芬女士之灵位"这些字不留情地映进他的眼帘,他一点也没有看错。她的确死了。供桌后面是棺材。她的母亲一面痛哭,一面用手搥棺盖;她的幼弟把头靠着棺材哀声唤"姐姐";琴把右手放在棺上让头枕着,低声在那里哭,这就是被梅的命运所威胁的琴。他的眼泪又畅快地流了出来。这一次他是知道为着什么而流的。他摸出手帕揩干了泪。他不能够再看这个景象,便跨过门槛走了出去,就在石阶上立着,看王永烧钱纸。觉慧正从大殿里走出来,他坚定地下着脚步,虽然年纪还很轻,但是在这个环境里似乎只有他一个人有一种相当强的力量——在这个短时间内觉新的确有这样的感觉。

"回去罢,"觉慧走过来对觉新说。王永手里的钱纸已经烧光了,阶下剩了一堆黑灰,未燃完的余烬还在燃烧。风把纸灰向上面卷去,又让它们飘落在四处。

"好,"觉新没精打采地应了一声,于是转身进去劝众人不要哭。这也不是很容易的事,自己含着眼泪去劝别人。这时琴在抽泣,钱太太已经是有泪无声了,只有梅的弟弟一个人还在哀声叫"姐姐"。

临去的时候,大家在灵前行了礼,正要转身了,梅的弟弟忽然对着棺材进出了哭声:"姐姐,我们回去了,剩下你一个人在这儿,好不寂寞呀!"孩子的简单的话响在众人的心上异常地凄惨,又引起了众人的眼泪。琴感动地、亲切地拉住他的手,一面安慰他,拉着他向外面走。钱太太本来已经止了悲,却又被儿子的话引起了心事。她站在供桌前面用泪眼看蜡烛,看香,又看灵位牌,过了一会儿,才语不成声地说道:"梅芬,你弟弟说得对,你在这儿会寂寞的。……这儿太冷静了……太荒凉了。……孤零零的,没有一个亲人陪你。……那么你今晚上还是回家来罢。你一定认得你的家。……以后我每晚上依旧在你的房里点着灯,你回来会看得见。……你的东西我也不给你搬动。……你,梅芬——我的女儿……"她说这几句话已经费了大力,她还想再说,可是胸口痛,喉咙也被堵住了。她只得跟着众人走了出来。

觉新虽然不是走在最后,却是最后一个上轿的,他出去时还屡屡回头看那个房间。最后走的一个是觉慧,他是不坐轿子的。他一个人又走进那个房间去。他在棺材四周绕了一转。跟别人一样他也向梅说了告别的话。他不哭,也没有悲哀。他有的是满腹的愤怒。他的话是用一种交织着爱和恨的声音说出来的:

"一些哭声,一些话,一些眼泪,就把这个可爱的年轻的生命埋葬了。梅表姐,我恨不能把你从棺材里拉出来,让你睁开眼睛看个明白:你是怎样给人杀死的!"

三十三

第二天午后觉慧去看觉民,把梅的结局告诉了哥哥,引出了觉民的一些眼泪。他们两人谈了不到一个钟头。觉慧动身回家时,觉民把他送到大门内。觉慧已经跨出了门槛,觉民忽然在后面唤他。

"你还有什么事情?"觉慧走回来问道。

觉民只是带着善意的微笑看他,半晌不说话。

觉慧似乎明白了,便亲切地说:"二哥,你在这儿觉得寂寞吗?……我晓得你一定会感到寂寞。我也是。家里没有人了解我。黄妈一进屋来就要问起你,提到你,她就流眼泪。再不然我又会被嫂嫂她们缠住。妈、嫂嫂、二妹、三妹她们常常拉住我,问你的消息。可是她们的心跟我的心,你的心都隔得很远。我一个人在家里是完全孤立的。不过我应该忍耐,你也应该忍耐。你一定会得到胜利。"

"但是我有点害怕……"觉民只说了这半句。他的眼睛突然发亮了,那里面闪着泪光。

"你怕什么呢?你一定会得到胜利,"觉慧带笑地鼓舞道。

"我怕寂寞!我的心很寂寞!"

"不是有两颗心跟你的心共鸣吗?"觉慧极力保持着笑容说。

"正是因为有两颗心跟我的心隔得很近,所以我常常想看见你们。她是不便来的。你现在又走了。……"

觉慧知道自己的眼睛也湿了,却不愿意让哥哥看见,便把眼光从哥哥的脸上掉开,假装去看别处,一面拍着哥哥的肩头说:"二哥,你忍耐着。你一定会得到胜利。这几天你总可以忍耐过去的,"他刚说到这里,就被另一个人的声音打岔了。黄存仁含笑地站在他们旁边,从容地说:"你们为什么不到里头去说? 不要太大意了。"觉慧答道:"我回去了。"他跟黄存仁打个招呼,就转身走了。他还听见黄存仁在后面说一句:"那么我们到里头去谈谈。"

觉慧在路上自语道:"一定会胜利的。"但是在心里他却痛苦地想着:"果然能够得到胜利吗? 胜利究竟什么时候才来呢?"一直到他进了琴的家,他才决断地说:"现在管不了这许多,无论如何我们要奋斗到底。"

他先见了姑母,然后到琴的房里去。他看见琴,第一句就说:"我从二哥那儿来,他叫我告诉你,他很好。"

琴正在写信,连忙放下笔带笑说:"谢谢他,谢谢你。你看我正在给他写信。"

"不消说,送信的差使又归我,"觉慧笑着说。他无意间瞥见信纸上的"梅表姐"三个字,似乎还有几处,便问道:"你告诉他梅表姐的事情吗? 我已经对他说过了。关于梅表姐的死你的意见怎样?"

"我在信里说我无论如何决不做第二个梅姐,而且妈也决不会让我做,她亲口向我说过。她昨天看见梅姐身后的情形和钱伯母的惨状,她也很感动。她说她愿意给我帮忙。"琴说着,现出了坚决的、愉快的表情,她的面容也不像前几天那样地憔悴了。

"好,这个消息倒应该让他早些知道,"觉慧说,便催促琴把信写好。两个人又谈了一些话。

觉慧又到觉民那里去,把琴的信交给觉民。觉民正在跟黄存仁谈得很高兴。觉慧也参加了他们的充满希望的谈话。过了将近一个钟头,他才回到家里,正要去见祖父,却看见祖父的窗下石阶上站着几个人,伸长了颈项在窃听什么。在高家,这样的事是常有的。觉慧想:"且不去管它。"他走进了堂屋,正要去揭祖父房间的门帘,忽然注意到里面有一个女人的声音在哭诉什么,这是五婶的声音。接着又是祖父的怒骂和咳嗽。

"我原说过总有一天会有把戏给我们看,"觉慧自语道。他便不去揭门帘了。

"你马上给我把他找回来,看我来责罚他!……真正把我气坏了!"祖父在房里用颤抖的、带怒的声音说,接着又是一阵咳嗽。他的咳嗽中间还夹杂着五婶的低泣。

克明的声音接连地答应着"是"。几分钟以后门帘一动,克明红着脸从里面出来。这时觉慧已经走出堂屋了。

站在祖父窗下窃听的人里面有一个是淑华,她看见觉慧,便走过来问:"三哥,你晓得五爸的事情吗?"

"我早就晓得了,"觉慧点头说。他低声问淑华:"他们怎样会晓得的?"他把嘴朝祖父的房间一努。

淑华开始卖弄似地说了下面的话:"五爸在外头讨了姨太太,租了小公馆,家里头没有一个人晓得。他把五婶陪嫁过来的金银首饰都拿去了,说是借给别人做样子,好久不还来。五婶向他追问,他总是一味支吾着,后来五婶追问得急了,他才说是弄掉了。他这两个月整天不在家,晚上回来得很晏,五婶自己一天忙着打牌,并不疑心什么。昨天早晨五婶在他的衣袋里偶尔找到一张女人的照片,问他是哪个,他不肯说。恰好五婶下午到商业场去买东西,碰见一个女人坐着五爸的轿子,在商业场门口下轿,而且高忠还跟在后面。她今天便找个机会把高忠留在家里,逼着他说出五爸的事情。高忠果然说出来了。五爸拿去的首饰,有的是拿去当卖了,有的是给那个新姨太了。五婶才跑去告诉爷爷。……五爸的新姨太是个妓女,叫做什么'礼拜一'。……"

淑华絮絮地说着,好像她的嘴一张开,就永远闭不住似的。觉慧对她所叙述的事情一点也不觉得新奇。并且他比她知道得更多,他曾经亲眼看见四叔到"金陵高寓"去。他知道这个空虚的大家庭是一天一天地往衰落的路上走了。没有什么力量可以拉住它。祖父的努力没有用,任何人的努力也没有用。连祖父自己也已经走上这条灭亡的路了。似乎就只有他一个人站在通向光明的路口。他又一次夸张地感觉到自己的道德力量超过了这个快要崩溃的大家庭。热情鼓舞着他,他觉得自己的心从没有像今天这样地激动过。他相信所谓父与子间的斗争快要结束了,那些为着争自由、爱情与知识的权利的斗争也不会再有悲惨的终局了。梅的时代快要完全消灭,而让位给另一个新的时代,这就是琴的时代,或者更可以说是许倩如的时代,也就是他和觉民的时代。这一代青年的力量决不是那个腐败的、脆弱的、甚至包含着种种罪恶的旧家庭所能够抵抗的。胜利是确定的了,无论什么力量都不能够把胜利给他们夺去。他有着这样的自信。他猛然抖一下身子,好像要把肩上多年来的痛苦的重担甩掉。

他拿骄傲的、憎恨的眼光向四下看,他想:"等着看罢,你们的末日就要来了。"

他的这种心情自然是淑华所不了解的,她看见觉慧并不答话,好像对她的话感不到一点兴趣似的,她便悄悄地走开了。她连忙走到堂屋里去,就站在祖父的房门口偷偷朝里张望。

觉慧回到了自己的房间。不久他从窗户里瞥见克明带着克定回来。接着祖父的房里起了骂声,显然是祖父在责骂克定。"且不去管它!"他还是这样想。骂声似乎停止了。窗下有许多人跑来跑去,似乎发生了意外的事情。"我原说我们家里的人都爱看把戏,"觉慧自语道。

外面响着唤人的声音。男人和女人气咻咻地跑着。

"快去看,爷爷要打五爸了!"窗下有一个小孩跑过,遇到一个人迎面走来便站住了,兴奋地说了这句话。这个小孩就是觉群。

"那么你跑出去干什么?"问这句话的是觉英。

"我去喊六弟来看!……五爸这样大个人还要挨打!"觉群笑着说,马上跑出去了。

"这样大个人还要挨打,"这句话引动了觉慧的好奇心。他走出房间向堂屋走去。祖父的房门口站了四五个女人,她们正俯着身子从门帘缝里偷看里面。他不愿意夹在她们中间,便又从堂屋走到窗下。石阶上站了许多人在窃听房里的人讲话。还有几个人跪在窗下那两把椅子上,把脸贴着窗纸,从小洞里去窥探里面的动作。

没有听见板子的声音,并没有人在挨打。

"你这样大个人,女儿也不小了,还不学好!你也不给贞儿留个好榜样!贞儿,你羞他,看他这样不要脸,还配做你的爹!"

这是祖父的骂声,觉慧听了忍不住暗笑。

老太爷咳了两声嗽,过后静了片刻,忽然又大声骂起来:

"这样不要脸的东西!你读书简直读到牛肚皮里头去了!居然做得出这种丑事:把你妻子的首饰也骗去当卖了。我限你三天给我取回来!"他又骂了一些话,最后说:"你这个畜生,我看你自小聪明,对你有些偏爱,想不到你倒做出这种不要脸的事情。你自己说,你哪点对得起我?你欺骗我!我还把你当作好子弟。你,你混账!你还不给我打嘴巴!你自己动手!"

"爹,儿子知道错了。请爹饶恕儿子这回初犯,儿子下回再也不敢了,"克定做出可怜的声音哀求道。

"不,我不饶你!我要你自己打自己的嘴巴!"老太爷拍着桌子怒吼起来。

于是肉和肉撞击的声音开始了,很清脆的,是手打在脸颊上的声音。觉慧受了好奇心的鼓动,便又走进堂屋,到祖父的房门口,低声说了一句"让我看",就轻轻地推开了弯着身子在门帘缝里张望的淑华,自己靠近门框,注意地看里面。

克定身子挺直地跪在那里,两只手左右开弓地打自己的脸颊。他那张白皙的、清秀的长脸被打得通红。他还是不停地打着。他当着妻子和女儿的面做这种动作,自己也感到羞愧。

"不要打了!"老太爷吩咐说。克定立刻把手从脸上拿下来。

"我问你,你晓不晓得你吃的、穿的、用的是从哪儿来的?"老太爷问道。

"都是爹给的,"克定回答道。

"那么你懂得坐吃山空的话吗?畜生,我一死你靠谁养活?"老太爷越说越气,又吩咐:

"再给我打！重重地打！"

于是克定的手又举起来打在脸上了。

这种屈辱的举动还不能使老太爷满足，老太爷继续骂着，最后又叫克定自己说出来他怎样在三四个月里面结识了几个坏朋友，走上了邪路，跟私娼发生了关系；他又怎样组织了小公馆，怎样骗了妻子的首饰拿去当卖。

克定毫不隐瞒地叙说一切，自己骂自己，甚至供出了他的父亲完全不曾疑心到的许多事情。他说他怎样在外面打起父亲的招牌借了许多债，于是欠某人若干，某人若干，一一地报出数目来，这里面甚至有赌博上的负债。最后他还供出了克安的事情，他说他做这一切，得到了克安的帮忙，而且克安对这些负债也有一部分的责任。总之他把什么话都说出来了。这倒是老太爷意料不到的，而且也是觉慧意料不到的。

觉慧在五叔克定和哥哥觉民的身上看出了两个完全不同的人。觉民，那个十九岁的青年处在周围尽是敌人的环境里，单单被一种信仰，一种热情鼓舞着，他可以不顾一切，勇敢地跟环境战斗，使家里的人对他也没有办法。克定，这个三十三岁的人，又有了一个十三岁的女儿，他居然挺直地跪在地上，自己打耳光，责骂自己，屈辱自己，而且还牵连到别人。他一点也不反抗，无论在行为上或言语上。他做着他的父亲所吩咐他做的一切，一点也不迟疑，虽然事实上他并不相信那个老人的话。在那个顽固的老人的同样的威胁下这两代人却做出了完全不同的两种行为！那一个离开了家，躲在一个小房间里，坚持着自己的主张，使得祖父的命令无法执行；这一个却跪在老人的面前，做着胆小、虚伪的动作，给许多人供给了嘲笑的资料。觉慧这样想着,不能不为自己的一代人庆幸而且引以为自豪。他想:"这样的人只能够在你们的一代人中间找出来,在我们里面是不会有的。"他掉开头转身走了。

"畜生,你欠了这么多的债,哪里有钱来还啊?你以为我很有钱吗?现在水灾,兵灾,棒客[1],粮税样样多。像你这样花钱如水,坐吃山空,我问你,还有几年好花?下一辈人将来靠什么?你嫁贞儿要不要陪奁?你还配做父亲!"老太爷骂着,骂着,又发出一阵大声的咳嗽。接着他又命令淑贞去把克安叫来。他要好好地痛骂克安一顿。然而不久淑贞就回来说克安不在家。这一来他的怒气更大了。他拍着桌子乱骂人,又把克定骂了一阵,但是也不能够使自己的怒气平静下去。他又问淑贞:"你四婶在哪儿?去把她给我喊来。"四太太王氏正站在窗下窃听消息,她想躲开,但是已经来不及了。淑贞出来叫她,她虽然有些害怕,也只得硬着头皮走进房去了。

"爹喊媳妇……"王氏勉强在她的尖脸上堆起笑容,恭顺地问道。

老太爷看见王氏便大声问她:"克安到哪儿去了?"她回答说不知道。老太爷又问克安什么时候回来,她依旧回答不知道。

"自己丈夫做的事你都不晓得!你真糊涂!"老太爷突然把桌子一拍就骂起来。

王氏没有话可说。她低着头,又是羞,又是气。她仿佛看见陈姨太站在旁边对她做鬼脸。但是在老太爷的面前她做媳妇的又不敢动一下,她流了眼泪,却不敢哭出声来。她只得把泪珠暗暗地吞在肚里。

老太爷又咳嗽起来,这一

[1]棒客:即土匪。

次却咳得很厉害,还吐了几口痰。陈姨太扭着身子在旁边殷勤地给他捶背,一面又说着"为着他们气坏身体太不值得"的话。

老太爷咳了许久才缓过气来。他的怒气已经消失了。一种从来没有感到过的悲哀突然袭来,很快地就把他征服了。他觉得异常疲倦。他只想休息,只想闭上眼睛,什么也不要看见。他倒在沙发的靠背上,向那些站在他面前的人挥手,说:"你们都给我走开,不要留一个,我不要看见你们。"他说完又长叹一声。

众人巴不得听见这句话,马上都退了出去。克定也从地上起来,轻脚轻手地走了。房里只剩下老太爷和陈姨太。

老太爷只想一个人安静地休息片刻。他把陈姨太也遣开了。他一个人躺在沙发上,微微地喘着气。他的眼睛半睁开。他的眼前出现了许多暗影。一些人影在他的面前晃了过去。他看不见一张亲切的笑脸。他隐隐约约地看见他的儿子们怎样地饮酒作乐,说些嘲笑他和抱怨他的话。他又看见他的孙儿们骄傲地走在一条新的路上,觉民居然敢违抗他的命令,他却不能处罚这个年轻的叛逆。他自己衰老无力地躺在这里,孤零零的一个老人,没有人来照料他。他从没有感觉到像现在这样的失望和孤独。他开始疑惑起来:他怎么会做了这样一场大梦?他又想,自己怎样地创造了一个大的家庭和一份大的家业,又怎样地用独断的手腕来处置和指挥一切,满心以为可以使这个家庭一天一天地兴盛发达下去。可是他的努力却只造成了今天他自己的孤独。今天他要用他的最后的挣扎来维持这个局面,也不可能了。事实已经十分明显:这个家庭如今走着下坡的路了。最后的结局是可以预料到的。他自己虽然不愿意,然而他赤手空拳,也无法拦阻。他已经完了。没有人相信他。大家都在欺骗他。各人在走各人的路。连他喜欢的克定也会做出那种丢脸的事。还有克安。这些人都在做梦啊！高家垮了，他们还会有生路吗？这些败家子坐吃山空，还有什么前途？全完了，全完了！他做了多年的"四世同堂"的好梦，可是在梦景实现了以后，他现在得到的却是一个何等空虚的感觉！

失望，幻灭，黑暗。他现在衰弱地躺在这里，没有人理他，没有人来分担他的痛苦和孤寂。他这时候才明白他在这个家庭里的真正的地位了。他觉得他不仅丧失了他的骄傲，而且连他所赖以生活的东西也没有了。他第一次感到了失望，幻灭，黑暗。他第一次觉得自己好像有点做错了。但是他还不知道错在什么地方，而且这时候即使知道，也太迟了。

他的耳边仿佛响着克定夫妇的争吵，他好像又听见许多不调和的吵闹的声音。沈氏满脸眼泪，张开阔嘴说："请爹给我作主。"克定一边打自己的脸颊一边带可怜相说："他们都是这样说，我欠的账爹会替我还的。横竖我家是北门的首富，有的是用不完的钱。"他连忙用手蒙住两只耳朵，然而闹声还是不留情地闯进来。他的脑子被这些闹声搅乱了。他想站起来，走到另一个安静的地方去躲避，但是他试了几次，还用一只手撑着沙发的靠手，才勉强站了起来，而且十分吃力。他向着床走了两步。忽然一阵眼花，房屋开始颠倒地旋转起来，他的身子也不由得不跟着摇晃。于是眼前一片黑暗，他什么也不知道了，一直到陈姨太惊慌地尖声唤醒他的时候。

三十四

高老太爷病了。

高老太爷在床上呻吟。几个有名的医生请了来,奇怪的药和奇怪的药引一起放在药罐里,熬成了一碗一碗的浓黑的苦水,吞进了老太爷的肚里。一天,两天过去了,医生虽说病不要紧,然而老太爷服了药,病反而加重起来。第三天老太爷忽然坚持不肯服药,后来经过克明和觉新苦劝,才多少喝了一点。克明一连几天坐在家里,陪医生给老太爷看病,照料老太爷吃药,他连律师事务所也不去了。反正那里有书记照料,他已经向书记盼咐过,有事情就请另一位律师陈克家帮忙。克安有时在家写字做诗,有时出去看戏,或者到"金陵高寓"去玩。克定趁着老太爷生病管不到他的时候,整天躲在"金陵高寓"里面打牌,跟女人调笑。他只有早晚在家,而且照规矩早晚到老太爷的房里问安一次。老太爷的病并没有给这个家带来大的骚动。人们依旧在笑,在哭,在吵架,在斗争。便是少数因为他的病发愁的人,也以为他的病不要紧,不管他的病势一天一天地加重,或者更适当地说,他的身体一天一天地衰弱。

对于老太爷的病,医药并没有多大的效力。人们便求助于迷信。在某一些人，事实常常是这样的：他们对于人的信仰开始动摇时，他们就会去求神的帮助。这所谓神的帮助并不是像许愿、求签等等那样地简单。它有着很复杂的形式。这些全是由简单的脑筋想出来，而且只有简单的脑筋可以了解的，可是如今都由关心老太爷的陈姨太先后地提出来，得到太太们的拥护，而为那几个所谓"熟读圣贤书"的老爷们所主持而奉行了。

最初是几个道士在大厅上敲锣打鼓，作法念咒。到了夜深人静的时候便由陈姨太一个人在天井里拜菩萨。觉慧在玻璃窗里看清楚了她的动作：一个插香的架子上点了九炷香，又放了一对蜡烛，陈姨太打扮得齐齐整整，系上粉红裙子，立在香架前，口里念念有词，不住地跪拜。她跪下去又站起来，起来又跪下去，不知道接连做了多少次。一夜，两夜，三夜。……结果是——"见鬼！"觉慧这样地骂着。"你只配干这种事情！"

然而另一个花样又来了。这便是克明、克安、克定三弟兄的祭天。也是在夜深人静的时候，天井里摆了供桌，代替陈姨太的香架；桌上有大的蜡烛、粗的香、供奉的果品。仪式隆重多了，而且主祭的三位老爷做出过于严肃以至成为滑稽的样子。他们也行着跪拜礼，不过很快地就完结了，并不像陈姨太那样故意把时间拖长。可是觉慧仍旧用看陈姨太跪拜时的心情去看他的三个叔父的跪拜。他的批评也是同样的——"见鬼！"而且他确实知道几小时以前，克安还在戏园里看他喜欢的小旦张碧秀演戏，克定还在"金陵高寓"里打牌、喝酒，现在他们却跪在这里诵读愿意代替父亲先死的祷告辞了。

在觉慧想着"你们的手段不过如此"的时候，新的花样又来了。这个花样在觉慧的眼睛里的确是很新鲜的，这一次不是"见鬼",却是"捉鬼",——请了巫师(端公)到家里来捉鬼。

　　一天晚上天刚黑,高家所有的房门全关得紧紧的,整个公馆马上变成了一座没有人迹的古庙。不知道从什么地方来了一个尖脸的巫师。他披头散发,穿了一件奇怪的法衣,手里拿着松香,一路上洒着粉火,跟戏台上出鬼时所做的没有两样。巫师在院子里跑来跑去,做出种种凄惨的惊人的怪叫和姿势。他进了病人的房间,在那里跳着,叫着,把每件东西都弄翻了,甚至向床下也洒了粉火。不管病人在床上因为吵闹和恐惧而增加痛苦,更大声地呻吟,巫师依旧热心地继续做他的工作,而且愈来愈热心了,甚至向着病人做出了威吓的姿势,把病人吓得惊叫起来。满屋子都是浓黑的烟,爆发的火光和松香的气味。这样地继续了将近一个钟头。于是巫师呼啸地走出去了。又过了一些时候,这个公馆里才有了人声。

　　然而花样又来了。据说这一次的捉鬼不过捉了病人房里的鬼,这是不够的。在这个公馆里到处都有鬼,每个房间里都有很多的鬼,于是决定在第二天晚上举行大扫除,要捉尽每个房间里的鬼。巫师说,要把鬼捉尽了,老太爷的病才可以痊愈。

　　这种说法也有人不相信,而且也有人不赞成第二次的捉鬼,可是没有一个人敢出来反对。克明和觉新都不赞成这样的做法。但是陈姨太坚决主张它,太太们也同意,克安和克定也说"不妨试一下"。克明就勉强点了头。觉新更不敢说一个"不"字。觉慧虽然有勇气,然而没有人听他的话。于是第二次的滑稽戏又在预定的时间内公演了。每个房间都受到那种滑稽的、同时又是可怕的骚扰。有的人躲开了,小孩哭,女人叹息,男人摇头。

觉慧坐在自己的房里。虽然隔了一层板壁,他用耳朵差不多也可以"看见"嫂嫂房里的骚动。同时他还听见了凄惨的怪叫声。他的心里充满了愤怒,他觉得他的身子被压得不能够动弹了。他要站起来,摆脱身上的重压。他不能够屈服,不能够让这样的事情在他的眼前出现。他下了决心,关上房门等待着。

不久巫师走到了觉慧的房门口。房门紧紧闭着。在这个公馆里只有这两扇门是紧紧关住的。巫师敲门,苏福、赵升、袁成们也帮忙敲门,没有用。他们开始捶门,又叫"三少爷",也没有用。觉慧在里面大声说:"我不开。我屋里没有鬼!"他索性走到床前,躺下去,用手蒙住耳朵,不去听外面的叫声。

忽然有人在外面大声摇着门。觉慧从床上站起来,满脸通红,他好像看见了鸣凤的头发披散、泪痕狼藉的脸。他激怒了。他走到门前高声骂道:"我不开门!你们这样胡闹,究竟要做什么?"

"老三,快开门,"是他的三叔克明的声音。

"三少爷,开门,"是陈姨太的声音。

他想:"好,你们搬了救兵来了,"便气愤地答应一声:"我不开!"他又转身往里走。他捏紧拳头在房里走了几步。他觉得脑子快要爆炸了。他接连地念了几次:"我恨!我恨!……"

外面的声音不肯放松他,还是一声一声地追来,一声比一声高,而且外面的人也在愤怒地叫嚷。

"三少爷,你不顾到你爷爷的病?你不望你爷爷的病早些好吗?你还不开门!……你这样不孝顺他!"在那些声音里面觉慧注意到了陈姨太的尖锐的声音。这个声音挟着一种不可抗拒的力量向他打来。他受了伤,他的愤怒也因此增加了。

"老三,你要明白事理,大家都望爷爷病好。你是懂事的人,快快把门打开……"克明的话还没有说完,另一个声音又响起来了。

"三弟,快开门,我有话跟你说,"这是觉新的声音。

觉慧痛苦地想着:"你也是这样说!你自己做了懦夫还不够!"他不能够忍耐这个思想。他觉得他的心也快要炸裂了。

"好,我给你们打开罢,"他这样自语着,便走去开了门。门一开,立刻出现了几张涨红了的带怒容的脸。一些人要抢着进来,巫师自然是第一个。

"慢点!"觉慧拦住了他们,他站在门口,好像把守住一道关口似的。他的脸也挣红了。愤怒抓住了他,热情鼓舞着他。他完全忘记这些人是他的长辈。他愤怒地而且轻蔑地问道:"你们究竟要做什么?"他的憎恨的眼光在众人的脸上扫来扫去。

众人被他这一问弄得茫然不知所措。克明和觉新不好意思说出"捉鬼"两个字,而且他们根本就不相信捉鬼的办法。

"给你爷爷捉鬼,"满身香气的陈姨太挺身出来说,一面叫巫师进去。

"捉鬼?你倒见鬼!"觉慧把这句话向着陈姨太的脸上吐过去。"我说,你们不是要捉鬼,你们是要爷爷早一点死,你们怕他不会病死,你们要把他活活地气死,吓死!"他不顾一切地骂起来。

"你……"克明说了一个"你"字就说不下去了,他气得变了脸色,结结巴巴地说不下去。

"三弟!"觉新出来阻止觉慧说话。

"你还好意思说话?你真不害羞!"觉慧把眼光定在觉新的

脸上说,"你也算读了十几年书,料不到你居然胡涂到这个地步!一个人生病,却找端公捉鬼。你们纵然自己发昏,也不该拿爷爷的性命开玩笑。我昨晚上亲眼看见,端公把爷爷吓成了那个样子。你们说是孝顺的儿孙,他生了病,你们还不肯让他安静!我昨晚上亲眼看见捉鬼的把戏。我说,我一定要看你们怎样假借了捉鬼的名义谋害他,我果然看见了。你们闹了一晚上还不够。今晚上还要闹。好,哪个敢进我的房间,我就要先给他一个嘴巴。我不怕你们!"觉慧愤怒地接连说了许多话,他完全不曾注意到他的语气太重了。在平时这样的话也许会给他招来不少的麻烦。这个时候反而因为语气太重的缘故,他倒得到胜利了。他站在门口,身子立得非常坚定,一只手拦住门不要人进来。他的面容异常严肃,眼光十分骄傲。他觉得自己理直气壮,完全不把他们放在眼里。他想:"你们自己要干这种下贱的事情,我为什么要把你们抬高呢!"

克明惭愧地红了脸。他明白觉慧说的都是真话。他这个日本留学生、省城有名的大律师,自然不会相信"捉鬼"的办法。他也知道这个办法没有好处,然而为了在家里不给自己招来麻烦,引起争吵,在外面又博得"孝顺"的名声,他居然做了他所不愿意做的事。那个时候他的确不曾想到病人的安宁,他一点也不曾替病人着想,而且他昨天亲眼看见"捉鬼"的办法在病人的身上产生了什么样的影响。……现在他没有理由,也没有勇气来责骂觉慧了。他指着觉慧,接连地说了几个"你"字,就掉转身,不声不响地走开了。

觉新又是气,又是悔,眼泪流在脸上,他也不去揩掉。他看见克明一走,也跟着溜走了。

陈姨太平日总是仗着别人的威势,现在看见克明一走,便好像失掉靠山似的,连一句话也不说了。她相信"捉鬼"的办法,她关心老太爷的病。她完全不了解觉慧的话。她恨觉慧,觉慧使她在人面前失了面子。可是没有老太爷在场,而且连克明也走开了,她一个人跟觉慧作对,不会占到便宜。她敷衍般地骂了觉慧几句,就带着满面羞容扭着身子走开了。可是在心里她咒骂着这个不孝顺爷爷的孙儿。

陈姨太一走,其余的人也就一哄而散了,再没有人来给巫师捧场。虽然巫师口里咕噜了一阵,虽然女佣中间有人暗暗地发出不满意觉慧的议论,但是这一次觉慧"大获全胜"了。这是完全出乎他意料之外的。

三十五

　　这一天觉慧睡得非常好。第二天早晨,他去看祖父的病,他以为祖父至少要骂他几句。

　　祖父床上的帐子挂起了半幅,把祖父的上半身露了出来。祖父侧着身子躺在那儿,头朝外面地搁在垫得高高的枕头上。脸上没有血色,瘦削的脸显得更瘦削了,嘴微微张开,口沫在两撇八字胡上面发亮。依旧是秃顶。高的颧骨上嵌着一对时开时闭的凹入的大眼睛。现在的祖父显得非常衰弱,可怜,不再是那个威严可怕的高老太爷了。

　　祖父正在困难地呼吸着。他看见觉慧走近,便睁大眼睛注意地看他,渐渐地脸上露出了笑容,虽然这个笑容是无力的,而且给人以凄惨的印象。"你来了,"祖父先说。祖父从来不曾对觉慧这样温和地说过话。

　　觉慧答应了一声,他不大明白祖父怎么一下子就变得和善了。

　　"你过来,"祖父很费力地说,又勉强笑了笑。觉慧把身子靠近床。

　　"你给我倒半杯茶来,"祖父说。

觉慧走到方桌前,在一个金红磁杯里倒了半杯热茶,送到祖父面前。祖父抬起头,觉慧连忙把杯子送到祖父的嘴边,祖父吃力地喝了两口茶,摇摇头说:"不要了,"疲倦地躺下去。觉慧把茶杯放回方桌上去,又走到祖父的床前来。

"你很好,"祖父把觉慧望了半晌,又用他的微弱的声音断续地说,"他们说……你脾气古怪……你要好好读书。"

觉慧不作声。

"我现在有些明白,"祖父吐了一口气,然后慢慢地说。"你看见你二哥吗?"

觉慧注意到祖父的声音改变了,他看见祖父的眼角嵌着两颗大的眼泪。为了这意料不到的慈祥和亲切(这是他从来不曾在祖父那里得到过的),他答应了一个"是"字。

"我……我的脾气……现在我不发气……我想看见他,你把他喊回来。……我不再……"祖父说,他从被里伸出右手来,揩了揩眼泪。

陈姨太刚梳好头、擦好粉、画好眉毛,从隔壁房间走进来。她看见这个情形,便责备觉慧道:"三少爷,你这样大,也该明白事理。你爷爷病到这样,你还要惹他伤心!"她还记得昨晚上的那件事。

祖父连忙阻止她说:"你不要怪他。"陈姨太扫兴地噘着嘴,便也不作声了。祖父又催促觉慧道:"你快去把你二哥喊回来。……冯家的亲事……暂时不提。……我怕我活不长了……我想看看他,……看看你们大家。"

觉慧从祖父的房里出来。他先到觉新的房里。觉新正在跟瑞珏谈话,两个人的脸上都带着愁容。

"爷爷喊我去把二哥找回来,他说冯家的亲事暂时不提了。"觉慧一进门,就高兴地大声说。

觉新惊喜地问:"真的?"他几乎不相信自己的耳朵了。

"当然是真的。爷爷说他现在明白了,"觉慧得意地说,"我原说我们会胜利。你看,我们到底胜利了!"他十分高兴地笑起来。

"告诉我,他怎样对你说的?"觉新笑着站起来,他去握瑞珏的手。瑞珏要把手缩回,却已经被他握在手里了。他们夫妇都很高兴。一个大问题就这样容易地解决了。对于他们这好像是一个奇迹,他们想这个奇迹会给他们带来幸福。

觉慧便把祖父的话重述了一遍,觉新夫妇注意地听着。觉慧愈说愈高兴,他的话还没有说完,忽然门帘一动,钱嫂进来说:"老太爷喊大少爷。"觉新马上出去了。

觉慧还没有走,他又跟嫂嫂谈了几句话,后来何嫂领了海臣从外面进来,他又逗海臣玩了一阵。

他跑到觉民的住处去,他的确是跑到那里去的。起初在家里他并不着急,他在快乐的谈话里耗费了一些时间,等到他走在街上的时候,他才想起他把事情耽误了,他本来应该把好消息早早告诉觉民的。

这个消息给觉民带来大的快乐。他们兴奋地交谈了几句话,便匆匆忙忙地离开了黄存仁的家。

他们先到琴那里去。这个消息如何带给琴以更大的快乐,这是他们预料到的。在这三个青年的面前立着美妙的前途,现在它比任何时候都显得更近了,好像它就在他们的手边,他们只要一举手就可以拿到它。它的出现并不是像奇迹那样,这是他们的许多年来的痛苦的代价和挣扎的结果,所以他们更宝贵它。

他们就这样地把时间花费在兴奋的谈话上面,然后慢慢地走回家去。觉民还预备了一些话:怎样对祖父说,怎样对继母说,怎样对大哥说。他的心里充满着快乐。他觉得自己是凯旋地归来了。

觉民走进了公馆的大门,家里并没有什么变化;他走进二门,进了大厅,也没有什么变化;他再由侧门进到里面,也没有什么变化。还是从前那个家。觉民想:"我以为家里至少有些变化了,怎么还是跟从前一样?"他疑惑地想道。

然而他究竟看出一些变化来了。祖父的房里好像起了一阵骚动。有一些人急匆匆地从房里出来,又有一些人急匆匆地到那里去,都带着惊惶的表情,不敢大声说话。

"发生了什么事情?"觉慧惊疑地说,一把抓住觉民的膀子拉着他快快地走。他忽然感到一种预兆,他的心情马上改变了。

"说不定爷爷……"觉民只说了这几个字立刻咽住了。他的心颤抖起来,他害怕那个快到了手边的希望飞去了。

他们两个走进了祖父的房间,只见黑压压的站了一屋的人。他们看不见祖父。那些人的背给他们遮住了一切。他们隐约地听见一种轻微的怪声。没有人理会他们。他们努力挤进去,终于到了里面。他们看见祖父坐在床前沙发上,垂着头在那里抽气。轻微的怪声就是从他的口里发出来的。他们不明白他在做什么。

觉民看见这个情形,抑制不住感情的爆发,他要向祖父的身上扑过去。克明把他拦住了。克明惊讶地看他一眼,但是并不说一句话,只对他摇摇头。

"爷爷喊我把他找来的,说是想见他,"觉慧走上前去对克明解释道。

克明悲痛地把头摇了摇,低声说:"现在太晏了。"

"太晏了!"这三个字沉重地打在觉慧的头上。他几乎不懂得这个"太晏了"的意思。但是看见祖父痛苦地抽气的样子,他便明白现在的确是太迟了。他们将永远怀着隔膜,怀着祖孙两代的隔膜而分别了。

觉慧不能够忍耐了,他不顾一切地跑到祖父面前,摇着祖父的手,大声叫着:"爷爷!爷爷!我把二哥找来了!"

祖父不答应,只是微微地在抽气。

觉新和别人要拉开觉慧,觉慧索性把身子靠在祖父的膝前,一面摇着祖父,一面用悲惨的声音叫"爷爷"。觉民立在他的旁边,注意地看他。

祖父忽然嘘了一口气,把两只眼睛大大地睁开。他看看觉慧,好像不认得这个孙儿似的。他低声问:"你闹什么?"一面举起右手挥动一下,好像是叫他走开的样子。

觉慧把头仰起,死命地看着祖父的瘦削的脸。祖父脸上那种茫然的样子渐渐地消失了。嘴唇张开了,像要说话,但是并没有说出什么。他把头侧着去看觉民,嘴唇又动了一下。觉民叫了一声:"爷爷!"他似乎没有听见。他又把眼睛埋下去看觉慧。他的嘴唇又动了,瘦脸上的筋肉弛缓地动着,他好像要做一个笑容。可是两三滴眼泪开始落了下来。他伸手在觉慧的头上摩了一下,他又把手拿开,然后低声说:"你来了。他……他……他……"(觉慧拉着觉民的手接连说"他在这儿。"觉民也唤着:"爷爷。")"你回来了。……冯家的亲事不提了。……你们要好好读书。唉,"他吃力地叹了一口气,又慢慢地说:"要……扬名显亲啊。……我很累。……你们不要走。……我要走了。……"他愈说,声音愈低,他的头慢慢地垂下去,最后他完全闭了口。

克明走过来唤了两声"爹",老人并不答应。克明又去摩他的手,然后带哭地吐了三个字:"手冷了。"于是众人围上前去,大声叫着各样的称呼。呼唤声渐渐地停止了。忽然所有的人不知由谁领头,全跪下去,大声哭起来。在短时间内大家除了痛哭外,不曾想到别的事情。

死的消息比什么都传布得更快。不到几分钟,全公馆都知道老太爷去世了。一部分的仆人忙着往亲戚处报丧。很快地客人就来了。女客们还帮忙痛哭一场,有的还在哭声中诉说自己的心事。

工作开始了。男的、女的,都分配了工作。三四个女眷被派来守着尸首哭。死人已经被抬到卸下帐子的床上了。

工作进行得很快。许多人同时忙着。堂屋里的神主、供桌,其他的陈设以及壁上的画屏等等都搬到后面被称为"后堂屋"的桂堂里去了。不久棺材就抬了进来,这是几年前就买好的,寄放在别处。据说价钱并不贵:不过一千两银子。

做"开路"法事的道士请来了。他查定了小殓的时辰。殓衣、殓具等等也都很快地预备好了。人们把老太爷的尸体沐浴过了,穿上了殓衣,于是举行小殓,使死者舒舒服服地躺在棺材里,把他生前喜爱的东西都放到棺里去,满满地装了一棺材,不留一点儿空隙。

小殓完毕,时候已近傍晚。人们又请了一大群和尚来"转佛"。和尚共是一百零八个,每人捧了一支燃着的香,口里念着佛号,不住地在堂屋和天井里兜圈子,从这道门进堂屋,又从那道门走出去,走了阶上又走阶下。在和尚的后面跟着觉新和他的三个叔父。他们手里也捧着香。觉新领头走,因为他现在是"承重孙"了。

大殓的时候到了,就在第二天上午十点钟。日期和时辰也是道士决定的。那时哀哭的声音响成了一片,也有人真正在流眼泪。觉慧没有参加,据说因为他的生肖跟大殓的时辰有冲突。不能够参加大殓的并不单是他一个人,另外还有几个。觉慧知道这是道士的胡说,不过他也不反对,他想:"我已经跟爷爷诀别过了,用不着管你们这些鬼把戏。横竖棺盖一钉牢,什么都完了。"

总之老太爷死了。他的死给这个家带来了大的变化。一切的事情都停顿了。堂屋成了灵堂,彩行的人来扎了素彩;大厅成了经堂。灵堂里有女人哀哭;经堂里有和尚念经。灵堂里挂起了挽联和祭幛;经堂里挂起了佛像和十座阎罗殿的图画。鬼又一次在这个公馆里出现了。

众人都忙着死人的事情,或者更可以说忙着借死人来维持自己的面子,表现自己的阔绰。三天以后"成服",——纷至的礼物,盛大的仪式,众多的吊客。人们所要求的是这个,果然全实现了。只苦了灵帏里的女眷:因为客来得多,她们哭的次数也跟着加多了。这时候哭已经成了一种艺术,而且还有了应酬客人的功用。譬如她们正在说话或者正在吃东西,外面吹鼓手一旦吹打起来,她们马上就得放声大哭,自然哭得愈伤心愈好,不过事实上总是叫号的时候多,因为没有眼泪,她们只能够叫号了。

她们也曾闹过笑话。譬如把唢呐的声音听错了,把"送客"误当作"客来",哭了好久才知道冤枉哭了的;或者客已经进来了还不知道,灵帏里寂然无声,后来受了礼生[1]的暗示才突然爆发出哭声来的。

至于做承重孙和孝子的那几个人,虽然"报单"上说过"泣血稽颡"的话,但是他们整天躲在灵帏里,即不需要哭,又不必出来答礼。吊客来的时候,他们伏在铺了草荐的地上不动;吊客去了,他们可以睡下去或坐起来畅谈各种事情。

觉民两弟兄在这一天的确比较苦些。在别的日子他们可以实行消极抵抗的办法,就是说,完全不管。但是在"成服"的日子,他们却不得不出来"维持场面"(这是他们自己的说法)。不用说他们自己并不愿意,不过他们也不太重视这件事情。他们被安排在外面答礼,换句话说,就是陪着每一个客人磕几个头。每次当礼生唱到"孝子孝孙谢"时,他们已经磕了不少的头。他们每次看见叔父们和哥哥觉新头上戴着麻冠、脑后拖着长长的孝巾、穿着白布孝衣和宽大的麻背心、束着麻带、穿着草鞋、拿着哭丧棒、低着头慢慢地走路的神气,总要暗暗地发笑。他们感到了看滑稽戏时的那种心情。

觉民和觉慧就这样地被关在家里过了一个整天。第二天吃过早饭他们两个人都跑出去了。觉慧先走,他自然是到阅报处去工作,他一直到晚上才回家。那时觉民还不曾回来。

大厅上很清静,诵经的和尚早散去了。觉慧走进里面,堂屋里没有一个人。灵前一对蜡烛上结了大烛花,烛油继续流下来,堆满了烛台。香炉里的香也已经燃完了。

---

[1] 礼生:即司仪。

"怎么今天就这样凄凉？他们都跑到哪儿去了？"他这样自语着，就走到供桌前拿起铗子把烛花挟去，又点燃了一炷香。

"不行。单分田、分东西，不把古玩字画拿出来分，这样分家还是不彻底！"忽然从祖父的房里送出来克定的声音。

"古玩字画是爹平生最喜欢的东西，他费了很大的苦心才搜集起来，我们做儿子的不能随便分散，"克明在房里解释道，他一面说话一面喘气。

"我并不希罕这些东西。不过现在不分，将来也会有人独吞的，"克安生气地大声说。"凡是爹的东西，都应该拿出来大家平分！"

"好！你们主张分，明天就分罢！凭良心说，我并没有独吞的心思，"克明说着，气恼地咳了两声嗽。

"三哥，你当然不会独吞。你做律师有那么多的收入，还希罕这一点小东西？"克定冷笑道。

于是房里起了一阵响动，接着是几个女人说话的声音。忽然门帘一动，克定从房里走出来，嘴里抱怨着："什么遗命，遗赠，都是假造的！这样分法很不公平！"就往外面走了。

觉新神气沮丧地从房里走出来。

"你们就在分家了！这么快！"觉慧讥笑地说。

"我和妈不过做个傀儡罢了。我得了爷爷遗命所给的三千元西蜀商业公司的股票，四爸他们还不大肯承认，"觉新痛苦地回答道。

"姑妈呢？"觉民刚从外面走进来，听见觉新的话，就接口问道。

"姑妈只得了一点东西，还有五百块钱的股票，这还是列在

'遗赠'里面的。陈姨太倒分得一所公馆,是爷爷遗命给她的。你要晓得我们家里就只有我们这一房跟姑妈的感情好,哪个肯替姑妈讲话?"觉新感叹地说。

"那么你为什么不讲话?"觉民责备道。

"三爸来了,"觉慧忽然低声插嘴道。

这时门帘又一动,克明带着咳嗽声从祖父的房里慢慢地走了出来。

三十六

瑞珏生产的日子近了。这件事情引起了陈姨太、四太太、五太太和几个女佣的焦虑,起初她们还背着人暗暗地议论。后来有一天陈姨太就带着严肃的表情对克明几弟兄正式讲起"血光之灾"[1]来:长辈的灵柩停在家里,家里有人生产,那么产妇的血光就会冲犯到死者身上,死者的身上会冒出很多的血。唯一的免灾方法就是把产妇迁出公馆去。迁出公馆还不行,产妇的血光还可以回到公馆来,所以应该迁到城外。出了城还不行,城门也关不住产妇的血光,必须使产妇过桥。而且这样办也不见得就安全,同时还应该在家里用砖筑一个假坟来保护棺木,这样才可以避免"血光之灾"。

五太太沈氏第一个赞成这个办法,四太太王氏和克定在旁边附和。克安起初似乎不以为然,但是听了王氏几句解释的话也就完全同意了。克明和大太太周氏也终于同意了。长一辈的人中间只有三太太张氏一句话也不说。总之大家决定照着陈姨太的意见去做。他们要觉新马上照办,他们说祖父的利益超过一切。

---

[1]在南方几省过去有这样的迷信,我的一个侄女就生在城外。

这些话对觉新虽然是一个晴天霹雳,但是他和平地接受了。他没有说一句反抗的话。他一生就没有对谁说过一句反抗的话。无论他受到怎样不公道的待遇,他宁可哭在心里,气在心里,苦在心里,在人前他绝不反抗。他忍受一切。他甚至不去考虑这样的忍受是否会损害别人的幸福。

觉新回到房里,把这件事情告诉了瑞珏,瑞珏也不说一句抱怨的话。她只是哭。她的哭声就是她的反抗的表示。但是这也没有用,因为她没有力量保护自己,觉新也没有力量保护她。她只好让人摆布。

"你晓得我决不相信,然而我又有什么办法?他们都说'宁可信其有,不可信其无'啊!"觉新绝望地摊开手悲声说。

"我不怪你,只怪我自己的命不好,"瑞珏抽泣地说。"我妈又不在省城。你怎么担得起不孝的恶名?便是你肯担承,我也决不让你担承。"

"珏,原谅我,我太懦弱,连自己的妻子也不能够保护。我们相处了这几年……我的苦衷你该可以谅解。"

"你不要……这样说,"瑞珏用手帕揩着眼泪说,"我明白……你的……苦衷。你已经……苦够了。你待我……那样好,……我只有感激。"

"感激?你不是在骂我?你为我不晓得受了多少气!你现在怀胎快足月了,身体又不太好。我倒把你送到城外冷静的地方去,什么都不方便,让你一个人住在那儿。这是我对不起你。你说,别人家的媳妇会受到这种待遇吗?你还要说感激!"觉新说到这里就捧着头哭起来。

瑞珏却止了泪,静悄悄地立起来,不说一句话,就走了出去。过了片刻她牵着海臣走回来,何嫂跟在她的后面。

觉新还在房里揩眼泪。瑞珏把海臣送到他的面前,要海臣叫他"爹爹",要海臣把他的手拉下来,叫他抱着海臣玩。

觉新抱起海臣来,爱怜地看了几眼,又在海臣的脸颊上吻了几下,然后把海臣放下去,交给瑞珏。他又用苦涩的声音说:"我已经是没有希望的了。你还是好好地教养海儿罢,希望他将来不要做一个像我这样的人!"他说完就往外面走,一只手还在揉眼睛。

"你到哪儿去?"瑞珏关心地问道。

"我到城外去找房子。"他回过头去看她,泪水又迷糊了他的眼睛,他努力说出了这句话,就往外面走了。

这天觉新回来得很迟。找房子并不是容易的事,不过他第二天就办妥了。这是一个小小的院子,一排三间房屋,矮小的纸窗户,没有地板的土地,阳光很少的房间,潮湿颇重的墙壁。他再也找不到更适当的房子了。这里倒符合"要出城"、"要过桥"的两个主要条件。

房子租定了。在瑞珏迁去以前,陈姨太还亲自带了钱嫂去看过一次。王氏和沈氏也同去看了的。大家对房子没有意见了。觉新便开始筹备妻子的迁出。瑞珏本来要自己收拾行李,但是觉新阻止了她。觉新坚持说他会给她料理一切,不使她操一点心。他叫她坐在椅子上不要动,只是看他做种种事情。她不忍拂他的意,终于答应了。他找出每一件他以为她用得着的东西,又拿了它走到她的面前问道:"把这个也带去,好吗?"她笑着点了点头,他便把它拿去放在提箱或者网篮里面。差不多对每一次他同样的问话,她都带笑地点头同意,或者亲切地接连说着:"好!"即使那件东西是她用不着的,她也不肯说不要的话。

后来他看见行李快收拾好了,便含笑地对她说:"你看,我做得这样好。我简直把你的心猜透了。我完全懂得你的心。"她也带笑答道:"你真把我的心猜透了。我要用什么东西,你完全晓得。你很会收拾。下回我要出远门,仍旧要请你给我收拾行李。"最后的一句话是信口说出来的。

"下回?下回你到哪儿去,我当然跟你一路去,我决不让你一个人走!"他带笑地说。

"我想到我妈那儿去,不过要去我们一路去,我下回决不离开你,"她含笑地回答。

觉新的脸色突然一变,他连忙低下头去。但是接着他又抬起头,勉强笑道:"是,我们一路去。"

他们两个人都在互相欺骗,都不肯把自己的真心显露。他们在心里明明想哭,在表面上却竭力做出笑容,但是笑容依旧掩饰不住他们的悲痛。他知道,她也知道。他知道她的心,她也知道他的心。然而他们故意把自己的心隐藏起来,隐藏在笑容里,隐藏在愉快的谈话里。他们宁愿自己同时在脸上笑,在心里哭,却不愿意在这时候看见所爱的人流一滴眼泪。

淑华同淑英来了,她们只看见他们两个人的外表上的一切。接着觉民和觉慧进来了,也只看见这两个人的外表上的一切。

然而觉民和觉慧是不能够沉默的。觉慧第一个发问道:"大哥,你当真要把嫂嫂送出去?"他虽然听见人说过这件事情,但是他还不相信,他以为这不过是说着玩的。可是刚才他从外面回来,在二门口碰到了袁成。这个中年仆人亲切地唤了一声:"三少爷。"他站住跟袁成讲了两句话。

"三少爷,你看少奶奶搬到城外头去好不好?"袁成的瘦脸本来有点黑,现在显得更黑了。他的眉毛也皱了起来。

觉慧吃惊地看了袁成一眼,答道:"我不赞成。我看不见得当真搬出去。"

"三少爷,你还不晓得。大少爷已经盼咐下来了,要我跟张嫂两个去服侍少奶奶。三少爷,依我们看,少奶奶这样搬出去不大好。不是喊泥水匠来修假坟吗?就说要搬也要找个好地方。偏偏有钱人家规矩这样多。大少爷为什么不争一下?我们底下人不懂事,依我们看,总是人要紧啊。三少爷,你可不可以去劝劝大少爷,劝劝太太?"袁成包了一眼眶的泪水,他激动地往下说:"少奶奶要紧啊。公馆里头哪一个不望少奶奶好!万一少奶奶有……"他结结巴巴地说不下去了。

"好,我去说,我马上就去找大少爷。你放心,少奶奶不会出事,"觉慧感动地、兴奋地而且用坚决的声音答道。

"三少爷,谢谢你。不过请你千万不要提到袁成的名字,"袁成低声说,他转过身走向门房去了。

觉慧立刻到觉新的房里去。房里的情形完全证实了袁成的话。

觉新皱着眉头看了觉慧一眼,默默地点了点头。

"你疯了?"觉慧惊讶地说,"你难道相信那些鬼话?"

"我相信那些鬼话?"觉新烦躁地说,"我不相信又有什么用处?他们都是那样主张!"他绝望地扭自己的手。

"我说你应该反抗,"觉慧愤怒地说。他并不看觉新,却望着窗外的景物。

"大哥,三弟的话很对,"觉民接着说;"我劝你不要就把嫂嫂搬出去,你先去向他们详细解说一番,他们会明白的。他们也是懂道理的人。"

"道理?"觉新依旧用烦躁的声音说,"连三爸读了多年的书,还到日本学过法律,都只好点好,我的解说还会有用吗?我担不起那个不孝的罪名,我只好听大家的话。不过苦了你嫂嫂。……"

"我有什么苦呢?搬到外头去倒清静得多。……况且有人照料,又有人陪伴。我想一定很舒服,"瑞珏装出笑容插嘴解释道。

"大哥,你又屈服!我不晓得你为什么总是屈服?你应该记得你已经付过了多大的代价!你要记住这是嫂嫂啊!嫂嫂要紧啊!公馆里头哪个不望嫂嫂好!"觉慧想起了袁成的话,气愤不堪地说。"譬如二哥,他几乎因为你的屈服就做了牺牲品,断送他自己,同时还断送另一个人。还是亏得他自己起来反抗,才有今天的胜利。"

觉民听见说到他的事情,不觉现出了得意的微笑,他觉得果然如觉慧所说,是他自己把幸福争回来的。

"三弟,你不要讲了,这不是你大哥的意思,这是我的意思,"瑞珏连忙替觉新解释道。

"不,嫂嫂,这不是你的意思,也不是大哥的意思,这是他们的意思,"觉慧挣红脸大声说。他马上向着觉新恳切地劝道:"大哥,你要奋斗啊!"

"奋斗,胜利,"觉新忍住心痛,嘲笑自己似地说。"不错,你们胜利了。你们反抗一切,你们轻视一切,你们胜利了。就因为你们胜利了,我才失败了。他们把他们对你们的怨恨全集中在我一个人身上。你们得罪了他们,他们只向我一个人报仇。他们恨我,挖苦我,背地骂我,又喊我做'承重老爷'。……你们可以说反抗,可以脱离家庭,可以跑到外面去。……我呢,你想我能够做什么？我能够一个人逃走吗？……许多事情你们都不晓得。为二弟的亲事，我不知道受了多少气！还有三弟，你在外面办刊物，跟那般新朋友往来，我为你也受过好多气！我都忍在心头。我的苦只有我一个人晓得。你们都可以向我说什么反抗，说什么奋斗。我又向哪个去说这些漂亮话？"觉新说到这里，实在忍不住，他忍了这许久的眼泪终于淌出来了。他不愿意别人看见他哭，更不愿意引起别人哭。……他觉得有什么东西沉重地压住他的身子，他不能够支持了。他连忙走到床前，倒下去。

到了这时，瑞珏的最后一道防线被攻破了。她收拾起假的笑容，伏在桌上低声哭起来。淑英和淑华便用带哭的声音劝她。觉民的眼睛也被泪水打湿了。他后悔不该只替自己打算，完全不注意哥哥的痛苦。他觉得他对待哥哥太苛刻了，他不应该那样对待哥哥。他想找些话安慰觉新。

然而觉慧的心情就不同了。觉慧没有流一滴眼泪。他在旁边观察觉新的举动。觉新的那些话自然使他痛苦。然而他觉得他不能够对觉新表示同情：在他的心里憎恨太多了，比爱还多。一片湖水现在他的眼里，一具棺材横在他的面前，还有……现在……将来。这些都是他所不能够忘记的。他每想起这些，他的心就被憎恨绞痛。他本来跟他的两个哥哥一样，也会从他们的慈爱的母亲那里接受了爱的感情。母亲在一小部分人中间留下爱的纪念死去以后，他也曾做过母亲教他们做的事：爱人，帮助人，尊敬长辈，厚待下人，他全做过。可是如今所谓长辈的人在他的眼前现出来是怎样的一副嘴脸，同时他看见在这个家里摧残爱的黑暗势力又如何地在生长。他还亲眼看见一些可爱的年轻的生命怎样地做了不必要的牺牲品。这些生命对于他是太亲爱了,他不能够失掉她们,然而她们终于跟他永别了。他也不能挽救她们。不但不能挽救她们,他还被逼着来看另一些可爱的年轻的生命走上灭亡的路。同情,他现在不能够给人以同情了,不管这个人就是他的哥哥。他一句话也不说,就拔步走了。他到了外房,正遇见何嫂牵着海臣的手走进房来。海臣笑嘻嘻地叫了一声"三爸",他答应着,心里非常难过。

回到自己的房里,觉慧突然感到了以前所不曾有过的孤寂,他的眼睛渐渐地湿了。他看人间好像是一个演悲剧的场所,那么多的眼泪,那么多的痛苦!许多的人生活着只是为着造就自己的灭亡,或者造就别人的灭亡。除了这个,他们就不能够做任何事情。在痛苦中挣扎,结果仍然不免灭亡,而且甚至于连累了别人:他的大哥的命运明明白白地摆在他的眼前。而且他知道这不仅是他的大哥一个人的命运,许多许多的人都走着这同样的路。"人间为什么会有这样多的苦恼?"他这样想着,种种不如意的事情都集在他的心头来了。

"为什么连袁成都懂得,大哥却不懂呢?"他怀疑地问自己。

"无论如何,我不跟他们一样,我要走我自己的路,甚至于踏着他们的尸首,我也要向前走去。"他被痛苦包围着,几乎找不到一条出路,后来才拿了这样的话来鼓舞自己。于是他动身到利群阅报处,会他的那些新朋友去了。

觉新也暂时止住了悲哀,陪着瑞珏到城外的新居去了。同去的有周氏和淑英、淑华两姊妹。觉新还带了一个女佣和一个仆人,就是张嫂和袁成,去服侍瑞珏。后来觉民和琴也去了。

瑞珏并不喜欢她的新居。她嫁到高家以后,就没有跟觉新分离过。现在她不得不一个人在外面居住,他们这次分居,时间至少是在一个月以上。这是第一次,却有这样长的期限,她又搬在这样一个阴暗潮湿的地方。这样想着,她纵然要拿一些愉快的思想安慰自己,事实上也是不可能的了。但是在人前她应该忍住自己的悲哀。虽然在别人忙着安置家具的时候,她闲着也曾背人弹了泪,但是到了别人闲着来跟她谈话时,她又是有说有笑的了。这倒也使那些关怀她的人略微放了心。

很快地就到了分别的时候,大家都要告辞进城去了。

"为什么一说走,就全走呢?琴妹和三妹晏一点走不好吗?"瑞珏不胜依恋地挽留道。

"晏了,城门就要关了。这儿离城门又远,我明天再来看你罢,"琴笑着回答。

"城门,"瑞珏接连地说了两次,好像不明白似的,而实际上她很清楚地知道如今在她跟他中间不仅隔着远的道路,而且还隔着几道城门。城门把她跟他隔断了,从今天傍晚到明天破晓之间,纵然她死在这里,他也不会知道,而且也不能够来看她。她的眼泪经不住她一急,就流出来了。"这儿冷清清的,怪可怕。"她不自觉地顺口说出了这样的话。

"嫂嫂,不要紧,我明天搬来陪你住,"淑华安慰她道。

"我去跟妈商量,我也来陪你,"淑英感动地接口说。

"珏,你忍耐一点,过两天你就会住惯了。这儿还有两个底下人,都是很可靠的。你用不着害怕。明天二妹她们当真搬过来陪你。我每天只要能抽空就会来看你。你好好地忍耐一下,一个多月很快地就过去了。"觉新勉强装出笑容安慰她道。其实他只想抱着她痛哭。

周氏也吩咐了几句话。众人接着说了几句便走了。瑞珏把他们送到门口,倚在门前看他们一个一个地上了轿。

觉新已经上轿了,忽然又走出来,回去问瑞珏,还要不要带什么东西。瑞珏不要什么,她说,需要的东西已经完全带来了。她还说:"你明天给我把海儿带来罢,我很想他。"又说:"你要当心照料海儿。"又说:"我妈那儿你千万不要去信,她得到这个消息会担心的。"

"我前两天就已经写信去了。我瞒着你,因为我知道你一定不让我写,"觉新柔声解释道。

"其实你不该去信。我妈要是晓得我现在……"她只说了半句,就连忙咽住了。她害怕她的话会伤害他。

"然而无论如何应该告诉她,要是她赶到省城来看你,也多一个人照料,"觉新低声分辩道。他不敢去想她咽住的那半句话。

两个人对望着,好像没有话说了,其实心里正有着千言万语。

"我走了,你也可以休息一会儿,"觉新带笑说,他站了几分钟,也只得走了。他上轿前还屡屡回头看她。

"你明天要早些来,"瑞珏说着,还倚在门口望他,一面不住地向他招手。等到他的轿子转了弯不见了时,她才捧着她的大肚皮一步一步地走进房去。

她想从网篮里取出几件东西。但是她觉得四肢没有力气,精神也有点恍惚,她几乎站不住了,便勉强走到床前,在床沿上坐下来。她忽然觉得胎儿在肚里动,又仿佛听见胎儿的声音。她这时真是悲愤交集,她气恼地接连用她的无力的手打肚皮,一面说:"你把我害了!"她低声哭着,一直到张嫂听见声音,跑来劝她的时候。

第二天觉新果然来得很早,而且带了海臣同来。淑华如约搬来了。淑英也来了,不过她没有得到父亲的许可,不能够搬到城外来住。后来琴也来了。这个小小的院子里又有了短时间的欢乐,有了笑声,还有别的。

然而在欢笑中光阴过得比平常更快,分别的时刻终于又到了。临行时海臣忽然哭起来不肯回去,说是要跟着妈妈留在这儿。这自然是不可能的。瑞珏说了许多话安慰他,骗他,才使他转啼为笑,答应好好地跟着爹爹回家。

瑞珏依然把觉新送到门口。"你明天还是早点来罢,"她说着,眼睛里闪起了泪光。

"明天我恐怕不能来。他们喊了泥水匠来给爷爷修假坟,要我监工,"他忧郁地说。但是他忽然注意到了她的眼角的泪珠,又不忍使她失望,便改口说:"我明天会想法来看你,我一定来。珏,你怎么这样容易伤心?你自己的身体要紧。要是你再有什么病痛,你叫我……"说到这里他把话咽住了。

"我自己也不晓得为什么缘故这样容易伤心,"瑞珏的脸上浮出了凄凉的微笑,她抱歉似地说,眼睛不肯离开他的脸,一只手还在摩抚海臣的脸颊。"每天你回去的时候,我总觉得好像不能再跟你见面一样。我很害怕,我自己也不明白为什么要害怕。"她说了又用手去揉眼睛。

"有什么害怕呢?我们隔得这么近,我每天都可以来看你,现在又有三妹在这儿陪你,"觉新勉强装出笑容来安慰瑞珏。他不敢往下想。

"就是那座庙吗?"她忽然指着右边不远处突出的屋顶问道,"听说梅表妹的灵柩就停在那儿。我倒想去看看她。"

觉新随着瑞珏的手指看去,他的脸色马上变了。他连忙掉开头,一个可怕的思想开始咬他的脑子。他伸手去捏她的手,他把那只温软的手紧紧握着,好像这时候有人要把她夺去一般。"珏,你不要去!"他重复地说了两遍,用的是那样的一种声音,使得瑞珏许久都不能够忘记,虽然她不明白他为什么这样坚持地不要她到那里去。

他不再等她说什么,猝然放开她的手,再说一次:"我回去了,"又叫海臣唤了两声"妈妈",然后大步上了轿。两个轿夫抬起轿子放在肩上。海臣还在轿里唤"妈妈",他却默默地吞眼泪。

觉新回到家里,还不曾走进灵堂,就看见陈姨太从那里出来。

"大少爷,少奶奶还好吗?"她带笑地问。

"还好,难为你问,"觉新勉强装出笑脸来回答。

"快生产了罢?"

"恐怕还有几天。"

"那么,还不要紧。不过大少爷,请你记住,你不能进月房[1],"陈姨太忽然收起笑容正经地对觉新说,说完就带着她平日常有的那股香气走开了。

这样的话觉新已经听到三次了。然而今天在这种情形里听到她用这种声音说了它出来,他气得半晌吐不出一个字。他呆呆地望着陈姨太的背影。他手里牵着的海臣在旁边仰起头唤"爹爹",他也没有听见。

---

[1]月房:即产妇的卧房。

三十七

四天后,觉新照常到瑞珏的新居去,这一天因为家里有事情,他去得比往日迟一点,到了那里已经是午后三点多钟了。

他走进院子,叫了一声"珏",连忙向她的房间走去。他刚把一只脚放进门槛,便给人拦住了。肥胖的张嫂带着庄严的表情站在房门口,拦住他,不要他进去。她说:"大少爷,你进来不得!"她再没有第二句话。然而他已经懂得了。

他毫不反抗地缩回了那只脚,怅惘地在中间房里立了半晌。他忽然觉得有点紧张,就走到外面去了。接着砰的一声瑞珏的房门关上了。里面有脚步声,有陌生的女音在低声说话。

他立在窗下,望着小天井里的青草和野花出神。他有一种奇怪的感觉。这感觉究竟是苦是甜,是喜是悲,是愤怒或是满足,连他自己也说不出来,不过他觉得好像样样都有。几年以前他也曾有过跟这略略相似的感觉,但也只是略略相似而已,实际上却差了许多。他还记得在几年前,当他处在好像跟这相似而实际却跟这不同的情景里的时候,他曾经怀着感动的心情,流下喜悦的眼泪感谢她,照料她。他为她的挣扎而感到痛苦,他又为她给他带来的礼物而感到喜悦。他在旁边看见她经历了那一切而达到最后的胜利,他的心情也由紧张变到宽松,由痛苦变到喜悦。他看见了那个孩子,他的第一个孩子。他还记得他怎样从接生婆的手里接过了那个包裹在襁褓里的婴儿,带着感激与爱怜去吻那张红红的小脸,在心里宣誓要爱那个婴儿,要为婴儿牺牲一切,因为他已经把自己的生命寄托在那个初生孩子的身上了。他又走到妻的床前,看着妻的苍白的、疲倦的脸,摩抚她的一只手,低声问到她的健康,又从眼光里说出许多不能给别人听见的充满着感激与热爱的话。同样她也用得意与热爱的眼光看他,又看那个婴儿,又用感激的声音对他说:"我现在很好。你看,他不可爱吗?快给他起一个名字。"她的脸上是怎样地闪耀着喜悦的光辉,那种第一次做母亲的人的喜悦的光辉!

然而今天同样地她躺在床上,她开始在低声呻吟,房里有人在走动,有人严肃地低声说话。这一切似乎跟从前并没有不同,可是现在他和她却在这样的一个地方,而且两扇木板门隔开了他们,使他就在这一刻也不能够进去看她一眼,鼓舞她,安慰她,或者分担她的痛苦。现在他怀着一种跟从前完全两样的心情等待着将要发生的一切。他没有喜悦,没有满足,他只有恐怖,只有悔恨。他只有一个思想,这就是:"我害了她。"

"少奶奶,你觉得怎样?"张嫂的声音在问。

接着是一阵严肃的沉默。

"哎哟!……哇……哎哟……我痛啊!"

忽然一阵痛苦的叫声从窗里飞出来,直往他的耳朵里钻。这一阵声音使他浑身发抖。他咬紧牙齿,捏紧拳头,极力在挣扎。他起初甚至想:"这不会是她的声音,她从来不曾有过这样大的声音。"然而房里除了她以外还有谁会发出这样的叫声呢?

"一定是她,一定是珏,"他自语道。

"哇!……痛啊,……我痛啊!……哎哟!"声音更凄厉了,几乎不像是人的叫声。在房里,脚步声、人声、碗碟家具响动声跟这叫声响在一起。他用手蒙住耳朵,口里喃喃地自语:"一定不是她,一定不是珏。她不会叫得像这样。"他疯狂似地走近窗前伸长了颈项去望。可是窗户紧紧关着。他只能听见声音,他不能够看见里面的情形。他绝望地掉转了身子。

"少奶奶,你要忍住,过一会儿就好了,"一个陌生的女音在说。

"我痛啊!……哇!"又是一声怪叫。

"嫂嫂,你忍耐些,这不过是短痛,过一会儿就好了,"是淑华的声音。

叫声渐渐地低下去,后来房里只有微弱的呻吟。

忽然门开了。他转过身去望。张嫂从里面匆匆忙忙地跑出来,到灶房里去了一趟,又很快地捧了一盆热水走回去。他迟疑一下,便走进了中间屋子,眼睁睁地望着半掩的门,偶尔有一个人影在里面晃动,他的心跳得厉害,但是他还没有进去的念头。等到张嫂从另一间屋子走出来回到瑞珏的房里去时,他突然下了决心要跟着她进去。可是她一进屋就把房门关上了。

他推了几下门,里面没有一声回应。他绝望地放下手,正打算走出去,却又听见里面的怪叫声。他用力推门,他用力捶门。

"哪个?"房里有人在问,这是张嫂的声音。

"放我进来!"他叫道。声音里充满了恐怖、痛苦和愤怒。

没有人答应,也没有人开门。他的妻还在大声叫痛。

"放我进来! 张嫂,放我进来!"他愤怒地叫着,一面继续用拳头在门上捶。

"大少爷，你进来不得！我不敢给你开门。太太、四太太、陈姨太她们都吩咐过的！……"张嫂走到门口在里面大声说。

张嫂似乎还在说话，但是他已经不去听她了。他明白她的意思。他记起家里那些长辈们曾经对他说过的话。他的希望、他的勇气都给那些话赶走了。他绝望地立在门前，不能够说一句话来驳倒张嫂。

"大少爷呢？他在哪儿？"在房里瑞珏用悲惨的声音叫起来，"他为什么还不来看我？……张嫂，你去把大少爷请来！我痛啊！……哇！……"

"珏，我在这儿，我在这儿！珏，我来了！开门！快放我进来！她要见我！你们放我进来！"他忘了自己地狂叫着，他用了他所能够叫出的最大的声音。他又用拳头去捶门。

"明轩，你在哪儿？为什么我看不见你？……我痛啊！你在哪儿？……你们为什么不让他进来？……哇！……"

"珏，我在这儿！我就进来！我要守住你！我不会离开你！……放我进来！你们放我进来！你们看她痛成这个样子，你们不可怜她吗？"他嘶声叫着，一面死命地捶着门。

房里静下来了。可是又起了一阵忙乱。有人在奔走，有人在呼唤。"嫂嫂！""少奶奶！"这些声音响成了一片。他想她一定是昏厥过去了。他更紧张，他用最大的声音叫着："珏，我在这儿！你听得见我的声音吗？"

房里的唤声停止了。仿佛瑞珏在说话，过后又是她的呻吟，声音非常微弱。

又过了一些时候。

"哇！我痛啊！……你们不来救我！……明轩，你在哪儿？你为什么也不来救我？……我痛啊！……"她又在里面怪声叫了。

"我在这儿！珏，我给你说我在这儿！我在这儿！珏，听见吗？……放我进来！……三妹，你是懂事的，你快给我开门！你放我进来罢！"他还在外面狂叫。

她的声音又停止了。房里没有人说话。忽然在严肃的静寂中，一个婴儿的哭声响了起来。是宏亮的啼声。

"谢天谢地！"他欣慰地说。他感到一阵轻松，好像心上的大石头已经搬开了。他想她的痛苦快要完了。

现在恐怖和痛苦都去远了。他又一次感到一种不能够用言语形容的喜悦。他的眼里充满了泪水。他感动地想道："我以后要加倍地爱她，看护她，也要爱这个孩子。"他一个人在房门外笑，又在房门外哭。

"嫂嫂！"过了好一会儿，忽然一个恐怖的叫声从房里飞奔出来，像一块巨石落到他的头上。

"她的手冷了！"这又是淑华的带哭的声音。

"少奶奶！"张嫂也开始叫了。

"嫂嫂！"和"少奶奶！"的声音又响成一片。在房里叫唤的只有两个人，因为除了接生婆以外就只有这两个人。竟然是如此凄凉！

觉新知道大祸临头了。他不敢多想。他又把拳头拚命地在门上摇，摇得门发出更大的响声。但是这也没有用。没有人理他。他嘶声叫着："珏，"又叫："放我进来！"然而两扇油漆脱落的木板门冷酷地遮住了房里的一切。它们拦住他，一点也不肯退让。它们甚至不让他救她，或者跟她见最后的一面。希望完全破灭了。

房里的女人开始哭起来。然而他还在门外叫："珏，我在喊你，你听得见吗？……"这不仅是哀号与狂叫，这还是生命的呼声,他把他的全量的爱都贯注在这里面,要把她从到另一世界的途中唤回来。他不仅是在挽救别人的生命,他还是在挽救他自己的生命。他明白:没有了她,他的生存是怎么一回事情。

但是死来了。

里面有人走近门前,他以为张嫂来开门了。谁知却是接生婆抱着新生的婴儿在门缝里传出话来:"恭喜大少爷,是一位公子。"她说完就转身走开了。觉新还听到她一面拍着婴儿,一面自言自语:"可惜生下来就没有娘了。"

这句话刺痛了他的心,他没有一点做父亲时的喜悦。这个孩子似乎并不是他的爱儿,却是他的仇人,夺去了他的妻子的生命的仇人。

愤怒和悲哀混合在一起,紧紧地抓住了他。他更厉害地捶着门。然而两扇小门如今好像有了千斤的重量。

他本来下了决心要不顾一切地跑到里面去,跪倒在妻的床前,向她忏悔他这几年来的错误,哀求她的最后的宽恕,可是已经迟了。两扇木板门是多么脆弱的东西,如今居然变成了专制的君主,它们拦住了最后的爱,不许他进去跟他所爱的人诀别,甚至不许他到她面前痛哭一场。

他突然明白了,这两扇小门并没有力量,真正夺去了他的妻子的还是另一种东西,是整个制度,整个礼教,整个迷信。这一切全压在他的肩上,把他压了这许多年,给他夺去了青春,夺去了幸福,夺去了前途,夺去了他所最爱的两个女人。他现在开始觉得这个担子太重了,他想把它甩掉。他在挣扎。然而同时他又明白他是不能够抵抗这一切的,他是一个无力的、懦弱的人。他绝望了。他突然跪倒在门前。他伤心地哭着。这个时候他不是在哭她,他是在哭自己。房里的哭声和他的哭声互相应和。但这是多么不同的两种声音!

两乘轿子在院子的门前停下来。进来的是他的继母周氏和一个女客。袁成气咻咻地跟在后面。

周氏一进门就听见哭声,她的脸色马上变了,惊惶地对那个女客说:"完了!"她们连忙走进中间的屋子去。

"明轩,你在做什么?"周氏看见觉新跪在那里便吃惊地叫起来。

觉新回过头一看,马上站起来,摊开两只手抽泣地对周氏说:"妈,珏,珏。"这时他才看见了那个女客,便用惭愧的悲痛的声音招呼她,给她行了礼,于是大声哭起来。从房里送出来一阵婴儿的啼声。

女客不说话,她只顾用手帕揩眼睛。

房门已经开了,是袁成叫开的。周氏让女客进去,一面说:"亲家太太,请进去罢,我不能够进月房。"

女客答应一声便走进去了。接着房里又添了一种响亮的哭声:

"瑞珏,瑞珏,你就忍心这样去了?你不等着见妈一面吗?妈来了,妈从多远的路赶来照应你,妈有好多话要跟你讲。你有什么话,告诉我嘛!……瑞珏,你要活转来!妈来晏了,妈为什么连一天也不肯多等?……你死得好惨呀!我苦命的儿!看你一个人在这儿冷清清的。要是我早来一天,你也不会死得这样可怜。……我的儿,我苦命的儿呀!妈对不起你……"

周氏和觉新清清楚楚地听见了这些话,它们好像是许多根针,一针一针地刺在他们的心上。

三十八

"大哥,我不能够在家里再住下去了。我要走!"觉新一个人在房里,觉慧走进房来激动地对他说。天已经暗了,房里闪着灰白的光,电灯还没有亮。觉新坐在写字桌前,两手支着下颔,默默地望着桌面上的一个小镜框,里面嵌着他和瑞珏新婚时的照片。虽然屋里的光线不能使他看清楚照片上的面容,但是瑞珏的面貌早已深深地印在他的心上,丰满的面庞,亲切的微笑,灵活的大眼睛,颊上两个浅浅的酒窝,似乎都在照片上现出来了。他含了眼泪地凝视着。忽然觉慧的声音打扰了他。他掉转头,看见了觉慧的光芒四射的眼睛。

"你要走?到哪儿去?"觉新惊愕地问。

"到上海,到北京,到任何地方去。总之要离开我们的家!"觉慧昂然地回答道。

觉新半晌说不出话,他只觉得心痛,他紧紧地按住胸膛。窗外树梢上知了一声一声地叫得很凄惨。

"我一定要走,不管他们怎样说,我一定要走!"觉慧好像跟谁吵架似地继续说。他把两只手插在爱国布长袍的两个边袋里,烦躁地在房里踱了几步。他想不到这些脚步正踏在觉新的心上。

"二哥呢？"觉新突然挣出了这句问话。

"他又说走，又说不走。我看他一时走不了。他现在有琴姐，他不会抛下琴姐一个人走。"依旧是烦躁的声音。但是觉慧马上又坚决地加一句："然而无论如何，我要走。"

"是的，你要走，你可以走，你可以到上海去，到北京去，到任何地方去！"觉新差不多用了哭声说。

觉慧没有答话。他不明白觉新的话里含有什么意思。

"那么我呢？我到什么地方去呢？"觉新忽然蒙住脸放出悲声说。

觉慧依旧大步走着，他不时用苦恼的眼光看觉新。

"三弟，你不能走，"觉新用哀求的声音说，"无论如何你不能走。"他把两只手放下来。

觉慧还是不说话，但是他站住不动了，他依旧用苦恼的眼光望着觉新。

"他们不要你走！他们一定不要你走！"觉新用力说，好像在跟谁争辩似的。

"哼，哼，"觉慧冷笑了两声，然后严肃地说："他们不要我走，我偏偏走给他们看！"

"你又有什么办法走？他们有很多的理由。爷爷的灵柩停放在家里，还没有开奠，还没有安葬，你就要走，未免说不过去。"觉新这个时候好像是在求助于"他们"。

"爷爷的灵柩放在家里跟我有什么相干？下个月不是就要开奠吗？开过奠灵柩就要抬到庙子里去了，难道我还不能走？我不怕，他们不敢像对付嫂嫂那样地对付我！"觉慧一提起灵柩，他的愤怒就给激起来了,他残酷地说了上面的话。

"不要再提起嫂嫂,请你千万不要再提起嫂嫂!……她不会活转来了,"觉新痛苦地说,一面带着哀求的表情向觉慧摇手。

"你何必这样伤心?等到爷爷的丧服满了,你可以另外接一个的,至迟不过三年!"觉慧冷笑道。

"我不会续弦了,这一辈子我不会续弦了。所以我让太亲母把新生的云儿带到嘉定去养,就是这个意思,"觉新摇摇头,有气无力地解释道,他的声音好像是从老年人的口里出来的。

"那么你为什么让她把海儿也带去呢?"

"海儿住两三个月就会回来的。你想我们这儿的空气对他这个无母的孩子有什么好处?他天天闹着要'妈妈'。这儿又没有人照料他。等到爷爷安葬了,我要把他接回来。我专心教养他。他就是我的希望。我不能够再失掉他。我不能够把他随便交给另一个女子。"

"现在是这个意思,过了一些时候,你又会改变主张的。你们都是这样,我已经见过很多的了。爹就是一个好榜样。妈刚死。他多伤心,可是还不到两年他就续弦了。你说不要续弦,他们会叫你续弦。他们会告诉你,你年纪还轻,海儿又需要人照应,你就会答应的。如果你不答应,他们也会强迫你答应,"依旧是觉慧的带着冷笑的声音。

"别的事情他们可以强迫我做,这件事我无论如何不答应,"觉新苦恼地分辩道。"而且正是为了海儿的缘故我更不能答应。"

"那么我就用你自己的话回答你好了:我一定要走!"觉慧忍不住噗嗤笑了。

觉新半晌不说话,然后气恼地说:"我不管你,我看你怎样走!"

"管不管由你！不过我告诉你：等到你睁开眼睛，我已经走了！"觉慧坚决地说。

"然而你没有钱。"

"钱！钱不成问题，家里不给我钱，我会向别人借。我一定要走。我有好多朋友，他们会帮助我！"

"你果然不能够等吗？"觉新失望地问道。

"等多久呢？"

"等两年好不好？那时你已经在'外专'毕业了，"觉新以为事情有了转机，便温和地劝道。"你就可以到外面去谋事。你要继续读书也可以。总之，比现在去好多了。"

"两年？这样久！我现在一刻也不能够忍耐。我恨不得马上就离开省城！"觉慧现在更兴奋了。

"等两年也不算久。你的性子总是这样急。你也该把事情仔细想一想。凡事总得忍耐。晏两年对你又有什么害处？你已经忍了十八年。难道再忍两年就不行？"

"以前我的眼睛还没有完全睁开，以前我还没有胆量，而且以前我们家里还有几个我所爱的人！现在就只剩下敌人了。"

觉新沉默了半晌，突然悲声问道："难道我也是你的敌人？"

觉慧怜悯地看着哥哥，他觉得自己的心渐渐地软化了。他用温和的声音对觉新说："大哥，我当然爱你。以前有个时期，我们快要互相了解了，然而如今我们却隔得很远。你自然比我更爱嫂嫂，更爱梅表姐。然而我却不明白你为什么要让别人去摆布她们。尤其是嫂嫂的事情。那个时候，你如果勇敢一点，也还可以救活嫂嫂。然而如今太晏了。你还要对我说什么服从，你还希望我学你的榜样。我希望你以后不要再拿这种话劝我，免得我会恨你,免得你会变成我的敌人。"觉慧说完就转身往外面走,却被觉新唤住了。觉慧的眼里流下泪水,他想这是最后一次对哥哥流的眼泪了。

"不,你不要走,"觉新迸出了哭声说。"我们以后会了解的。我也有我的苦衷,不过我现在也不谈这些了。……总之,我一定帮忙。我去跟他们说。他们若是不答应,我们再商量别的办法。我一定要帮忙你成功。"

这时电灯突然亮起来。他们望着彼此的泪眼,从眼光里交换了一些谅解的话。他们依然是友爱的兄弟。他们分别了,自以为彼此很了解了,而实际上却不是。觉慧别了哥哥,心里异常高兴,因为他快要离开这个家庭了。觉新别了弟弟,却躲在房里悲哭,他明白又有一个亲爱的人要离开他了。他会留在家里过着更凄凉、更孤寂的生活。

觉新果然履行了他的诺言。两天以后,他又有了跟觉慧单独谈话的机会。

"你的事情失败了,"这天下午觉新到觉慧的房里去,对觉慧说。两个人坐在方桌的相邻的两边。觉新的声音里带着失望,但是还没有完全绝望。"我先去跟妈说,妈倒没有一定的主意,她虽然不赞成你走,不过她还不十分坚持。自然她也希望我们好。她这次对你嫂嫂的死很伤心,也很后悔。还亏得她同太亲母两个人料理你嫂嫂的丧事,我自己什么事都不能做。我待你嫂嫂还不如待梅。我还见到梅的最后一面,我还亲自给梅料理丧事。"他又抽泣起来。"珏真可怜。她死了快到三七了,我们家里的长辈除了妈同姑妈,就没有一个人去看过她。五婶甚至不许四妹到庙里去,好像珏死了,也是一个不祥的鬼。想不到像珏那样的人竟落得这种下场。倒是底下人对她好，不管是我们这房或别房的都去看过她。我每次看见太亲母，真是心如刀割，她的每一句话，好像都含得有深意，都是对我而发的，都是在责备我。你不晓得我心上多难过！"他说了又流下泪来。

觉慧本来注意地在听觉新谈他离家的事，然而哥哥却把话题转到了嫂嫂的死。这依旧引起他的注意。他听着，他咬紧嘴唇皮，捏着拳头。他忘记了自己的事情。他的眼前现出一张丰满的面庞，接着又现出一副棺材，渐渐地棺材缩小了，变成了两副，三副。于是又换了三张女人的脸：一张丰满的，一张凄哀的，一张天真活泼的。脸的数目突然又增加了，四张，五张，都是他认识的，后来又增加到许多张脸，但是又突然完全消灭了。他的眼前就只有一张脸，就是哥哥的被泪珠打湿了的清瘦的脸。他低声自语道："我不哭。"他把拳头紧紧地压在桌子上。他果然不曾流下一滴眼泪。

屋里静得使人难受。从大厅上传来和尚念经的声音，伴着锣鼓的敲打。

过了一会儿，觉新叹了一口气，又摸出手帕把眼泪揩了，然后慢慢地继续说："我本来说着你的事情，谁知道把话扯了这么远！"他想笑，却又笑不出声来。"妈妈她也不能够作主，她喊我去问三爸。我跟三爸说了，他严正地驳斥了一番。他还骂我不懂礼制，说至少要等爷爷安葬了，才可以让你走。灵堂里面还有别的人，他们都附和三爸。陈姨太还说了些讥讽的话，还提起前次捉鬼的事情。她隐隐地暗示说爷爷的死跟你那次的举动有关系。不过她还不敢明说，而且也没有人公开附和。……"

"哼，就是大家公开附和，我也不怕，"觉慧冷笑道。"好！且看他们怎样对付我!"

"对付你?"觉新继续说下去,"不会的。不过他们又多了攻击我的材料了。他们不会对你怎样。他们不许你走,大概也是因为我的缘故。"他痛苦地搔着头发。"他们还说,路上不太平,坐船、起旱都危险,遇到'棒客'更不得了;他们又说上海地方太繁华,你一个人到那儿去会学坏的;又说送子弟进学堂是很坏的事,爷爷生前就拚命反对;又说上海的学堂里习气更坏,在那儿读书,不是做公子哥儿,就是做捣乱人物。总之,他们你一句,我一句,说了不少的话,其实不过是不要你走。而且据他们的意思,不仅要等着爷爷安葬,并且要你永远不走。"

"你想我就永远不走吗?"觉慧猝然问道。

觉新半晌不作声,因为他正在想还有没有别的办法。他知道觉慧一定要走,而且自己已经答应过帮助他。他沉吟地说:"暂时不走也好。明年春天涨水时候走,还不是一样!"

觉慧站起来,他捏紧拳头在桌子上猛一击,坚决地说:"不,我一定要走!我偏偏要跟他们作对,让他们知道我是一个什么样的人。我要做一个旧礼教的叛徒。"他说完在房里走了两转,口里只顾念着"叛徒"两个字,似乎不明白这个意思。然后他走到写字台前,拿起觉新刚才带来的石印的通知开奠日期的"讣闻",把附印在后面的三叔起稿、四叔手写的祖父的"行述"翻了两下,气恼地说:"尽说漂亮话:'读书而后明礼,勤俭所以持家。'我们家里头哪一个明礼?"

觉新连忙说:"这是刚刚印好送来的样本,你不要撕啊!"

觉慧笑了笑,把"讣闻"放回到写字台上去,说:"你怎么会以为我要撕烂它?"然后他又问觉新道:"你的意思怎样?"

"我劝你还是等到明年走,"觉新望着他,哀求般地说。

"不,不,我自己有办法,"觉慧固执地说;"你不赞成,你不帮忙,我还是要走!我永远不要再看见你们!"他又在房里踱起来。

觉新抬起头痴痴地望着觉慧,过了一阵,两眼忽然发出光来,他用他平日少有的坚决的语调说,"我说过要帮忙你,我现在一定帮忙你。……我做不了的事,你可以做。……我们秘密进行。你不是说过有人借路费给你吗?我也可以给你筹路费。多预备点钱也好。以后的事到了下面再说。你走了,我看也不会有大问题。"

"真的?你肯帮忙我?"觉慧走到觉新面前抓着哥哥的膀子,惊喜地大声问道。

"轻声点,不要给人听见。你千万不要告诉人说我帮忙。你走了,我可以推口说不晓得。你还可以写一封信来责备我。他们更不会疑心到我身上来了。详细的情形我们等一会儿找个地方来慢慢商量。到花园里头也好。这儿谈话还有点不方便,"觉新认真地小声说。

"不错,果然有点不方便,"一个清脆的女声从门外送进来,接着门帘一动,进来了两个人,一男一女,是觉民和琴。话是琴说的,她走进来就是一声笑。觉民接着说:"你们的计划真不错。"

"你们躲在门外头听,为什么不早进来?"觉新责备地说。

"我们只听见你说什么秘密进行,所以我们就站在门外一面听,一面给你们做步哨。这是琴妹的主意。"觉民说着对琴微微一笑,琴也淡淡地回答他一笑,脸上略略起了红晕。她红脸是因为别的事情,但是红晕马上消去了,依旧是活泼美丽的面庞。觉慧的眼光在这张脸上停了一会儿。琴觉察出来觉慧老是在看她,便做出嗔怒的样子回看。觉慧对她苦笑一下。琴的脸上又起了淡淡的红云。她把头掉开。她走到写字台前,在藤椅上坐下来。

"琴姐,我就要走了,你还不肯让我多看你几眼!"觉慧似笑似怨地说。觉新和觉民都在旁边笑了。

琴又把脸掉过去看觉慧,她的眼光是那样地温柔,就像一个姐姐看她的亲爱的弟弟。凄凉的微笑掠过她的脸,她像要说什么话却没有说出来。但是她的脸上立刻恢复了平时的笑容。她充满好意地说:"你要看尽管看好了。如果还看不够,我送你一张相片,好不好?"

"好,这是你自己说的,他们都是见证,"觉慧高兴地说,"我明天一定问你要。"

"我说给你当然会给你。你说,我几时骗过你?"琴含笑地说。

觉慧心里想:"你总有话说,我一定要找句话难住你。"他便说:"这一张还不够!我将来还会写信回来要你同二哥两个人合照的。"

他的话果然有效,琴装做没有听见的样子,掉过头去翻写字台上的书。

"好,将来一定送你,"觉民笑着代她回答了,接着又对觉新说:"大哥,我们的事情还要你帮点忙。姑妈已经答应了,妈想来也不会反对。只等我戴满爷爷的孝,我们的亲事就可以提出来。不过我们希望将来采用新式婚礼。"

觉新把眉头一皱,心里想:"难题又来了!"便顺口答道:"时间还早,到那时再说罢。大概总有办法。"最后的一句话是说来安慰觉民的,其实他正想着"大概不会有办法罢"。

"你们也到下面来罢,我在上海迎接你们,"觉慧兴奋地说。

"不过也没有一定。如果姑妈不肯走,我们暂时也不好抛下她走。而且即使要走,最早也还要过两年,不然恐怕两个人中间会有一个走不成。"

"那么琴姐的读书问题怎样解决?"觉慧关心地问道。

"她明年毕业,那时'外专'也许会开放女禁了。不然就只有让她自己预备一两年,将来到下面去直接进大学本科。琴,你说怎样?"觉民说着又掉头去问琴。

琴抬起头来微微一笑,并没有露出不愉快的样子,也不说什么话。她相信觉民,而且也明白觉民是在为她打算。

觉慧不再说话了。他默默地看着琴和觉民。他时而羡慕觉民,觉得觉民比他幸福;他时而又为自己庆幸,因为自己可以到上海去,一个人离开他所讨厌的家到外面去创造新的事业。上海,充满着未知的新的活动的上海,还有广大的群众和蓬勃的新文化运动,和几个通过信而未见面的年轻朋友。

"我们还是到花园里头去商量。二弟,你同琴妹先去。"觉新好像记起一件大事似地这样说了。这时忽然听见袁成的沙声在外面唤"大少爷",他便对觉慧说:"三弟,你也先去。我等一下就来。你们就在晚香楼等我罢。"他说完就匆匆地往外面走了。

琴和觉民弟兄还留在房里谈了几句话。觉民陪着琴先出去。过了一会儿觉慧才走出房间。他看见觉新站在天井里,跟袁成说话,一面打开了一只对联在念。

觉慧走到觉新旁边。觉新正打开下联,上面是这样的字:

家人同一哭,咏絮怜才,焚须增痛,料得心萦幼儿,未获百般顾复,待完职任累高堂。

他知道是嫂嫂的哥哥从嘉定寄来的挽联,他心里一阵难过就走开了。他要到花园里找琴和觉民去,刚走出过道,正要转进园门,忽然听见黄妈在唤他。

"三少爷,今天厨房里头做燕窝酥,我晓得你爱吃,给你留得有。你要吃,喊我一声,我就给你蒸热端来,"老黄妈笑嘻嘻地望着他说。

"好,打二更时候你给我端来罢,"觉慧感动地笑答道,便走进花园去了。

觉新还立在那里望着这只挽联出神。袁成知道觉新在想念少奶奶,他心里也有点难过,便埋下头,仍然持着挽联的顶线等候觉新的吩咐。过了好一会儿,觉新忽然很快地把挽联卷了起来,叫袁成把它们放在屋里,自己却往花园走去。他想:"我们这个家需要一个叛徒。我一定要帮助三弟成功。他也可以替我出一口气。"便忍不住自语道:"你们看着罢。家里头并不全是像我这样服从的人!"

三十九

"觉慧一走,我们社里又清静多了。……许倩如走了才不几时,你又要走了,"那个年纪较大的社员吴京士在阅报处感慨地说了这样的话,后一句是对觉慧说的。

"岂但清静,我们少了一个很好的帮手,"张惠如接着说。

觉慧正在翻阅桌上的报纸。他看见这几个朋友的脸,就想到这一向他跟他们在一起所做的工作,所过的生活,他们所给他的真诚的安慰,同情,鼓舞,帮助,希望,快乐。这些都是他在家里得不到的。这几个月他差不多每天到这个地方来,跟这些人见面,这个地方和这些人差不多成了他的生活里不可缺少的东西。他从没有想到会离开他们,然而现在他要抛下他们到远方去了。他感到惭愧,留恋,感激。他想:以后阅报处依旧每天开放,社员依旧每天来,刊物依旧每星期出下去,可是他却不可能参加这一切了。他去了,去得远远的,不能够再跟这些人分担愁苦和快乐,再听不见黄存仁的催缴月捐的声音,再听不见张惠如的进当铺的故事。这时候他才惋惜不可能的事情太多了。他忧郁地说:"我不该抛弃你们一个人走开,这时候正有许多工作要做,你们是这样忙。不过我这一向根本没有做什么工作,你们少了我,也不要紧。"

"觉慧,你何必说这些话!你的家庭环境是那样,能够早脱离一天好一天。你到下面去,在学识和见闻两方面,都会有很大的进步。在下面你会见到我们那几个通信的朋友,你还会认识更多的新朋友,你也会找到更多、更有意义的工作。下面新文化运动比这儿热烈得多,上海地方也开通些,不像我们这个鬼地方连剪发的女子也难立足!……"黄存仁接着鼓舞地说。

"而且你在上海也可以常常寄稿子来,你可以供给我们更好、更新鲜的材料,更充实、更热烈的文章,"张惠如插嘴道。

"是的,我一定每期寄稿子来。不管写得好不好,总之我每期寄一篇,"觉慧兴奋地说。

"我们以后一定要多通信,"黄存仁说。

"那自然,我望信一定比你们更切。我离开你们,一定会感到寂寞。我还不晓得能不能够在下面找到像你们这样好的新朋友……"觉慧惋惜地说。

张还如笑了笑,说:"我们倒害怕以后不容易找到像你这样的朋友。"

"这一次我能够走,全亏你们给我帮忙,尤其是存仁,他已经给我帮过了几次大忙,"觉慧诚恳地说,他用感激的眼光看黄存仁。

黄存仁温和地微笑了。他说:"笑话!这算什么一回事!你处在我这样的地位,你也会像我这样做的。"他又问:"你的行李是不是全送到我家里去了?你还有什么东西?"

"没有了,"觉慧回答说。过后他又解释道:"并不是没有,不过我不能多带东西。还有许多书也没有带,我大哥答应将来交邮政给我寄去。我害怕稍微不小心露出破绽,让家里人晓得,会生出许多麻烦。我的行李都是在大清早偷偷带到你家里去的。"

接着觉慧又问:"存仁,船究竟是不是大后天开?"

"我也不大清楚,我那个亲戚会通知我。我希望船能够晏一两天开,那么我们还可以多见几次面。而且我们利群周报社的朋友明天要给你饯行,"黄存仁说。

"饯行?我想倒不必了,"觉慧推辞说,"就像现在这样多谈些时候,也是好的。何必要饯行?"

"一定要饯行。我们就要分别了,也应该快乐地聚会一次。我身上还有钱,用不着当衣服,"张惠如说,他的话使得众人都发笑。

"这回是公请觉慧,钱我们大家分摊,"黄存仁带笑说。

"那么我也出一份,"觉慧抢着说。

"你当然不应该出,"吴京士接口说。他还要说话,却让另一个人跑来打岔了。大家都抬起头看这个人。

这个新来的青年是觉慧的同班同学陈迟,也是周报社的社员。他跑得气咻咻的,涨红着脸,一进来就说:"我来晏了!"

"来晏了有什么要紧?你是常常来晏的,所以你的名字叫做迟,"张惠如嘲笑道。

这个人却不去理他,只顾对黄存仁说:"存仁,我刚才在街上遇见你的亲戚汪先生,他喊我告诉你:船改在明天早晨开。"

"怎么明天早晨开?"觉慧惊讶地说,"不是说大后天开吗?"

"哪个骗你不是人!我明明听见他说明天早晨开。"

"那么他们还说明天给我饯行,"觉慧失望地说。

"不要紧,就改在今天罢。现在时候不早了,我们就到馆子里去。你也许还要早些回家料理别的事情,"张惠如热心地说。

"不行,我就要回去!"觉慧着急地说。他想起了家里的两个哥哥。

"你不能够走,"另外的几个社员齐声叫起来,"我们不放你回去。"

黄存仁看见觉慧现出为难的样子,便惊讶地问道:"你为什么要回去?难道你不肯跟我们一起吃一顿饭?这次一别,不晓得要到几时才能够再这样地聚会啊!"

觉慧还没有答话,别的几个社员又接着说了几句挽留的话。张惠如开始上铺板,他的力气较大,搬动铺板并不很吃力,并且还有张还如和陈迟帮忙。黄存仁在整理文件。

觉慧看见这个情形也不好再说回家的话了。他苦笑地说:"好,我不走。"他默默地跟着朋友们走到一家酒馆去。他在他们的中间渐渐地感到了忘我的快乐。

他们从酒馆里出来,天已经黑了多时了。初秋的微风吹拂着他们的发烧的脸。觉慧穿着他那件青灰色斜纹布的夹袍感到了一点凉意。他们立在檐下,看着街上拥挤地往来的行人。吴京士第一个走到觉慧的面前向他伸出手,说:"我有事情先走了。明天早晨我不来送你,我们就在这儿告别罢。祝你一路平安。"于是两个人握了手。觉慧接连地说:"谢谢你。"两个人各说了一声"再见"以后,吴京士就消失在人丛中了。以后又陆续地走了几个人。张还如也告辞回学校去了。

"我们送你回家罢,"张惠如提议说,红红的三角脸上两只小眼睛光闪闪地望着觉慧的脸。

觉慧点头答应了。他们四个人便挤进热闹的人丛中去。但是走了两条街,陈迟又转弯走了。

他们走进了一条僻静的街道。黯淡的街灯在月光下显得没有颜色。几家公馆的大门只是几个黑洞。有两三家墙内大槐树的影子映在银白的石板上,一枝一叶显得分明,不曾被人踏乱,又不曾被风吹动,好像是一幅出自名家手笔的图画。

"这个城市怎么会这样清静?"觉慧疑惑地想道。他不想说话,却抬起头默默地望着在蓝空航行的一轮还不太圆的明月。

"好月光!真是月明如水!后天就是中秋了,"张惠如赞叹地说。他接着又问觉慧道:"觉慧,你离开这儿就没有一点留恋吗?"

觉慧还没有答话,黄存仁就接口说:"这儿有什么值得留恋的东西?他到下面去,会找到更好的环境!"

"我几个亲爱的人都在这儿,你们想我怎能没有一点留恋?"觉慧用力说出了这样的话。他指的是这两个朋友,还有家里的几个人。

他们终于到了他的家。一声"再见"就把他跟两个朋友分开了。他走进公馆里,不先进自己的房间,却一直往觉新的屋里走。觉新和觉民在那里谈话。

"大哥,我明天早晨就要走了,"他迟疑了一下才说出这句话来。

"明天早晨?不是说过了中秋,大后天走吗?"觉新的脸色马上变了。他推开椅子站起来。

觉民也吃惊地站了起来,望着觉慧的脸。

"船临时改了期,这是黄存仁的亲戚包的船,所以由他决定。我也是今晚上才晓得的,"觉慧激动地说。

"想不到这样快!"觉新一只手按着写字台,失望地自语道。"那么,就只有这个晚上了。"

"大哥,"觉慧充满感情地唤了一声。觉新眼里包了泪水,掉过头去看他。觉慧便说下去:"我本来想早点回家,我还可以跟你们在一起吃顿饭。然而他们一定要给我饯行,所以我到这时候才回来。……"他咽住了下面的话。

"我去告诉琴,她有话跟你说,明天恐怕来不及了,"觉民说着就拔步往外面走。

觉慧一把抓住他,一面说:"现在是什么时候?你还要到她家里去!你要去打门吗?不要坏了我的事情。"

"那么她就没有机会跟你见面了,"觉民失望地说,"她会抱怨我的。她嘱咐过我好几次。"

"我们明天大清早就去看她,我想一定有时间,"觉慧看见觉民的懊恼的面容,便这样安慰他道,其实他还不知道明天早晨究竟能不能去看琴。

"你的行李都收拾好了?"觉新关心地问道。

"都好了,都送去了。就只有三件:一个铺盖卷,一个网篮,一个小箱子。"

"你衣服带够没有?要多带一点,天气渐渐地冷起来了,"觉新含着眼泪嘱咐道。他的眼光又在觉慧的身上打量了一下。

"够了,我带得多,你放心,"觉慧点着头答道。

"你带的路菜还太少。我房里还有几筒罐头火腿,是别人送我的,我找出来给你带去,"觉新说,他不等弟弟回答,就走进里面房间,捧了四个罐头出来。

"其实我已经用不着这许多了,在路上菜是不会少的,"觉慧看见觉新在替他包扎这四筒罐头,感激地说。

"不要紧,多带总不会有害处,横竖我自己又用不着,"觉新已经把罐头包扎好了,便放在觉慧的面前。

"路费问题还是照上次商量的那样办罢,"觉新又对觉慧说,"我给你把钱分寄在重庆、汉口、上海的邮局,你亲自去取,我明天就去寄。我昨天交给你的钱还够罢。不然我再给你一点。"

"够了,我想已经很够了。带着那么多银元,路上很不方便。幸而最近这一路还太平,"觉慧答道。

"是的,幸而这一路还太平,"觉新机械地念道。

觉民也跟觉慧谈了几句话。

"三弟,你应该去睡了,明天你要起个绝早,又要接连坐几天木船,你应该好好地休息,"觉新温和地说。

觉慧含糊地答应一声。

"以后就是你一个人了,寒暖饱饥都应该留心才是。你素来对这些事情不注意,可是在外面比不得在家里,一有病痛,是没有人照料的,"觉新又关切地嘱咐道。

觉慧依旧含糊地答应一声。

"你沿途要多写信来,你的书等你到了上海我就给你寄去,"依旧是觉新的话。

觉慧唯唯地答应着。

"你在上海,要用钱你尽管放心用。不管你进什么学堂,我总负责接济你经费。你放心,家里有我在,不会对你怎样,"觉新继续说,眼泪流到脸颊上了。

觉慧还是含糊地应着,他极力压住悲痛的感情。

"你倒好,你现在就要脱离苦海了,只是我们……"觉新说到这里,再也说不下去,身子支持不住,便退了两步坐倒在椅子上,右手蒙住了两只眼睛。

"大哥,"觉慧悲声唤道。觉新没有答应。觉慧走到他的跟前,又唤了一声。觉新取下手来,看了觉慧一眼,摇摇头说:"我很好,没有什么,你去睡罢。"于是觉慧跟着觉民走了出来。

"我想去看看妈,"觉慧忽然说,他看见了周氏房里的灯光。

"你去看妈做什么?你要把你的事情告诉她吗?"觉民惊讶地问道。

"不是这样,"觉慧微笑地回答。"我想在临走以前见她一面,也许这就是最后的一面了。"

"好,你去罢,"觉民低声说。"但是你要当心,不要给她看出破绽才好。"觉民就往自己的房间走去,让觉慧一个人走进继母的房里。

周氏坐在藤躺椅上跟淑华谈闲话,看见觉慧进来,便笑着说:"你今天又没有回家吃饭。"

觉慧带笑地答应了一个"是"字,离开周氏远远地站着。

"你一天老是在外面跑,究竟在做些什么?你要当心身体啊!"周氏温和地说。

"我的身体很好,在外面多跑跑也是好的,比坐在家里受闲气好多了,"觉慧笑着分辩道。

"你总爱强辩!"周氏带笑地责备他。"怪不得今天你四爸、五爸又在说你的坏话。还有四婶、五婶、陈姨太她们都在随声附和。平心而论,你也太倔强了。你什么人都不怕,连我也没法管你。……奇怪,你同你大哥是一个母亲生的,你们两个的性情却完全两样。你们两个都不像我姐姐。你大哥太容易听话了,你又太不听话!我说你们两个人都没有办法!"淑华在旁边望着觉慧笑。

觉慧还想分辩几句,但是话未出口,又被他咽下去了。他忽然觉得应该跟继母说一两句暗示告别的话,至少她将来可以知道他这时候的心情。他向着她走近一步。

周氏看见觉慧的举动和他那种欲言又止的神情,便和蔼地问道:"你有什么事?是不是又来跟我商量到上海读书的事情?"

这句话提醒了觉慧,他记起了觉民的警告。他觉得最好还是不要多说话,免得露出破绽。他勉强地露出了笑容,直截了当地答道:"没有什么事,我现在去睡了。"他把周氏的圆圆的脸看了两眼,又转眼去看了看淑华,然后转身走了。他走出房门似乎听见周氏对淑华说到他的性情古怪的话。他痛苦地想着:"我们多半没有再见的机会了!我走出去,就好像一只出笼的鸟,不会再飞回家来。"

他走出房来,信步进了堂屋,看见两个纸扎的金童玉女冷清清地立在祖父的灵前。电灯光下,供桌上一对蜡烛结了黑黑的两朵大烛花。白布的灵帷后面两根矮板凳上放着祖父的漆得崭新的棺材,假坟刚拆掉不久。从祖父的房里送出来陈姨太和王氏的谈话声。王氏忽然哈哈地笑起来,仍然是她平日那种又假又空的笑声。他掉头把挂着白布门帘的祖父房门看了一眼,接着他的眼光落在祖父的灵位牌上面:"前清诰封通奉大夫显考高公讳遁斋府君之灵位。"他皱起了眉头。"这又是奴隶性在作怪,"他刚说了这一句,正要拿起铗子去挟烛花,听见脚步声,便回头一看,苏福走进来了。

"三少爷,等我来挟,"这个有几根花白短须的仆人说。

"怎么一个人也没有?香也快燃完了,"觉慧说。

"上面没有吩咐好,所以大家能够躲懒就躲懒了,"苏福抱歉地含笑答道。觉慧不再说什么,就走出了堂屋。

四十

　　这个晚上觉慧只睡了三四个钟头。天还没有亮,他就醒了,躺在床上,左思右想地挨到了天明。

　　是出发的时候了。他还要同觉民到琴那里去,所以不能够在家里多留一会儿。觉新送他们走了半条街。

　　街上很清静。有几个提着篮子去买菜的厨子,有一个进城来挑粪的乡下人,有两个卖早点心的小贩。天空晴朗无云,金色的阳光灿烂地照在对门公馆的墙上。无数的麻雀在槐树枝上吱吱喳喳地叫个不停,欢迎初升的太阳。

　　"我去了,大哥,"在一个较小的公馆的门前觉慧站住了,含泪地说,"你回去罢。"他紧紧地握着觉新的右手。

　　"可惜我不能够多送你,"觉新也用泪眼看他,叹息说。"你在路上要好好地保重,沿途多写信来。"

　　"我去了,"觉慧重复地说了这句话,又把觉新的手紧紧握了一下,他几乎忘了自己地说:"不要伤心,我们一定会再见,我们一定有再见的时候。"他猛然把觉新的手一放,好像甩开了那只手似的,就掉转身走了。他的左手还提着那四筒包扎好的罐头火腿。

他两三次回过头去看觉新,觉新立在别人家的门前对他招手。一直到他的背影淡到没有了时,觉新还是呆呆地立在那里朝着他消去的方向招手,然而他已经不看见,不知道了。

到了姑母家,两个人走到琴的窗下。觉民先用手轻轻地在玻璃窗上敲了两下。

里面起了琴的咳嗽声。一阵脚步声过后,窗帘便揭起来,玻璃窗上露出了琴的脸。头发蓬松,脸上还带睡容。原来她刚刚起床。

琴对他们笑了笑,忽然注意到觉慧的神情,便惊讶地小声问道:"今天?"

觉民点头说:"现在。"

她吃了一惊,脸色马上变了,头微微朝后一仰,低声说了一句:"这样快?"

觉慧连忙把身子挨近窗户,抬起眼睛望上去,小声唤了两三次"琴姐"。他的眼里只有一张她的脸,但是隔了一层玻璃。

"你走了?"她似疑似问地说。她的温柔的眼光不住地射下来,在他的脸上盘旋,好像找寻什么东西似的。"你到了下面,不会忘记我罢。你会不会忘记我?"她的脸上现出了凄凉的微笑。

"不会的。我时常想着你。你知道我会时常想着你,"觉慧对她微微地摇头。

"你等着,你不要就走,"她好像忽然记起了什么事情,点着头对觉慧说。她的脸马上不见了。

觉慧在那里等着。琴很快地又出现了,脸上依然带着微笑。"我送你一样东西,我以前答应送你的。"她说着举起手,从窗缝里送出一张纸片来。觉慧接了看时,原来是她最近的照相。

他再用欣喜的、感激的眼光去看她。窗帘已经放下了。他还想多立片刻,可是觉民在旁边催促他走。他又唤了一声"琴姐",似乎没有听见她的应声。他再看一眼窗户,便毅然地走了。

觉慧和觉民边走边谈,一路上谈了不少的话。他们走到船码头的时候,黄存仁和张惠如已经在那里等候许久了。

张惠如兴奋地一把抓住觉慧的手,大声说:"怎么来得这样晏?再晏一些时候,船就开了。"

"不会的,我们会等高先生,"旁边一个中年的商人陪笑说,这就是黄存仁的亲戚汪先生,觉慧已经见过他,这时就给觉民介绍了。

"觉慧,你来看你的行李,"黄存仁说,他把觉慧引到船上舱里去。觉民也跟着上了船。

"你的铺盖卷我给你打开了,你看我已经把被褥给你铺好了。……这包东西是我同惠如弟兄送你的点心、饼干,给你在路上吃的,"黄存仁一一指点着说。觉慧只是点头。

"路上一切事情,有汪先生照料,你自己不要管。他送你到重庆。以后的行程就更容易了。到了重庆以后不要忘记去找我的堂兄,他可以给你帮忙,"黄存仁非常周到地说。

隔壁一只船是一个官僚包了的,船上有护兵,岸上有不少的送行者。这时候岸上放起了鞭炮,船快要开了。

"觉慧,不要忘记多写信,多写文章来啊!"张惠如走进舱来,拍着觉慧的肩膀说。

"你们也要多写信来才行,"觉慧笑着回答。

"你们三位可以上去了,船要开了,"汪先生走进舱里来说,他已经跟他的送行者告了别了。

于是觉慧又跟张惠如、黄存仁两人握了手,陪着他们走到船头。

"二哥,"觉慧知道他跟觉民快要分别了,便紧紧地握着觉民的手,亲热地对觉民说,"再见罢。以后你有空,要多跟存仁、惠如他们来往。将来万一有事情,他们也可以给你帮忙。"他又对黄存仁和张惠如说:"希望你们以后看待我哥哥就像看待我一样。你们会了解他的,他是一个很好的人。"

"那自然,何用你说,我跟觉民已经很熟了。我想他一定愿意参加我们报社的工作,"黄存仁亲切地、鼓舞地说。

"二哥,你答应罢,"觉慧看见觉民还在迟疑,便劝道。

"觉民,来罢,我们欢迎你,"张惠如热情地向觉民伸出手去。

"好,我答应了,"觉民下了决心说,便也伸出手去握住张惠如的手,又跟黄存仁握了手。过后他依恋地问觉慧道:"三弟,你还有什么话吗?我要上岸去了。"

"没有了,"觉慧答道,接着他又换了语调说:"还有一件事,你以后见到剑云,请你跟他说一声,我问他好。我来不及去看他。他身体不好,应该好好地将息。"

"好,我一定跟他说。你还有别的话吗?"觉民凄然地说。

"还有黄妈,我真有点舍不得她。你要好好地待她啊。"

"我晓得,你还有什么话吗?"

"琴姐……"觉慧说了这两个字又止住,马上换了坚决的语调说:"没有了,"接着又加了一句:"我希望你们两个早点到上海来。"

"你路上要好生保重啊,"觉民说罢,便跟着张惠如、黄存仁两人上岸去了。

他们立在岸上,他立在船头。他跟他们对望着,彼此不住地挥手。

船开始动了。它慢慢地从岸边退去。它在转弯。岸上的人影渐渐地变小,忽然一转眼就完全不见了。觉慧立在船头,眼睛里还留着他们的影子,仿佛他们还在向他招手。他觉得眼光有点模糊,便伸手揩了一下眼睛。然而等他取下手来,他们的影子已经找不到了。

他们,他的哥哥和他的两个朋友就这样不留痕迹地消失了。先前的一切仿佛是一场梦。他再也看不见他们。他的眼睛所触到的,只是一片清莹的水,一些山影和一些树影。三个舟子在那里一面摇橹,一面唱山歌。

一种新的感情渐渐地抓住了他,他不知道究竟是快乐还是悲伤。但是他清清楚楚地知道他离开家了。他的眼前是连接不断的绿水。这水只是不停地向前面流去,它会把他载到一个未知的大城市去。在那里新的一切正在生长。那里有一个新的运动,有广大的群众,还有他的几个通过信而未见面的热情的年轻朋友。

这水,这可祝福的水啊,它会把他从住了十八年的家带到未知的城市和未知的人群中间去。他这样想着,前面的幻景迷了他的眼睛,使他再没有时间去悲惜被他抛在后面的过去十八年的生活了。他最后一次把眼睛掉向后面看,他轻轻地说了一声"再见",仍旧回过头去看永远向前流去没有一刻停留的绿水了。

附 录

呈献给一个人(初版代序)

大前年冬天我曾经写信告诉你，我打算为你写一部长篇小说，可是我有种种的顾虑。你却写了鼓舞的信来，你希望我早日把它写成，你说你不能忍耐地等着读它。你并且还提到狄更司写《块肉余生述》[1]的事，因为那是你最爱的一部作品。

你的信在我的抽屉里整整放了一年多，我的小说还不曾动笔。我知道你是怎样焦急地在等待着。直到去年四月我答应了时报馆的要求，才下了决心开始写它。我想这一次不会使你久待了。我还打算把报纸为你保留一份集起来寄给你。然而出乎我的意料之外，我的小说星期六开始在报上发表，而报告你的死讯的电报星期日就到了。你连读我的小说的机会也没有！

你的那个结局我也曾料到，但是我万想不到会来得这样快，而且更想不到你果然用毒药结束了你的生命，虽然在八九年前我曾经听见你说过要自杀。

你不过活了三十多岁，你到死还是一个青年，可是你果然有过青春么？你的三十多年的生活，那是一部多么惨痛的历史啊。你完全成为不必要的牺牲

---

[1]即英国小说家狄更斯(1812—1870)的长篇小说《大卫·科波菲尔》。

品而死了。这是你一直到死都不明白的。

你有一个美妙的幻梦,你自己把它打破了;你有一个光荣的前途,你自己把它毁灭了。你在一个短时期内也曾为自己创造了一个新的理想,你又拿"作揖主义"和"无抵抗主义"把自己的头脑麻醉了。你曾经爱过一个少女,而又让父亲用拈阄的办法决定了你的命运,去跟另一个少女结婚;你爱你的妻,却又因为别人的鬼话把你的待产的孕妇送到城外荒凉的地方去。你含着眼泪忍受了一切不义的行为,你从来不曾说过一句反抗的话。你活着完全是为了敷衍别人,任人播弄。自己知道已经逼近深渊了,不去走新的路,却只顾向着深渊走去,终于到了落下去的一天,便不得不拿毒药来做你的唯一的拯救了。你或者是为着顾全绅士的面子死了;或者是不能忍受未来的更痛苦的生活死了:这一层,我虽然熟读了你的遗书,也不明白。然而你终于丧失了绅士的面子,而且把更痛苦的生活留给你所爱的妻和儿女,或者还留给另一个女人(我相信这个女人是一定有的,你曾经向我谈到你对她的灵的爱,然而连这样的爱情也不能够拯救你,可见爱情这东西在生活里究竟占着怎样次要的地位了)。

倘使你能够活起来,读到我的小说,或者看到你死后你所爱的人的遭遇,你也许会觉悟罢,你也许会毅然地去走新的路罢。但是如今太迟了,你的骨头已经腐烂了。

然而因为你做过这一切,因为你是一个懦弱的人,我就憎恨你吗?不,决不。你究竟是我所爱而又爱过我的哥哥,虽然我们这七八年来因为思想上的分歧和别的关系一天一天地离远了。就在这个时候我还是爱你的。可是你想不到这样的爱究竟给了我什么样的影响!它将使许多痛苦的回忆永远刻印在我的脑子里。

　　我还记得三年前你到上海来看我。你回四川的那一天,我把你送到船上。那样小的房舱,那样热的天气,把我和三个送行者赶上了岸。我们不曾说什么话,因为你早已是泪痕满面了。我跟你握了手说一声"路上保重",正要走上岸去,你却叫住了我。我问你什么事,你不答话,却走进舱去打开箱子。我以为你一定带了什么东西来要交给某某人,却忘记当面交了,现在要我代你送去。我正在怪你健忘。谁知你却拿出一张唱片给我,一面抽泣地说:"你拿去唱。"我接到手看,原来是 Gracie Fields 唱的 Sonny Boy。你知道我喜欢听它,所以把唱片送给我。然而我知道你也是同样喜欢听它的。在平日我一定很高兴接受这张唱片,可是这时候,我却不愿意把它从你的手里夺去。然而我又一想,我已经好多次违抗过你的劝告了,这一次在分别的时候不愿意再不听你的话使你更加伤心。接过了唱片,我并不曾说一句话,我那时的心情是不能够用语言来表达的。我坐上了划子,黄浦江上的风浪颠簸着我,我看着外滩一带的灯光,我记起了我是怎样地送别了那一个人,我的心开始痛着,我的不常哭泣的眼睛里流下泪水来。我当时何尝知道这就是我们弟兄的最后一面!如今,唱片在我的书斋里孤寂地躺了三年以后已经成了"一·二八"的侵略战争的牺牲品,那一双曾经摸过它的手也早已变为肥料了。

　　从你的遗书里我知道你是怎样地不愿意死,你是怎样地踌躇着。你三次写了遗书,你又三次毁了它。你是怎样地留恋着生活,留恋着你所爱的人啊!然而你终于写了第四次的遗书。从这个也可以知道你的最后的一刹那一定是一场怎样可怕的生与死的搏斗。但是你终于死了。

你不愿意死，你留恋生活，甚至在第四次的遗书里，字里行间也处处透露出来生命的呼声，就在那个时候你还不自觉地喊着："我不愿意死！"但是你毕竟死了，做了一个完全不必要的牺牲品而死了。你已经是过去的人物了。

然而我是不会死的。我要活下去。我要写，我要用我的这管笔写尽我所要写的。这管笔，你大前年在上海时买来送给我的这管自来水笔，我用它写了我的《灭亡》以外的那些小说。它会使我时时刻刻都记着你，而且它会使你复活起来，复活起来看我怎样踏过那一切骸骨前进！

巴　金
1932年4月。

初版后记

《激流》底第一部《家》从四月写到现在，写完了。这只是一年以内的事，却占了这样长的篇幅，这是出乎我底意料之外的。然而单以这一年的大小事变底描写，我们已经可以看到一个正在崩坏的资产阶级家庭底全部悲欢离合的历史了。这里所描写的高家正是这类家庭底典型，我们在各地都可以找到和这相似的家庭来。

有不少的人以为这是我底自传，其实，这是一个错误。小说里的事实大部分是出于虚构，不过我确实是从和这相似的家庭出来的，而且也曾借用了两三个我认识的人来作模特儿。

用了二十三四万字我写完了一个家庭底历史。假如我底健康允许我，我还要用更多的字来写一个社会底历史，因为我底主人翁是从家庭走进到社会里面去了。如果还继续写的话，第二部底题名便是《群》。虽然不一定在何处发表，总有机会和读者见面的。

巴　金
1932年5月20日，上海。

五版题记

  《家》出版后两年半，我动笔写它的续篇，才有机会重读它。这书付印时我自己也曾校过两遍，现在却意外地发现不少的错字，这倒要怪我粗心。这回趁五版的机会，我把误植的字一一改正，另外还改排了五页，因为这里面有我自己认为不妥当的地方。

  这次重读自己的作品，我有不少的感想。我的确喜欢这本书。小说里并没有我自己，但是我在这里看见了我的童年和少年。我如今年过三十，性情却似乎比在少年时代更加偏激。有一位朋友替我担心，怕我发狂。我感谢他，不过我更相信自己。读完了《家》，我禁不住要爱觉慧。他不是一个英雄，他很幼稚。然而看见他，我就想起丹东的话："大胆，大胆，永远大胆！"我应该拿这句话来勉励自己。

巴　金

1936年5月。

关于《家》(十版代序)
——给我的一个表哥

请原谅我的长期的沉默,我很早就应该给你写这封信的。的确我前年在东京意外地接到你的信时,我就想给你写这样的一封信。一些琐碎的事情缠住我,使我没有机会向你详细解释。我只写了短短的信。它不曾把我的胸怀尽情地对你吐露,使你对我仍有所误解。你在以后的来信里提到我的作品《家》,仍然说"剑云固然不必一定是我,但我说写得有点像我——"一类的话。对这一点我后来也不曾明白答复,就随便支吾过去。我脑子里时常存着这样一个念头:我将来应该找一个机会向你详细剖白;其实不仅向你,而且还向别的许多人,他们对这本小说都多少有过误解。

许多人以为《家》是我的自传,甚至有不少的读者写信来派定我为觉慧。我早说过"这是一个错误"。但这声明是没有用的。在别人看来,我屡次声明倒是"欲盖弥彰"了。你的信便是一个例子。最近我的一个叔父甚至写信来说:"至今尚有人说《家》中不管好坏何独无某,果照此说我实在应该谢谢你笔下超生了……"你看,如今连我的六叔,你的六舅,十一二年前常常和你我在一起聚谈游玩的人也有了这样的误解。现在我才相信你信上提到的亲戚们对我那小说的"非议"是相当普遍的了。

我当时曾经对你说,我不怕一切"亲戚的非议"。现在我的话也不会是两样。一部分亲戚以为我把这本小说当作个人泄愤的工具,这是他们不了解我。其实我是永远不会被他们了解的。我跟他们是两个时代的人。他们更不会了解我的作品,他们的教养和生活经验在他们的眼镜片上涂了一层颜色,他们的眼光透过这颜色来看我的小说,他们只想在那里面找寻他们自己的影子。他们见着一些模糊的影子,也不仔细辨认,就连忙将它们抓住,看作他们自己的肖像。倘使他们在这肖像上发见了一些自己不喜欢的地方(自然这样的地方是很多的),便会勃然作色说我在挖苦他们。只有你,你永远是那么谦逊,你带着绝大的忍耐读完了我这本将近三十万字的小说,你不曾发出一声怨言。甚至当我在小说的末尾准备拿"很重的肺病"来结束剑云的"渺小的生存"时[1],你也不发出一声抗议。我佩服你的大量,但是当我想到许多年前在一盏清油灯旁边,我跟着你一字一字地读英文小说的光景,我不能不起一种悲痛的心情。你改变得太多了。难道是生活的艰辛把你折磨成了这个样子?那个时候常常是你给我指路,你介绍许多书籍给我,你最初把我的眼睛拨开,使它们看见家庭以外的种种事情。你的家境不大宽裕,你很早就失掉了父亲,母亲的爱抚使你长大成人。我们常常觉得你的生活里充满着寂寞。但是你一个人勇敢地各处往来。你

---

[1] 关于剑云的结局,在《家》的初版本里有这样一句话:"……我知道他患着很重的肺病,恐怕活不到多久了"(第四十章)。现在我把它改作了"他身体不好,应该好好地将息"。

自己决定了每个计划,你自己又一一实行了它。我们看见你怎样跟困难的环境苦斗,而得到了暂时的成功。那个时候我崇拜你,我尊敬你那勇敢而健全的性格,这正是我们的亲戚中间所缺乏的。我感激你,你是对我的智力最初的发展大有帮助的人。在那个时候,我们的亲戚里面,头脑稍微清楚一点的,都很看重你,相信你会有一个光明的前途。然而如今这一切都变成了渺茫的春梦。你有一次写信给我说,倘使不是为了你的母亲和妻儿,你会拿"自杀"来做灵药。我在广州的旅舍里读到这封信,那时我的心情也不好,我只简单地给你写了一封短信,我不知道用了什么样的安慰的话回答你。总之我的话是没有力量的。你后来写信给我,还说你"除了逗弄小孩而外,可以说全无人生乐趣";又说你"大概注定只好当一具活尸"。我不能够责备你像你自己责备那样。你是没有错的。一个人的肩上挑不起那样沉重的担子,况且还有那重重的命运的打击(我这里姑且用了"命运"两个字,我所说的命运是"社会的",不是"自然的")。你的改变并不是突然的。我亲眼看见那第一下打击怎样落到你的头上,你又怎样苦苦地挣扎。于是第二个打击又接着来了。一次的让步算是开了端,以后便不得不步步退让。虽然在我们的圈子里你还算是一个够倔强的人,但是你终于不得不渐渐地沉落在你所憎厌的环境里面了。我看见,我听说你是怎样地一天一天沉落下去,一重一重的负担压住了你。但你还不时努力往上面浮,你几次要浮起来,又几次被压下去。甚至在今天你也还不平似地说"消极又不愿"的话,从这里也可看出你跟剑云是完全不同的两种人,你们的性格里绝对没有共同点。他是一个柔弱、怯懦的性格。剑云从不反抗,从不抱怨,也从没有想到挣扎。他默默地忍受他所得到的一切。他甚至比觉新还更软弱,还更缺乏果断。其实他可以说是根本就没有计划,没有志愿。他只把对一个少女的爱情看作他生活里的唯一的明灯。然而他连他自己所最宝贵的感情也不敢让那个少女(琴)知道,反而很谦逊地看着另一个男子去取得她的爱情。你不会是这种人。也许在你的生活里是有一个琴存在的。的确,那个时候我有过这样的猜想。倘使这猜想近于事实,那么你竟然也像剑云那样,把这个新生的感情埋葬在自己的心底了。但是你仍然不同,你不是没有勇气,而是没有机会,因为在以后不久你就由"母亲之命媒妁之言"跟另一位小姐结了婚。否则,那个"觉民"并不能够做你的竞争者,而时间一久,你倒有机会向你的琴表白的。现在你的妻子已经去世,你的第一个孩子也成了十四岁的少年,我似乎不应该对你说这种话。但是我一提笔给你写信说到关于《家》的事情,就不能不想到我们在一起所过的那些年代,当时的生活就若隐若现地在我的脑子里浮动了。这回忆很使我痛苦,而且激起了我的愤怒。固然我不能够给你帮一点忙。但是对你这些年来的不幸的遭遇,我却是充满了同情,同时我还要代你叫出一声"不平之鸣"。你不是一个像剑云那样的人,你却得着了剑云有的那样的命运。这是不公平的!我要反抗这不公平的命运!

然而得着这个不公平的命运的,你并不是第一个,也不是最后的一个。做了这个命运的牺牲者的,同时还有无数的人——我们所认识的,和那更多的我们所不认识的。这样地受摧残的尽是些可爱的、有为的、年轻的生命。我爱惜他们,为了他们,我也应当反抗这个不公平的命运!

是的,我要反抗这个命运。我的思想,我的工作都是从这一点出发的。

我写《家》的动机也就在这里。我在一篇小说里曾经写过:"那十几年的生活是一个多么可怕的梦魇!我读着线装书,坐在礼教的监牢里,眼看着许多人在那里面挣扎、受苦,没有青春,没有幸福,永远做不必要的牺牲品,最后终于得着灭亡的命运。还不说我自己所身受到的痛苦!……那十几年里面我已经用眼泪埋葬了不少的尸首,那些都是不必要的牺牲者,完全是被陈腐的封建道德、传统观念和两三个人的一时的任性杀死的。我离开旧家庭,就像甩掉一个可怕的阴影,我没有一点留恋。……"[1]

这样的话你一定比别人更了解。你知道它们是多么真实。只有最后的一句是应该更正的。我说没有一点留恋,我希望我能够做到这样。然而理智和感情常常有不很近的距离。那些人物,那些地方,那些事情,已经深深地刻在我的心上,任是怎样磨洗,也会留下一点痕迹。我想忘掉他们,我觉得应该忘掉他们,事实上却又不能够。到现在我才知道我不能说没有一点留恋。也就是这留恋伴着那更大的愤怒,才鼓舞起我来写一部旧家庭的历史,是的,"一个正在崩溃中的封建大家庭的全部悲欢离合的历史"。

然而单说愤怒和留恋是不够的。我还要提说一样更重要的东西,那就是信念。自然先有认识而后有信念。旧家庭是渐渐地沉落在灭亡的命运里面了。我看见它一天一天地往崩溃的路上走。这是必然的趋势,是被经济关系和社会环境决定了的。这便是我的信念(这个你一定了解,你自己似乎就有过这样的信念)。它使我更有勇气来宣告一个不合理的制度的死刑。我

---

[1]见短篇小说《在门槛上》。

要向一个垂死的制度叫出我的J'accuse(我控诉)[1]。我不能忘记甚至在崩溃的途中它还会捕获更多的"食物":牺牲品。

所以我要写一部《家》来作为一代青年的呼吁。我要为过去那无数的无名的牺牲者"喊冤"！我要从恶魔的爪牙下救出那些失掉了青春的青年。这个工作虽是我所不能胜任的,但是我不愿意逃避我的责任。

写《家》的念头在我的脑子里孕育了三年。后来得到一个机会我便写下了它的头两章,以后又接着写下去。我刚写到"做大哥的人"那一章(第六章),报告我大哥自杀的电报就意外地来了。这对我是一个不小的打击。但因此坚定了我的写作的决心,而且使我感到我应尽的责任。

我当初刚起了写《家》的念头,我曾把小说的结构略略思索了一下。最先浮现在我的脑子里的就是那些我所熟悉的面庞,然后又接连地出现了许多我所不能够忘记的事情,还有那些我在那里消磨了我的童年的地方。我并不要写我的家庭,我并不要把我所认识的人写进我的小说里面。我更不愿意把小说作为报复的武器来攻击私人。我所憎恨的并不是个人,而是制度。这也是你所知道的。然而意外地那些人物,那些地方,那些事情都争先恐后地要在我的笔下出现了。其中最明显的便是我大哥的面庞。这和我的本意相违。我不能不因此而有所踌躇。有一次我在给我大哥的信里顺便提到了这件事,我说,我恐怕会把他写进小说里面(也许是说我要为他写一部小说,现在记不清楚了),我又说到那种种的顾虑和困难。他的回信的内容却出乎我意料之外。他鼓舞我写这部

---

[1]《我控诉》:法国小说家左拉(1840—1902)的一篇杂文的题目。

小说，他并且劝我不妨"以我家人物为主人公"。他还说："实在我家的历史很可以代表一般家族的历史。我自从得到《新青年》等书报读过以后我就想写一部这样的书。但是我写不出来。现在你想写，我简直喜欢得了不得。希望你把它写成罢。……"我知道他的话是从他的深心里吐出来的。我感激他的鼓励。但是我并不想照他的话做去。我不要单给我们的家族写一部特殊的历史。我所要写的应该是一般的封建大家庭的历史。这里面的主人公应该是我们在那些家庭里常常见到的。我要写这种家庭怎样必然地走上崩溃的路，走到它自己亲手掘成的墓穴。我要写包含在那里面的倾轧、斗争和悲剧。我要写一些可爱的年轻的生命怎样在那里面受苦、挣扎而终于不免灭亡。我最后还要写一个旧礼教的叛徒，一个幼稚然而大胆的叛徒。我要把希望寄托在他的身上，要他给我们带进来一点新鲜空气，在那个旧家庭里面我们是闷得透不过气来了。

我终于依照我自己的意思开始写了我的小说。我希望大哥能够读到它，而且把他的意见告诉我。但是我的小说刚在《时报》上发表了一天，那个可怕的电报就来了。我得到电报的晚上，第六章的原稿还不曾送到报馆去。我反复地读着那一章，忽然惊恐地发觉我是把我大哥的面影绘在纸上了。这是我最初的意思，而后来却又极力想避免的。我又仔细地读完了那一章，我没有一点疑惑，我的分析是不错的。在十几页原稿纸上我仿佛看出了他那个不可避免的悲惨的结局。他当时自然不会看见自己怎样一步一步地走近悬崖的边沿。我却看得十分清楚。我本可以拨开他的眼睛，使他能够看见横在面前的深渊。然而我没有做。如今刚有了这个机会，可是他已经突然地落下去了。我待要伸手救他，也来不及了。这是我终生的遗憾。我只有责备我自己。

我一夜都不曾闭眼。经过了一夜的思索，我最后一次决定了《家》的全部结构。我把我大哥作为小说的一个主人公。他是《家》里面两个真实人物中的一个。

然而，甚至这样，我的小说里面的觉新的遭遇也并不是完全真实的。我主要地采取了我大哥的性格。我大哥的性格的确是那样的。

我写觉新、觉民、觉慧三弟兄，代表三种不同的性格，由这不同的性格而得到不同的结局。觉慧的性格也许跟我的差不多，但是我们做的事情不一定相同。这是瞒不过你的。你在觉慧那样的年纪时，你也许比他更勇敢。我三哥从前也比我更敢作敢为，我不能够把他当作觉民。在女人方面我也写了梅、琴、鸣凤，也代表三种不同的性格，也有三个不同的结局。至于琴，你还可以把她看作某某人。但是梅和鸣凤呢，你能够指出她们是谁的化身？自然这样的女子，你我也见过几个。但是在我们家里，你却找不到她们。那么再说剑云，你想我们家里有这样的一个人吗？不要因为找不到那样的人，就拿你自己来充数。你要知道，我所写的人物并不一定是我们家里有的。我们家里没有，不要紧，中国社会里有！

我不是一个冷静的作者。我在生活里有过爱和恨，悲哀和渴望；我在写作的时候也有我的爱和恨，悲哀和渴望的。倘使没有这些我就不会写小说。我并非为了要做作家才拿笔的。这一层你一定比谁都明白。所以我若对你说《家》里面没有我自己的感情，你可以责备我说谎。我最近又翻阅过这本小说，我最近还在修改这本小说。在每一篇页、每一字句上我都看见一对眼睛。这是我自己的眼睛。我的眼睛把那些人物,那些事情,那些地方连接起来成了一本历史。我的眼光笼罩着全书。我监视着每一个人,我不放松任何一件事情。好像连一件细小的事也有我在旁做见证。我仿佛跟着书中每一个人受苦,跟着每一个人在魔爪下面挣扎。我陪着那些年轻的灵魂流过一些眼泪,我也陪着他们发过几声欢笑。我愿意说我是跟我的几个主人公同患难共甘苦的。倘若我因此受到一些严正的批评家的责难,我也只有低头服罪,却不想改过自新。

所以我坦白地说《家》里面没有我自己,但要是有人坚持说《家》里面处处都有我自己,我也无法否认。你知道,事实上,没有我自己,那一本小说就不会存在。换一个人来写,它也会成为另一个面目。我所写的便是我的眼睛所看见的;人物自然也是我自己知道得最清楚的。这样我虽然不把自己放在我的小说里面,而事实上我已经在那里面了。我曾经在一个地方声明过:"我从没有把自己写进我的作品里面,虽然我的作品中也浸透了我自己的血和泪,爱和恨,悲哀和欢乐。"我写《家》的时候也决没有想到用觉慧代表我自己。固然觉慧也做我做过的事情,譬如他在"外专"读书,他交结新朋友,他编辑刊物,他创办阅报处,这些我都做过。他有两个哥哥,我也有两个哥哥(大哥和三哥),而且那两个哥哥的性情也和我两个哥哥的相差不远。他最后也怀着我有过的那种心情离开家庭。但这些并不能作为别人用来反驳我的论据。我自己早就明白地说了:"我偶尔也把个人的经历加进我的小说里,但这也只是为着使小说更近于真实。而且就是在这些地方,我也注意到全书的统一性和性格描写的一致。"[1]我的性格和觉慧的也许十分相像。然而两个人的遭遇却不一定相同。我比他幸福,我可以公开地和一个哥哥同路离开成都。他却不得不独自私逃。我的生活里不曾有过鸣凤,在那些日子里我就没有起过在恋爱中寻求安慰的念头。那时我的雄心比现在有的还大。甚至我孩子时代的幻梦中也没有安定的生活与温暖的家庭。为着别人,我的确祷祝过"有情人终成眷属";对于自己我只安放了一个艰苦的事业。我这种态度自然是受了别人(还有书本)的影响以后才有的。我现在也不想为它写下什么辩护的话。我不过叙述一件过去的事实。我在《家》里面安插了一个鸣凤,并不是因为我们家里有过一个叫做翠凤的丫头。关于这个女孩子,我什么记忆也没有。我只记得一件事情:我们有一个远房的亲戚要讨她去做姨太太,却被她严辞拒绝。她在我们家里只是一个"寄饭"的婢女,她的叔父苏升又是我家的老仆,所以她还有这样的自由。她后来快乐地嫁了人。她嫁的自然是一个贫家丈夫。然而我们家里的人都称赞她有胆量。撇弃老爷而选取"下人",在一个丫头,这的确不是一件容易的事情。因此我在小说里写鸣凤因为不愿意到冯家去做姨太太而投湖自尽,我觉得并没有一点夸张。这不是小说作者代鸣凤出主意要她走那条路;是性格、教养、环境逼着她(或者说引诱她)在湖水中找到归宿。

现在我们那所"老宅"已经落进了别人的手里。我离开成都十多年就没有回过家。我不知道那里还留着什么样的景象(听说它已经成了"十家院")。你从前常常到我们家里来。你知道我们的花园里并没有湖水,连那个小池塘也因为我四岁时候

---

[1]见《爱情的三部曲》的《总序》。

失脚跌入的缘故,被祖父叫人填塞了。代替它的是一些方砖,上面长满了青苔。旁边种着桂树和茶花。秋天,经过一夜的风雨,金沙和银粒似的盛开的桂花铺满了一地。馥郁的甜香随着微风一股一股地扑进我们的书房。窗外便是花园。那个秃头的教书先生像一株枯木似地没有感觉。我们的心却是很年轻的。我们弟兄姊妹读完了"早书"就急急跑进园子里,大家撩起衣襟拾了满衣兜的桂花带回房里去。春天茶花开繁了,整朵地落在地上,我们下午放学出来就去拾它们。柔嫩的花瓣跟着手指头一一地散落了。我们就用这些花瓣在方砖上堆砌了许多"春"字。

这些也已经成了捕捉不回来的飞去的梦景了。你不曾做过这些事情的见证。但是你会从别人的叙述里知道它们。我不想重温旧梦。然而别人忘不了它们。连六叔最近的信里也还有"不知尚能忆否……在小园以茶花片砌'春'字事耶"的话。过去的印迹怎样鲜明地盖在一些人的心上,这情形只有你可以了解。它们像梦魇一般把一些年轻的灵魂无情地摧残了。我几乎也成了受害者中的一个。然而"幼稚"救了我。在这一点我也许像觉慧,我凭着一个单纯的信仰,踏着大步向一个简单的目标走去:我要做我自己的主人!我偏偏要做别人不许我做的事,有时候我也不免有过分的行动。我在自己办的刊物上面写过几篇文章。那些论据有时自己也弄不十分清楚。记得烂熟的倒是一些口号。有一个时候你还是启发我的导师,你的思想和见解都比我的透彻。但是"不顾忌,不害怕,不妥协",这九个字在那种环境里却意外地收到了效果,它们帮助我得到了你所不曾得着的东西——解放(其实这只是初步的解放)。觉慧也正是靠了这九个字才能够逃出那个在崩溃中的旧家庭,去找寻自己的新天地;

而"作揖主义"和"无抵抗主义"却把年轻有为的觉新活生生地断送了。现在你翻读我的小说,你还不能够看出这个很明显的教训么?那么我们亲戚间的普遍的"非议"是无足怪的了。

你也许会提出梅这个名字来问我。譬如你要我指出那个值得人同情的女子。那么让我坦白地答复一句:我不能够。因为在我们家里并没有这样的一个人。然而我知道你不会相信,或者你自己是相信了,而别的人却不肯轻信我的话。你会指出某一个人,别人又会指出另一个,还有人出来指第三个。你们都有理,或者都没理;都对或者都不对。我把三四个人合在一起拼成了一个钱梅芬。你们从各人的观点看见她一个侧面,便以为见着了熟人。只有我才可以看见她的全个面目。梅穿着"一件玄青缎子的背心",这也是有原因的。许多年前我还是八九岁的孩子的时候,我第一次看见了一个像梅那样的女子,她穿了"一件玄青缎子的背心"。她是我们的远房亲戚。她死了父亲,境遇又很不好,说是要去"带发修行"。她在我们家里做了几天客人,以后就走了。她的结局怎样我不知道,现在我连她的名字也记不起来,要去探问她的踪迹更是不可能的了。只有那件玄青缎子的背心还深深地印在我的脑子里。

我写梅,我写瑞珏,我写鸣凤,我心里充满着同情和悲愤。我还要说我那时候有着更多的憎恨。后来在《春》里面我写淑英、淑贞、蕙和芸,我也有着这同样的心情。我深自庆幸我把自己的感情放进了我的小说里面,我代那许多做了不必要的牺牲品的女人叫出了一声:"冤枉!"

我的这心情别人或许不能了解,但是你一定明白。我还是一个五六岁的小孩的时候,在我姐姐的房里我找到了一本《列女传》。是插图本,下栏有图,上栏是字。小孩子最喜欢图画书。我一页一页地翻看着。图画很细致,上面尽是些美丽的古装女子。但是她们总带着忧愁、悲哀的面容。有的用刀砍断自己的手,有的投身在烈火中,有的在汪洋的水上浮沉,有的拿宝剑割自己的头颈。还有一个年轻的女人在高楼上投缳自尽。都是些可怕的故事!为什么这些命运专落在女人身上?我不明白!我问姐姐,她们说这是《列女传》。我依旧不明白。我再三追问。她们的回答是:女人的榜样!我还是不明白。我一有机会便拿了书去求母亲给我讲解。毕竟是母亲知道的事情多。她告诉我:那是一个寡妇,因为一个陌生的男子拉了她的手,她便当着那个人把自己这只手砍下来。这是一个王妃,宫里起了火灾,但是陪伴她的人没有来,她不能够一个人走出宫去,便甘心烧死在宫中。那边是一个孝女,她把自己的身子沉在水里,只为了去找寻父亲的遗体(母亲还告诉我许多许多可怕的事情,我现在已经忘记了)。听母亲的口气她似乎羡慕那些女人的命运。但是我却感到不平地疑惑起来。为什么女人就应该为了那些可笑的封建道德和陈腐观念忍受种种的痛苦,而且甚至牺牲自己的生命?为什么那一本充满血腥味的《列女传》就应该被看作女人的榜样?我那孩子的心不能够相信书本上的话和母亲的话,虽然后来一些事实证明出来那些话也有"道理"。我始终是一个倔强的孩子。我不能够相信那个充满血腥味的"道理"。纵然我的母亲、父亲、祖父和别的许许多多的人都拥护它,我也要起来反抗。我还记得一个堂妹的不幸的遭遇。她的父母不许她读书,却强迫她缠脚。我常常听见那个八九岁女孩的悲惨的哭声,那时我已经是十几岁的少年,而且已经看见几个比我年长的同辈少女怎样在旧礼教的束缚下憔悴地消磨日子了。

我的悲愤太大了。我不能忍受那些不公道的事情。我常常被逼迫着目睹一些可爱的生命怎样任人摧残以至临到那悲惨的结局。那个时候我的心因爱怜而苦恼，同时又充满了恶毒的诅咒。我有过觉慧在梅的灵前所起的那种感情。我甚至说过觉慧在他哥哥面前说的话："让他们来做一次牺牲品罢。"

我不忍掘开我的回忆的坟墓，"那里面不知道埋葬了若干令人伤心断肠的痛史！"我的积愤，我对于不合理的制度的积愤直到现在才有机会倾吐出来。我写了《家》，我倘使真把这本小说作为武器，我也是有权利的。

希望的火花有时也微微地照亮了我们家庭里的暗夜。琴出现了。不，这只能说是琴的影子。便是琴，也不能算是健全的女性。何况我们所看见的只是琴的影子。我们自然不能够存着奢望。我知道我们那样的家庭里根本就产生不出一个健全的性格。但是那个人，她本来也可以成为一个张蕴华（琴的全名），她或许还有更大的成就。然而环境薄待了她，使她重落在陈旧的观念里，任她那一点点的锋芒被时间磨洗干净。到后来，一个类似惜春（《红楼梦》里的人物）的那样的结局就像一个狭的笼似地把她永远关在里面了。

如果你愿意说这是罪孽，那么你应该明白这是谁的罪过。什么东西害了你，也就是什么东西害了她。你们两个原都是有着光明的前途的人。

然而我依旧寄了一线的希望在琴的身上。也许真如琴所说，另一个女性许倩如比她"强得多"。但是在《家》里面我们却只看见影子的晃动，她（许倩如）并没有把脸完全露出来。

我只愿琴将来不使我们失望。在《家》中我已经看见希望的火花了。

——难道因为几千年来这条路上就浸饱了女人的血泪,所以现在和将来的女人还要继续在那里断送她们的青春,流尽她们的眼泪,呕尽她们的心血吗?

——难道女人只是男人的玩物吗?

——牺牲,这样的牺牲究竟给谁带来了幸福呢?[1]

琴已经发出这样的疑问了。她不平地叫起来。她的呼声得到了她同代的姊妹们的响应。

关于《家》我已经写了这许多话。这样地反复剖白,也许可以解除你和别的许多人对这部作品的误解。我也不想再说什么了。《家》我已经读过了五遍。这次我重读我五六年前写成的小说,我还有耐心把它从头到尾修改了一次。我简直抑制不住自己的感情,我想笑,我又想哭,我有悲愤,我也有喜悦。但是我现在才知道一件事情:

青春毕竟是美丽的东西。

不错,我会牢牢记住:青春是美丽的东西。那么就让它作为我的鼓舞的泉源罢。

巴　金
1937年2月。

---

[1]见《家》第二十五章。

新版后记

　　《家》是我的第一部长篇小说(在《家》之前发表的《灭亡》只是一个中篇)。它是在一九三一年作为《激流三部曲》之一写成的。所以最初发表的时候用了《激流》的名字。我写这本小说花去的时间并不多。然而要是没有我最初十九年的生活,我也写不出这样的作品。我很早就说过,我不是为了要做作家才写小说:是过去的生活逼着我拿起笔来。《家》里面不一定就有我自己,可是书中那些人物却都是我所爱过的和我所恨过的。许多场面都是我亲眼见过或者亲身经历过的。我写《家》的时候我仿佛在跟一些人一块儿受苦,跟一些人一块儿在魔爪下面挣扎。我陪着那些可爱的年轻的生命欢笑,也陪着他们哀哭。我知道我是在挖开我的回忆的坟墓。那些惨痛的回忆到现在还是异常鲜明。在我还是一个孩子的时候,我就常常被逼着目睹一些可爱的年轻生命横遭摧残,以至于得到悲惨的结局。那个时候我的心因为爱怜而痛苦,但同时它又充满恶毒的诅咒。我有过觉慧在梅的灵前所起的那种感情。我甚至说过觉慧在他哥哥面前所说的话:"让他们来做一次牺牲品罢。"一直到我写了《家》,我的"积愤",我对于一个不合理制度的"积愤"才有机会吐露出来。所以我在一九三七年写的一篇《代序》里大胆地说:"我要向一个垂死的制度叫出我的'我控诉'。"

《家》就是在这种心情下面写成的。现在,在二十二年以后,在我所攻击的不合理的制度已经消灭了的今天,我重读这本小说,我还是激动得厉害。这可以说明:书里面我个人的爱憎实在太深了。像这样的作品当然有许多的缺点:不论在当时看,在今天看,缺点都是很多的。不过今天看起来缺点更多而且更明显罢了。它跟我的其他的作品一样,缺少冷静的思考和周密的构思。我写《家》的时候,我说过:"我不是一个说教者,所以我不能够明确地指出一条路来,但是读者自己可以在里面去找它。"事实上我本可以更明确地给年轻的读者指出一条路,我也有责任这样做。然而我当时还年轻、幼稚,而且我太重视个人的爱憎了。

这次人民文学出版社重印《家》的时候,我本想重写这本小说。可是我终于放弃了这个企图。我没法掩饰二十二年前自己的缺点。而且我还想用我以后的精力来写新的东西。《家》已经尽了它的历史任务了。我索性保留着它的本来的面目。然而我还是把它修改了一遍,不过我改的只是那些用字不妥当的地方,同时我也删去一些累赘的字句。

《家》自然不是成功的作品。但是我请求今天的读者宽容地对待这本二十七岁的年轻人写的小说。我自己很喜欢它,因为它至少告诉我一件事情:青春是美丽的东西。

我始终记住:青春是美丽的东西。而且这一直是我的鼓舞的泉源。

巴 金

1953年3月4日。

重印后记

《家》是我四十六年前的作品。四十六年来我写过好几篇序、跋和短文,谈我自己在不同时期对这部作品的看法,大都是谈创作的经过和作者当时的思想感情,很少谈到小说的缺点和它的消极作用。

我在旧中国半封建半殖民地的社会里写作了二十年,写了几百万字的作品,其中有不少坏的和比较坏的。即使是我的最好的作品,也不过是像个并不高明的医生开的诊断书那样,看到了旧社会的一些毛病,却开不出治病的药方。三四十年前读者就给我写信,要求指明出路,可是我始终在作品里呼号、呻吟,让小说中的人物绝望地死去,让寒冷的长夜笼罩在读者的心上。我不止一次地听人谈起,他们最初喜欢我的作品,可是不久他们要移步向前,在我的小说里却找不到他们要求的东西,他们只好丢开它们朝前走了。那是在过去发生的事情。至于今天,那更明显,我的作品已经完成了它们的历史任务,让读者忘记它们,可能更好一些。

人民文学出版社这次重印《家》,向我征求意见,我表示同意,因为我这样想:让《家》和读者再次见面,也许可以帮助人了解封建社会的一些情况。在我的作品中,《家》是一部写实的小说,书中那些人物都是我爱过或者恨过的,书中有些场面还是我亲眼见过或者亲身经历过的。没有我最初十九年的生活,我就写不出这本小说。我说过:"我不是为了做作家才写小说,是过去的生活逼着我拿起笔来。"我写《家》就像在挖开回忆的坟墓。在我还是孩子的时候,我就常常被迫目睹一些可爱的年轻生命横遭摧残,得到悲惨的结局。我写小说的时候仿佛在同这些年轻人一起受苦,一起在魔爪下面挣扎。小说里面我个人的爱憎实在太深了。像这样的小说当然有这样或者那样的缺点。我承认:我反封建反得不彻底,我没有抓住要害的问题,我没有揭露地主阶级对农民的残酷剥削,我对自己批判的人物给了过多的同情,有时我因为个人的感情改变了生活的真实……等等、等等。今天的读者对我在一九三一年发表的这本小说会作出自己的判断,不用我在这里罗嗦了。《家》这次重版,除了少数几个错字外,我并未作新的改动。

巴 金
1977年8月9日。